Quart*buch*

Der selbsternannte »Hygieneinspektor« Savini hat von Botschaften gehört, die in Brunnen verborgen sind. Mit dem Mond macht er sich für einen Monat auf die Suche und stößt dabei auf die seltsamsten Völkerschaften und Landstriche. Auf Städte aus Pappe und fliegende Zweisprachler, liebesdurstige Dampfrösser und Präsidenten ohne Amtsbezirk. Gedanken werden von winzigen Wiederholern so laut nachgesprochen, daß man ganz wirr wird. Frauen am Fenster locken den Verliebten als Vögel durch die Nacht.

Ein Roman voller Geschichten von Menschen, die sich für normal und andere für verrückt halten, und umgekehrt. Zugleich ein höchst amüsanter Bericht über das Fehlen einer Weltanschauung und die alte Frage: Wie virtuell ist die Wirklichkeit?

Gesang der Mondköpfe ist Cavazzonis erster Roman; er war die Vorlage für Fellinis poetischen Film *Die Stimme des Mondes*.

Ermanno
Cavazzoni

Gesang der

Verlag Klaus Wagenbach
Berlin

Roman

Mondköpfe

Aus dem Italienischen
von Marianne Schneider

Inhalt

»Was er zu tun, steht in
dem Buch geschrieben;
und vom Palast nur Rauch
und Nebel blieben.«

Ariost, Der rasende Roland
22. Gesang, 23. Strophe

Vorbemerkung

Was mir alles zugestoßen ist, muß ich mir erst noch zusammenreimen, und ich höre nicht auf, darüber nachzudenken.
Ich selber, was ich getan und in manch heikler Lage gesagt habe, ich weiß nicht, wie ich es erklären soll. Darum will ich nun alles jemandem vorlegen, der sich in solchen Fällen auskennt. Dann sehen wir weiter.
Diese Worte haben mich ein wenig beruhigt, und meinerseits sage ich nun nichts mehr; außer den Tatsachen, wie sie mir vorkamen.

Die Tatsachen, so wie sie mir vorkamen

Angefangen hat es mit etwas sehr Merkwürdigem, und das wird wahrscheinlich keiner glauben, aber auf dem Grund der Brunnen sind in Flaschen Schriften zu finden.
Wer weiß, was das bedeutet, so fragte ich mich, wenn einer seine Flaschenpost in einen Brunnen wirft wie ein Schiffbrüchiger ins Meer; und darauf ist mir noch keine Antwort eingefallen.
Doch in den Ebenen geschieht es nicht selten, so habe ich gehört, daß man in den Brunnen Briefe, Kärtchen, Drohbriefe oder Tintenkleckse in Flaschen eingekorkt findet. Und auch noch viel irrsinnigeres Zeug sieht man auf dem Grund herumschwimmen.
Dieses Phänomen kann man sich nicht erklären; viele glauben sogar, daß das Wasser im Brunnen in Verbindung steht mit der unterirdischen Region, und daß man hier in der Ebene oft Stimmen oder Klagen aus den Brunnen hört, und manchmal meint man auch, es würde einen jemand beim Namen rufen.
Es mag schwer fallen, das zu glauben, auch wenn es allgemein bekannt und ganz gewöhnlich ist; aber hier sagten die Leute, die Stimmen seien wie die Flaschen, und man verstehe die einen nicht und die anderen verstehe man auch nicht. In einem gewissen Sinn könnte es sich um Aberglauben handeln.
Herumzuwandern begann ich auf jeden Fall Ende August, aber nur so, ohne viel Hoffnung. Ein wenig Hoffnung hatte ich doch, das sagte ich aber nicht. Mein Weg führte mich am Fuß der Berge entlang, und dabei kam ich auch durch einige Städte.
Es hatte mir jemand gesagt, ich würde nur Wasser finden, aber ganz so war es dann doch nicht.
Als ich versuchte, etwas herauszufischen, fand ich anfangs Eisen, alte Gabeln und Haken auf dem Grund, alles stark verrostet. In Salvaterra fand ich die Zugstange eines Leiterwagens; da staunte selbst der Bauer, der mir beim Herausfischen half.

Hier in der Nähe, wie er dann sogar sagte, wohnte früher einmal eine alte Frau. Und wenn sie sich zum Salatputzen an den Brunnen setzte, dann war es, als würde der ihr etwas erzählen. Und nicht nur das: er brauchte nur anzufangen, und schon kam es der alten Frau vor, als wären ihre Arme zu Schnüren geworden, und sie konnte kein Salatblatt mehr in der Hand halten.
Ich hörte ihm zu, ohne viel zu sagen; darauf zogen wir einen kaputten Magnet und einige Messingringe heraus, glaube ich.
Auf meinen Wanderungen habe ich später erfahren, man habe einmal in einer Flasche eine Wahlrede gefunden. Von einem Sozialisten oder etwas Ähnlichem.
Ich wußte nicht, ob ich das glauben sollte. Außer, es gab dieses unterirdische Wassernetz wirklich. Die Leute hier auf dem Land schienen die Brunnen für Falltüren zu halten und die Ebene für eine Kruste. Sie leben zwar gewohnheitsmäßig darauf, aber nicht bedenkenlos, meine ich.
Dann geschieht es mitunter, daß ein Brunnen überschwappt, das heißt, das Wasser steigt und fließt über den Rand, oder es reicht fast bis zum Rand und wogt auf und ab. Wenn Flaschen da sind, kommen sie an die Oberfläche. Auch das Holz und alle leichten Gegenstände schwimmen dann oben. Das ganze Eisen und die Mineralien bleiben aber auf dem Grund.
Das hat man mir erzählt. Das Brunnenwasser spüre nämlich den Mond, sagten sie. Dann steige eine Art Flut auf und sinke allmählich wieder. Man höre ein Quietschen oder ein Seufzen, wenn das Wasser wieder sinke, und bei den letzten Vierteln klinge es eher wie eine Klage.
Vorsichtshalber, glaube ich, deckt man die Brunnen über Nacht zu, denn manchmal steigt beim Morgengrauen eine Feuchtigkeit aus ihnen auf, die alle im Schlaf stört. Ich habe sogar erfahren, daß der Brunnen, wenn er will, die Träume lenkt, und er macht sie nach Lust und Laune schön oder schrecklich. Aber ich weiß nicht, wieviel Wahres daran ist. Als ich nach Selvapiana kam, zeigte mir eine Frau ihren Brunnen samt dem Wasser auf dem Grund, dem Deckel und der Brunnenwinde.

Ab und zu würden sie ihn noch benützen, sagt die Frau, aber der Wasserhahn sei praktischer.
Als Kind, sagt sie, war er ihr nicht geheuer, weil er widerhallte und die Stimme wieder heraufschickte; dann hat er auf einmal auch mit ihr geredet. Seine Worte waren freundlich, aber die Sätze abgerissen und fast sinnlos. Und es tat ihr leid, daß sie ihn nicht gut verstand, sagt sie. Doch so vergingen die Nachmittage, und man achtete nur auf den Brunnen, und auch wenn sie aufs Feld ging, hatte sie nur den Brunnen im Kopf, und immer seine Sätze im Ohr.
Aber ihre Schwester hörte noch seltsamere Sachen, da war ein Gewisper an ihrem Ohr, so daß sie immer Bange hatte, sobald Wasser hochgezogen wurde. Dann ließ sie sich einmal mit dem Eimer hinunter. Eine geraume Zeit blieb sie unten, bevor sie rief: »Zieht mich hinauf!« Hinterher wollte sie gar nichts erzählen.
Ich weiß nicht, was das für Geschichten sind, vielleicht sind sie nur zum Spaß.
Den Brunnen habe ich mir dann angesehen; er ist im Hof, ganz gewöhnlich, mit einem Dach darüber.
Alle Leute aus dem Haus und aus den Nachbarhäusern umringten mich. Wir ließen ein Netz hinunter, und eine Eidechse kam herauf. Also haben wir fast immer gelacht.
Ein Knecht fragte mich, ob mich der Trinkwasserdienst geschickt hätte. Nein, sagte ich, ich sei für das Gesundheitsamt unterwegs. Das sagte ich nur, um etwas zu sagen. Dann bemerkte ich, daß die zwei Schwestern in der Haustür standen und sich ein wenig in den Hüften wiegten. Auch ihre Köpfe schienen zu wackeln. Wahrscheinlich erzählte ihnen der Brunnen etwas. Die eine sagte, wir sollten jetzt gehen, denn das Wasser fange an zu brodeln, und das hörten sie nicht gern.
Ich habe erfahren, daß sie mit dem Nachnamen Carboni heißen, die Schwestern Carboni. Sie waren beide ledig, aber sie seien mit dem Brunnen verheiratet, sagten alle Leute.
Die Leute wollten mir dann noch zeigen, wo der Taddei Filippo abends zum Trinken hingeht; der war nämlich einmal in den Brunnen gefallen, weil ihn von unten jemand gerufen hatte. Und seitdem will er nicht mehr zu Hause

wohnen, sondern hält sich in den umliegenden Höhlen auf und belauert seine Familie, schaut, wer kommt und wer geht. Er belauert seinen Vater, wenn er im Garten arbeitet, oder er belauert seine Mutter. Gewöhnlich steckt er in einem Loch und belauert die Bauern bei der Feldarbeit.
Das wäre der Taddei Filippo, aber ich weiß nicht, ob es ihn wirklich gibt.
Sie gingen mit mir querfeldein und zeigten mir da und dort einen Bau; das seien seine Höhlen, sagten sie. Dann zeigten sie mir die Wiesen und einige kleine Kanäle. Dort wohne jetzt der Taddei Filippo, sagten sie. Dann zeigten sie mir einen Weinberg, Mangoldfelder und einen Pfahl.
Da sah ich in der Ferne einen laufen, und alle riefen ihm nach: »Filippo, Filippo.« Dann sagten sie zu mir: »Das war er, das war der Taddei Filippo, der da gelaufen ist.«
Ich weiß nicht, was ich davon halten soll, nicht einmal, ob es wahr ist.
Ab und zu geht er heimlich wieder nach Haus und trinkt dort sein eigenes Wasser, dann kehrt er zurück in den Klee. Im Sommer sieht man ihn in den Maisfeldern, wenn sich nämlich das Getreide bewegt, sagen sie, das ist er, er nistet bei den Fasanen.
Er läuft wie der Blitz; man sieht ihn einen Moment, wie er von einer Hecke in die andere schießt, und alle schreien, auch die Frauen, sie haben Angst, daß er ihnen unters Kleid schlüpft. Auf jeden Fall erscheint und verschwindet er mit einer solchen Geschwindigkeit, daß man wirklich lachen muß; und man kommt gar nicht dazu, ihn genau zu erkennen, und man muß ihm unbedingt etwas zurufen, um ihn anzuspornen, und auch, um ihn zu erschrecken.
Für mich war es eine Überraschung, und das hat mir gefallen.
Als ich wegging, steckte der junge Herr Filippo, glaube ich, in einem Strohschober, denn ich sah Staub und etwas flitzen, was auch ein Kaninchen oder ein Truthahn sein konnte.
Als ich mir die Landschaft anschaute, dachte ich mir, es ist bestimmt nicht leicht, in dieser Gegend im Verborgenen zu leben, weil es so wenige Bäume gibt. Wenn einer, wie

Filippo, einen Hang zum Untertauchen hat, muß er notgedrungen blitzschnell werden, sonst sieht man ihn ja überall.
Dann war mir, als hörte ich ihn, den Filippo, in einem Tümpel, während ich schon in einiger Entfernung von den Häusern war; ich ging hin und schaute, aber es saßen nur Frösche still zwischen den Schilfbüscheln. Ich lachte vor mich hin, denn Filippo konnte ja auch nichts sein. Einer sieht, wie sich das Gras bewegt, und denkt: Das wird Filippo sein. Einer sieht etwas in der Ferne, oder er spürt einen Windhauch oder hört hinter sich etwas rascheln und denkt, das ist Filippo. So blieb ich eine Zeitlang reglos stehen und horchte, aber man hörte nichts, von keiner Seite einen Laut, außer vielleicht einige Hühner.
Also, ich weiß nicht, wie ich sagen soll, aber ich meinte, es sei Filippo, der da schwieg; und das war schon seltsam.
Dann sah ich etwas hinter dem Schilf hochschnellen, aber wer weiß, was es war; und die Frösche sprangen hoch. Weiter drüben gackerten die Hühner, und ganz hinten, weit weg, sah ich Amseln auffliegen. Wer mag diese Ebene verstehen? Der Taddei Filippo?
Dann blieb ich da und dort noch ein wenig stehen; ich kann es nicht mehr der Reihe nach sagen. Diese Ebene ist so glatt wie eine Tischplatte, sie hat höchstens Bäume, Gras, Gräben und Kanäle. Dann gibt es auch Straßen: asphaltierte und nicht asphaltierte. Und von den Straßen aus sieht man das Land ringsum liegen. So weit das Auge reicht, gewöhnlich. Das weiß ich noch, daß ich das immer bemerkt habe.
Und ebenfalls in der Zeit, in der ich derlei Ideen und Stimmen nachging, wurde ich von einem Geistlichen Rat sehr freundlich aufgenommen, das weiß ich noch.
Wir hatten uns nämlich geeinigt, einen Brunnen zu befragen. Er sagte, der Brunnen raube ihm die Nachtruhe. Einmal habe er eine Novene singen hören, aber gewöhnlich höre er viele Stimmen und vor allem, so sagte er, Geschwätz und dummes Zeug. Gewöhnlich hört er auch Dinge, die ihn selber betreffen, grauenhafte, beleidigende Ausdrücke. Der Brunnen sagt zu ihm: »Du bist ein solcher und auch ein solcher; und das und jenes hast du getan.« Nach seiner Meinung müßte

ein Brunnen verschlossen werden und bewacht sein, denn es können ja auch Kinder und Frauen in seine Nähe kommen; und es wäre besser, so sagte er, wenn wir Springbrunnen hätten, statt dieser Brunnen.
Zweieinhalb Tage bin ich in diesem Pfarrhof geblieben; und Hochwürden Soliman ist wahrhaftig ein merkwürdiger Mensch. Es ist, als würde er ständig von einem anderen Gedanken abgelenkt. Zum Beispiel liest er die Messe wie eine Furie. Hier glauben die Leute vielleicht, es gehört sich so. Aber seine Messe macht ein wenig angst, weil sie ganz durcheinander geraten ist und er nervös wird. Ich sah, daß er den Tabernakel öffnete und das Lesepult hineinschieben wollte, das nicht hineinpaßt. Dann schaute er mich schief an, ich glaube, sein Blick wollte mich etwas fragen. Die Ministranten waren verschreckt, und er winkte ihnen, sie sollten etwas von der anderen Seite wegnehmen. Ich weiß nicht, wie er auf die Idee kommen konnte, das Lesepult zu den Hostien zu legen, das kommt doch in keinem Ritus vor.
Ich sah, daß in seiner Messe Unruhe herrschte; hin und wieder stimmte er sehr laut das Confiteor an, und die Ministranten liefen, um ihm das Meßbuch zu holen, denn das bedeutete offenbar der Ton seiner Stimme. Dann drehte er sich mit ausgebreiteten Armen um, um das Oremus zu beten, aber er nickte mir zu oder einem, der weiter hinten war. Ich schaute mich um, erkannte aber nicht, wen er meinte. Ich hatte den Eindruck, er gehöre keinem christlichen Kult an, weil er seine Hände ineinander verschlang; und das hatte ich noch nie gesehen.
Während dieser Messe, in die ich aus Höflichkeit gegangen war, habe ich ihn jedenfalls nie aus den Augen verloren. Ich glaube, daß die Ministranten nicht besonders gut angeleitet waren oder sich nicht auskannten. So klingelten sie etwa, während er noch am Altar herumwirtschaftete. Und bei allem herrschte größte Unsicherheit. Manche schauten auf den Boden, aber ich verfolgte die Szene. Hochwürden Soliman ging mit wütender Gebärde die Altarstufen hinunter. Ein Ministrant schaute die Leute an, um sich klar zu werden, glaube ich, wie weit die Messe schon war. Und da gab es eine

Art »Erhebet eure Herzen ...«, meine ich, aber es war so, als wollte sich Hochwürden Soliman selbst in die Luft erheben, zum großen Staunen der Ministranten, die lachten, das könnte ich beschwören, und der Frauen.
Dann sangen die Leute, und ich hatte Angst, am Altar würde gestritten; aber dann ging die Messe schön langsam zu Ende, und wir gingen alle hinaus und taten, als ob nichts gewesen wäre.
Ich weiß nicht warum, aber hier nannten mich alle Roteglia; was nichts heißen will. Und Hochwürden Soliman dachte, ich sei so was wie ein Stromableser. Ich hätte über den Brunnen reden wollen, aber er wollte nicht, bat mich dagegen um Rat und sagte: »Roteglia, urteilen Sie selbst, wie es hier steht.« Ich sagte: »Wie was hier steht?« Aber das wollte er nicht sagen. Und wir verbrachten schweigend zwei Abende. Als ich wieder ging, war mir klar, daß Hochwürden Soliman ein Geheimnis hatte, das ihn ununterbrochen quälte. Um so mehr, als ich kein Stromableser war und nicht Roteglia hieß.
Auch nachts war es so heiß, daß man nicht schlafen konnte. Aber von da an war ich kein Unbekannter mehr, und ich hatte einen kleinen Ruhm, der mir vorauseilte.
In jedem Hof wurde ich von einem Freudengeschrei empfangen; und ich bekam zu hören, die Brunnen seien durchgekämmt worden. In Pratofontana wurde mir ein Schuh vorgewiesen, den sie herausgefischt hatten, und ein Aal. Darüber machte man sich lustig, denn über das, was alles aus den Brunnen herausgefischt wird, muß man oft auch lachen.
Man zeigte mir einige Gemüsegärten. »Die bewässern wir mit dem Brunnen«, sagten sie. Das gehörte hierher, nach ihrer Meinung.
Ich weiß nicht, wie viele Tage mit diesen Erkundungen vergingen. Ich kann mich nur erinnern, daß man am Morgen noch den Mond sah; dann wurde er schön langsam kleiner, und man sah ihn nicht mehr.
Auch nachts war es heiß, man konnte kaum schlafen.
Ich weiß nicht, wie ich sagen soll: Ich war damals immer im Halbschlaf, mein Kopf war fixiert; Kantilenen summten

darin herum und alles, was mir die Leute erzählten, sagte ich so lange bei mir nach, bis es durcheinandergeriet.
So war eben die Zeit damals; und das Abenteuerlichste sollte erst noch nachkommen.
Auf einmal war ich praktisch unwillkürlich Inspektor geworden. Das heißt, ich kam irgendwohin. Ich kann nicht genau sagen, wo es war; und als ich fragte, ob sie Brunnen hätten, sagten sie:
»Na, endlich! Wir haben schon auf Sie gewartet.«
Sie sagten, ich sei der Schleuseninspektor, Inspektor Savini.
Ich sagte meinerseits nicht nein, um keine Umstände zu machen.
Dann gingen wir in den entwässerten Gebieten herum, für die ich zuständig zu sein schien; da lobte ich die Bewässerungsanlagen der Felder und ein Wehr, das das Wasser regulierte. Dann kamen wir zum Kanal. Ich überprüfte ihn; überprüfte auch den Damm und das Gras, das dort wuchs. Die Leute zeigten mir auch einige Pappeln und ein Haus auf dem Damm.
Ich sagte: gut. Für sie war ich der Inspektor Savini, und alle freuten sich sehr.
Dann wollte ich Auskünfte über die Brunnen, ob man etwas hörte; ob zufällig Flaschen drin lägen. Anfangs verstand kein Mensch etwas an diesem Ort; sie schauten einander fragend an und schüttelten die Köpfe.
Dann fiel aber einem ein, daß sie eines Morgens einen aus dem Dorf gefunden hätten, der auf dem Wassertank kniete; und der war seitdem schwermütig und stumm. Sie sagten, der Wassertank habe seinen Charakter verwandelt.
»Ach ja, Santino«, sagten sie im Chor, als ihnen der Name einfiel und sie auch ein wenig lachen mußten.
»Diese Brunnen«, sagte einer, »sind heimtückisch. Stimmt doch, Herr Inspektor, oder?«
Da fiel auch den anderen allmählich etwas ein. Daß nämlich ein Vetter von einem der Anwesenden sich eines Tages nach dem Mittagessen ins Bett gelegt hatte, weil er todmüde war. Schuld ist der Brunnen, sagte er; sonst sagte er nichts. Ein Jahr danach stand er wieder auf.

»Verstehen Sie, Herr Inspektor?« sagten sie eigens. »Ein Jahr danach.«
Aber der Betroffene sagte, er sei nur einen Nachmittag im Bett geblieben, doch er habe einen sehr langen Traum gehabt.
Ein anderer, ein Kollege von ihnen, den sie mit Vornamen und Nachnamen nannten, hatte dagegen soviel Angst vor den Brunnen, daß er immer wieder dasselbe sagte, nämlich er wolle, und das wäre sein ausdrücklicher Wunsch, ins Gefängnis, damit er endlich in einen Raum eingesperrt sei, mit Wachposten davor, die auf ihn aufpaßten. Und dann, so sagte er, dann würde er sich unter dem Bettuch verstecken und lachen, nichts als lachen.
»Das ist die Feuchtigkeit«, lautete der Kommentar. »Die kriecht einem in die Knochen.«
Und da hörte ich, wie sie von einem redeten, der sogar davongelaufen war, so feucht war es bei ihm zu Hause geworden.
»Ja, ja, der Lehrer«, sagten sie.
Er bildete sich ein, dieser Lehrer, sein Haus stehe mit den Grundmauern im Wasser, und durch diese Lage habe es Wurzeln geschlagen, die sehr tief hinunterreichten. Und das Wasser steige aus dem Keller herauf, über die Treppe, in den Mauern, in den Beinen der Tische und der Stühle. Und daher verderbe und verschimmele alles.
»Dann ist er auf und davon, weil er sich eine Frau suchen wollte,« so hörte ich sie die Sache begutachten, »die sollte in seinem Haus ein wenig Hygiene schaffen, weil er, wie er immer sagte, allein mit dem Brunnen nicht mehr fertig wurde, der ununterbrochen auf der Lauer war.«
Auch das noch, dachte ich, eine schöne Verwicklung.
Und vielleicht, weil ich so auf das Zuhören erpicht war, fragten sie mich, ob ich davon etwas verstehe. Ich sagte, von einem solchen Fall hätte ich noch nie gehört, daß einer sich eine Frau nehmen wollte, um sich vor dem Einfluß eines Brunnens zu schützen.
Aber, so sagte einer von ihnen, diesem Lehrer sei etwas passiert, das wirklich ziemlich weit vom Normalen entfernt sei oder zumindest selten vorkomme. Er habe es ihm selbst

persönlich erzählt, mit allen Einzelheiten, bevor er davongelaufen sei.
Daß er nämlich durch die warme Luft und die ganze Feuchtigkeit, die aus der unterirdischen Region kam, den Eindruck bekommen habe, er gehöre zu einem Experiment; er sei in einer Glocke aus Zellophan, die den ganzen Dampf zusammenhielt. So daß er allmählich sah, daß aus den Ritzen im Fußboden Sumpfgras herauswuchs.
Und das wäre noch gar nichts gewesen.
Aber er habe gesehen, daß die Möbel Zweige und Blätter getrieben hätten, als hätten sie schon immer auf diesen Augenblick gewartet. Sie seien aus dem Schlaf erwacht und hätten ausgeschlagen.
Die Stühle waren nach seinen Aussagen nun schon Büsche geworden und die Kommoden Stämme mit Wurzeln. Die Korbsessel hatten sich zu einem Weidenwäldchen entwikkelt, und auf allem anderen, auf den Schränken, den Tischen und den Truhen, war ein dichtes grünes Laubwerk gewachsen. Auf den Türschwellen lag schrundige Rinde, und aus den Schubläden hingen Wurzelgeflechte.
Er ging zwischen dem Blattwerk herum und spürte, wie er sagte, um seinen Kopf einen Ring, der immer enger wurde; und er schwitzte wegen der tropischen Feuchtigkeit, und beinahe blieb ihm der Atem weg.
Aus seinen Schuhen hingen bläuliche Schimmelfäden und Flechten, und auf dem feuchten Bettuch sah er den Schimmel wie Samt herauswachsen. Und hohes dünnes Gras, so ähnlich wie Sumpfgras, wogte auf den Fußböden hin und her.
Also mußte er weg. Er wollte auch gehört haben, daß im ganzen Haus die Blätter rauschten; denn aus dem Keller kam auch ein nasser Wind herauf; und wenn er die Türen verriegelte, spürte er, wie der Wind durch die Ritzen blies.
Die anderen, die da waren, lachten über alle diese Dinge und sagten:
»Ich kann mich gut an ihn erinnern, an den Lehrer. Dann hat ihn nämlich sein Bruder abgeholt und mit in die Stadt genommen, nicht weit weg von hier, um zu sehen, ob er eine Frau für ihn finden könnte. Und das Haus haben sie sich

selbst überlassen. Aber eine Unordnung herrschte darin! Die Pilze wuchsen selbst im Waschbecken und unter dem Bett.«
»Sieh mal an«, wunderte ich mich.
Und alle freuten sich: »Aber feucht war es in dem Haus, auf jeden Fall.« Auch das sagten sie mit dem größten Vergnügen. Es war nach ihrer Meinung wie die Malaria. Und manche sagten, der Brunnen sei schuld daran, durch den Brunnen habe er sie bekommen. Aber das Wasser und die Feuchtigkeit bringen einen auf solche Gedanken und auch der Einfluß des abnehmenden Mondes.
Aber ich hätte gern gewußt, wie die Geschichte weiterging, denn mir war der arme Mann mit seinem Unglück ans Herz gewachsen.
Während sie so redeten, stellte sich heraus, daß auf dem großen Platz der Stadt ein Café war, mit einem Mohren auf dem Schild. Dort wisse man immer alles von derlei Dingen. Und nun zu den Tatsachen, wie sie sich zugetragen haben, ungefähr.
Ich ging dann wieder querfeldein auf dieses Dorf oder jene Stadt zu. Und ich dachte an den Lehrer und wie in seinem Haus die Wurzeln und die Blätter wucherten, und ich hätte ihn gerne getroffen. Dann setzte ich mich hin, um ein wenig Luft zu schöpfen, und es war schon spät am Nachmittag.

Während ich also nachsinnend und phantasierend unter dem dunkler werdenden Himmel saß und die Schwüle auf mir lastete und mich die Schnaken stechen wollten, also während ich da saß und darüber nachdachte, daß die Brunnen ja, aber wer weiß, vielleicht ging ich einem so unwahrscheinlichen Geschwätz nach, daß man bis jetzt nichts Sicheres sagen konnte; da sehe ich plötzlich, daß sich am Horizont dicke, noch dunklere Wolken zusammenballten, in denen elektrische Ladungen wetterleuchteten.
Und auf einmal hörte man in der Ferne ein Donnern, ein Brummen des Himmels, das immer näher kam; so daß ich schließlich zu mir sagte: ›Verflixt, soweit kommt es noch, daß ich nicht einmal im Trockenen schlafe.‹ Ringsum nämlich

lag das flache Land, nur mit einem Feigenbaum, und das war wenig oder gar nichts.
Nachdenklich blieb ich noch ein wenig sitzen, um zu überlegen, was zu tun sei: Es war wohl das Beste, wenn ich auf das Dorf oder die Stadt zuging, die man mir genannt hatte und in der ich zu entdecken hoffte, wie es dem heiratslustigen Lehrer in der Folge ergangen war, wenn es eine Folge gab. Und ungefähr wußte ich, daß ich richtungsmäßig da hinüber, nicht weit zu gehen hatte. Also entschloß ich mich und nahm meine Umhängetasche aus blauem Stoff und leider auch einen langen dünnen Stock, der mir lieb geworden war. Leider, weil er mir Verdruß bringen sollte. So ging ich. Aber inzwischen rückte das Gewitter schnell heran, und ich spürte, wie es hinter mir näherkam. Also beschleunigte auch ich meinen Schritt, um, wenn möglich, vor ihm anzukommen.
Und ich dachte nur noch: ›Verflixt!‹
Dicke Tropfen begannen nämlich zu fallen, und dann kam ein starker Windstoß, und von da an kam eine Sündflut herunter.
Furchtbare Blitzschläge schmetterten wie Blechfolien; und inzwischen goß und goß es, und das viele Wasser schien es in seiner Wut auf mich abgesehen zu haben; und die Donner hatten offenbar die Macht, mich zu verblöden. Sie dröhnten derartig durch meinen Kopf, daß ich nicht mehr Herr meiner selbst war. Wie naß ich schon nach einer halben Minute war, sage ich gar nicht.
Ich glaube, daß ich dann anfing zu laufen, so schnell ich konnte, aber es war, als wäre ich ein Spielball der Wasserfluten, die mich hinwarfen, wo sie wollten. Und ringsum schwarze Umrisse triefender Bäume und Hecken. Aber das schlimmste Unglück traf meine Füße, denn ich wußte auch nicht, worauf ich trat, in was ich hineintappte, worin ich versank.
Hin und wieder glaubte ich eine Küste zu sehen, die sich im falschen Licht der Blitze abzeichnete, und dazwischen sagte ich: ›Ach, ich Armer!‹, und ich fühlte mich von den Winden getrieben wie ein Wrack, bei dem das Wasser auf allen Seiten rein- und rausrinnt und das immer drauf und dran ist, Amen

zu sagen und sich absacken zu lassen, bis auf den Grund eines Grabens, und zu ertrinken.
Und so wütete das Unwetter weiter, die Donner rollten und die Blitze zuckten, was das Zeug hielt, und es schüttete mit doppelter Wucht auf meine Schultern und von hinten in meinen Hals; so daß ich wie von Sinnen hin und her lief, als wäre ich entmastet, ein Segelschiff ohne Mast, das stöhnt: ›Mensch, das ist das Ende, heute nacht!‹
Da sehe ich auf einmal, daß es eine Böschung hinaufgeht. Und vielleicht, weil ich mir vorkam wie mitten in einem rasenden Ozean oder weil ich nicht wußte wohin, begann ich hinaufzusteigen, und steige dann über einen Drahtzaun, unter allen nur möglichen Schwierigkeiten. Die Schuhe rutschten mir nämlich von den Füßen, und ich tastete mich weiter. Und die Tasche hatte sich auch noch verfangen. Nur mein Stock half mir ein wenig.
Dann steige ich noch ein Stückchen hinauf, rutsche auf dem durch und durch nassen Gras aus und halte mich auch mit den Händen fest.
Und als ich mich vorbeugte, war es eine Autobahn.
Lastwagen und Autos fuhren vorbei, in einer Woge hochspritzenden Wassers, und das Unwetter war durch Wind und Hagel inzwischen noch schlimmer geworden, praktisch war ich schon ertrunken.
Und ich weiß nicht, wie ich auf die Idee kam, aber vielleicht gerade, weil mich der Wind trieb und ich mich wie blind und besoffen bewegte, überquerte ich die Autobahn. Und wenn ich noch am Leben bin, verdanke ich es einer glücklichen Vorhersehung. Diese Überschreitung war also ein ziemlich verworrenes Abenteuer, und genau kann ich nicht mehr sagen, wie es gewesen ist.
Ich sah das blendende Licht der Scheinwerfer und die Wasserwoge in der Luft näherkommen. Dann lief ich instinktiv los, stolperte, fiel auf die Erhöhung in der Mitte, die die Autobahn teilt, als wäre ich auf einer Sandbank gestrandet. Und rechts und links fuhren weiter die dröhnenden Ungeheuer mit den Windböen des Gewitters um die Wette; und die Regenfluten schienen sich sämtlich auf meine Person zu stürzen.

Dann werde ich wohl gesagt haben: ›Gehen wir!‹
Und das Heckwasser eines Anhängers muß mich irgendwie angesaugt haben; daß es mich nicht verschluckt hat, ist ein Wunder. Einen Zentimeter vor mir fuhr laut hupend ein Auto vorbei, und ein anderes raste hinter mir vorbei, nachdem es mich noch voll geblendet hatte. Und ich weiß nicht wie, aber auf einmal war ich heil auf der anderen Seite.
Ich ging die Böschung hinunter, kletterte wieder über einen Drahtzaun und hatte irgendwie die Orientierung verloren. Dann tauchten in der Ferne schwache Lichter auf; selbst eine Straße fand ich. Aber inzwischen beruhigte sich auch der Weltuntergang ein klein wenig, entfernte sich anderswohin, nachdem er sich im Vorbeiziehen über mich hergemacht hatte.
Damals konnte ich mir noch nicht vorstellen, daß das viele Wasser und die Blitze meinem Kopf gut tun sollten. Gut in dem Sinn, daß ich aus der Sucht, in den Brunnen herumzustöbern, ein wenig wachgerüttelt und mein Verstand in Bewegung gebracht würde; wie man später, glaube ich, sehen wird.
So plötzlich, wie es gekommen ist, zieht das Gewittter wieder ab. Und ich erreiche, naß bis aufs Mark, die ersten vereinzelten Häuser. Und im Weitergehen erreiche ich auch etwas, das ich eine Art Stadt nennen könnte, die ebenfalls gerade das Gewitter hinter sich hat, noch ziemlich überschwemmt und von Gießbächen durchflossen. Und dem Augenschein nach nur halb bewohnt.
Also gehe ich weiter hinein, in meinem Zustand. Und wandere durch die unbekannten Gassen, freue mich, daß mich keiner sieht, aber meine Gedanken schwärmen aus.
Ich glaube, daß die Luft über den Brunnen oder das Wasser oder die Nächte mit Mond und Gezeiten zusammen mit der Sündflut von vorhin meine Sinne ein wenig verwirrt haben. Gesundheitlich ging es mir nämlich gut, aber es kribbelte in meinen Augen und in meinen Gedanken. Auf jeden Fall folgte ich nun ergeben meinem Geschick.
Und ich komme daher allmählich auf die Idee, es wäre wohl das Beste, ich fände einen kleinen Gasthof oder etwas in derselben Kategorie, Geld hatte ich ja dabei, auch wenn es naß war.

Und wie ich so herumgehe, sehe ich eine Pension ›Löwe‹. Unschlüssig bleibe ich davor stehen, denn in meinem üblen Zustand bin ich für Hotels kaum geeignet und sicherlich nicht gern gesehen. Da ich nämlich glaube, daß den Hoteliers tropfnasse und verdreckte Leute nicht gefallen; schon mit Rücksicht auf ihren guten Namen.
Abschließend gehe ich aber doch durch die Tür der Pension ›Löwe‹ und sage zu dem anwesenden Hotelier, um einen guten Eindruck zu machen:
»Ich wäre der Inspektor Savini.«
Doch den beeindruckt das nicht besonders, und er schaut aus den Augenwinkeln auf meine Schuhe, die man nicht einmal ganz sieht, so verdreckt sind sie, und er schaut auf mich in meinem üblen Zustand und schaut auf mein Gepäck, meinen Stock inbegriffen.
Da fühlte ich mich verpflichtet, ihm zu sagen:
»Savini eigentlich nur so genannt.«
Und er wollte wissen, ob es auf meinem Führerschein oder in meinem Paß stehe; wenn ja, wäre ich für ihn Savini in jeder Hinsicht.
Ich sagte, ich hätte keinen Führerschein: »Und meinen Paß habe ich auch nicht dabei, Herr Löwe.«
Aber da machte er ein unangenehmes Gesicht und brüllte sogar: »Was heißt hier Löwe! Passen Sie auf, was Sie da sagen!«
Aber ich glaube, er suchte nur einen Vorwand, und nicht etwa, weil ich ihn mit einem falschen Namen angeredet hatte; mein Irrtum hätte sich leicht entschuldigen lassen, denn ich hatte es ja gelesen, er hätte tatsächlich so heißen können.
Auf jeden Fall sagte er: »Stöcke oder Stangen oder ähnliches Zeug kommt mir nicht in mein Hotel!«
Ich sage, das tue mir leid, aber ich hinge eigentlich an meinem Stock.
Aber er: »Die Rute da lassen Sie draußen!« So sagte er.
Dann hatte ich auf einmal, ich weiß nicht wie, die Klinke der Eingangstür in meiner Hosentasche, und als ich schaue, wie das hat geschehen können, verfängt sich mein Stock, mit einem Span wahrscheinlich, in einer Gardine.

Offensichtlich wollte dieser Herr Löwe, oder wie er sonst heißen mochte, die Ruhe bewahren; wie es die Hoteliers machen, die darin Übung haben. Sie bewahren die Ruhe, weil sie das, glaube ich, bereits in der Hotelierschule lernen, auch wenn die Leute nicht lockerlassen; auch wenn sie sagen: »Ihr stinkt ja alle, ihr und eure stinkenden Hotels.« Und die Hoteliers antworten: »Nein, mein Herr, Sie irren sich, es tut uns leid, auch die Direktion bittet Sie um Entschuldigung, mein Herr.«
Aber dieser Löwe war ein Hotelier mit nur scheinbarer Ruhe und sagte zu mir, ich solle ihm den Gefallen tun, mich zu verdrücken, sagte es aber auf eine Weise, die meinen persönlichen Stolz verletzte, und in gewissem Sinn auch meinen Stolz als Inspektor.
»Tun Sie mir den Gefallen!« sagte er mit einer Stimme, die bedeuten sollte, daß er Stöcke und Stecken nicht einmal sehen wollte oder daß er sie einfach kurz und klein hacke, wenn er sie in seinem Hotel sehe.
Ich war für diesen Ort nicht geeignet, das hatte ich schon vorher gewußt, und zwar wegen meiner Ausrüstung.
»Entschuldigen Sie, Herr Löwe«, sagte ich, »ich ziehe die Gardine heraus.«
Da war er ziemlich entrüstet, ich glaube auch, weil ich ihn ein zweitesmal irrtümlich Löwe genannt hatte. Und er zerrte mich eigenhändig zur Tür, wobei er mich auch ein Dreckschwein nannte, um meine Würde zu verletzen.
Ich sagte, als Hotelier habe er nicht recht, wenn er mich zur Tür zerre, denn das geschehe zum Schaden seiner Gardine, die ich aufgespießt hatte. Aber ich dachte mir, daß er wahrscheinlich auch diese Verfahrensweise nicht aus eigener Schuld schon in der Hotelierschule gelernt habe. Vielleicht hatten sie ihm beigebracht, einen, der einen Stock bei sich hat, eigenhändig zur Tür zu zerren, und das gehörte zum Hotelleben.
Aber dann nahm er ihn mir auch noch aus der Hand, weil er gemerkt hatte, daß die Gardine schon zerrissen war, und um den ganzen Zorn der Direktion durch seinen Mund auszudrücken, sagte er zu mir kurze Sätze wie: »Laß ihn los, du Biest!« und fügte persönlicherseits noch einige Namen

unbedeutenderer und verworfener Tiere hinzu, die er genau auf mich münzte; er nannte auch noch einige von der Kirche geschätzte Persönlichkeiten, die ihm aber im Moment als Feinde des Hotels und seiner selbst in den Sinn kamen.
Die Geschichte ging so aus: daß leider mein Stock abbrach, weil es ein zarter Stock war, und daß ich ihn somit verlor. Und mit seinem Zerr- und Schiebeverfahren setzte mich der Hotelier schließlich wieder vor die Tür.
Nun war die Nacht schon weit vorgeschritten und kühl; da fing ich wieder an, mit noch sehr feuchtem Zeug am Leib herumzuwandern. Und als ich dann zu einer Mauer kam, die niemand zu gehören, sondern ein antiker Überrest zu sein schien, und als ich dort auch noch eine Art niedrigen Bogen sah, der Schutz bot und nach der Begutachtung durch meine Nase auch sauber zu sein schien, beschloß ich, daß ich dort nächtigen könnte. Am nächsten Tag würde ich dann schon etwas Besseres finden.
Und so war es auch. Nicht daß ich viel geschlafen hätte, ich hatte mich eben nicht gut angepaßt.
Aber ich sah ein schwarzes Stück Himmel ohne jeglichen Schatten von Mond, Sternen und Gestirnen; und ich dachte ziemlich viel und ziemlich wirr.

Ja, ich dachte ziemlich viel und ziemlich wirr

Eine schlaflose Nacht ist keine Tragödie. Aber in diesem besonderen Fall war ich auch noch naß oder, besser gesagt, ich hatte die Überreste des nächtlichen Ungewitters am Leib und etwas Rost in den Gelenken. War aber nicht schlimm.

Jedenfalls trat ich aus dieser Art Nische heraus und konnte, da schon der Morgen graute, erkennen, daß es sich um eine große gemauerte Bastion handelte, die aus einer nicht genau feststellbaren Epoche der Vergangenheit stammte; aber ungefähr aus der Zeit der Feudalherrschaft oder höchstens der Stadtstaaten. Diese Bastion war so hoch, daß obenauf ein Garten oder ein Wäldchen gewachsen war, so wenigstens sah es von unten aus.

Und da ich meine Lage in Augenschein nehmen wollte, denn ich wußte ja nicht einmal, wo ich war, suchte ich nach einem Weg, über den ich in die Höhe gelangen konnte. Schließlich fand ich eine Treppe, eine von denen, die eine geringe Steigung haben und beinahe wie ansteigende Straßen sind. So gelangte ich Schritt vor Schritt schön langsam nach oben, während es allmählich Tag wurde.

Dort in der Höhe war eine schöne Vegetation, offenbar wild gewachsen. Nach dem Auge zu schließen: Zypressen und Buchsbaumhecken mit Weißdorn und auf dem Mauerrand Efeu und Kletterpflanzen.

Da stand auch ein Turm, niedrig und breit und ein wenig verfallen.

Ach, das war ein schönes Erwachen für mich! Auch wenn meine Glieder knackten und blau waren, ein schöner Empfang von seiten der Stadt.

Ich sah sie unten liegen, lauter Dächer und noch ein wenig dunkel; auf der anderen Seite vereinzelte Häuser und schließlich das freie Feld. Ja, so ungefähr sah es aus. Zu meinem großen Wohlgefallen.

Das Gewölk hatte sich verzogen, bis auf einige unbedeutende Überreste, die auch schon am Abziehen waren; und eine schöne Heiterkeit dehnte sich verheißungsvoll über das

ganze Himmelsgewölbe. Um so mehr, als binnen weniger Minuten der Tagesanbruch schon fortgeschritten war, samt allen seinen rosa und saphirenen Effekten, wie man in der Schule lernt.
Aber es gab noch etwas anderes: Eine neue Jahreszeit war gekommen, denn das Gewitter war eines von denen, die den Sommer beenden, und wenn man aufwacht, ist der September da, mit den Konsequenzen, die sich daraus für die Witterung ergeben können.

Dann strolche ich ein wenig in der Stadt herum und finde den Stadtplatz und ein schönes Café mit Tischen im Freien, und auf dem Schild ist ein Mohr, der auf einem Sack sitzt. Beim Hineingehen dachte ich: ›Hier kann ich in meinen Nachforschungen weiterkommen.‹ So bestelle ich einen Milchkaffee, und dem Kellner stelle ich folgende Frage: »Gibt es einen Lehrer hier in der Stadt, der eigens gekommen ist, um sich eine Frau zu nehmen?«
Er wußte nicht Bescheid, und da auch einige Gäste da waren, die nichts zu tun hatten, drei oder vier werden es gewesen sein, stellte ich ihnen dieselbe Frage, ob es ihres Wissens einen verheirateten Lehrer in der Stadt gebe.
Und mich zu ihnen wendend, fügte ich hinzu, er komme vom Land und sei Lehrer oder jedenfalls einer, der darunter gelitten habe, auf dem Land leben zu müssen, worauf er sich vielleicht verheiraten wollte.
Sie haben dann alle untereinander gesprochen und daraufhin mit mir Vermutungen angestellt, die aber sehr zweifelhaft waren. Man müßte, so sagten sie, mehr wissen, zum Beispiel, wie er mit dem Vornamen heiße.
Aber das, sagte ich, sei genau der Punkt, der auch mich interessiere, und um ein wenig deutlicher zu werden, erzähle ich ihnen: »...als er nämlich auf dem Land wohnte, hatte er soviel Feuchtigkeit um sich herum, daß er sagte, die Möbel hätten zu schimmeln angefangen, und nicht allein die.«
Jetzt war vieles klarer, denn sie sagten, ja, das könne vorkommen, und es komme auch bei ihnen in der Stadt vor, wenn es tagelang regne oder so etwas Ähnliches.

Da sage ich, um ihre Aufmerksamkeit zu nutzen: »Ja, aber auf dem Land ist die Feuchtigkeit so stark, daß der Schimmel das mindeste ist, was vorkommen kann. Dort ist es so feucht, wie sich keiner vorstellen kann; das kriecht einem in die Knochen, und der Schimmel steigt die Wände hoch und überall hin.«
Auch dem wurde beigepflichtet, also fügte ich hinzu:
»Aus dem Fußboden wachsen Pflanzen heraus.«
Und um mir recht zu geben, machte sich gleich einer ans Erzählen:
»Als wir die Überschwemmung hatten, das weiß ich noch, da kam auf dem Land das Wasser in die Häuser geflossen, und wie es dann vorbei war, sah man das Gras wachsen. Und wenn Futter auf dem Boden lag, für die Hühner, dann kamen aus dem Fußboden die Maiskolben heraus wie auf dem Feld.«
Und ein anderer: »Ja, ja, ganz trocken wird es auf dem Land nie, darauf kann man sich verlassen.«
Und da redeten auf einmal alle:
»Wenn du dort einen Stock einpflanzt, dann wächst eine Hecke.«
»Dort wächst das Gras selbst auf den Bäumen.«
»Auch auf den Dächern und in den Dachrinnen.«
»Und auch die Steine in den Gewölben werden grün.«
Und ich sagte: »Ja, weil es dort so feucht ist, daß man es sich gar nicht vorstellen kann.«
Und sie: »Und wenn man die Erde aufgräbt, braucht es gar nicht viel und schon stößt man auf Wasser.«
Ich: »Wenn du einen Stock ganz leicht in den Boden steckst, hast du gleich einen Springbrunnen angelegt.«
Die anderen lachen und nicken und sagen ja, das ist das Richtige, einfach in den Boden stecken und schon hat man seinen Springbrunnen.
Und in dem Moment sind neue Gäste da, die näherkommen und hören möchten, worum es geht, damit sie dann auch mitreden und mitlachen können.
Auf die Geschichte von dem Stock, der die Erde durchlöchert, sagt ein anderer, daß man diese Löcher wieder verstopfen muß: »Sonst fließt es immer weiter heraus wie

aus einem Wasserhahn, und es wird alles überschwemmt, bis dann der Sumpf wiederkommt, den wir früher hier hatten.«

»Aber eigentlich«, sagen sie, »leben wir hier auf einem Schwamm, und man kann nur hoffen, daß er nicht untergeht, zum Beispiel durch das Gewicht einer Stadt.«

Und inzwischen schickten die Gäste einen nach vorne und sagten:

»Der versteht etwas von Erde, wir stellen Ihnen Herrn Pigafetta vor.«

Das war ein Mann von bescheidener Größe und mit einer Frisur wie eine Pfanne, das heißt, als hätte er eine aluminiumfarbene Pfanne über den Kopf gestülpt; die Ohren hatten in etwa die Funktion der Henkel. Er trug so starke Brillengläser, daß seine Augen wirkten, als wären sie am Ende eines Fernrohrs.

Und da alle sagten, er verstehe etwas davon, begrüßten wir uns, und es kam heraus, daß er von Beruf Totengräber ist und auf dem Friedhof alles organisiert, damit die Toten behandelt werden, wie es sich gehört, und am Ende in ihren Särgen fehlerlos unter die Erde kommen.

Die anderen witzelten, während sie ihn nach vorne schoben.

»Los, Pigafetta, sag schon: Was ist los unter der Erde?«

Zuerst wollte er nicht reden, und sie sagten:

»Du bist zuständig.«

»Ist dort Wasser oder gibt es keins?«

Und er schnitt eine vielsagende Grimasse, die bedeuten sollte, das seien Lappalien.

»Also, was findet man unter der Erde?«

Da sagte er, dieses Problem sei bereits erledigt; aber sie ließen nicht locker und schrien durcheinander.

Dann sagte er noch, daß nach seiner Erfahrung dort unten, kurz gesagt, überhaupt nichts sei, aber das sagte er undeutlich, weil er ein wenig stotterte.

Wie man sich vorstellen kann, bremste diese Idee die Vermutungen ein wenig, und als daher die Diskussion darüber, was wohl unter der Erde sei, abgeflaut war, brachte ich schön langsam die Rede wieder in die richtigen Bahnen und sagte:

»Jedenfalls, man braucht gar nicht unter die Erde zu gehen, der besagte Lehrer hatte einmal eine solche Feuchtigkeit im Haus, als wenn er es immerfort gießen würde.«
»Aber bei dem Lehrer«, erzählte ich darauf mit lauterer Stimme, »war die Feuchtigkeit so penetrant, daß alle Möbel, die aus Holz waren, auf einmal wieder zu wachsen anfingen und daß ihnen dann Blätter sprossen, und so ist in seinem Haus eine Art Wald entstanden.«
Das hörten sie sich mit großer Aufmerksamkeit an. Dann sagte einer, an manchen Orten möge es ja so was geben, aber hier sei es noch nie vorgekommen.
Und ich: »Doch, doch. Ich schwöre es. Ein Wald. Er wuchs aus den Stühlen, aus den Nachtkästchen und auch aus den Türen; man mußte ihn dann zustutzen und lichten. Aus den Möbeln wurden Reisigbündel gemacht. Aber überall war es so schmutzig, daß der Lehrer heiraten wollte, denn er hatte dieses Leben satt.«
Da sah ich, daß sie die Geschichte interessierte, aber zugleich ein wenig erstaunte, denn sie sagten nun nicht mehr ihre Meinungen, sondern wollten verstehen. So fragte einer:
»Wie soll denn das zugegangen sein?«
Und der Totengräber war ganz Ohr.
Ich gestehe, daß ich nicht ganz auf der Höhe war, wegen der Ereignisse in der Nacht, die sich jetzt wieder bemerkbar machten.
»Wer heiratet da eigentlich?« fragen sie.
Und ich: »Ich weiß nicht, ob er dann wirklich geheiratet hat; er wolle es, sagte er. Aber ich möchte es gern wissen. Habt ihr hier nichts davon gehört? Ob einer gekommen ist, um zu heiraten, weil er die Feuchtigkeit satt hatte und alles andere auch?«
Jetzt sah ich, daß ihnen diese Frage gefiel, auch wenn sie vielleicht nicht ganz verstanden wurde.
Sie begannen nämlich einander zuzulachen und auf die Schulter zu klopfen, was hieß: ›Hast du gehört?‹ Das heißt, auch sie waren der Meinung, das sei eine merkwürdige Geschichte, die man nicht einfach auf sich beruhen lassen durfte. Und so sagte ich noch:

»Durch diese Feuchtigkeit bekam er auch Kopfschmerzen, so als wäre sein Kopf in einer Zange, die immer enger wurde. Bei ihm, bei diesem Lehrer wirkte die Feuchtigkeit so. Und seinen Möbeln schenkte sie ein neues Leben. Aber der Grund war derselbe.«
An dieser Stelle stimmten mir dann alle zu, freuten sich, lachten und fragten: »Und dann?«
Da sagt einer zu den anderen: »Seid still! Das müssen wir hören.« Und zu mir: »Diesem Freund von Ihnen war also in seinem Haus ein Wald gewachsen. Ist es so?«
Ich sagte: »Ja, ja, ein Wäldchen mit Sträuchern da und dort; mit Weiden und Obstbäumen. So daß es bis an die Decke wucherte. Und auf dem Fußboden wuchs wohl eine Wiese oder Pilzkulturen, denn die wachsen immer, wo es naß ist.«
Diese Erklärung hatte Erfolg, man kommentierte sie nämlich eine Zeitlang und lachte über ihre Merkwürdigkeit. Und es kamen immer mehr Leute, die zuhören wollten und fragten: »Was hat er gesagt?«, womit sie mich meinten.
Da wiederholte der Totengräber, ich würde einen Lehrer suchen, wisse aber nicht, wer das sei, er wohne mitten im Laub, als wäre er dort zu Hause. Und sie sagten: »Ja und?« Und der Totengräber: »Das ist alles, dann wollte er heiraten.«
So mußte ich die Sache klären:
»Bei ihm zu Hause schlugen die Truhen und die Schränke aus und auch die Tischbeine; und man konnte nichts dagegen machen. Bis er schließlich mitten in einem Wald stand; und je dichter der wurde, um so mehr sehnte er sich nach einer Frau zum Heiraten. Dann habe ich erfahren, er sei in die Stadt gegangen. Weiß jemand wohin?«
Darauf brach ein Getöse los, sie schrien durcheinander und machten mir Komplimente, denn sie wollten mir Mut machen, und sagten: »Den Lehrer finden wir noch« oder: »Vielleicht macht er gerade Reisigbündel«.
Und während ich an der Theke lehnte, kam es ringsum zu einem Handgemenge zwischen den Stammgästen und den Neuankömmlingen, und alle wollten mir Fragen stellen, so daß ich selbst ganz irre wurde. Zum Beispiel, wie der Lehrer

aussehe, ob er eine Glatze habe oder einen Hut auf dem Kopf oder wie alt er ungefähr sei und so weiter und so weiter; und ich sagte:
»Das weiß ich nicht, das weiß ich wirklich nicht; aber ich würde ihn gern finden.«
Sie machten einen solchen Krach, daß sie der Kellner nur zur Ruhe bringen konnte, indem er mich bat, auf die Straße zu gehen. Und das tat ich, und der ganze Schwarm Leute hinter mir her, unter ihnen der Totengräber, der aber am nachdenklichsten war, nicht lachte und keine Fragen stellte, sondern eine gespannte Aufmerksamkeit an den Tag legte.
Draußen gingen der Krach und die Fragerei wieder los; und einer, derselbe wie vorher, der wegen seiner starken Stimme ein wenig den Ton angab, sagte zu mir:
»Aber dann kennen Sie ihn ja gar nicht, den Lehrer.«
Ich antwortete: »Nein, aber er lebte in einem Brunnen, deshalb habe ich von ihm erfahren.«
Mit diesen Worten bewirkte ich noch einmal ein Getöse, aber es war mir auch klar, daß sie vielleicht falsch verstanden wurden, und daher fügte ich hinzu, im wesentlichen sei sein Leben in einem Brunnen begraben gewesen.
Aber auch das hatte ein großes Durcheinander zur Folge; und sie klopften dem Totengräber auf die Schulter und sagten:
»Hast du's gehört? Das geht dich an.«
Er blieb ernst und nickte mit dem Kopf. Aber viele fanden das zum Lachen und lachten, und sie waren es auch, die den größten Tumult machten.
So ging es noch eine Weile weiter, bis auf einmal dem Boss der Stammgäste etwas einfiel und er sagte, wenn es auch nicht der Lehrer wäre, so gäbe es doch einen, der habe geheiratet und das sei für ihn ein Kreuz gewesen; daher würde er sich vielleicht mit der Geschichte von dem Wald auskennen.
Zu seinen Leuten sagte er dann:
»Wir schicken ihn zu Nestor, die zwei verstehen sich, glaube ich.«
Und alle sagten sehr begeistert und glücklich ja zu dieser Entscheidung. Und sie gaben mir ihre Ratschläge.

»Nestor mußt du fragen, was das Leben ist.«
»Und ob ihm die Frauen gefallen oder ob er sich lieber auf den Dächern aufhält.«
Und über diese Reden lachten sie, aber auf eine Art und Weise, die ich noch nicht verstehen konnte.
»Hören Sie, lieber Freund«, sagte der Boss, »dieser Nestor ist ein Typ, auf den man sich verlassen kann; denn er hat allerhand durchgemacht.« Und dabei schaut er seine Leute an, ob sie einverstanden sind, und alle antworten im Chor, ja das stimme, fast zuviel habe er durchgemacht.
»Er hat soviel durchgemacht, daß er jetzt immer zu Hause bleibt, um die Ruhe zu genießen.«
»Schon gut«, sage ich, »aber das ist doch kein Lehrer.«
»Nein, aber Sie können uns trauen, der gehört zur selben Kategorie, und Sie werden uns noch dankbar sein, denn er ist genau das, was Sie suchen.«
Ich muß sagen, die Neuigkeit fesselte mich sofort, das ist so meine Art; und alle redeten mir zu:
»Geh nur zu Nestor, der ist noch besser als dein Lehrer.«
»Er hat ein Sofa aus dem Fenster werfen müssen, aber es ging um dasselbe: sich eine Frau nehmen.«
»Aber jetzt gefällt ihm die Elektrizität, fragen Sie ihn nur warum.«
Und der Boss fragt mich:
»Verstanden, lieber Freund? Von Nestor müssen Sie sich erklären lassen, was es damit auf sich hat, wenn man sich eine Frau nimmt, dann können Sie's dem Lehrer weitererzählen, damit er etwas lernt.«
Da sagte ein Stammgast, der gerade im Gehen war, er komme an Nestors Haus vorbei. Und daß ich mitkommen könne.

So gingen wir aus der Kneipe.
Und der Totengräber hinter uns her, indem er nämlich einfach mitkam, ohne Aufforderung und schweigend. So gingen wir los, den Totengräber auf den Fersen.
Und ich sagte zu dem freundlichen Herrn:
»Aber wo ist denn Nestors Wohnung?«

Und er: »Wir sind fast da, es ist hier, gleich um die Ecke. Dahinten wohnt er. Ich zeige es Ihnen.«
Und wir biegen nach dem Café in eine Gasse ein und dann noch in eine andere, und inzwischen sagt er:
»Es ist nicht weit, aber nicht ganz einfach. Lauter winkelige Gassen. Aber das ist sowieso mein Heimweg.«
Dann gehen wir durch einen Obstmarkt voller Leute und Händler; und wir kommen kaum durch. Und wie von ungefähr fällt mir ein, ich müßte doch eigentlich etwas von Nestor wisssen, wie stehe ich denn sonst da, und so frage ich:
»Aber wenn ich einfach hereingeschneit komme, störe ich Ihren Freund wahrscheinlich.«
»Nein, der freut sich, das sage ich Ihnen; Sie brauchen sich nichts zu denken, wir sind schon da.«
»Aber ich weiß wirklich nicht, worüber ich mit ihm reden soll.«
»Hm«, sagt er, »es geht doch ums Heiraten, oder?«
»Ja, aber ich weiß nicht recht.«
»Sie fragen ihn, wie es damit steht, und Sie werden sehen, er freut sich, wenn er es Ihnen erzählen kann.«
Inzwischen gingen wir über den Markt, ich und der Herr, den Totengräber auf den Fersen.
Und wenn ich auch sehr dazu neigte, der Aufforderung des Stammgasts nachzukommen, spürte ich, wie mich die Beine herauf und in den Augen eine Müdigkeit ankroch, der ich am liebsten nachgegeben hätte. Es war, als hätte ich diese Müdigkeit zugleich mit dem Totengräber auf den Fersen; und ich hätte gern gesagt: ›Schon gut, ich ergebe mich‹, um sie auf der Stelle zu befriedigen; aber ich wollte auch sehen, in was für ein Abenteuer sie mich da schickten.
Und in dieser meiner Müdigkeit gab es vielleicht Momente, in denen ich wirklich einschlief, selbst im Stehen und im Gehen; denn das kann vorkommen: daß einer, ohne daß man's merkt, schon halb in einem Traum ist oder hin und her fliegt wie auf einer Schaukel.
Deshalb war es, während ich mit diesem Herrn zu dem seltsamen Stelldichein ging und wir uns einen Weg durch die Menge bahnten, als ob der Totengräber, den wir auf den Fersen hatten, aus meinem Traum käme. Das heißt, ich wußte,

daß er da war und in Fleisch und Blut mit uns mitgekommen, aber wenn ich ihn flüchtig aus den Augenwinkeln ansah, seine kleine Statur mit der emaillierten Frisur und den Brillengläsern, die so dick waren wie Trinkgläser tief, wenn ich ihn so sah im Hin und Her meiner Müdigkeit, die so schwer auf meinen Augenlidern lag, dann konnte er ebenso ein Fetzen Traum sein, sozusagen, der aus meinem Hirn kam.

Jedenfalls war es nicht so. Aber doch fast.

Auf dem Markt war das Gewühl in vollem Gang, und die Geräusche schmolzen zusammen zu einem ununterbrochenen Lärm, den man aber im Innern nicht mehr wahrnahm, weil man sich daran gewöhnt hatte; aber es war, als wäre man ein wenig schwerhöriger als sonst. Man mußte beinahe schreien, wenn man etwas sagen wollte, und ich sagte nämlich mit erhobener Stimme:

»Hat eigentlich dieser Nestor auch einen Wald im Haus?«

Und mein Führer sagte: »Wie?«

Und ich aus vollem Hals:

»Hat er einen Wald, Nestor meine ich, einen Wald zu Haus?«

Der Herr lächelte als Antwort zweifelnd und sagte mitten in dem Tumult ungefähr:

»Weiß ich nicht. Das weiß ich nicht. Das werden Sie dann schon sehen.«

Und der Totengräber auf unseren Fersen reckte sich nach vorne, sogar wenn Leute zwischen uns waren, damit ihm von unseren Reden nichts entging.

Aber damit ich mir keine Illusionen machte, glaube ich, sagte mein Begleiter auf einmal mit gutmütigem Gehabe:

»Nestor, Sie wissen doch, wie es so geht, der ist jetzt schon ein wenig versponnen.« Und er wiederholte es, weil ich ihn nicht gehört hatte. »Ja, versponnen. Vorher war er ein ordentlicher Mensch. Ich habe ihn oft gesehen.«

Zum Glück waren wir jetzt am Rand des Lärms angekommen.

»Ich habe ihn oft in der Stadt herumstreichen sehen, und er sah aus wie jemand, der sich sehr für alles interessiert. Ohne etwas zu sagen, aber sehr interessiert. Jetzt nicht mehr.«

»Aber was macht er denn von Beruf?« frage ich.

»Weiß ich nicht. Aber ich glaube, er ist Bauingenieur, weil er immer die Häuser ansah, die Ziegel und den Verputz abtastete, um ihn zu prüfen wohl. Er sah, glaube ich, die Häuser darauf an, wie sie gebaut waren; wenn er kein Bauingenieur ist, dann ein Bau-Amateur.«
Wir gingen nun unter den Arkaden, und er fuhr fort, seelenruhig zu erklären:
»Ja, er schaute sich immer die Häuser an und ging ganz um sie herum, schaute auf die Einzelheiten wie einer vom Fach. Er versteifte sich zum Beispiel auf ein Haus, das besah er dann genau und machte, glaube ich, auch Messungen. Vielleicht war er sogar ein tüchtiger Bauingenieur, aber dann, sehen Sie, dann ist das Dampfroß aufgetaucht und hat ihn ruiniert.«
Und weil ich nicht verstanden hatte, fügte er hinzu:
»Das ist eine Frau, die so genannt wird, das Dampfroß.«
Und sich nach hinten wendend: »Oder, stimmt doch?«
Und der Totengräber kam nach vorne, um mitzureden:
»Nein, Bauingenieur war er nicht. Das weiß ich genau, denn er hat's mir gesagt.«
Der andere schüttelte den Kopf, dem dürfe man nicht glauben. Aber er ließ nicht ab:
»Er hat mir doch gesagt, was seine Meinung ist: Die Leute sind eher tot als lebendig. Er kam eigens zu mir, weil er es mir speziell sagen wollte. Und dann sagte er mir auch noch: ›Alles ist anders, als man es sieht. Die Häuser zum Beispiel.‹ Nein, Bauingenieur war er nicht.«
Der Erste aber achtete nicht auf ihn; wenn auch ich für meine Person lieber dem Leichenwärter zugehört hätte.
Im Gehen redete der Erste weiter:
»Auf jeden Fall, mit dem Dampfroß konnte er nicht Schritt halten, und das war sein Ruin. Alle haben es gesehen. Er hat es nämlich nicht geschafft, es zu halten; er wußte ja nicht, wie man das macht. Er ist gutmütig, viel zu gutmütig. Er war viel unterwegs, und was soll da schon passieren? Immer das alte Lied.«
Er blieb an einer Straßenecke stehen, um auszureden:
»Nachher dann, als er allein war, wurde er so versponnen. Fragen Sie nur die anderen Mieter. Er ist immer in der

Küche, hat eine Schürze an, wäscht, bügelt und singt; man hört ihn immer singen. Der Arme. So weit ist es mit ihm gekommen.«

Er zeigt mir eine Tür gleich neben uns auf einem kleinen Platz, wo der Totengräber mit uns stehenblieb. Ich sage dankeschön, und er geht weiter.

Also bin ich nun an Ort und Stelle, dabei, die Treppe hinaufzusteigen. So weit ist es mit mir gekommen. Und es wird sich zeigen, was es ist.

Dieser Nestor war jedenfalls ein Geheimnis geworden; geheimnisvoller als der Lehrer und sein Wald; und wer weiß, ob ich dahinterkam oder auf neue Geheimnisse stieß. Aber in der damaligen Zeit folgte ich dem Faden der Inspiration, und der sagte mir, so sei es richtig.

Und während ich die Treppe hinaufgehe, kommt mir die Stimme des Totengräbers in den Sinn, der an der Tür sagte: »Alle denken, wunder was unter der Erde ist, aber dort ist nichts.«

Und ich sagte: »Aber wo ist dann etwas?«

»Um uns herum. Man braucht sich nur umzusehen, dann sieht man die tollsten Sachen.«

Und ich dachte, ob ich das, was er gesagt hatte, nicht zufällig geträumt hätte, da es sich wie eine Stimme in meinem Kopf festsetzte.

Allerdings hatte ich an dem Tag ein zerstreutes Hirn, und von meiner Müdigkeit kamen Hirngespinste, die mich Staunen machten.

Ich drückte also bei Nestor auf die Klingel.

Also drückte ich bei Nestor auf die Klingel.

Nestor – ich hatte werweißwas für ein seltsames Individuum erwartet – war nur so etwas wie ein Buchhalter, wie es neben seinem Nachnamen an der Wohnungstür stand. Und es war sofort klar, daß er auch die Bescheidenheit und die Manieren von seinesgleichen hatte. Schütteren Haarwuchs und Pantoffeln.

Ich wußte nicht, wie ich ihm beibringen sollte, was ich suchte, und fing so an: »Ich wäre der Wasserinspektor.«

Er hatte seine Schürze an und sah nicht mißtrauisch aus. Im Gegenteil, er sah aus, als würde ihn mein Besuch freuen. Was mir Mut machte.

»Ah, Sie müssen den Zähler ablesen?«

»Nein, das muß ich nicht, also ich, sehen Sie?, ich interessiere mich zwar für die Wasserverteilung, aber aus allgemeineren Gründen.«

»Aha, aus allgemeinen Gründen, ich verstehe.«

Und er stand sehr freundlich in der Tür, aber auch unsicher, was zu tun sei.

»Das heißt, sehen Sie?, ich bin auch kein Installateur. Es ist mir gesagt worden, Sie könnten früher einmal einen Brunnen gehabt haben.«

»Einen Brunnen?«

»Ja, wenn Sie einen Brunnen hinter dem Haus hätten, dann, ja dann würde ich ihn gern sehen; wir haben nämlich einige Untersuchungen vor.«

»Aha, ein Brunnen, ich weiß, ich verstehe.«

Diese Unterhaltung zu führen, war nicht leicht, wenn er mir auch keinerlei Hindernisse in den Weg legte.

»Könnte man ihn vielleicht besichtigen, einfach so, unverbindlich.«

»Ein Brunnen? Vielleicht früher einmal. Jetzt ist es schwierig. Ich habe das Trinkwasser aus der Wasserleitung. Ich weiß nicht, ob das auch geht.«

»Na ja, eigentlich suche ich Brunnen, weil ich wissen möchte, ob man etwas drin gefunden hat, ob nicht zufällig eine Flasche drin liegt.«

Und ich schaute ihm ins Gesicht, um zu erkennen, ob er Bescheid wußte. Aber er hatte die Schürze hochgehoben und trocknete sich damit die Hände ab, weil er wahrscheinlich gerade beim Waschen war, als ich klingelte, oder sonst irgend so was machte. Und er nickte, ja, er habe schon verstanden.
»Es geht nicht direkt um den Brunnen, sondern ich suche irgendwelches Zeug, das drin liegt. Ich schaue nach, ob etwas im Wasser liegt.«
»Aber was für Zeug meinen Sie da?«
»Zeug, das mit herausfließt, aber das macht nichts.«
»Das heißt?«
»Na so Zeug, das im Wasser ist. Nichts weiter.« Dann sagte ich: »Wenn ich Sie nicht störe, komme ich mit hinein und sehe nach.«
Und ich ging hinein.
Darauf folgte noch eine kleine Plauderei, während er in der Küche das Wasser laufen läßt. Aber diese Finte tat mir leid, ich wollte ihn nicht hinters Licht führen.
Dann sagte ich: »Nein, eigentlich möchte ich wissen, ob es in ihrer Wohnung feucht ist, ein undichtes Rohr irgendwo, Schimmel oder Mücken.«
Und er: »Nein.«
»Auf dem Land, sehen Sie?, da gibt es nämlich das alles.«
Aber er war ganz ruhig. Also hatte man mich schlecht beraten? Der da war mit meinem Lehrer nicht im entferntesten verwandt.
Dann soll ich mich in der Küche hinsetzen, und er setzt sich gegenüber. Und wir sprechen davon, wie es sich bei ihm wohnt; nach seiner Meinung jetzt gut und so weiter und so weiter.
Und er sagt: »Wenn ich die nicht hätte!« und berührt dabei seine Spülmaschine und einen Mixer auf dem Tisch. »Funktionieren gut. Wahre Juwele, wissen Sie?«
Und dann reden wir von dem und jenem, und er fragt mich, ob ich mithalten wolle, das Essen sei nämlich gerade fertig. Ein Eierkuchen. Und da es gerade Mittagszeit ist, sage ich, ich bin so frei.
Das war die Lage; wir saßen beisammen wie zwei joviale Herren, die voreinander Respekt hatten, und plauderten,

und so kamen wir schön langsam zur Sache. Das heißt, plötzlich erschien in unserer Unterhaltung das Dampfroß, das seine Frau gewesen war; und er sagte ›leider‹ und versuchte es mir zu erklären.
Dann fragte er mich: »Aber wollen Sie das wirklich wissen?«
Und ich sagte: »Ja.«
Und da begann diese höchst seltsame Geschichte mit ihren noch seltsameren Zwischenspielen.

»Es ist eine uralte Geschichte«, so begann Nestor zu erzählen, »daß nämlich meine Frau damals, als ich sie hatte, bei allen das Dampfroß hieß. Sie war eine ziemlich stattliche Frau, schon an und für sich; also ziemlich stattlich in allem, was den Körper betraf, für eine Frau eben.
Und mich nannte sie immer ihr schmuckes Nestörchen, das war, ehe ihr diese Dampfkrause um den Kopf herumwuchs, und sie sagte immer: ›Nestörchen, mein schmuckes, heute vögeln wir zwei‹, haben Sie verstanden? So; und ich sagte: ›Irene, ich bin so weit‹, damals nannte ich sie nämlich noch Irene, wie sie wirklich hieß, als sie weder für mich noch für sonst jemanden das Dampfroß war.
Ich sagte: ›Irene, ich bin so weit‹, und sie: ›Los, Nestörchen, jetzt vögeln wir‹, und so redeten wir miteinander; und jetzt passen Sie auf: Da war auf einmal ein Geruch überall, und ich denke, daß so die Frauen riechen. Daran kann ich mich erinnern.
Ich weiß nicht, was mir an dem Dampfroß gefiel, damals. Vielleicht weil ich mich mit den Frauen und dem Vögeln und so nicht recht auskenne. Als wir gewöhnliche Verlobte waren, da hatte sie keine so unerhörte Kraft, oder sie hat's mich nicht spüren lassen, glaube ich.
Ich weiß noch, daß sie immer ›Nestörchen, mein schmukkes‹ sagte und dann ganz eigentümlich schnaubte in solchen Momenten und so etwas Eigenes ausschwitzte, das wie der Dampf einer Lokomotive war.
Ich erkannte sie in solchen Momenten nicht wieder; sie wurde eine Art Dampfkessel und bekam eine unmenschliche Kraft. Ich glaube, es fing jedenfalls immer mit dem

Dampfkessel an, denn sie kam unter Druck und ihre Temperatur stieg, und da wurde ich ein armer Kolben in ihrer Hand. Ich glaube, daß sie innen drin eine Zeitlang richtig kochte und dafür einen Druckverminderer brauchte.
Ich weiß nicht, ob Sie jetzt denken, ich hätte übertrieben, Herr Inspektor.
In meiner Jugend hat mir das Dampfroß schon gefallen, weil sie nämlich eine so stattliche Frau war, die sich gern bewundern ließ.
Und auf der Straße nahm sie sich gut aus; ich dachte, sie sei eine gute häusliche Frau mit viel Geduld. Sie nannte mich schon damals Nestörchen, aber ohne Ansprüche zu stellen; und ich sagte ›Irene, Irene‹ zu ihr, und es kam mir von Herzen. Erst später hat sie mit solchen Wörtern angefangen wie: ›Los, Nestörchen, mach's wie der Wind‹, und ich zappelte mich ab für sie, auf dem Sofa.
Später habe ich sie Dampfroß genannt, aus dem Grund, weil es angemessen war, von einem bestimmten Moment an. Eigentlich aber haben sie dann alle so genannt, wegen ihres Haars, aber für mich war sie eine Lokomotive, und das Sofa war damals für mich die Schienen.
Erschöpft war ich damals, das kann ich sagen, ich war nahe am Nervenzusammenbruch, und ich mußte fast ein wenig weinen, wenn sie sich auf die Schienen legte und ihr innerer Druck zunahm; ich merkte es genau, und dann fing sie schon an so zu schnauben, das hieß: ›Los, Nestörchen‹, und ich fühlte mich auf der Stelle erschöpft und schwach, auch meiner Konstitution und Abstammung nach, und ich paßte nicht zu ihr; ich war ungeeignet.
Sie hatte ihre Schienen und die führten auf das Sofa, und mir war es immer, als würde ich auf die Lokomotive steigen, und in ihr brannte der Koks wie in einer Art Esse, die sie irgendwo haben mußte, sonst hätte sie nicht so dampfen können. Dann sah ich überhaupt nichts mehr, während sie ihre Dampfsirene pfeifen ließ oder ein Sicherheitsventil oder was weiß ich wegen des Drucks.
Ich war eigentlich immer erschöpft, aber ich war in ihrer Hand, und wegen meiner Erschöpfung sah ich nicht mehr gut und hörte nur den Lärm der Schienen und den ganzen

Dampf, den sie machte, und wie sie schnaubte, und ich war immer ein armer kleiner erschöpfter Mann, der den Ehemann spielte, so gut er konnte. Und manchmal hätte ich ›Irene‹ zu ihr sagen mögen, aber da war sie schon das Dampfroß geworden, das auf vollen Touren lief, ohne zu hören, mit seinen Ventilen und seinem Dampf und den Waggons hinter sich.
Diese Lokomotive gab es natürlich nur in meiner Vorstellung, aber ein wenig echt war sie auch. Damals glaubte ich, die beiden funktionierten nach denselben Prinzipien, und sie hätte eine Lunge wie ein Öfchen. Konnte ja auch sein. Also, daß sie eine Lokomotive im kleinen war, innen drin.
Einmal habe ich sie auch entgleisen hören, vom Sofa runter, aber genau weiß ich's nicht. Es klang in meinen Ohren wie ein Bremsenkreischen und wie ein Radau, der nicht von Menschen kam, sondern von Eisenbahnwaggons und Weichen. Und ich glaube, ich habe auch Stationsvorstände mit ihren Pfeifchen gehört, aber es wird wohl nicht alles wahr gewesen sein. Ich war ja vollkommen erledigt und anämisch damals, hatte nichts als schlimme Träume; nachts lag ich immer unter Schienenfahrzeugen, die entgleisten, und auf meinen armen Knochen spürte ich die Bremsen der Züge, während das Dampfroß schlief und im Bett lag wie in einem Depot.
Dann träumte mir von einem Krachen, die ganze Nacht träumte mir von einem Krachen, das mich anfiel; und das Dampfroß lag friedlich da, riesengroß im Dämmerschein, und atmete, denn ganz leergebrannt war sie, glaube ich, nie.
Ich bin ein Pechvogel, sage ich, oder die Frauen sind nicht meine Sache, wegen meiner Konstitution.
Ich weiß nicht, wie es ihr dann in den Sinn gekommen ist, ihr Haar wie ein Gerüst um den Kopf herum aufzustellen und aufzubauschen, bis es eine große gelbe Dampfwolke war, die ihr überallhin folgte. Zu einer Dampfkrause war ihr Haar geworden, und deshalb nannten sie die anderen das Dampfroß oder respektvoll Frau Dampfroß.
Ich war auf jeden Fall ununterbrochen erschöpft in all den Jahren.

Sie kam die Treppe herauf, und mir wurde schon übel, wenn ich ihre Stimme hörte, die mich locken sollte und immer nur sagte: ›Nestörchen, wo bist du, Nestörchen?‹, und ich war ja als Ehemann verpflichtet, auch am Nachmittag. Und sie war für mich zu einem Dampfzug geworden und ich ein Rädchen, das funktionieren muß, weil es auf der Welt so eingerichtet ist. Aber sie war wirklich ein Eisenbahnzug, nicht zum Spaß. Ich sah in ihr wirklich eine Lokomotive oder in allen Einzelheiten so etwas Ähnliches, daß es mich an manchen Tagen selber wunderte, denn sie dampfte ja nicht nur aus allen Löchern, sondern ihre Beine bewegten sich wie Räder mit Kolben. Ich kann nicht genau sagen, wie das Gestell ihrer Beine überhaupt aussah, aber wenn ich ihnen zuschaute, während sie funktionierten, mußte ich sagen: ›Aber das ist eine Dampflokomotive.‹

Und vielleicht mochte ich sie noch ein wenig, schließlich war ich ja ihr Mann, aber ich mußte mir auch sagen: ›Schau mal an, wie sich Menschen ändern!‹

Sie war eine Lokomotive mit ihrer Rauchwolke und ihrer Dampfkrause, und sie hatte dieselbe Kraft, die Züge gewöhnlich gegen die Puffer entwickeln.

Ich ging auf den Bahnhof und schaute mir die Züge an, vergleichshalber, weil ich sehen wollte, ob gegen den Dampf wirklich nichts zu machen ist oder wie man ein Zugführer wird, der die Lokomotive fahren und halten läßt, wann er will, oder sie auf ein Abstellgleis fährt und dort stehen läßt, solange es ihm paßt.

Ich habe sogar versucht herauszukriegen, ob sie überhaupt ein Mensch ist. Da sage ich zu ihr: ›Also, du machst wirklich einen Haufen Dampf‹, und sie: ›Los, Nestörchen, komm her zu mir‹, und ich sah, wie ihre Dampfkrause mit ihr kam und sich noch ein wenig aufblies vor Gier. Und ich sagte: ›Woher nimmst du denn den vielen Dampf?‹ Und sie sagte nur: ›Ach, Nestörchen, jetzt leg dich her und sei schön lieb, ja‹, aber das klang wie das Schnauben einer Lokomotive im Bahnhof, die sich rüstet und unter Druck kommt und noch gemäßigt schnaubt, als würde sie ihre ganze Kraft für nachher aufsparen.

Da sagte ich noch einmal zu ihr: ›Hast du eigentlich schon immer so stark gedampft?‹; aber sie begann schon auf dem Sofa zu rattern, und mir vernebelte sich der Blick, als wäre ich unter Wasser, und schon begannen ihre Sirenen, Räder und Kolben zu lärmen, und selbst ein schwerer Zug hätte sie nun nicht mehr aufhalten können.
Und das arme Sofa war die Landschaft, die unter meinen verschleierten Blicken vorbeiflog, und ich hatte ein brüderliches Herz für die samtenen Ranken und die gepolsterten Armlehnen mit ihren schönen damastenen Blumen. Dann ging es dahin mit mir armem Rädchen in dieser mächtigen Lokomotive, die auf ihren eisernen Schienen vorwärtsschoß; und der Rauch, der viele Rauch! Und einmal habe ich auch zu ihr gesagt, damit sie auch einmal etwas sagte: ›Aber bist du denn ein Zug, Irene?‹; doch ich glaube nicht, daß man meine feine Stimme hören konnte, oder für sie war es wohl nur ein leiseres Quietschen ihrer dampfenden Gestänge oder ihres Schlots, oder ich war ein ausgehender Funke in ihrem Heizkessel.
Und mit meinen Händen befühlte ich das Geländer, das die Züge an der Seite haben, und das Trittbrett zum Führerhäuschen; aber ich fühlte es wirklich mit aller Deutlichkeit und stellte mir diese Lokomotive vor, die ohne Führer unaufhaltsam dahinraste.«

Was soll ich sagen? Ich hörte mit großer Anteilnahme dem Leben des armen Nestor zu und gebe es hier mit der größtmöglichen Genauigkeit wieder.
Aber ich spürte auch, wie mir die Müdigkeit in Wogen zwischen den Augen und den Lidern durchlief und mich mitzog. Sollten mir einige Einzelheiten dieser Abenteuer daher entgangen sein, so tut es mir leid.
Es war uns auch heiß, denn es war schon Nachmittag, wahrscheinlich hatten die paar Gläschen Wein ein übriges getan. Und so wurde ich hin und wieder von der Macht des Schlafes hypnotisiert, die wollte, daß ich den armen Nestor zwar sprechen ließ, aber ihm fast nicht zuhörte, als wäre ich gar nicht da.

Auf einmal stand er auf, öffnete die Tür und ein Fenster, um einen Durchzug zu machen, aber umsonst. Dann setzte er sich wieder hin.
Das Komische an diesen Schlafmomenten war, daß ich Nestors Gesicht und seinen weitersprechenden Mund anschaute, aber ich daneben auch einen Tropfen sah, der geräuschvoll aus dem Wasserhahn in die Spüle fiel, mit einer Regelmäßigkeit, der man sein Ohr leihen und von der man bezaubert sein mußte. Ich weiß nicht warum.
Wahrscheinlich die Macht des Schlafes und der Verdauung. Insbesondere, wenn Nestor eine Pause machte und seinen Erinnerungen nachhing, erreichte der Tropfen mein Ohr, und ich sah ihn auch fallen; ich sah, wie er sich in die Länge zog und sich dann loslöste, aber mit einer Mühe, als wäre er aus Öl, darauf hörte ich ihn fallen.
Dann fing Nestor wieder an zu erzählen, und ich wandte mich im Geist wieder seiner Stimme zu.

»In derselben Zeit kam mir auch eine Erinnerung an meine Kindheit in den Sinn, während ich ihre Dampfkrause in den Augen hatte. Die Ottomane hatte himmelblaue Stellen und einen aufgeprägten Mond, und da erinnerte ich mich, daß ich als Kind, soviel ich konnte, auf den Dächern weilte, und dort sah ich den Tag vergehen und den Abend, und was ich auf den Dächern machte, war das Gegenteil dieses Mißgeschicks mit dem Dampfroß.
So war es, und den Grund dafür weiß ich nicht. Ich streifte über die Dächer der halben Stadt und war Herr meiner selbst. So sehr Herr, daß ich gar nichts zu sein brauchte. Mein Platz in der Stadt war auf einer Ebene, die eine Zwischenstation zum Himmel war und keinerlei Ansehen genoß; man kann nicht sagen, daß es eine verborgene Region war oder eine Höhle; aber ich hatte den Platz allein entdeckt und ging dort herum, weil ich zugleich auf der Erde und in der Luft war, ich schaute nach unten, wenn ich wollte, und nach oben, und sah die schönsten Sachen, weil alles ein wenig fern und unerklärlich war.
Ich sah die Leute und die Autos und freute mich, daß jeder

ging oder fuhr, wohin er wollte; dann sah ich alle Vögel in der Luft, die Kirchtürme und die Antennen, und sah den Abend kommen, von mir unabhängig, aber mit seinem ganzen Schauspiel, das mir schon immer gefallen hat. Dann sah ich gern den Wolken im Wind nach, die nicht lange bleiben; und ich sah den Mond und die Sterne und die Sternschnuppen und unsere phosphoreszierende Milchstraße.

Diese Dinge, dachte ich, die so weit weg sind, sieht man gut von den Dächern aus. Aufs Dach kann sich einer setzen, der beschlossen hat und den es ziemlich freut, nichts zu sein. Nichts für den Verkehr, der auf der Straße ist, und nichts für alles, was am Himmel herumschwirrt. Wenn man auf den Dächern lebt, hat man gut reden, man freut sich, und das ist alles, und man versucht, noch höher zu kommen und zu verschwinden.

Als Kind dachte ich immer, man fühlt sich nur wohl, wenn man weit weg ist von allem, was sich bewegt, aber man muß um sich schauen und zuschauen, ohne sich selbst zu zeigen.

Ich dachte, diesen Vorteil hat man auf den Dächern, und so verbrachte ich dort die meiste Zeit, bis ich zum Abendessen gerufen wurde. Ich wurde gefragt: ›Nestor, was machst du denn auf dem Dachboden?‹, und ich sagte: ›Nichts‹, und die anderen dachten, ich würde dort Unerlaubtes tun.

Aber ich habe meine Erziehung von den Dächern bekommen, und mein Vater war wirklich die Luft des Himmels und meine Mutter der Geruch, der im Sommer aus der Erde aufsteigt. Und ich lebte zwischen meinem Vater und meiner Mutter auf den Dächern der Stadt, und das war meine Erziehung.

Zur Zeit des Dampfrosses dachte ich oft an diese meine verlorene Kindheit zurück. Jetzt sage ich es Ihnen, weil Sie da sitzen und mir zuhören; aber ich weiß nicht, wie ich es geschafft habe, so viele Jahre lang der Ehemann eines Eisenbahnzuges zu sein, denn ich bin ja immer ich geblieben, in jener Zeit, nur immer etwas erschöpft.

Und ich kann mich erinnern, daß sie sich auch die besondere Sprache angeeignet hatte, in der die Lokomotiven bei den Manövern mit den Waggons oder mit den Weichen verkeh-

ren; und das ist ein Getöse, das mir die Ohren und den Kopf verwirrt.
Und manchmal wollte ich es nicht wahrhaben, daß es so war, und sagte zu ihr: ›Aber warum redest du denn so, Irene?‹, aber sie verstand mich nicht gut und blieb auf ihren Schienen, während sie mich anhörte; und ich habe es ihr auch einmal von den Schienen gesagt, aber sie fing an zu kochen und war riesengroß und hatte schon das Pfeifen an sich, das mir angst machte. Und genau da habe ich sie in der vollendeten Gestalt einer Lokomotive gesehen, und das hat mich beeindruckt, denn während sie schnaubte, blieb ihr Dampf, von dem sie mehr hatte als sonst, in der Luft stehen, und so konnte ich alle ihre Bestandteile anschauen: die Kolben, das Geländer für den Heizer und die Hebel; und ich wunderte mich, denn sie war wirklich eine vollkommene Lokomotive, wie sie aus den Werkstätten kommen.
Und ich mußte weinen, weil ich kein solches Leben gewollt habe, sondern auf den Dächern hätte wohnen sollen, dann hätte ich meine Freude gehabt.«

Und ungefähr nach diesen Worten hatte Nestor eine kleine Pause gemacht, damit ich ihm folgen konnte. Aber manchmal wurde ich in solchen Pausen durch eine magische Kraft vom Wassertropfen am Hahn angezogen. Er war leuchtend und langsam. Und es schien mir, als würde er sich allzusehr in die Länge ziehen und der Trennung Widerstand leisten. So war ich abgelenkt, ohne es zu wollen.
»Sind Sie müde?« fragte mich Nestor.
Da kam ich wieder zu mir: »Nein, nein, wo denken Sie hin. Das ist wirklich eine lehrreiche Geschichte.«
»Ja, ja«, sagte er, »auch für mich. In gewisser Hinsicht habe ich auch etwas daraus gelernt.«
»Und dann?«

»Dann«, sagte er weiter, »dann kam die zweite Phase der Zeit mit dem Dampfroß.«
Und Nestor sagt, es war schrecklich und mit seinem ruhigen Wesen nicht vereinbar.

Nestor zeigt mir seinen Kopf und sagt: »Mir sind die Haare ausgegangen, weil sie mir soviel angetan hat.« Und er erzählt mir von seiner Theorie über die Haare, die kommen und gehen, je nachdem, wie lustig das Leben ist, die er aber schon ganz verloren hat, durch seine ununterbrochene Erschöpfung. Dem Dampfroß, sagt er, sind sie dagegen in jener auffälligen Weise gewachsen, in Form einer krausen Wolke, die von selbst hochsteht; und er sagt:
»Ich glaube, sie haben sich auf ihrem Kopf vermehrt und sind dicker geworden, damit der Effekt einer riesigen Dampfkrause mit vielen, vielen Fäden entsteht, die aber so klein und so leicht sind, als wären sie nichts; und ihrer Natur nach stehen sie immer zu Berg und wegen ihrer hydrophilen Natur waren sie unbezwingbar.«
»Ich verstehe«, sagte ich zu ihm, »jetzt habe ich alles verstanden.«
Da fing er wieder an.
»In dieser Phase war das Dampfroß immer in Stimmung auszugehen, und sie wollte bei allen Eindruck schinden mit ihrem Haar. Sie verbrachte viel Zeit bei ihrer Friseuse, das weiß ich noch; die, also die Friseuse, machte ihr diese höchst eigenartige sogenannte Frisur, die einem jeden so vorgekommen wäre, als hätte es irgendeine Stütze im Haar oder ein wenig Draht; aber die Kunst der Friseuse bestand darin, daß das Haar so aussah, damit dann das Dampfroß durch die Stadt gehen und sich von allen bewundern lassen konnte und alle sie das Dampfroß nannten.
Einer, der sie bewunderte, war ein Pferdemetzger namens Zardetto.
Sie sagte, zum Pferdefleisch gehöre eine Berufung, und ich wisse es nicht. Das sagte mir auch Zardetto: ›Ich habe auf einmal die Berufung für das Pferdefleisch bekommen; dagegen war nichts zu machen.‹ Und das Dampfroß bewunderte, glaube ich, ihrerseits einen, der eine Berufung hatte und nichts dagegen machen konnte. Und für den Metzger Zardetto ließ sie sich ihre Riesenfrisur machen, mit der sie in der Stadt auffiel.
Dieser Zardetto, den ich, für sich allein genommen, später schätzen lernte, gab mir Ratschläge, damit ich in Ruhe auf

der Welt leben konnte. Er sagte: ›Jeder hat sein Schicksal, das ist seine Berufung.‹ ›Meine Berufung sind die Dächer‹, sagte ich, und er sagte, das sei nicht zulässig und heiße nichts, und so was mache man in den Pausen seines Schicksals; er zum Beispiel fahre mit dem Rad, aber nur in den Pausen seines Schicksals.
Diese Berufung, die wollte ich verstehen, und ich fragte ihn, wie man etwas davon merkte; aber er sagte, klar sei eine Berufung niemandem.
›Die Berufung‹, sagte er auch, ›kommt zu dir.‹
›Aber meine Berufung ist das Leben auf den Dächern‹, erklärte ich ihm immer wieder.
›Aber nein‹, sagte er, ›auf den Dächern hat kein Mensch sein Schicksal, außer du bist von Schicksals wegen Maurer oder Dachrinnenflicker oder einer, der Antennen repariert.‹ Und er sagte auch: ›Du mußt besser verstehen lernen, was dein Schicksal ist.‹
Aber um die Wahrheit zu sagen, fragte ich mich damals, ob auf der Welt überhaupt Menschen sind, und ich habe auch darüber mit dem Metzger gesprochen, der sagte, daß es nach seiner Ansicht die Menschen gebe, und das sei gar kein Problem.
Ich ging zu ihm und sagte: ›Heute habe ich die Leute gesehen und von außen sind sie mir ganz normal erschienen, aber auch ganz tückisch, als wären sie gar nicht die, die sie sind.‹ Und ich fragte ihn: ›Aber machen sie wirklich alles in echt?‹
Und um es ihm zu erklären, sagte ich, jeder komme mir vor wie ein Schauspieler; und ich sähe es ihm an, daß er nicht sein eigenes Kleid anhabe, sondern vielleicht habe man es ihm auch gebügelt oder ein wenig zerknittert, damit es zu dem wird, das es scheinen soll. Und in den Gesichtern sah ich Zeichen, kleine Falten oder Mitesser oder dunklere Augenringe, die hinzugefügt worden waren, damit alles wie echt aussah.
Ich schaute mir zum Beispiel einen an und sagte mir, er hätte vielleicht eine Oberfläche aus Siegellack oder aus Wachs, aber man erkannte, daß es eine perfekte und zweifellos bewundernswerte Imitation war.

Und diese Leute gingen in ihre Cafés oder spielten die Vielbeschäftigten, die es eilig haben und keine Zeit zum Dolcefarniente.
Und er sagte, genauso sei es, die Leute täten, was sie tun müßten, und seinen Mann stehen heiße, es ungefähr auch so machen.
Da sagte ich ihm, mehr als einmal, das sei wahr, und ich könne nicht mehr dazu sagen. Die Leute schienen wirklich so zu sein, wie sie schienen, samt ihren Geschäften und ihren Gesichtern. Aber sicher war ich mir nicht, so sagte ich zu ihm: ›Sicher bin ich mir nicht, ich weiß überhaupt nichts sicher.‹
Ich weiß nicht mehr genau, wie ich damals lebte, als mein Nervensystem unter dem Einfluß des Dampfrosses stand.
Außerdem sagte ich zu Zardetto auch noch, es komme mir vor, als wären die Häuser alle aus Pappe oder aus einer Art Sperrholz. Und er glaubte es nicht. Ich sagte, praktisch gebe es gar keine Häuser, sondern ich sähe, wenn ich unterwegs sei, daß man sie alle durch unechte Fassaden ersetzt hätte. Und dieser Zardetto sagte: ›Wer denn?‹
Das wußte ich nicht, weil es für mich ein Geheimnis war, und oberflächlich schien alles gleich. Aber ich paßte auf, und es war sonnenklar, daß hinter den Straßen fast nichts war außer dem, was man vorne sah, vielleicht gab es auch einige Holzstützen, damit diese dünnen Wände nicht umfielen. Und von vorne merkte man nichts, weil alles so perfekt nachgemacht war, daß ich mich fragte: ›Wie haben sie das gemacht?‹
Manchmal sah ich Frauen, die aus dem Fenster sahen oder ganz selbstverständlich einen Läufer ausschüttelten; und ich sah Herren, die mit dem Schlüssel die Haustür aufschlossen oder klingelten, ohne auf mich zu achten, und dann hineingingen. Und ich dachte, daß sie alle drinnen verschwänden und dann lachten und nichts als lachten. Durch irgendwelche Spalten sahen sie, daß ich vorbeiging, um mich sah und ein wenig Verdacht schöpfte; und deshalb wollten mich alle durch die Spalten sehen, damit sie etwas zu lachen hatten. Und ich glaube, sie drängten einander weg, um besser sehen und lachen zu können.

Hinter diesen Fassaden konnte ja gar nichts sein als unbewohnte Erdflecke, kaum von Grün bewachsen. Das stellte ich mir vor, weil ich keine Spalten fand, durch die ich meinerseits hätte hineinschauen können; aber es mußte trockenes Land sein, mit kleinen Schluchten und abgerutschten Ufern, und vor allem sagte ich mir, das ist ein dürres Land, in der prallen Sonne, und es hat keinen Sinn hinzugehen.
Diese Leute aber waren hinter den Gerüsten und wohnten dort, damit man sie nicht sah, auch nicht, wenn sie lachten. Ab und zu durfte einer heraus, angezogen, als wäre er ein x-beliebiger Mensch; oder sie kamen zu dritt heraus, als wären sie eine Familie, die ihren Spaziergang macht, und ich sah, daß sie sich verhielten, als wären sie echt, und dachte: ›Respekt, wie bringen sie es nur fertig, nicht zu lachen?‹ Einige waren darauf spezialisiert, Kinder zu spielen, und es waren welche von kleinerer Statur, die bekamen kurze Hosen angezogen, damit sie genau wie ein Kind aussahen.
Ich habe auch einige auf Dreirädern gesehen oder kleinen Fahrrädern mit kleinen zusätzlichen Rädchen, die hätte man nicht von echten unterscheiden können. Auch in Kinderwägen legten sie welche hinein, aber das waren die kürzesten, damit man sie wickeln konnte.
Ich habe mir auch welche aus nächster Nähe angeschaut, und sie waren verblüffend.
Wie mir dann klar wurde, gingen sie, wenn sie sich vor Lachen nicht mehr halten konnten, hinter ihre Pappkartons zurück, als wäre es an der Zeit, nach Haus zu gehen. Und alles war dermaßen gut gemacht, daß das Kind manchmal quengelte, und ich sah auch, daß diejenige, die die Mutter spielen mußte, daß die dem quengelnden Kind hin und wieder eine Ohrfeige gab, ziemlich heftig, oder ihm eine in Aussicht stellte, alles genauso, wie es in der Pädagogik zugeht; mit dem quengelnden Kind und dieser seiner scheinbaren Mutter, die sagte: ›Sei still, sonst darfst du nicht mehr mit!‹ oder: ›Willst du nochmal eine?‹; und dann zog sie das Kind bis zur Tür, die wie eine echte Haustür war, und sie gingen hinein wie eine echte Familie mit ihrem ganzen Krimskram, den Einkaufstüten in der einen Hand, dem Kind und dem

Handtäschchen, und so verschwanden sie vor meinem Blick, um sich von der ganzen Szene auszuruhen und mit allen anderen zu lachen.
Dann drängten sie sich, glaube ich, alle zu einer Spalte und sahen, daß ich eine Zeitlang stehenblieb und die wieder geschlossene falsche Haustür musterte und auch zu den Fenstern und Dachgesimsen hinaufschaute wie einer, dem man einen Bären aufgebunden hat, und wie ein armer Ochs vor dem Berg.«

Während er mir diese höchst sonderbaren Enthüllungen machte und wir am Küchentisch saßen, sah ich etwas, das noch viel sonderbarer war: Von der Seite sah ich nämlich aus dem Wasserhahn, der immer noch tropfte, sah ich, und zwar so gut, als wenn es wirklich wäre, sah ich einen Kerl mit schütterem Haarwuchs oder jedenfalls mit Geheimratsecken hervorlugen, und sein kleines schlaues Gesicht verschwamm ganz mit dem Wasser.
Ich hatte nun quasi die Gabe eines guten Seitenblicks, mit dem ich besser sah als geradeaus; im Gegenteil, was ich von vorne ansah, sah ich nicht genau, aber mit dem Seitenblick erahnte ich jede verborgene Bewegung.
Ich schaute dem Freund ins Gesicht, während er mir von seinen Liebeserlebnissen als junger und als reifer Mann erzählte, und zugleich kontrollierte ich verstohlen den Schlaumeier aus dem Wasserrohr.
Der Buchhalter Nestor erzählte weiter von seinen schrecklichen Liebesaffären, während er schüchtern am Küchentisch saß, und ich behielt, ohne die Freundlichkeit eines Zuhörers zu verlieren, das Spülbecken im Seitenblick.
Man sah strahlend die Glatze hervorkommen, dann die Augenbrauen, die vom Wasser gekämmt waren und mir so flüssig erschienen wie kleine Bäche. Mit seiner dürftigen List nutzte der Wicht den Tropfen aus, um in den Raum zu spähen; er ließ sich, seinen dünnen Hals streckend, ein Stückchen tiefer nach unten. Dann fiel der Tropfen, und er zog sich aufs neue in das Wasserrohr zurück. Dann streckte er schön langsam auf seine scheinheilige Weise den Kopf

noch einmal heraus und belauerte mich oder Nestor, der seine Geschichte erzählte.
Und während er bis zu den Schultern herausgeschlüpft war, machte ich auf einmal ein Gesicht wie ein Installateur, mit vor Anstrengung vorgeschobenem Unterkiefer und beinahe hochstehenden und ein wenig von selbst wackelnden Ohren. Der Wicht bekam einen Schrecken und gurgelte, so daß er den Zusammenhalt verlor und sich fallen ließ, und Nestor saß da und schaute mir ins Gesicht, wobei er zu reden aufhörte, und ich glaube, er bekam auch ein wenig Angst, aber mehr vor meinen Ohren, mit denen ich sehr schnell wackeln kann, falls ich einen Installateur oder einen ergrimmten Installateur spiele.
Aber vielleicht hat er auch gedacht, das sei die Wirkung seiner Geschichte, und so sprang ich mit einem Satz zum Spülbecken und wollte den Stöpsel hineinstecken, aber der glatzköpfige Wicht war schon durch den Abfluß verschwunden; wie der Blitz war er weg, der gerissene Strolch, und ich sah nur ein wenig Schaum, der ihm vor Angst gekommen war.
Aber es war der Schaum eines Augenblicks, Wasserschaum, sonst nichts.
Und ich sagte ganz verwundert: »Haben Sie's gesehen am Wasserhahn?«
»Ach, macht nichts, der tropft immer.«
»Aber haben Sie gesehen, was da los ist?«
Und er: »Ich schaue nicht hin, das ist nichts Neues für mich.«
Aber es war nicht klar, was er meinte; und auch ich wußte nicht recht, was ich erklären sollte. Auf jeden Fall hatte mich die unerwartete, sonderbare Erscheinung aus meiner Müdigkeit aufgerüttelt; und ich bat ihn um eine Fortsetzung seiner Liebesaffären.

Die Fortsetzung seiner Liebesaffären

Ich kann mich entsinnen«, fängt Nestor wieder an, »daß ich mir alle nicht so wichtigen Stellen dieser Fassaden anschaute, weil ich das Geheimnis enthüllen wollte, auch jenem Zardetto samt seiner Berufung.

Ich sah eine Mauer, beispielsweise ihren Verputz, genau an: Der war immer perfekt in seiner Art, denn diese Pappe sah aus wie Sand und Mörtel, sogar die Flecken, die sich mit der Zeit bilden, oder die feinen Risse, die kein Mensch beachtet hätte, waren da, und er blätterte auf verblüffende Weise ab. Der Schmutz war genau an den Stellen, wo er sich am leichtesten festsetzt, und ich schaute ihn mir aus der Nähe an und hätte schwören können, er sei echt mit den typischen verwischten Farben und auch dem Geruch, zum Beispiel von Urin, den man in der Nähe roch.

Mit einer kleinen Hacke habe ich sogar manchmal den Verputz entfernt, dahinter waren die Ziegel, genau nachgebildet, aber eben aus der besonderen Pappe. Weiter konnte ich nicht mehr vorstoßen, aber ich war ohnehin überzeugt, das alles war wie echt. Auch die Türen, die aussahen wie aus Holz, bewunderte ich sehr und kratzte mit einem Messerchen ein wenig daran.

Diese Pappe wurde, ich weiß nicht wie, erhärtet, daß sie sogar wie Eisen oder Marmor oder eine Messingklinke wirkte.

Jetzt achte ich nicht mehr auf diese Dinge, ob Menschen da sind oder nicht, und ob die Häuser dünn sind oder ihren richtigen Umfang haben.

Aber einmal, als ich durch eine kleine Gasse ging und das Geheimnis zu enthüllen suchte, fand ich ein Loch in einem Fenster im Erdgeschoß; und wenn ich mich auf die Zehenspitzen stellte, konnte ich drinnen im Haus einen Kanal sehen. Ich sagte mir, das sei wahrscheinlich ein Schönheitsfehler und ich hätte eins der falschen Fenster entdeckt. Manchmal ging ich nur aus dem Haus, um den Kanal durch das Loch zu sehen, denn das tat mir wohl nach meinem Nervenzusammenbruch.

Ich weiß auch nicht, was das für eine merkwürdige Sache ist und wieso mir dieser Einfluß wohltat.
Damals ging ich durch die Straßen und sagte zu mir: ›Armer Nestor, geduldiges, untröstliches Rädchen‹ oder: ›Armer Nestor, dich macht der Dampf fertig‹, und so kam ich allmählich zu dem Fenster mit dem Loch und schaute mit einem Auge durch. Da war ich geblendet, und es war eine Wohltat, und unten war das Wasser, das ruhig und langsam vor sich hinfloß.
Und ich sagte: ›Wie sanft und mild‹ und schaute noch einmal; ich schaute, meine ich, mit bewegtem Herzen, während mein Auge an dem Loch war.
Der Kanal war vollkommen unbewohnt; er floß zwischen den Häusern durch und war wie eine Straße der Stadt, aber er hatte sein Wasser, und das besänftigte mein Gemüt, und ich dachte, daß es wegfloß, und das freute mich.
So schaute ich wieder, und das Wasser spiegelte den Himmel voll Glanz und Zauber, und in mir beruhigten sich die Nerven fast ganz.
Ich mußte ihn Zardetto zeigen, der sagte, das seien die Abwässer; das sei zwar selten, aber es sei so. Ich dachte dagegen immer, es sei ein Schönheitsfehler, durch den die Geheimnisse der Stadt sich ein klein wenig enthüllen.
Das kann ich nicht erklären, und auch dem Zardetto konnte ich es nicht erklären.
Ich sagte: ›Wenn diese Pappe samt ihren Stützen umfällt, weil ein heftiger Wind kommt, müssen sich diese Leute alle zurückziehen, und dann sieht jeder, daß die Kinder in Wirklichkeit Zwerge sind und Schminke aufgelegt haben im Gesicht. Da würde sich ein strahlendes Panorama auftun.‹
›Was für ein Panorama?‹ fragte Zardetto.
Und ich hätte es ihm sehr gern erklärt. Und so brachte ich ihn zu dem Fenster mit dem Loch. Das seien Abwässer unter freiem Himmel, meinte er, und ich würde es ablehnen, ein Schicksal zu haben, und es gebe keine Pappe und keinen Dampf, und man brauche nicht darauf zu achten.

Ich lag also umnebelt auf dem Samtsofa, dem armen, und dachte, daß meine Tage unter Pein und ohne Hoffnung ver-

strichen und daß ich nichts anderes sei als meinerseits eine zusammengequetschte Schiene, die auf der Strecke liegenbleibt, nachdem der Zug erbarmungslos über sie hinweggerattert ist.
Und in der Stille der Trostlosigkeit wird ein kleines, ein kleines, leichtes Surren hörbar, das aus der Küche zu mir kommt. Und ich erwache mit meinem Ohr und höre ihm zu, diesem Surren, und ich erkenne, es kommt vom Kühlschrank; es ist so leicht, daß ich beim Zuhören den Atem anhalte.
Und mein Herz machte einen Sprung als Dank für diese schöne Gegenwart und ihr freundliches Wesen und die zurückhaltende Art, wie sie sich bemerkbar machte. Kaum vernehmbar, wie jemand, der nicht stören will, und da dachte ich: ›Welch feine Seele‹.
Ich lag auf dem Sofa, ich Armer, ohne jegliche Nervenkraft; und durch den Nebel in meinem Kopf drang diese geheime Stimme; aber ich mußte die Ohren spitzen und in der Stille der Wohnung aufmerksam nach ihr suchen.
Dann hörte sie auf, und ich wartete hingebungsvoll mit gespitzten Ohren auf ihr Surren; und ich war nur dem Hören hingegeben, daß mir nichts vom meinem unglückseligen Leben in den Sinn kam, sondern mein ganzes Denken nur dem Ohr gehörte und dort versammelt war; und dann hörte ich ›tick‹, und da suchte es mich wieder, das kaum existierende Geräusch, so intim und doch fern und rücksichtsvoll.
Und ich sagte mir insgeheim, daß er jetzt mein Essen kühlte, ein ganz normaler Kühlschrank, der bescheiden in der Küche stand. Nur dieses feine Surren zeigte an, daß er da war, aber kaum vernehmbar. Und es kam mir vor, als wäre es für mich, auch wenn man es fast nicht hörte, und als wäre seine Schüchternheit so schön und liebevoll.
Als würde er mir leise aus der Küche sagen: ›Armes kleines Rädchen ohne Rast und Ruh ... Armes kleines Rädchen, das schlafen will.‹
Und ich dachte an mich Armen, der nichts hatte und nichts war auf der Welt. Und dann weinte ich über mein Leben und mein Unglück. Als ich jung war, wollte ich in der Luft leben, und jetzt war ich ein rostiges und zusammengequetschtes

Rädchen. Dann fing er wieder an und surrte mir zu, und mein Herz füllte sich mit Trost. Und mir kamen auch Gedanken, die unmöglich sind, das weiß ich schon. Ich dachte, er würde mich wegtragen, mein Kühlschrank, mit seinem Surren; und ich hielt ihn mit der einen Hand an mich gedrückt und umarmte ihn, und die andere hatte ich schon auf der Klinke, und er surrte und wurde immer leichter und ich mit ihm. Und eigentlich flogen wir nicht, sondern schwebten in der Luft, denn das Surren hatte die Kraft, das Gewicht aufzuheben.

So dachte ich, und der Gedanke tat mir wohl. Noch jetzt habe ich für den Kühlschrank eine ganz besondere Schwäche, und es besteht zwischen uns eine Art geheimes Einverständnis.

Und so fing es an, daß ich in die Küche kam, weil ich hier getröstet wurde, von meinen Haushaltsmaschinen, denn die mögen mich alle. Und hier blieb ich wie ein guter, glücklicher Verlobter, der respektiert wird und den seine Verlobten verwöhnen mit tausend kleinen Aufmerksamkeiten; aber trotzdem sind sie zurückhaltend und anständig und legen zum Beispiel einen ganzen Waschzyklus hin, mit Vorspülen und Nachspülen, Kochen und Schleudergang; und der ist wie eine schöne Sirene, die lustig und selig für mich singt. Und ich laufe in die Küche, wenn ich sie höre, und bin selbst auch fröhlich und lustig und bin einverstanden mit ihr und habe an ihr großes Wohlgefallen. Und am Schluß gibt sie mir alles sauber gewaschen zurück; ich mache das Türchen auf und lobe meine schöne Wäscherin und gehe freudig auf den Balkon zum Aufhängen, manchmal singe ich vor mich hin, und sie hören mich, und ich glaube, sie lachen, so gut sie können, sie lachen vor Glück in ihrem Innersten.

Dann gehe ich gern auf den Markt zum Einkaufen, und seitdem ich für sie aus dem Haus gehe, achte ich nicht mehr darauf, ob die Menschen und die Häuser echt sind. Oder auf jeden Fall sage ich mir jetzt auch, daß mir alle diese Scherze gleichgültig sein können oder daß ich sie höchstens mit mitleidigem Gesicht ansehe.

Offensichtlich gibt es für sie kein anderes Leben als das hinter den Pappkartons, aber ich habe mich daran gewöhnt.

Das Dampfroß hat meine Gefühle nie leiden können. ›Du bist zerstreut‹, sagte sie und ließ einen kleinen Dampfstoß aus dem Kolben entweichen. Und ich sagte beispielsweise zu ihr: ›Nein, Irene, ich hab nur gehorcht, ob die Vorwäsche zu Ende ist.‹ Aber ihr war das gleichgültig und sie schimpfte mich, weil ich immer in Gedanken in der Küche war.
Ich sagte: ›Nein, aber man muß doch aufpassen, ob das Bleichmittel eingespült wird.‹ Da ereiferte sie sich gegen mich und meine Gedanken an das Bleichmittel, und sie nannte mich nicht mehr Nestörchen oder ihr Nestörchen, sondern einen Drückeberger und eine Plage. Das sagte sie wörtlich so: ›Schau, daß du fortkommst, du Plage!‹ Und ich nahm die Türklinke und ging in diese künstliche und heimtückische Stadt, und am Schluß stand ich vor dem Loch und schaute zu meinem Fluß hinunter, um mich zu erholen; und das erzählte ich alles dem Zardetto, der sagte: ›Die Plage, das sind die Frauen.‹
Die Spülmaschine wurde von dem Dampfroß absichtlich auf eine Weise behandelt, die mir mißfiel, ohne jeglichen Respekt. Da konnte die Spülmaschine nichts machen, die Arme. Sie konnte nur gehorchen und sich anstrengen.
Und in der Zeit, als sie auf mich wütend war, behandelte sie alles mit einem unseligen Zorn und wartete zum Beispiel die Spülmaschine so wutentbrannt und in völliger Mißachtung der Gebrauchsanweisung, die uns das Geschäft gegeben hatte.
Und ich sah es, ohne ein Wort zu sagen, aber mein Herz zog sich zusammen. Das ganze Geschirr so schlecht behandelt! Eine Spülmaschine will verstanden sein; das steht auch auf der Gebrauchsanweisung. Damit sie gut waschen kann, will sie verstanden sein. Sie ist kein Spülbecken.
Wenn sie einer schlecht wartet, kann sie nicht mehr arbeiten, und sie strengt sich vergeblich an, und das ist ihr peinlich. Und auf den Tellern und an den Messern bleibt das Fett kleben, und am Schluß ist alles grau überzogen. Das ist der Spülmaschine peinlich: Sie macht trotzdem die ganze Arbeit, aber es ist peinlich.
Manchmal hätte ich ihr sagen mögen, daß sie nicht schuld daran sei, sondern daß wir beide, sie und ich, arme Opfer

seien, die dulden müßten. Und wir waren traurig, und sie verstand mich, und ich glaube, daß sie mich schon damals ein wenig mochte, wenn ich sie nämlich einschaltete, dann merkte man gleich, das befriedigte sie und sie setzte sich ganz anders ein, um alles noch besser zu machen, für mich.

Und dann machte ich sie am Schluß auf und sagte ihr leise ein paar lobende Worte; ich sagte zum Beispiel, aber so, als würde ich mit mir selber reden: ›O, das glänzt ja wunderbar!‹; oder ich tat so, als wäre ich überrascht, und sagte: ›Diese Töpfe sind ja wie neu!‹, und mein Gesicht drückte eine große Befriedigung aus, und ich sagte, daß das Service jetzt aussehe wie Porzellan, und sagte: ›Aber schau mal! Wie schön es glänzt!‹ Und zu den Gläsern sagte ich nichts; die strahlten wie ein Spiegel. Sie lachte in sich hinein, glaube ich, wenn ich eins hochhielt und alles so machte wie einer, der voll Bewunderung und sprachlos ist.

So mochte sie mich nach und nach gut leiden und träumte davon, mit mir allein zu sein; und ich versprach es ihr als meine große Hoffnung. ›Ich hoffe es, du weißt, daß ich es hoffe.‹ Und ich hoffte es für mich und zum Besten der Küche. Und dann zerrte das Dampfroß die Bohnermaschine wie rasend über den Boden; manchmal sagte ich: ›Irene, du solltest die Bürsten auswechseln‹ oder: ›Irene, du solltest die Tüte ausleeren, sonst verstopft sich alles‹; aber ich riet es ihr nur, weil ich merkte, wie es die Bohnermaschine anstrengte; aber sie achtete nur darauf, daß ihr Haar aufgeblasen blieb, hatte irgendwie kein Gespür für die Bohnermaschine und behandelte sie wie einen Besen oder einen Schrubber aus Holz. Ich ging dann nachher in die Kammer und faßte die Bohnermaschine sacht an, die ganz zerknirscht und übel zugerichtet in einer Ecke lag. Und ich putzte sie ein wenig, denn, sage ich, eine solche Behandlung hatte sie nicht verdient, aber sehen lassen durfte ich mich dabei nicht, weil sonst das Dampfroß fuchsteufelswild wurde und mich wieder mit demselben Schimpfwort traktierte, ich sei eben eine Plage und der Abschaum der Menschheit.

Dann schaute sie mich und die Bohnermaschine an, um uns gründlich zu verachten, und ich kam mir wirklich vor wie der Abschaum, besonders auf dem Kopf, wo ich kahle Stellen hatte oder zu so etwas neigte, und die arme Bohnermaschine war wehrlos und stand neben mir, damit ich sie beschützte. Aber da konnte ich nichts machen, weil die andere noch da war; und ich war nur ein ausgeleiertes Rädchen.

Aber wenn sie aus dem Haus war und auf ihren Spaziergängen aller Welt ihre Dampfkrause zeigte, da ließ ich zu Hause die Bohnermaschine spazierengehen, wie es ihr gefiel, und sie surrte auf ihre schöne einförmige Weise und hinterließ Glanz, wo sie vorbeikam. Und ich nannte sie meine schöne Wonne, aber nur so zum Spaß für uns zwei. Aber nachher, wenn ich wieder allein war, dachte ich mir, eigentlich müßte man sie Zephirina nennen. Sie ist feingliederig, und manchmal schlüpft sie einem fast aus der Hand. Deshalb habe ich mir gedacht, daß der Name Zephirina am besten zu ihr paßte und ihr am besten gefiele.«

›Was für eine Geschichte!‹ dachte ich, während ich Nestors Leben zuhörte. Aber er hat recht, wenn es ihm so gefällt, immer noch besser als ein Nervenzusammenbruch.

Und ich habe es ihm gesagt. Aber bevor er den Mund aufmachte, sprang plötzlich die Tür hinter mir auf; es war ein Windstoß, denn das ist typisch für diese Jahreszeit. Aber ich konnte fast spüren, wie einer die Gelegenheit ausnützte und mit dem Wind hereinkam und unter meinen Beinen durchwischte und unter dem Tisch und herumflatterte, ohne sich genau sehen zu lassen. Ich dachte an den Taddei Filippo, warum weiß ich nicht, der vom Land hereingekommen war; und ich fühlte mich munter und froh trotz der traurigen Geschichten von dem Dampfroß, das dem armen Nestor so übel mitspielte.

Am Fenster bewegte sich ein Vorhang, aber ich konnte ihn rechtzeitig sehen, den Filippo meine ich; und spürte ihn wie einen Hauch am Hals, und ich wollte sagen: ›Filippo, Filippo‹, damit er stehenblieb. Dann muß er Nestor übers Gesicht geweht sein, denn seine Haare standen ihm zu Berg, die wenigen, die ihm die Frauen gelassen haben,

und sie blieben so stehen wie in einem elektromagnetischen Feld.
Und ich lachte über Nestors Gesicht, und auch ihn amüsierte es ein wenig, freilich ohne daß man viel davon bemerkte.
Und Filippo sprang von den Füßen auf den Tisch und wirbelte die Zettel durch die Luft, und Nestor sagte: »Der Wind, der Wind«, und zuletzt bewegte sich alles in der Küche und alles wirbelte durch die Luft, und ich hätte Filippo gern eine Sekunde angeschaut, aber er war, schnell wie der Blitz, schon überall vorbei und schon aus dem Fenster, glaube ich, und ließ mich bewegt und heiter zurück.
So sagte Nestor, wir säßen im Luftzug, und versuchte seine Haare wieder glatt zu streichen, die wie ein Heiligenschein um seine Ohren standen.
Dann legte sich alles, und in der Küche wurde es wieder ruhig. Und Nestor schaute mich an, ohne zu wissen, glaube ich, daß Filippo vorbeigekommen war. Aber auf jeden Fall war auch ich mir nicht ganz sicher; ich hatte es mir nur gedacht.
Da ich nun wieder ruhig genug war, um zu hören, wie sein Leben weiterging, sagte ich einige aufmunternde Worte:
»Na, dann ist es also gar nicht so schön mit den Frauen.«
Und er: »Kommt darauf an. Man muß dafür geeignet sein.«
Aber inzwischen sah ich wieder den Wicht aus dem Wasserrohr, der ganz langsam wieder seinen Kopf herausstreckte, mit äußerster Vorsicht, wie mir schien, er mußte nicht wenig erschrocken sein vorhin.
Aber nun ließ ich ihn machen, was er wollte, versuchte aber die Augen offen zu behalten und die Schlaftrunkenheit zu überwinden. Und zu Nestor sage ich, nur um etwas zu sagen: »Die Haushaltsgeräte sind doch besser.«

»Na ja«, antwortet er, »also ich habe immer gewußt, daß Haushaltsgeräte nicht sprechen können und daß sie keine Frauen sind. Ich habe sie nicht ein einziges Mal verwechselt. Und ich sage ausdrücklich, sie funktionieren elektrisch und

haben einen Mechanismus, der nur auf seine Weise funktioniert.
Aber ich bin immer gut mit ihnen ausgekommen, denn sie sind regelmäßig und mögen auch ihre Mängel haben. Zum Beispiel sage ich, daß ich eigentlich nicht richtig mit ihnen rede, denn das können sie nicht, sie sind eben Haushaltsmaschinen und haben ihre Grenzen.
Aber ich sage so kleine Sätze, um ihnen näher zu kommen, das mögen sie nämlich, solche Sätze wie: ›Komm, sei so gut, saug alles auf‹ oder beispielsweise zum Toaster: ›Komm, sei so gut, gib acht‹, aber nur so, damit er sich freut und sich geschätzt fühlt, denn an sich braucht ein Toaster ja nichts. Er kann die Minuten zählen und hochschnellen, denn es ist einer von denen, die hochschnellen. Aber ich will ihn nicht allein lassen, wenn er seine Minuten zählt.
Und ich sage auch, wenn ich in die Küche komme: ›Ihr lieben Mädchen, da bin ich, aufstehen‹, und keine rührt sich, denn sie haben ja keine Beine, aber es ist, als kämen sie alle gelaufen und würden mich freudig begrüßen; und wenn ich beispielsweise einen Blätterteig mache, dann machen sie mit, auf ihre Weise und ihrem Temperament entsprechend. Irgendwie sind das lauter Sachen, die man selber erleben muß, denn sonst meint man, sie sind nicht wahr.«
Da gab ich ihm recht. Aber viel war nicht zu sagen.
Er hat einen Tropfen Wein getrunken, um seine Kehle zu erfrischen, und begann dann zu erzählen, was danach passiert ist.

»Außerdem passierte es in jener Zeit«, sagt er, »daß das Dampfroß mit dem Vivisekteur Scansani davonlief, und das war für mich das größte Glück, aber nicht für diesen Scansani, der zwar sagte, daß er sich geehrt fühle, aber es später, so dachte ich, bereuen würde.
Vivisekteur soll er sein, und wahrscheinlich war das seine Berufung, auch wenn ich nicht verstehe, was das heißt. Aber ich habe die Berufung zu den Dächern, und das versteht man auch nicht, und ein anderer zum Vivisekteur; und da gebe es nichts zu diskutieren, so sagte Zardetto, denn über die

Berufung könne man nicht diskutieren; aber untereinander verstünden sie sich gut, die Vivisekteure. Und ich glaube, das stimmt, denn ich würde mich auch mit einem anderen verstehen, der über die Dächer geht, sogar ohne Worte.
Ja, dann erschien das Dampfroß mit ihrem Vivisekteur vor dem Haus, und sie drohten mir lange, sie würden die ganze Küche ausräumen und mitnehmen.
Da habe ich ihnen einmal die Ottomane nachgeworfen; denn so, dachte ich, würde sie auch den Vivisekteur zugrunderichten, er hat's ja nicht anders gewollt.
Es gab einen ziemlichen Krach, der die ganze Straße aufschreckte, als die Ottomane aus dem Fenster flog. Ein fürchterlicher Lärm, aber mich hat er ganz elektrisiert, und wir lachten alle in der Küche und konnten gar nicht mehr aufhören zu lachen. Ich lachte hinter den Fensterläden, und hinter mir tobten alle meine elektrischen Geräte vor übermäßiger Freude, und ich spürte einen unerhörten Blutdruck in allen Adern im Hals und unter dem Gesicht, und meine Augen waren, glaube ich, wie Wasserpumpen vor Lachen. Und ich sah durch den Fensterladen, daß das ganze unechte Gesindel auf der Straße stand und sich in der Staubwolke der Ottomane fragte, was nun zu tun sei; und ich sagte: ›Die habe ich zum Rückzug gezwungen‹, und unter uns herrschte Jubel, weil auch aus meinen Ohren ein solches Zischen kam, daß man nichts mehr hörte.
Dann kam ein Schutzmann, der für das Gesindel ein Boss sein mußte und sich vollendet als Schutzmann verkleidet hatte; und er war gekommen, um diesem Durcheinander ein Ende zu machen, sonst hätte ich gewiß über alle gesiegt, denn die Ottomane war mehrere Zentner schwer.
Ich hatte sie irgendwie aus der Fassung gebracht, denn auch aus den unechten Fenstern gegenüber lehnten sie sich zum Beispiel ohne Perücken, mit ihren Glatzköpfen heraus, so entsetzlich war der Lärm gewesen, und ich glaube, sie hatten Angst gehabt um ihre Pappestadt und sie könnten unter den Holzstäbchen und den Pappemauern zermalmt werden. Und man merkte, daß ihre Schichten durcheinandergekommen waren, denn es waren welche unterwegs, die eigentlich versteckt hätten bleiben sollen. Einer kam im Schlafanzug

aus einer Tür, und es war klar, daß er in diesem Moment nicht dran war, es war nicht sein Auftritt, und die, die schon unterwegs waren, schienen unsicher und spielten ihre typischen Rollen nicht mehr so gut.
Und von den Zwergen, die unterwegs waren, schreckten welche aus den Wagen hoch, um etwas zu sehen, und an ihren Gesichtern sah man, daß sie nicht verstanden, was los war, aber ein wenig, glaube ich, verrieten sie sich doch; denn normalerweise lagen diese kürzeren Menschen oder saßen angebunden in den Wagen ohne einen wirklichen Gesichtsausdruck, auch wenn immer durchschimmert, daß sie die Bösartigsten und am stärksten Maskierten sind.
Der Schutzmann versuchte dann alle wieder in ihre Rollen zurückzuführen, und er mußte so was wie ein Direktor oder Ortsaufseher sein, der sich nicht so leicht erschrecken ließ und den Diwan wie etwas Nichtiges anschaute, und zu den Leuten seinesgleichen sagte, sie sollten jetzt gehen und das sei ein heruntergefallener Diwan und nichts weiter.
Aber manche blickten nach oben, weil sie dem Frieden nicht trauten, und ich war hinter meinem Fensterladen versteckt und mit einer halbelektrischen Energie geladen, und hinter mir sagten meine Geräte: ›Was ist denn los? Was ist denn los?‹ Ohne Worte natürlich, aber ich verstand es trotzdem und erzählte es ihnen, und es kam uns vor, als würden wir uns den Bauch halten vor Lachen wie verrückt.
Und ich erzählte meinen Geräten, daß das Dampfroß unten diese Art Schutzmann belagert hatte und ihn mit ihren Ausdünstungen umnebeln wollte, damit er gegen mich etwas Schwerwiegendes loslasse. Aber der Schutzmann dachte an die Regelung des ganzen Treibens in der Stadt, und daß sein Geheimnis nicht wegen einer Ottomane aufkomme. Und er beachtete das Dampfroß nicht, und ich hörte, daß er zu ihr sagte: ›Signora, wir werden uns auch darum noch kümmern‹ und den Verkehr regeln wollte, und wir lachten und lachten.
Und ich erzählte meinen Geräten, was ich sah; und den Schutzmann schien die Frisur und das Rollgestell zu beeindrucken, das das Dampfroß beim Gehen hinter sich herzieht.

Und alle lachten, und ich wußte nicht mehr wohin vor Lachen und machte vom Fensterladen aus einen kleinen Schnalzer. Und das Dampfroß unten schäumte vor Wut und bewegte sich in Richtung Schutzmann, der aber quasi davonlief, das heißt, er zog sich ebenfalls zurück; es blieb nur noch der Vivisekteur unten stehen wie ein armer Irrer.
Später habe ich dann gesehen, daß dieser Vivisekteur nicht ganz böse war oder schon ein wenig gezähmt.
Vor einigen Tagen ist er allein gekommen, um die Rechte des Dampfrosses hier wahrzunehmen. Er hat mir einen Brief gebracht und dazu gesagt: ›Seien Sie vorsichtig, das ist eine wirklich gesetzliche Mahnung.‹ Um sofort Eindruck zu schinden. Es war ungefähr folgendes zu lesen: ›Ich komme und hole mir den Kühlschrank am Dienstag und auch das Bügeleisen und die Bohnermaschine.‹ Und dann hieß es noch: ›Das gehört alles mir und nicht dir‹ und zum Abschluß: ›Du bist der Abschaum und eine Plage‹, mit der Unterschrift Irene Mastelli, das ist sie.
Das hat mich gerührt und mir leid getan, und ich sagte zu dem Vivisekteur: ›Scansani, mir hat das Dampfroß nur Schlimmes angetan, und es war eine scheußliche Zeit in meinem Leben, und selbst die Erinnerung tut mir noch weh.‹ Dann sagte ich ihm, daß ich das Bügeleisen gern behalten würde, denn es sei ein kleines Eisen, dem sein Bügeln vollkommen genüge.
›Es hat einen so einfachen Geschmack‹, sagte ich zu ihm, ›ein kleines Eisen mit seinem Stecker, und wir schätzen einander.‹ Und er verstand mich vielleicht ein wenig, denn mit einem Auge schaute er mich an. ›Ich nehme es, wenn ich bügeln muß, und ich glaube, es freut sich sehr, es freut sich über mich; und dann macht es sich auf der Wäsche zu schaffen und auf den Hemden; und manchmal fängt es an zu scherzen mit den Untersetzern und den Tischdecken und tut, als würde es sie versengen, damit ich Angst bekomme. Aber das sind Scherze unter uns, nur so, um ein wenig zu lachen.‹ Ich wollte es Scansani beschreiben, um ihn auf meine Seite zu ziehen. Und ich sagte ihm, es sei ein vorzügliches Eisen, das man regulieren könne. Und somit könnte ich es nicht weggeben, denn wir würden einander sehr schätzen.

Dieser Scansani war nicht ganz unsensibel, und als er meine traurige Geschichte hörte, haben wir einander verziehen. Mit dem Vivisekteur ging es dann folgendermaßen weiter: Er erklärte sich für arbeitslos und war immer unterwegs auf der Suche nach einer Anstellung, und so begegnete ich ihm beim Einkaufen.

Ich fragte ihn versuchsweise: ›Sind schon Schienen bei Ihnen zu Hause?‹ Und er, der ein weißes Auge hatte, zwinkerte damit, um ja zu sagen.

Und ich sagte: ›Soviel Dampf!‹, und er sagte ja mit seinem Zwinkerauge.

Und dann sagte ich: ›Aber wer weiß was für ein Krach?‹, aber er sagte, so schlimm sei es wieder nicht, es krache so lala, und das bestätigte er mir mit seinem Auge, das auf seine besondere Weise immer sagte: ›Wir verstehen uns!‹

Aber insgesamt war er ein Mann, der nicht gern redete, am liebsten redete er nur mit dem Auge, das keine genauen Wörter sagen konnte, aber man konnte sie leicht erraten. Auf jeden Fall haben wir uns später nicht mehr über das Dampfroß unterhalten, und auch wenn ich ihn jetzt treffe, möchte ich ihn nur verstehen. Er ist Vivisekteur, insbesondere von Hühnern, und sagt: ›Ich bin Vivisekteur von Hühnern, sooft ich kann‹ und dabei leuchtet sein Albinoauge, so daß ich glaube, das ist eine Berufung, aber eine sehr merkwürdige, denn die Dächer, die kann ich verstehen, aber einen Vivisekteur von Hühnern, das verstehe ich wirklich nicht warum.

Mit seinem Auge erklärt er es so: ›Die Hühner sind die abgefeimtesten und dämlichsten Tiere.‹

Zu Hause denke ich über diese seine Vorstellungen nach, und alle hier in der Küche denken wir nach. Aber dann ist mir einmal die Geschichte dieses Scansani in den Sinn gekommen, wie sie wirklich sein muß, weil ich sie nämlich gehört habe. Ich glaube, sie hatten zu Hause ein Huhn, das auf dem Tisch herumspazierte; ich glaube, es war ein Huhn einer ungewöhnlichen Rasse, ein französisches Huhn oder auf jeden Fall ein Huhn aus dem Ausland; und Scansani war noch ein Kind und wollte es sich von der Nähe anschauen;

und während sie so einander anschauten, hackte ihm das Huhn in sein Auge und hat es ihm vernebelt.
So erklärt sich das Geheimnis aller Berufungen.
Und ich habe Scansani seine wahre Geschichte erzählt und ihm gesagt, daß ich sie gehört hätte. Und so hat er mich mit dem Auge zustimmend angeblitzt.
Und hier zu Hause haben wir uns alle über die Klärung gefreut, selbst die elektrische Bürste.«

Und nun begann Nestors Kopf nicht mehr oben zu bleiben, und er wiederholte immer wieder Worte, die er zu seiner Waschmaschine sagte, liebevolle Worte, soviel man verstehen konnte, voll Zärtlichkeit; aber mit schwankender Stimme und einem leicht abweichenden Blick. Auch mir schwirrte der Schlaf in den Augen herum.
Dann bewegte er nur noch mechanisch den Mund und mußte wohl plötzlich in einen ruhigen Halbschlaf versunken sein, in einen nachmittäglichen Halbschlaf.

Ein tiefer nachmittäglicher Halbschlaf

Es war also mitten am Nachmittag jenes langen Tages, und ich gehe wieder durch die Straßen dieser Stadt, ganz in Gedanken bei dem armen Nestor, den ich verlassen hatte, ohne ihn stören zu wollen.

Und neugierig schaue ich mir die Häuser an, die, wie er sagte, aus nichts bestehen.

Und ich denke, daß es, wer weiß, tatsächlich so sein könnte. Das heißt, es ist nicht ausgeschlossen. Daß diese ganze Stadt nur von kurzer Dauer ist, im wesentlichen ein Gerüst, das in einer Wüstenei aufgestellt wurde. Daß sie kein wahres Etwas ist, sondern nur ein Scherz, eine Art Scherz für die Fremden.

Und um meine Neugierde zu befriedigen, kratze ich probehalber an einer Ecke. Also, denke ich, sollte das zufällig Pappe sein, dann hat man eine perfekte Arbeit geleistet, insbesondere bei den letzten Überarbeitungen. Es sieht nach alt aus, nach Farben, die mit der Zeit verblichen sind, nach feuchten Flecken, Regenspuren und auseinanderklaffenden Ziegeln; ein Anstrich, der Blasen wirft und abblättert, Rost, abgenutzte Stufen und auch Pflastersteine, von den Schritten und Wagenrädern.

Unglaublich, muß ich denken, wenn das hier alles unecht ist, dann ist es ein Kunstwerk. Und gehe weiter in der Stadt herum und bewundere die Kirchen, die Denkmäler und die Statuen, die durch eine wirkliche Ziselierarbeit überall rissig und abgenutzt sind und eine Patina aus Schmutz und alten Rinnsalen haben. Verblüffend. Selbst verfallene Paläste sind da, so echt und so perfekt windschief, daß man sagen möchte: »Nein, das gibt es nicht.«

Und dann einige höchst eigenartige Details, die den Zufall und die Nachlässigkeit imitieren, aber, wenn Nestors Verdacht wahr ist, wirklich einer wunderbaren Phantasie entstammen. Zugemauerte Fenster, krumme Straßen, Häuser, die ohne jedes Kriterium und ohne jede Logik auf andere hinaufgesetzt wurden, deren Terrassen mit Glasplatten bedeckt sind, die aus einem Dach herauskommen, Gucklöcher

wie Bullaugen, eine Mischung aller möglichen Stile der Welt.
Dann die Drähte, die über den Köpfen die Mauern entlang laufen, in übermäßiger Anzahl; es hätte gereicht, so sage ich mir, sie anzudeuten. So versteht man nicht, was sie bedeuten sollen, die vielen Drähte und Rohre. Vielleicht eine Übervölkerung.
Und ich halte im Gehen inne, um noch verblüffendere Dinge zu überprüfen: Zum Beispiel die Fassade eines Hauses, die schon so weit abgeblättert ist, daß darunter noch eine, eine andere Fassade sichtbar wird. Und ich denke mir sogar, daß man hier den Besucher mit einem doppelten Trick foppen will, indem man ihm vorgaukelt, unter dem unechten Verputz sei etwas Echtes.
Doch das sind die Streiche einer List und überragender Kunst.
So auch das Reiterstandbild eines Kondottiere: es ist überzogen von Taubendreck, als wäre er vom Hut, von den Zügeln und von der Mähne herabgeronnen, weiße und graue Streifen hinterlassend, aber auf eine meisterliche Art.
Und ich bleibe stehen, um sie zu bewundern; und alles ist so gut gearbeitet, daß man nicht einmal unterscheiden kann, wer darunter ist. Besser, als wenn es echt wäre.
Und als ich weitergehe, scheint mir in der Architektur ein großes unverständliches Durcheinander zu herrschen; so daß ich sage, wenn das alles Pappe sein soll, dann haben sie sich entweder geirrt oder es ist ein Meisterwerk.
Und denselben Eindruck machen die Leute; ›wenn das Schauspieler sind, dann Hut ab‹, sage ich mir. Eine ausgezeichnete Schule, beinahe bekommt man Lust, sich in eine Kneipe zu setzen und sich wie im Parkett zu fühlen. Und da geschieht ausgerechnet, was mir Nestor in der Küche erklärt hatte: Ich sehe drei Schritte von mir entfernt eine Mutter, die zerrt ihr Kind hinter sich her oder jedenfalls einen, der perfekt als Kind maskiert ist. Und das Kind tut so, als wollte es absolut nicht mehr weitergehen, sträubt sich, so gut es kann.
Dann sagt die Mutter zu ihm: »Komm, sei lieb, sonst kommt der kleine Hund und bellt dich an. Schau doch, der nette

kleine Hund ... komm, sei lieb ...« Und so ging es weiter, lauter solche Sätze.
Aber das komische Kleinkind zieht weiter in die andere Richtung und stößt nasale Laute aus.
Darauf die Mutter: »Nein hab ich gesagt.«
Und dann mit zischender Stimme, jeder Zoll eine große Schauspielerin: »Paß auf, sonst hau ich dich grün und blau!«
Und das Kind bleibt eigensinnig, ein äußerst raffiniertes Kunststück; bis die Mutter wieder sagt: »Du hörst jetzt auf!« und haut ihm eine runter, perfekt realistisch, und gibt ihm noch einige schnelle Klapse mit dem entsprechenden Geräusch genau im richtigen Moment. Eine Illusion, da ist man baff.
Und da mußte ich einfach lachen und auch ein wenig applaudieren, denn ich war begeistert. Als Darstellung der Mutterliebe hätte ich mir zwar eher eine Szene mit Küssen erwartet, wo sie das Kind im Arm wiegt und an sich drückt, eine Standard-Szene.
Aber das ist wahrscheinlich die Avantgarde, dachte ich, und noch dazu gute Schule, so etwas kann Wunder wirken.
Die beiden gönnten sich dann nicht einmal eine Pause, sie sahen mich nur an, ohne Verbeugung, ohne Dank; sie sogar mißgünstig, so verwachsen war sie mit ihrer Rolle; das Kind mit einer Rotzglocke an der Nase, vielleicht Pektin. Und dann gingen sie. Eine Darstellung, mit anderen Worten, daß es einem die Sprache verschlug.
Und ich habe noch andere gesehen, sehr komische, mit Dialogen zum Totlachen, so daß ich mich fragte: ›Wie mag wohl der Autor heißen? Sicher ein berühmter Name. Und der Maskenbildner, auch er ein Meister seines Fachs.‹
So dachte ich, ich muß Nestor wirklich dankbar sein für seine Enthüllungen: Er mag ja gelitten haben, der Arme, wegen der Überraschung; aber für mich war es ein großes Vergnügen, und ich lernte fortwährend etwas dabei. Was habe ich denn noch gesehen? Ach ja, da kamen Ehefrauen mit ihren Männern vorbei. Sie gingen zum Beispiel Seite an Seite, in schönster Ordnung, Schrittchen vor Schrittchen, ein Fuß und dann der zweite, ein Fuß und dann der zweite; sie mit Handtäschchen und Stöckeln, eventuell mit Brosche

und Halsketten oder Armreifen; und sie schauen nach rechts und sie schauen nach links, machen vor einem Schaufenster halt. Die gehören nur zum Hintergrund, damit man weiß, jetzt ist der Augenblick des Bummels, aber ihr Einsatz ist professionell, in winzigen Szenen, die man normalerweise nicht beachtet, etwas für Kenner.

Zwei habe ich beobachtet, die auftraten, ohne den Mund aufzumachen, die spielten welche, die sich nicht ausstehen können; aber ihre Gesten waren bestens aufeinander abgestimmt, in bestem Einvernehmen. ›Wer weiß‹, dachte ich, ›wie lange sie das einüben. Aber das Ergebnis ist perfekt!‹ Ich bewunderte sie mit der allergrößten Befriedigung.

Dann kam mir als Vergleich zu ihnen Hochwürden Soliman in den Sinn, der die Messe nicht lesen konnte. Und da sagte ich sofort: ›Er hat es nicht geübt, offenbar.‹ Und dann: ›Nein, ganz was anderes, er war nicht bei der Sache.‹ Es bedeutete ihm nichts mehr, die Messe zu spielen oder zu lesen, und er machte es, wie es gerade kam, eine Art Zusammenfassung. Er mußte irgendeine geheime Qual haben, die wie ein Nagel in seiner Stirn steckte. Eine fixe Idee, an die denkt einer natürlich immer. Und seine Rolle geht vor die Hunde; eine Katastrophe.

Aber ich glaube, daß er mir auch beibringen wollte, was ich dann von Nestor gelernt habe: Man ist wie im Theater, nur fehlt die Zutat der Bühne.

Aber ich sage: Wenn wenigstens ein Orchester da wäre, das ab und zu spielt, in den Pausen; oder ein paar Scheinwerfer oder wenigstens ein Vorhang, der den Auftakt gibt und am Ende fällt, dann könnte man eher erkennen, wer spielt und wer zuschaut. Und vielleicht noch mehr lachen. Aber so? Man hat keinen Augenblick Ruhe. Auch wenn die Aufführung, das muß man sagen, majestätisch ist und nicht an Aufwand gespart wird.

Und auf meinem Spaziergang muß ich in mich hineinlachen, weil soviel Bravour vorgeführt wird und der Bühnenhintergrund so kompliziert ist.

Man müßte sich aber, so geht es mir durch den Sinn, ein bißchen besser auskennen, denn es kann sein, daß es gar nicht genauso ist, wie es sich Nestor vorstellt; er stand ja unter

dem Einfluß seines Dampfrosses, was ihn wirr oder auch blind machen konnte, so daß er sich schon mit dem Verdacht zufriedengab, ohne weiterzuforschen.
An der Stelle fällt mir nämlich, während ich das Schauspiel der Stadt genieße, wieder ganz deutlich, als würde ich es sehen, der Wassertropfen ein, aus dem der glänzende Wicht heraussah. Das ist nun wirklich etwas sehr Merkwürdiges; vielleicht kam es daher, daß mir der Schlaf fehlte. Das heißt, wenn das Auge starr blickt, dann sieht man auf der Seite, was man geradeaus dann nicht mehr sieht. Ein Vermögen des Augenwinkels. Wer weiß.
Der Schlaf hatte jedenfalls damit zu tun, denn auch, wenn ich jetzt meine Augen zufallen ließ, sah ich wieder den Tropfen und das Wasser und dazu Leute, die in den Wasserrohren hausen und herumlaufen. So ein Zeug!

So, im Gehen, bin ich auf einmal wieder in dem Café mit dem gemalten Mohren.
Und es waren noch einige da, die ich vorher dort getroffen hatte und die mir ihre Ratschläge gegeben hatten.
Also sage ich ihnen, daß mir Nestor sehr nützlich gewesen ist; aber dann sage ich auch, daß das Merkwürdige in seiner Wohnung der Tropfen am Wasserhahn sei.
Die drei oder vier Leute wurden sofort neugierig, und dann sagte ich, man dürfe es vielleicht nicht allzu ernst nehmen, aber zu dem Tropfen gehöre einer dazu, ein Wicht, der aus dem Wasserhahn herauskomme.
Da wunderten sie sich gar nicht und sagten: »Ja, ja, das kommt bei uns auch vor«, und riefen auch noch andere, damit sie sich das mit anhörten.
Da sagte ich, dieser Jemand sei nur mit dem Kopf im Tropfen, ohne herauszufallen, und spähte hervor, wobei er sich herausbeuge und wieder zurückziehe, oder so sei es mir vorgekommen.
Sie sagten ja, das würde oft passieren, und riefen noch andere herbei: »Komm und hör dir das an! Der hat die Wichte aus den Wasserrohren gesehen!« Und sie lachten, was heißen sollte, daß die Sache merkwürdig ist, aber nicht schlimm.

Einer von ihnen sagte, er würde es so machen: Er tut so, als würde er das Gas anzünden, aber dann dreht er den Wasserhahn auf, aber so, daß ein starker Wasserstrahl herauskommt. Da jammert dann der Späher und macht dasselbe Geräusch, das die Rohre normalerweise haben, aber mit einer lästigen Stimme wie eine Sirene, denn das ist seine Art, den Leuten das Gehör zu quälen.
»Ich habe dagegen welche ins Waschbecken fallen sehen«, sagt einer mit einer Baskenmütze, »sie wurden nämlich überrumpelt, oder es waren Junge, Unerfahrene, die noch nicht wußten, wie sie sich mit ihren kleinen Fingernägeln an den Krümmungen des Rohrs festhalten sollten.«
»Ja, das stimmt, die machen ein Gesicht, wenn sie schon halb draußen sind, fast wie Hysteriker.«
Alle lachen über diese Bemerkung. »Und den Herrn des Hauses schauen sie vorwurfsvoll an, wenn er da ist.«
Der Frau des Hauses spielen sie die Komödie ihres Schmerzes vor; aber es ist kaum möglich, sie zu sehen, weil sie sich nicht zeigen wollen.
Manches Dienstmädchen sieht sie beim Geschirrspülen halbtot mit dem kochend heißen Wasser herunterfallen und dann im Schaum des Spülmittels herumschwimmen.
»Ich sehe sie«, sagte einer, »manchmal früh am Morgen, wenn ich aufstehe, weil ich zum Zug muß, und es ist noch dunkel. Ich sehe sie wie Lumpen an einem Wasserhahn hängen, der immer ein klein wenig rinnt.«
Aber dann sagen sie, man hätte nicht die Zeit, ihnen zuzuschauen, auch wenn das der richtige Moment wäre, denn sie würden lang und dünn. Sie hingen nur mit den Füßen dran, und zwischen den Zehen hätten sie eine Art farbloses Harz, und ihre höchste Lust sei es, sich vom Wasser durchströmen zu lassen. Wenn sie könnten, würden sie ihr ganzes Dasein so verbringen. Untereinander nennen sie das Wohlbefinden, rinnendes Paradies; und es kommt vor, daß sie lange Zeit so baumeln, einen ganzen Sommer lang zum Beispiel, und alles vergessen; und so beschmutzen sie nämlich das Waschbekken oder die Badewanne mit Rost.
Dann verschwinden sie durch das Abflußrohr, wenn sie das Gleichgewicht verlieren, und fangen ein neues Leben an,

das vielleicht abenteuerlicher und geselliger ist, freier und auch nicht mehr so sicher.
Soviel erzählten sie mir.
Daß ein Abflußrohr für sie ist wie für uns Irdische ein Reich von Sümpfen und Gestrüpp. Es bilden sich Banden aus schlimmen Elementen, die sich im Wasser eines Klos aufhalten oder hinter den Ventilen der Wasserspülung, und es gibt Streitereien und Razzien die Leitungen entlang.
Es scheinen schwächliche Leute zu sein, wenn sie im Trinkwasser hausen, im Abflußrohr hingegen werden sie ausnahmslos grausam.
Es war zu einem Wettstreit gekommen, wer mehr über sie wußte, und alle lachten dazu, denn über diese minderen Bevölkerungen kann man im Grunde nur lachen.
Ich wunderte mich und paßte sehr gut auf und freute mich, etwas lernen zu können.
»Unter diesen Wichten«, sagte einer stirnrunzelnd, »gibt es fürchterliche und unverträgliche, die auf nichts hören, und selbst mit Salzsäure, Pumpen und Saugnäpfen ist ihnen nicht beizukommen.«
Und alle sagten: »Das gibt es nicht!«
Und er: »Wie sehr man sich auch anstrengt, sie mit dem Saugnapf hochzuziehen, sie hängen sich in das Knie des Waschbeckens und fluchen, was das Zeug hält, oder stoßen Laute aus und rülpsen, damit wehren sie sich, aber das ist auch ihre Lebensphilosophie.«
Und alle sagten: »Das stimmt«, und lachten, »sie rülpsen, um zu sagen, daß ihnen alles egal ist.«
»Ja, und wenn sie dann herauskommen, erkennt man sie gar nicht, so schlampig und schlammig sind sie.«
»Und wissen Sie, was die machen? Aus den Haaren machen sie sich eine Art Nest und wickeln sich hinein.«
»Aha«, sagte ich, »unappetitlich.«
Und ein anderer: »Das Leben im Abflußrohr ist ein trauriges Kapitel.« Und damit sind alle einverstanden und klatschen Beifall.
Aber es gibt noch Schlimmeres: Wenn sie zum Beispiel rudelweise unterwegs sind und wie wahnsinnig durch die Latrinen galoppieren, dann hinterlassen sie Blasen und

ihren typischen Azetylengeruch. Sie sprachen nacheinander, ohne je innezuhalten, während sie mir unter großer Heiterkeit das Leben dieser Bevölkerungen beibrachten.

Und wenn ein Rohr ein Loch bekommt, passiert es oft, daß einer dieser Schmarotzer mit dem Wasserstrahl herausgespritzt und weit weg geschleudert wird, wo er dann ein wenig unsicher auf dem Boden sitzt.

»Ich habe einmal einen auf dem Bürgersteig gesehen, noch ganz naß, der jammerte und winselte auf eine ganz eigene Weise.«

»Wenn aber dann ein Autobus vorbeikommt«, so antwortete ihm einer, »wird er von den Rädern zerdrückt oder er löst sich nach zehn Minuten oder einer halben Stunde von selbst auf.«

»Ja, das ist bedauerlich«, hörte ich sagen, »aber da kann man nichts machen.«

Und wie sie mit solcher Schlagfertigkeit einander die Sätze zuwarfen und nie den Faden verloren oder vom Thema abkamen, obwohl sie zu so vielen sprachen, darin zeigte sich eine solche Geschicklichkeit und eine solche Leichtigkeit, daß ich anfing, mich noch mehr zu wundern. Und außerdem lachten sie fortwährend miteinander, und jeder hatte eine eigene Lache: der schluchzte, der stupste seinen Nachbarn mit dem Ellbogen, und so weiter und so weiter, mit Baritonstimme oder Schnarchlauten; so daß es mir wie eine Parade aller Lachmöglichkeiten erschien.

Sobald aber irgendeiner sprach und seine Eindrücke von den Wasserrohren erzählte, wurde es mäuschenstill, beinahe als hätten sie es so ausgemacht, und dann in den Pausen wieder das Gelächter und Geschrei, bis wieder einer sprach und diese beileibe nicht alltäglichen Dinge sagte, von denen ich schon berichtet habe und die tatsächlich in den Kneipen nicht gerade häufig zu hören sind.

Und ich wunderte mich immer mehr, denn es war, als hätte eine Meisterhand die Szene dirigiert, und dann fragte ich mich: ›Woher haben sie diese außergewöhnlichen Informationen? Wo haben sie das gelesen?‹

Auch die Szenerie war nach allen Regeln der Kunst ausgedacht: Einige saßen, einige standen, manche rauchten und tranken ab und zu einen Schluck. Es gab auch Leute, die

nicht mitmachten oder jedenfalls abseits saßen und die Zeitung lasen; und am Ende des Saals schaute jemand in einen Fernseher und wandte uns den Rücken zu.
Da begann ich aufmerksamer zu beobachten und sagte zu mir: ›Die werden doch nicht auch Theater spielen?‹
Und ich paßte auf, ob man es an irgendeinem Detail erkennen konnte, also nahm ich mir den Kellner aufs Korn, denn vielleicht zog der die Fäden oder war auch nur der Feldwebel der ganzen Kompanie.
Und ich hätte die Geschichte von den Wasserrohren gern weitergehört, denn sie war wunderbar und ich kannte sie noch nicht: ›Nur schade‹, sagte ich zu mir, ›daß sie deshalb diese Komödie inszenieren müssen.‹
›Ist es denn nötig‹, dachte ich, ›alles immerfort in Szene zu setzen? Eine so komplizierte Kneipenszene aufzuführen; gut gemacht, um die Wahrheit zu sagen, aber gewiß sehr anstrengend, glaube ich. Wäre es denn nicht einfacher und bequemer, sie würden mir die Geschichte von den Wasserrohren einfach so erzählen, ohne den ganzen Klimbim? Und ohne einen so großen Aufwand an Kunst?‹
Also schaute ich dem Kneipenkellner zu, der ein weinrotes Jäckchen anhatte und nur damit hinter der Theke hervorschaute; er sah aus wie ein Dirigent, auch wenn er einen perfekten Kneipenkellner spielte. Er war, das sah ich, ein großer Komödiant mit einem schnurgeraden Scheitel. Je nach Bestellung nahm er eine Flasche, goß geschickt ein in das Gläschen auf der Theke, dann ein wenig Eis, wenn nötig, oder Zitrone und so weiter, mit gekonnten Bewegungen, und dabei antwortete er mit ja, nein oder ja, mein Herr, und anderen Wörtern, die bedeuten, daß alles läuft wie am Schnürchen.
Ringsum waren Spiegel, die Flaschen standen in Reih und Glied mit ihren vielfachen Etiketten. Und ich hätte auch nach Mängeln suchen können, aber ich hatte gelernt, daß sie nichts anderes waren als noch raffiniertere Listen.
So sagte ich mir, daß ich dabei war, auf ihren Schwindel hereinzufallen; und es hätte mir nichts ausgemacht, wenn wir im Freien gewesen wären und sie ihr Theater unabhängig von mir aufgeführt hätten.

Aber daß sie so beharrlich sagten: »Hören Sie, hören Sie nur, passen Sie auf«, daß sie darauf bestanden, nur für mich, vor meinen Augen ihre Kunststückchen zu zeigen, das begann mich ärgerlich zu machen, wenn mich auch die Geschichte, die sie darstellten, enorm interessierte.
Und so wird sich wohl mein Gesichtsausdruck geändert und ich sie mitleidig angeschaut haben, so daß einer zu mir sagte: »Glauben Sie das vielleicht nicht?«
Aber trotzdem versucht er mich wieder mit der Geschichte von den Wasserrohren zu umgarnen.
»In meinem Wasserhahn«, sagt er, »schlief immer eine ganze Familie samt den Kleinen, die sind ein wenig aufgeblasen und röter und schnappen nach Luft wie Fische.«
»Weißt du, daß sie manche Leute in der Pfanne braten, aber nur solange sie jung sind, sonst werden sie so hart wie Schuhsohlen.«
Und sie lachen alle im Chor, als wäre es ein Konzert, und auch der Kellner lacht, ohne jedoch von seiner Geschäftigkeit abzulassen.
Genau an der Stelle dachte ich: ›Die Leier reicht mir jetzt.‹
Nun konnte ich mich nicht mehr zurückhalten und sagte zu der ganzen Gesellschaft: »Ihr nehmt hier die Leute auf den Arm! Leute von auswärts!«
Der Satz tat seine Wirkung, mehr als ich gedacht hatte.
Manche lachten noch zu Ende, und einige sagten: »Nein, wo denken Sie hin«, »was fällt Ihnen ein«, »wir sind doch alle Freunde«.
Und sie wollten mir etwas zu trinken geben, mich einladen, denn offenbar war das in ihrem Stück vorgesehen.
Aber nach meinen Worten, das sah ich, trat eine Änderung ein; sie mäßigten sich sozusagen ein wenig und zogen sich ein wenig zurück. Ihr Gelächter zum Beispiel ließ ein wenig nach und auch ihr Gewitzel.
Ich habe dann noch gesagt: »Ich weiß, daß nichts davon wahr ist, alles lachhaft.«
Mit diesen Worten trieb ich sie in die Enge; und da wurden sie verlegen und ihre Heiterkeit hörte auf. Ich hatte sie noch nicht völlig aus der Fassung gebracht, aber sie wußten nicht mehr recht, was sie machen sollten, und in ihren Augen

konnte ich lesen, daß sie sich fragten: ›Sollte der vielleicht Bescheid wissen?‹

Manche, sah ich, zogen sich schon zurück, wobei sie natürlich so taten, als wäre es schon spät für sie oder sie hätten keine Lust mehr, in der Kneipe zu bleiben und Stammgäste zu spielen. Sie schauten auf die Uhr und sagten: »Bis morgen!« oder zum Kellner: »Schreib es auf meine Rechnung!« Aber im Grund hofften sie, ich hätte nichts gemerkt oder ich würde es bis morgen vergessen. So zogen sie es vor, von der Szene zu verschwinden.

Als mir auch noch Nestor einfiel, sagte ich dann, sie würden den Leuten übel mitspielen, mit ihrer Komödie:

»Mir nicht, aber Nestor zum Beispiel schon; er hat mir erzählt, daß hinter seinem Rücken alle heimlich über ihn lachen.«

Und wie ich an den armen Nestor dachte, sprach ich auch schon lauter, beinahe, als wollte ich drohen:

»Wenn ein Wind kommt, dann fegt er euch alle weg, samt euren Pappkartons.«

Und ich schrie, vielleicht übermäßig, vielleicht um Eindruck zu schinden, aber ich wollte Nestors Leben rächen, denn das hatten sie ihm gründlich verpfuscht, und wenn nicht sie, dann das Dampfroß.

Und ich sagte auch, meinetwegen könnten sie ihre Kostüme ruhig ausziehen und aufhören, alle miteinander.

»Aber was glaubt ihr denn eigentlich mit euren paar Lumpen«, schrie ich ihnen klipp und klar ins Gesicht. Da war es ruhig geworden!

Und es muß mir auch eine Bewegung unterlaufen sein, die heißen sollte: »Jetzt haut ab!«, so daß das Tischchen wakkelte und ein Glas umfiel. Aber das hatte ich nicht gewollt, und nachher, als ich dann daran dachte, tat es mir leid.

Aber trotzdem hatte ich sie nach und nach alle kleingekriegt, und nun verschwanden sie schön langsam nach allen Seiten, aber ganz unauffällig, sozusagen alles ein wenig kaschiert. Sie nahmen nämlich Reißaus, weil ich hinter ihre Geheimnisse gekommen war, aber auch das machten sie mit ihrer gewohnten Methode, als würde fast nichts geschehen.

Und da ich geschrien und einige unmißverständliche Bewegungen gemacht hatte, mischte sich der Kellner ein:

»Entschuldigen Sie, mein Herr, solche Szenen sind wir nicht gewöhnt; beruhigen Sie sich, schließlich hat Ihnen ja niemand etwas getan.«
Und ich: »Szenen sagen Sie? Mut haben Sie, das muß man Ihnen lassen. Aber ziehen Sie doch lieber Ihre Jacke aus, jetzt ist doch kein Karneval!«
Und einen Augenblick lang, das ist mir nicht entgangen, kannte er sich nicht mehr aus, das wollte er aber nicht zugeben, und er spielte seine Rolle weiter, freilich auf eine versöhnlichere Weise.
»Beruhigen Sie sich«, sagte er, »es ist ja nichts passiert; war doch alles nur Spaß, oder?«
Aber jetzt waren alle unsicher geworden und gaben acht, wie es weiterging, um sich keine Blöße zu geben. Nun redete kein Mensch mehr; einer sagte sogar:
»Jetzt reicht's, Leute, laßt ihn in Frieden«, was sicherlich eine Mahnung zur Vorsicht sein sollte.
Aber ich hatte jedenfalls eine Wut, die ich nicht mehr unterdrücken konnte und die mir beim Gedanken an Nestor und sein kummerreiches Leben hochkam. Es war freilich auch eine unnütze Wut, denn was ging das mich an?
Also sagte ich zum Abschluß:
»Schon gut« und klopfte mit den Fingerknöcheln auf den Tisch, »aber das hier ist alles aus Pappe.«
Und als ich um mich blickte, sah ich, daß ich sie verblüfft und festgenagelt hatte. Nun hatte ich etwas zu lachen und zu sagen, es sei ja nicht schlimm, sie sollten ruhig so weitermachen, und ich würde mich ja auch amüsieren. Aber da hatte sich die Gesellschaft schon aufgelöst.
Zwei oder drei waren geblieben, die nicht viel lachten und zu mir sagten, das dürfe man nicht allzu ernst nehmen, und ich gab ihnen recht:
»Ja, das stimmt, es hat keinen Sinn, das ernst zu nehmen.«
Und sie: »Das machen wir zur Unterhaltung, zur allgemeinen Aufheiterung.«
Ich sagte: »Ja, ja.«
»Sie dürfen nicht böse werden; was soll schon dabei sein? Wasserhähne und Wasser, sonst nichts. Hier in der Kneipe ist es immer so, wir machen unsere Witze; über alles. Sonst

könnte man ja die Kneipe auch zumachen, so ohne jedes Theater. Nicht wahr?«
Der redete doch vielleicht vernünftig, vielleicht war er in seiner normalen Kleidung zurückgekommen, und ich sage vertraulicher zu ihm:
»Ja, wenn ihr mir von den Wasserrohren erzählt und davon, daß welche drin wohnen, das ist in Ordnung, denn das möchte ich wissen. Aber ohne so zu tun, als wäret ihr in einer Kneipe, und alle trinken und rauchen und lachen auf Kommando, nur weil es euch der dort gesagt hat«, und ich deutete auf den Kellner.
»Aber nein, aber nein«, sagten alle drei zusammen.
Und ich: »Und außerdem möchte ich nur wissen, was in den Wasserrohren drin ist, ohne andere Zutaten.«
Sie schwiegen nun und warfen sich einige Blicke zu, als wollten sie sagen: »Das ist ein hartnäckiger Fall.«
»Aber warum«, sagte ich, »habt ihr's mit euren Scherzen ausgerechnet auf mich abgesehen? Weil ich von auswärts komme?«
»Nun denken Sie nicht mehr daran, Freund.«
Und ich: »Aber wie macht ihr es?«
Jetzt lachten sie wieder.
Aber da mußte ich aufstehen und hinausgehen, denn man hatte mich gerufen.

Bei dieser ganzen Diskussion in der Kneipe, das habe ich noch nicht gesagt, war auch der Totengräber dabei, der mir Wochen vorher bis zu Nestors Haus gefolgt war.
Er hatte nicht direkt teilgenommen, hatte aber allen Reden genau zugehört und vor allem nie gelacht.
Er schien die Enthüllungen sehr ernst zu nehmen und genau wie ich nicht wenig überrascht zu sein von der Geschichte der Wasserrohre. Seine Augen waren hinter den Brillengläsern weit aufgerissen, damit ihm keine Silbe von ihren Reden entging; todernst und nachdenklich. So daß ich mir gedacht hatte: ›Entweder es ist sein Beruf als Totengräber, oder er gehört nicht zu der Bande.‹
Er war es also, der mich gerufen hatte, er stand aber schon

auf der Schwelle, fast schon draußen. Und also gehe ich, um zu erfahren, was er will, mit ihm hinaus.
Er zitterte ein wenig und war aufgeregt und sagte mit erstickter Stimme immer wieder:
»Auf ein Wort, mein Herr, auf ein Wort.«
Und er zog mich auf eine Seite des Platzes, wo ein kleiner Springbrunnen, Bäume und eine Bank war.
›Ein Tag, der nicht zu Ende gehen will‹, dachte ich. ›Schauen wir, was er mir noch für andere Entdeckungen bringt.‹
Und der Totengräber wollte mir mit verschwörerischer Miene immer noch etwas sagen.
Als wir endlich beiseite standen, und ich sagte: »Die haben uns doch alle etwas vorgespielt, oder?«, da verbesserte er mich mit seiner ganzen Überzeugungskraft:
»Nein, nein; da war nichts vorgetäuscht; nein.«
Er hatte Mühe beim Sprechen, entweder von Natur aus oder wegen der Situation.
»Nichts war vorgetäuscht«, sagte er. »Sie lachen, weil das ihre Art ist. Aber es ist alles wahr, das weiß ich.«
Und ich: »Das Café ist echt?«
»Nein, nicht das Café; sie sagen, was wahr ist, aber sie tun so, als wäre es ein Scherz.«
Es war schwer zu verstehen. Aber er hatte es auf die Geschichte der Wasserrohre, des Tropfens und derer, die darin hausten, abgesehen.
»Die ist wahr«, sagte er, »das weiß ich. Aber die erzählen sie Ihnen nicht richtig.«
Und schön langsam fing er dann an genauer zu sprechen, als würde er seinen Faden wiederfinden.
»Ich sage Ihnen, was in den Abflußrohren drin ist. Wissen Sie was?«
Ich hörte ihm wieder mit Interesse zu.
»Wissen Sie was?« reizte er weiter meine Neugierde.
Er solle doch endlich reden: »Was denn?«
Dann sagte er mit dem Ton einer sehr vertraulichen Mitteilung und zog mich dabei am Ärmel nach unten:
»In den Abflußrohren, wenn Sie es wissen wollen, da ist die Hölle. Und wissen Sie, woraus die Hölle besteht, wissen Sie das?«

Da schien es nicht um Kleinigkeiten zu gehen, im Gegenteil. Und ich hatte wohl Augen und Ohren aufgesperrt.
»Die Hölle ist ein dickes Rohr, ein sehr dickes, vielleicht sogar zwei Meter, aus Beton oder Ziegelmauern, das unter der Stadt verläuft. Es hat viele feine Verzweigungen aus Gußeisen, aus Blei und allem möglichen, die in alle Richtungen gehen, über zahllose Kilometer, und sie kommen alle aus den Waschbecken oder aus den Klos. Von dort aus erreicht man nämlich die Hölle.«
Ich war verwundert und sagte: »Aber wie?«
Aber er achtete nun nicht mehr auf mich und redete, heftig gestikulierend und von einem geheimen Feuer erfaßt.
»Man muß aufpassen, daß man diese Rohre beim Aufgraben nicht kaputt macht, weil dann die Hölle herauskommt, und die ist zum Grausen, ein großes Grausen. Mein Herr, wenn Sie das nicht wissen, die Hölle ist zum Grausen.«
Dann sagte er, der Friedhof habe damit nichts zu tun und zähle überhaupt nicht, und diese Dinge wisse er nicht durch seinen Beruf als Totengräber, sondern weil er selbst schon dort gewesen sei, in der Hölle.
Das erschien mir so unglaublich, daß ich sagte: »Wirklich?«
Dann aber erinnerte er sich an so viele Einzelheiten und so genau, daß ich denken mußte, daß es vielleicht doch stimmte; und daß irgend jemand dort gewesen sein mußte, wenn auch nicht er selbst.
Er sagt, vor vielen Jahren sei er freiwillig in die Abflußrohre hinuntergestiegen und habe sich dort geraume Zeit aufgehalten als ein echter Reisender.
Nach seinen Worten wurde er eines Abends vom Abflußloch des Waschbeckens angezogen, und er ließ sich zu seinem Verderben hinuntergleiten. Das sind die Tatsachen. Aber er hatte es sich lange überlegt. Er sagte zu sich: ›Los, spring nur!‹ Und er hörte aus der Leitung Geräusche von Wellen und Dudelsäcken heraufkommen. Dann hob er die Füße, ohne weiter nachzudenken, und glitt hinunter wie Wasser.
Das ganze schmutzige Wasser der Stadt ist eingeteilt in weiße Gewässer und schwarze Gewässer, beide dicht besiedelt. Es brauche wohl nicht eigens gesagt werden, daß

zwischen den beiden Parteien ein grausamer Krieg geführt werde; eine Art charakterliche Unverträglichkeit und ein ewiger Groll bewege die ganze Hölle.

Der Totengräber, dieser Herr Pigafetta, ist durch die Rohre der Weißen gereist und hat ihre Mundarten gelernt, das sind Brusttöne mit einem Geräusch, das einem Sog gleicht oder einer Trompete oder, wenn sie aufgeregt sind, einem Muhen beim Einatmen.

Er hat einen Haufen Zeug gelernt: die Zeichen, die man gibt, um zu sagen, der Weg ist frei, wozu man mit dem Mund Blasen in kurzen Abständen bildet.

Und er macht es mir an meinem Ohr vor.

Er lernte Haare und Haarnadeln und Zahnpastatubendeckel sammeln und Seife und all das unappetitliche Zeug, aus dem sich ein Pfropfen anfertigen läßt, der den Feinden das Wasser absperrt oder ein Waschbecken überlaufen läßt.

Außerdem gibt es Zeiten großer Wahlversammlungen in den Rohren und in den Klärgruben, die breiter sind und sich mit diesen Politikastern und ihren Anhängern füllen. Zusammen erzeugen sie ein andauerndes Schaumgeräusch, und der Redner stößt in manchen Augenblicken rauh auf, was alle in Erregung versetzt.

Aber diese Höllensprache besteht vor allem aus Stimmspülungen mit Pausen und Wiederaufnahmen, das klingt wie Spucke, die runterläuft oder gurgelt, wie ein Nasentropfen mit häufigen Klarinettentönen dazwischen.

Und es gibt noch andere Einzelheiten, an die ich mich nicht erinnere. Aber er gab mir dafür Beispiele mit genauer Aussprache.

Eine barbarische und, so sagte ich, unbekannte Sprache. Aber nach seiner Meinung hört man ihren Widerhall manchmal aus der Kloschüssel aufsteigen, wenn man genau hinhört; man kann sie also lernen.

Wenn sich dann die weißen und die schwarzen Wasser treffen, und das geschieht in den großen Kloaken, kommt es zu sogenannten Entscheidungsschlachten, bei denen man nichts mehr sieht, aber das trübe, strudelnde Wasser richtet ein Blutbad an unter diesen arbeitsscheuen Faulpelzen, sie werden nach links und nach rechts geworfen, die Abflüsse

hinauf und hinunter. Ein Verderben auf allen Seiten, das die Kloake reinwäscht.
Pigafetta ist mitten hineingeraten und nur davongekommen, weil er sehr durchsichtig aussah, wie er sagt, und weder weiß noch schwarz erschien, sondern ein ganz klein wenig blau und unschlüssig wie ein Fremder oder ein Seefahrer. Und es ist möglich, daß sein spezifisches Gewicht so leicht war wie das einer Blase oder eines Korkens und daß er somit naturgemäß obenauf schwamm.
Dann trägt der unterirdische Fluß immer alles mit sich fort; so enden die Weißen und so enden die Schwarzen und so enden auch die Durchreisenden oder Abenteurer oder friedliche kontemplative Leute, die nach und nach immer weiter hinuntergleiten; denn diese Rasse von Wichten verliert, weil sie in den Wasserrohren lebt, im Alter den Klebstoff an den Füßen; und manche öffnen ihren Mund leicht, um vergeblich zu kreischen, während sie unaufhaltsam abwärts gleiten. Sie stoßen ungefähr solche Laute aus wie die Aale, die man sowieso nicht hört, oder ein Geräusch wie verdünnter Klebstoff, der zwar langsamer ist als das Wasser, aber dasselbe Schicksal hat.
Ich sagte: »Sieh mal an! Unglaublich! Die Hölle ist ein Ameisenhaufen.«
Und der Totengräber: »Nein! Schlimmer!« Und er fuhr mit verhaltener Stimme fort.
Die Schwarzen, sagte er, seien Wesen mit niedrigen Gedanken, würden unflätige Reden führen und die anderen belästigen. Er, Pigafetta, habe im Wespennest einer Latrine welche kennengelernt. Ein Einäugiger namens Abel habe sich ihm genähert, sagte er. Aber der war böse und hinterlistig wie eine Schlange. Zum Glück sieht Pigafetta nicht wie ein großer Herr aus, und so roch der andere schnell, daß ein Überfall nicht sehr ergiebig sein würde.
Die Schwarzen sind großenteils verstümmelt, weil sie alle raufen und immer ein Messer oder eine schreckliche Sichel in der Hand haben, die, scharf wie ein Rasiermesser, die Knochen durchschneidet.
Aber man muß auch sagen, daß die Knochen dieses Gelichters so ähnlich wie Knorpel oder Fischgräten sind, die dem

Messer nur geringen Widerstand leisten. So schneiden sie einander ständig etwas ab und verlieren Arme, Ohren und Finger und auch die Flossen.
»So sieht es auf jeden Fall in der Hölle aus«, sagte er, »und viele bleiben lieber dort als im Trinkwasser, weil sie sich nämlich eingewöhnen.«
Diese Enthüllungen begeisterten mich, und das hektische Leben in den Wasserrohren konnte ich mir sehr gut und deutlich vorstellen.
Er hat mir noch lange Zeit erzählt: wie dort unten die Tage vergehen, daß es eigentlich so übel nicht sei, wenn einer für den Krieg etwas übrig habe; daß man sich leider nicht an den Gestank gewöhne: in diesem Punkt sei es eine Hölle.
Aber dort in der Ecke des Platzes kam mir bei unserer geheimen Unterredung auch der Verdacht, das heißt in manchen Augenblicken tauchte der Verdacht auf, der Totengräber sei weiß Gott wer. Und vielleicht gehörte er zu der Bande in der Kneipe, war einer von denen, ein falscher Totengräber, der hinterher lachte.
Und als sich dann die Geschichte von den Wasserrohren allmählich erschöpfte, fragte ich ihn:
»Aber sind Sie wirklich Totengräber?«
Worauf er sich wunderte, und da er sich durch das Reden erhitzt hatte, sagte er entschieden:
»Ja, was soll ich denn machen? Dafür werde ich bezahlt und darum mache ich es.«
»Aber wirklich?«
»In der Arbeitszeit schon, aber ich mache es nur wegen des Gehalts. Nicht aus Passion.«
Ich machte einen Enthüllungsversuch, auch wenn so etwas nie einfach ist. Und Pigafetta redete weiter:
»Wenn ich mit der Arbeit fertig bin, bin ich niemand mehr. Ich gehe ohne Uniform meiner Wege, schaue mir die Brunnen, das Paradies und die Hölle an. Was scheren mich die Toten?«
»Dann tun Sie also nur so?«
»Nein, das kann ich nicht sagen. Das ist eine Arbeit, die man nämlich lernen muß, wenn man sie nach allen Regeln der

Kunst machen will. Zum Beispiel muß man lernen, ernst zu bleiben.«
Und ich: »Also dann spielt ihr nur! Stimmt es?«
»Ein wenig vielleicht schon, aber daran gewöhnt man sich. Tote oder Lebendige, für uns ist am Ende alles eins. Man gewöhnt sich daran. Auch an die Toten. Auch die muß man anziehen, frisieren und ordentlich herrichten.«
Das beeindruckte mich ein wenig, das Gespräch bewegte sich in eine vielversprechende Richtung. Ich hoffte, den Dingen endgültig auf den Grund zu kommen, und fragte:
»Aber die Toten sind doch tot?«
Und er: »Die Toten sind nichts, sie sind wie aus Holz.«
Ich: »Wie? Aus Holz?« Und ich war ganz verwirrt.
»Ja, sie sind dürr, ohne Wasser, aber sie müssen angezogen werden, sonst wird die Beerdigung nichts, und die Familie beklagt sich dann und gibt uns die Schuld.« Nun verwickelte sich alles: Tote aus Holz? Die man anziehen muß? Und da sage ich: »Anziehen als was?«
»Man muß sie elegant anziehen, aber wie man will; auf jeden Fall dunkel und elegant mit Krawatte und Manschetten, damit sie etwas darstellen.«
Ich hörte ihm zu.
»Man muß sie eben als Tote anziehen«, sagte er.
»Aber sagen Sie mal genau. Bei den Begräbnissen, tun da alle nur so oder ist alles echt?«
»Aber schauen Sie«, und er war sehr ungeduldig geworden, »die Familie und die Angehörigen, das weiß ich nicht, aber es ist klar, daß unter dem Personal, unter uns, es keiner ernst meint. Selbst der Fahrer des Leichenwagens, was soll es den angehen. Er fährt langsam, weil er es so gelernt hat, weil man sich auf die Geschwindigkeit geeinigt hat. Wenn du einen Toten fährst, hat man ihm gesagt, denk daran, daß du langsam fahren mußt, man soll doch sehen, daß es ein Begräbnis ist. Und er kann das, zwei Stundenkilometer Höchstgeschwindigkeit, das sieht danach aus, als wären sie alle ganz traurig vor Schmerz. Aber in Wirklichkeit hat man sich auf diese Geschwindigkeit geeinigt.«
Das war beinahe schon ein Beweis, und also frage ich:
»Aber der Fahrer, lacht der dann heimlich?«

»Das weiß ich nicht, aber ich glaube nicht, daß er lacht, denn mehr als alles andere ist ihm langweilig, weil er so langsam fahren muß. Zwei Kilometer die Stunde, heutzutage! Da langweilt sich doch jeder, was soll daran zu lachen sein?«
»Aber wenn er fertig ist, meine ich, wenn seine Schicht zu Ende ist, lacht er dann hinter dem Rücken der Leute?«
»Weiß ich nicht, ich kenne mich in der Hölle aus, aber über den Fahrer weiß ich nichts. Ich glaube, wenn er fertig ist, fährt er wohl schnell, wenn er es eilig hat. Die Leichenwagen können auch schnell fahren, wenn sie wollen, da können sie sich austoben. Ein Fahrer hat mir mal gesagt, die hätten starke Motoren, und auf der Autobahn würden sie ziemlich schnell fahren. Aber für die Begräbnisse ist der Motor frisiert.«
»Dann ist er also frisiert; aha, frisiert!«
»Geht ja nicht anders, sonst müßten alle rennen.«
Er war sehr enttäuscht, der Totengräber; er dachte, die Hölle habe mir nicht imponiert. Ich hätte ihn reden lassen sollen, nach seinem Sinn. Aber so stockte unsere Unterhaltung, und wir wußten nicht mehr, was wir sagen sollten; das war meine Schuld, denn mich hatte wieder die Schlaftrunkenheit gepackt, die mich an jenem Tag heimsuchte.
Da bewegte sich ein Schatten, und es begann die Erscheinung des Präfekten, aber das ist ein neues Kapitel.

Die Erscheinung des Präfekten, ein neues Kapitel

Es dämmerte also schon, während mir der Totengräber noch seine Geheimnisse erklärte. Die ich nicht unterschätze, im Gegenteil. Aber schwer wie ein Kissen lag die Last des langen Tages auf meinen Augenlidern und -brauen. Und trotz meines Wunsches, mich irgendwo zum Schlafen hinzuwerfen, trotz dieser Notwendigkeit, die sich mit dem Einbruch der Nacht steigerte, waren die Überraschungen nicht zu Ende, im Gegenteil, die Begegnung, die mir am meisten offenbaren sollte, hatte ich noch vor mir. Ehe ich die Augen zumachte, sollte ich Intendant werden, was, wie sich zeigen wird, keine reine Formsache war, sondern eine Mission mit nicht unbedeutenden Früchten, wie binnen kurzem jeder selbst beurteilen kann.

Aber es war Schicksal, daß ich ausgerechnet, während mich die Schlaftunkenheit wieder packte und der Tag zu Ende ging, ein neues Kapitel anfing, jedoch so, daß ich im Moment beinahe gar nichts davon merkte.

Kurz gesagt: Als der Präfekt erschien, hatte ich, der ich gar nicht wußte, wer er war, ihn plötzlich vor mir stehen, während er schon mit mir sprach; ja, er war sogar schon mitten in einer Rede, als er erschien, und seine Stimme erklang von einer Stelle, die in der Luft schwebte; der Satz lautete, wenn ich mich recht entsinne:

»...und sie auch in der Nacht aufstöbern, junger Mann; so kommt man weiter.« So, ein solcher Schluß.

Das Schöne daran ist, daß mich sein Erscheinen gar nicht erstaunte, als wäre er schon länger da und als hätte ich die Zeit gehabt, mich an ihn zu gewöhnen und zu erfahren, wer er sei. Ich wußte nämlich genau, daß er der Präfekt war und daß er ein Präfekt im Ruhestand war, aber noch Aufgaben hatte, weswegen er herumfuhr und sich interessierte. Und auch seine Worte, man müsse sie in der Nacht aufstöbern, waren die Fortsetzung von gar nichts, aber ich mußte mit ja darauf antworten, vollkommen überzeugt und einer Meinung mit ihm. Aber worüber?

Es könnte, wenn man es bedenkt, zu folgender Kombination gekommen sein: Während der Totengräber noch mit mir redete, wurden alle Schatten dunkler und allmählich sah man gar nichts mehr, bis auf dunkle, kaum erkennbare Umrisse. Und selbst der Totengräber war schon vom Dunkel geschluckt worden.
Dann sah ich auf einmal, daß ein Schatten zwischen der Bank und dem Springbrunnen zwei Schritt von uns entfernt ein Herr war, der mit mir sprach. Daher hat es mich nicht erstaunt, denn, ohne es zu merken, hörte ich ihm schon seit einer Weile zu.
Der Herr war in das Graublau des reiferen Alters gekleidet, das man leicht mit der Farbe des Schattens verwechseln kann; und er mochte schon eine Zeitlang unbemerkt dort gestanden haben, bevor er sein Incognito aufgab. Zum Beispiel die ganze Zeit, die es zum Abendwerden braucht.
Und auch seine Stimme war nicht entschieden oder laut tönend, so daß ich sie vielleicht anfänglich für das Wasser des Brunnens gehalten hatte. Und so werde ich wohl auch geantwortet haben; denn bei einer solchen Schlaftrunkenheit, wie ich sie hatte, meint man manchmal, man spreche mit jemandem, redet aber in Wirklichkeit mit sich selbst. Als daher der Präfekt ganz offenbar Gestalt annahm, geschah es so zwar plötzlich mitten in einem Satz, aber man kann auch sagen, daß er schon vorher da war und wir schon miteinander redeten.
Und das geschah genau in dem Augenblick, als der Totengräber mir den Rücken zuwandte, um auf seinen Friedhof zurückzukehren, weil es Zeit für ihn war. Das ist, glaube ich, der Grund dafür, daß sie sich nicht begegnet sind. Und ich war auf einmal mit dem Präfekten in eine Unterhaltung verwickelt.
Auf diese Weise erklärt sich wohl auch das Fehlen jeglicher Einleitung und die Vertrautheit, die ich sogleich hatte, ohne zu zögern.
Aber es kann auch einfach sein, daß ich mich nicht an den Anfang erinnere und mir alles nur von einem gewissen Punkt an im Gedächtnis geblieben ist, als er eben folgerte, man müsse sie aufstöbern. Und vielleicht hatte er im Schutz der

Dunkelheit gewartet, bis ich allein war, um sich vorzustellen, sich als Präfekt auszuweisen und mich zu verhören. In der Folgezeit haben wir nie über jenen Abend gesprochen, und es kann sein, daß er mir vollkommen entfallen ist. Kann sein, denn ich dachte nur an eines: mich auf die Bank legen und schlafen.

Ich hatte ihm, glaube ich, schon erzählt oder er hatte es gehört, daß in den Wasserrohren Leute wohnen, und er hatte eben gesagt, man müsse sie aufstöbern; außerdem hatte ich ihm erkärt, daß hinter den Häusern Leute seien, die sich verkleiden, herauskommen und immer so tun als ob. Das hatte ihn alles sehr interessiert, und er sagte:

»Aha, so ist es! Reden Sie weiter, ich verstehe, ja, ja!«

Er muß mich schon aus der Ferne beobachtet haben, während ich am Nachmittag durch die Stadt wanderte und ihre Pappe bewunderte. Und er hatte wahrscheinlich auch gehört, was in der Kneipe geredet wurde, denn als ich ihm dann meinen Verdacht erklärte, geriet er ganz außer sich, seine Augen glänzten und er sagte: »Ja, gut, sehr gut!«

Vom Totengräber hielt er aber nicht viel. Wie er mir im Vertrauen sagte, machte er ihm Angst.

»Sehen Sie das nicht?« sagte er. »Sehen Sie nicht, daß seine Augen sagen: komm? Daß sie einen vom Grund der Augengläser aus anschauen wie vom Boden eines Sargs?«

Aber er wollte noch mehr von der Hölle und vom Paradies der Wasserrohre wissen.

»Mir müssen Sie diese Dinge sagen, nicht dem Totengräber, der bringt Unglück.«

Und so habe ich ihm gesagt, was ich wußte und was ich mir vorstellte, daß es nämlich Leute sind, die aus den Wasserhähnen und den öffentlichen Trinkbrunnen herauskommen und schauen; und so genießen sie das Leben, wer weiß wie viele Jahre lang.

Das erstaunte den Präfekten nicht, und er sagte: »Das habe ich mir gedacht, wissen Sie? Und dann?«

Und dann, so sagte ich ihm, hängen sie sorglos im Wasserstrahl, denn das hatte ich gesehen, und hängen nur mit einem Zehennagel oder einem Fädchen Klebmasse dran, die sich zwischen ihren Zehen bildet. Und sie werden so lang, bis sie den Abfluß berühren, unter sehr großer Gefahr für ihr sorgloses Leben. Und dabei fühlen sie sich vom Wasser durchströmt, glaube ich, und sie genießen diese Lust wie verrückt mit dem Hals und indem sie den Mund und die Achselhöhlen offenhalten. Sie fühlen sich praktisch im Paradies, sagte ich zusammenfassend.

Inzwischen spähte ich nach dem Gesicht des Präfekten, um zu sehen, was er davon hielt, und er strahlte und fragte mich: »Aber wie sehen sie aus?«

Ich mußte sagen, das wisse man nicht genau. Aber wenn ich überlege, sehe ich sie so: Die von den Trinkbrunnen haben Augenlider wie Lüstlinge, das heißt größer als normal und weicher und ein klein wenig rosa. Tauben sind ihnen besonders lästig. Sie ziehen sich zurück, sobald sie ihnen näherkommen; aber aus Trägheit nicht ganz. Den Kopf und den Adamsapfel lassen sie draußen, ihre Augen sind halb verschleiert, aber eins mehr als das andere, was der Ausdruck höchster Verachtung ist.

Aber die Tauben interessieren sich nicht für sie oder sehen sie nicht. Für die sind sie fließendes kaltes Wasser.

»Hören Sie?« sagte ich. Er horchte, denn der Brunnen gurgelte und blubberte im Dunkel.

»Ja, ja«, sagte er leise und lächelte tückisch und komplizenhaft. »Die lassen es sich gut gehen, diese Nichtsnutze. Aber mit denen werden wir auch noch fertig.«

Dann sagte er, während er mit ausgestrecktem Zeigefinger redete: »Sehen Sie? Sie haben den Finger in die Wunde gelegt. Ich dachte es mir, daß einige schmutzige Angelegenheiten im Gang sind. Aber noch ist es besser, nichts zu sagen.« Und er blickte um sich, ob ihn jemand hören konnte.

»Gut«, sagte er zu mir, »Sie arbeiten gut! Wie Sie arbeiten, das gefällt mir. Sie lassen sich nichts vormachen und sehen, was es zu sehen gibt. Ich habe es mir gedacht, daß in den Wasserrohren jemand ist, widerrechtlich. Und Maskierte in den Kneipen und in Schlupflöchern. Und Sie sagen mir, es sei ein Haufen Leute. Eine ausgezeichnete, eine vortreffliche Arbeit«, und er rieb sich die Hände, »so einen wie Sie habe ich gesucht. Junger Mann!, wenn Sie sich von nun an dafür einsetzen, und das müssen Sie mir schwören, dann

verspreche ich Ihnen hier und jetzt, daß mit der Obrigkeit kein Spott mehr getrieben wird.«
»Und ich«, flüstert er noch, »ich sage Ihnen das Geheimnis; ich habe noch mein Amt, obwohl ich im Ruhestand bin.« Und dann im Amtston: »Schwören Sie!«
Ich war bereit zu schwören, nach diesen großen Worten der Anerkennung, die meine Eigenliebe kitzelten. Und ich wollte gerade schwören, daß ich mich dafür einsetzen würde, auch wenn im Grund ein Rest Verlegenheit in mir wachblieb. Aber der Präfekt hatte nicht aufgehört, um mich den Schwur tun zu lassen, sondern war von der gebieterischen Stimme zu einem privaten Ton feinsten Vertrauens übergegangen:
»Haben Sie verstanden? Ich habe mein Amt, aber das darf niemand wissen.« Und dann verzieht er sein Gesicht. »Wegen des Überraschungsfaktors. Wir verstehen uns doch?« Und er fährt fort: »Ich soll im Ruhestand sein, was? Schaue ich so aus, als wäre ich im Ruhestand?« Er kichert. »Sie sind ein Mann, der sich auskennt, der den Kern der Sache kennt, oder? Was sagen Sie, ist es so?« Pause. Nun ist es vollständig dunkel. »Schauen Sie mich an: Bin ich im Ruhestand oder ein Funktionsausübender? Was meinen Sie? Sagen Sie's mir, los! Was Sie denken.« Ich war mir nicht sicher, auch weil ich nichts mehr sah. »Keine Angst, ich fresse keinen auf, ich habe noch nie einen aufgefressen.« Er kichert wieder. »Schauen wir, was Sie mir sagen, schauen wir mal.«
In dieser heiklen Lage geschieht es, daß aus der Dunkelheit der Mond hervorkommt, eine schöne, dünne und schimmernde Scheibe Mond. So daß ich und der Präfekt zusammen den Blick erheben, um ihn anzuschauen.
Er stand knapp über den Häusern und streifte sie, beinahe als würde er auf ihnen liegen wie ein nächtlicher Lampenschirm, wie ein Buchstabe aus Neon, den man angeknipst hatte. Das Licht, das von ihm ausging, war perlen- oder nickelfarben, und die nahe Wolke, die ihn verdeckt hatte, war silbern gesäumt und zog sich zurück wie ein Vorhang, der sich öffnete, oder ein Schirm, der gesenkt wurde.
Ich wandte meinen Blick nach dem Präfekten, der voll im Mondlicht stand, und so erschien mir sein Gesicht endlich

nicht mehr wie ein Schatten, sondern deutlich. Es hat keinen Sinn zu sagen, wie es war. Aber wegen irgendeiner Eigenheit, die es hatte, oder durch die Wirkung des Mondlichts empfand ich es als das Wahrste, das Wahrste und zugleich das Verborgenste von allem, was mir heute untergekommen war. Wahr und verborgen; das ist die rechte Weise, um zu sagen, was ich empfand.

Und in mir entstand eine starke Überzeugung.

Ich begann zu verstehen und zu lachen, vor Teilnahme zu lachen. Alles in allem ein Männchen, das niemand beachtet; aber das nicht ganz enthalten ist in seinem Aussehen. Und so legte ich mich in seine Hände. Und als Antwort sagte ich dann schüchtern:

»Also, ich glaube, Sie sind der Präfekt, der wohl am meisten zählt, meine ich. Allerdings glaube ich, daß das niemand wissen darf: eben darum.« Und nun sah ich, daß ihn meine Worte beeindruckten und er unmerklich mit dem Kopf und den Pupillen nickte. Und daher fügte ich entschiedener hinzu:

»Das weiß niemand, glaube ich, aber es ist eine List, damit dann alle etwas zu bereuen haben.«

Darauf schwieg ich.

Und sofort schaute er mich mit Bewunderung und Hochschätzung an, aber auch mit innerem Genuß, und er trat zurück, um geeignete und angemessene Worte auszusprechen. »Gut, sehr gut!« sagte er; und dann: »Glauben Sie ja nicht, lieber junger Mann, daß wir zu einer Plauderstunde hier sind. Ich sage Ihnen: Das war eine Prüfung; meinen Glückwunsch. Und ich teile Ihnen mit, daß ich Ihnen die beste Note gebe; vereint mit meinem persönlichen Lob.«

Er drückte mir die Hände, gab mir einen liebevollen Backenstreich, wie man ihn bei der Firmung bekommt; dann machte er mir Zeichen ins Gesicht und auf das Haar; die rituellen Zeichen, vermutete ich sofort. Und er sagte mit wohlwollender Miene: »Ja, das Konzept stimmt. Aber man sagt Funktionsausübender; das heißt, daß er am meisten zählt, aber nicht in Erscheinung tritt. Haben Sie verstanden?«

Ich hatte verstanden, und so fuhr er mit seinen Erklärungen fort:

»Ich bin der Wichtigste auf meinem Dienstniveau, weil ich mich nie exponiere.«
Dann leise mit einer Stimme, die ein Geheimnis mitteilt: »Ich exponiere mich nie, verstehen Sie. Das wäre das Ende. Sie würden mir alle wieder etwas vorschwindeln. Wissen Sie, was den gewöhnlichen Präfekten passiert? Wissen Sie das?«
Weil ich nichts verstand, sagte ich: »Aber in welchem Sinn?«
»Das sag ich Ihnen jetzt, was passiert. Die werden auf die leichte Schulter genommen, wenn nicht schlimmer, verstehen Sie? Die werden an der Nase herumgeführt. Weil nämlich alle, alle Leute die Präfekten für dumme Hühner halten, die weniger zählen als null. Verstehen Sie? Dumme Hühner. Was sagen Sie dazu?«
Ich sagte: »Das habe ich nicht gewußt.«
Und er: »Jetzt haben Sie es erfahren. Und das ist der Schlüssel zu allem. Die Präfekten zählen weniger als null. Und Sie, junger Mann, können es zu etwas bringen. Sie haben bereits etwas Vortreffliches geleistet; und das sage ich Ihnen, weil es wahr ist. Jetzt kommen Sie mit mir, und Sie werden sehen, was wir machen.«
Wir machten uns zu einem Spaziergang auf, und ich hörte ihm zu, ich muß sagen, mit großem Interesse, denn vielleicht war etwas Abenteuerliches im Spiel, wozu ich von Natur aus neige.
Und wir gingen durch Straßen, die er kannte, während er redete und redete und sagte:
»Ja, ja, ich wußte es doch, daß in den Wasserrohren Leute sind, die in keiner Kartei stehen, und daß es versteckte und verkleidete Leute gibt. Genauso, wie Sie mir gesagt haben. Exakt so. Tüchtig, tüchtig! Und Sie wissen, daß es äußerst zahlreiche Banden sind? Das haben Sie wohl verstanden, oder? Die alle den Behörden entgehen, die überall dazwischenfunken, so daß die Maßnahmen schiefgehen, und sie die Leute in ihre abscheulichen Händel verwickeln. Banden ohne feste Anschrift. Wie soll sich da ein Präfekt Respekt verschaffen? Können Sie mir das sagen? Wenn es so viele Leute gibt, die nirgends registriert sind, oder wenn, dann unter falschem oder geliehenem Namen? Können Sie mir

sagen, was man da macht, wenn man nicht weiß, wie man sie erwischen soll.«
Ich wußte keine Antwort, aber er fuhr in seiner Rede fort: »Ich wußte es auch nicht. Und schön langsam haben sie mich als Präfekten ruiniert. Wissen Sie, was es heißt, wenn einem klar wird, daß alles nicht so ist, wie es aussieht, aber einem nicht klar ist, wie es ist? Mich haben alle hintergangen, mir etwas vorgeschwindelt, alle zusammen, meine Untergebenen und die Leute auf der Straße. Und inzwischen machten sich überall die Straftaten breit, das heißt, es glitt mir alles aus den Händen. Und anstatt mich ordnungsgemäß zu informieren, schwindelten sie mir etwas vor. Die dicksten Lügen! Aber dann, Sie verstehen doch, dann kann man nicht regieren. Man tut nur so. Aber wie lange?«
Und dazwischen Gassen, Treppen, dunkle und finstere Unterführungen, Arkaden; wir gehen durch ein Wirrwarr, das ich nicht wiedererkenne.
Da und dort Lichtbrunnen, die der Mond herunterschickt und die das Schattendickicht der aufgetürmten, katakombenähnlich engen und verschlossenen Stadthäuser durchdringen.
»Sehen Sie, mein Lieber?« sagte er. »Ein offenkundiger Präfekt, das heißt ein gewöhnlicher Präfekt, beherrscht gar nichts. Man verlädt ihn in ein Auto, auf den Rücksitz, und fährt ihn durch die Gegend, als Staffage. Man zeigt ihm alles, die Orte, die Straßen, die Sitten und Gebräuche; man gibt ihm Register, wenn er will, Statistiken oder Tabellen, Übersichten und so weiter.
Das heißt, sehen Sie?, letzten Endes muß sich ein Präfekt auf andere verlassen, weil er sich nicht selbst irgendwo postieren oder die Papiere verlangen kann. Ist doch klar, oder? Ein Präfekt muß sich auf andere verlassen, und zuletzt hängt er von seinen Beamten ab; und wissen Sie, wie das ist? Die schwindeln ihm nur etwas vor, um so wenig wie möglich zu arbeiten. Anstatt selbst irgendwo hinzugehen und zu fahnden, sitzen sie gemütlich im Büro und schreiben ihre Berichte oder ihre Bilanzen. Aber ich dachte mir: ›Das könnt ihr einem anderen erzählen!‹ und habe auf einmal nicht mehr unterschrieben, verstehen Sie? Und dann habe ich ihnen ihre

Schwindeleien, ihre Mitteilungen vor ihren Augen zerrissen. Was meinen Sie, hätte ich jeden Tag unterschreiben sollen, was sie mir vorschwindelten, das arbeitsscheue Pack? Und so kam es logischerweise zu einem Krieg zwischen mir und dem Gesindel. Zu einer Zerreißprobe.
Dann, Sie wissen ja, wie es so geht, ließ ich mich beurlauben. Nein, zuerst meldete ich mich für eine Versetzung, denn es war alles lahmgelegt dadurch, daß ich die Unterschrift verweigerte; dann wurde mir nahegelegt, mich beurlauben zu lassen, für eine Zeitlang. Und das habe ich getan.«
Wir gingen im Dunkel, der Präfekt führte mich auf diesem Weg durch die unterirdischen Stollen der Stadt, wobei er fortfuhr zu reden und zu erklären. Und nach wieder einigen unsichtbaren Stufen, die sich unter unseren Füßen auftaten, und nach einem engen, von einem Bogen überdachten Durchgang betreten wir unverhofft einen großen offenen Platz mitten im Mondlicht.
Da wäre ich am liebsten wie verzaubert an der Schwelle stehengeblieben, aber der Präfekt zerrt mich mit sich in den prallen Mondschein, während er immer weitertuschelt, als wenn er durch einen See mit heilbringendem Wasser ginge. Und ich spähe, ob sich etwas Unechtes zeigt, ein Schaugerüst oder Komödianten; aber alles ist still und menschenleer, die Fassaden sind aschfarben und phosphoreszierend. Und wie ich meine Blicke so über dieses Schauspiel wandern lasse, bekomme ich den Eindruck, aber wie gesagt nur den Eindruck, ich sähe die Umrisse von Minaretten und die Kuppeln von Moscheen funkeln und goldene und silberne Arabesken den Mond widerspiegeln. Wie ein Reisender, der vor den Pforten des Orients steht und vor dem die Dächer jener Städte auftauchen. Da dachte ich sogar, es sei alles ein Zauber des Lichtes, das sich wie ein Schleier über diese Stunde legt und einen anderen Augenschein erzeugt.
Aber der Präfekt achtete nicht darauf, glaube ich.
Er hatte mich untergehakt und sprach sehr leise, denn er war wohl an der vertraulichsten Stelle angelangt.
»Schauen Sie sich um«, sagte er.
Ich schaute.
»Was halten Sie davon?«

Ich sagte: »Ich weiß nicht. Die Stadt ist türkisch geworden.« Und er: »Nein, nein. Lassen Sie das. Ich meine etwas anderes. Schauen Sie genau. Erscheint Ihnen alles ruhig?«
»Von meinem Gesichtspunkt aus ja«, sagte ich, »ziemlich ruhig, aber sie sieht nicht aus wie eine hiesige Stadt«.
Da und dort ein Abfallhaufen, versteckte Katzen. Dann hört man einen Hahn krähen, das heißt, die Nacht ist schon vorgerückt.
Ich sagte: »Die Kamele. Die schlafenden Kamele fehlen noch.«
Solche Reden ließ er nicht zu und sagte:
»Nein, nein, das ist es nicht.«
Wir sahen viel weiter vorne jemanden über die Straße gehen und in eine Seitenstraße einbiegen. Dann kam von hinten ein Radfahrer; wir wichen aus, um ihn vorbeizulassen. Ein Blick; der Präfekt, so sah ich, faßte sich an den Hals, als würde es ihn jucken. Aber ich wußte noch nicht, was das bedeutete. Und der andere verschwand weiter unten in einer Straße. Aus einem Fenster, wie mir schien, ein Fernseher. Dann erinnere ich mich noch, daß man manchmal in der Ferne Verkehr von Mopeds und Motoren hörte, was mich von meinem orientialischen Bild abbrachte.
»Hören Sie?« sagte er. »Hören Sie die Bürgerschaft. Wissen Sie, welchem Geschäft sie nachgeht? So zu tun, als ob nichts wäre. Und dabei, was glauben Sie? Sie bauen sich schön langsam ihr Leben auf, ganz privat, und halten es verborgen. Und wissen Sie, wie man so etwas nennt? Ich sage es Ihnen: Das ist Anarchie.«
Dann sagte er: »Das erste, was reformiert werden muß, ist die Geographie. Daher kommt der ganze Betrug. Und dann wird das Standesamt erneuert, von A bis Z. Damit uns niemand entgeht. Sie folgen mir doch? Das Standesamt von A bis Z. Wir stöbern alle auf, und dann werden sie registriert, dann werden wir sehen, wer noch lacht. Aber die Geographie ist wichtig; man muß doch wissen, wo sich diese Finsterlinge und Schieber niedergelassen haben, die sich in das anständige Leben hereindrängen.«
Er bleibt stehen und sagt: »Ob es zum Beispiel irgendwo unerforschte Täler gibt, in denen sie ihre Basis haben. Wer

weiß. Wie Sie sehen, mit der geeigneten Methode. Oder ob es Landzungen gibt, die sich durch die Überschwemmungen eingeschlichen haben. Sie verstehen mich schon. Da kommt eine hübsche Arbeit auf uns zu. Und auch herauszukriegen, wer die echten Leute sind und wer die Hintermänner, denn im Moment kann man darüber gar nichts sagen. Oder fast gar nichts.«

Wir nehmen unseren Weg wieder auf; biegen in ein Sträßchen ab, wo Katzen von einem Mäuerchen auf uns herunterschauen. Und er lacht sehr leise für sich, wegen der Dinge, über die er nachgrübelt, während er meinen Arm drückt.

»Nun wissen wir schon, daß die Wasserrohre Bewohner haben; und ich gratuliere Ihnen zu dieser Ihrer entscheidenden Leistung. Und sie ist wirklich entscheidend, das können Sie mir glauben. Auch um die werden wir uns kümmern, bis sie parieren. Jetzt lassen wir aber alles beim Alten und warten auf den günstigen Augenblick. Wir registrieren, verstehen Sie? Wir registrieren, sie sollen ruhig weitermachen.

Und dann die Geschichte von der Stadt aus Pappkarton; das hatte ich vermutet, wissen Sie? Daß dahinter Individuen ohne festen Wohnsitz und ohne juristische Identität versteckt sind. Und sie dort sind, um Verbrechen zu begehen, wozu sonst?«

»Nun hören Sie gut zu«, fing er wieder an. »Sie sind von nun an mein Untergebener. Ich leite Sie, weil ich Ihnen sagen kann: So geht es gut oder so geht es schlecht; und dann im geeigneten Moment lasse ich den Angriff los, wenn wir die Lage überblicken. Und dann, merken Sie sich das, dann werden die Köpfe rollen.«

›Die Köpfe rollen‹ hatte er mit so großer Festigkeit gesagt, daß ich erbebte; und ich sagte mir, nun hätte ich es geschafft. Und vielleicht sah ich aus wie ein verirrtes Lämmchen, denn er fuhr fort und sagte:

»Haben Sie keine Angst, das wäre verfrüht. Jetzt arbeiten wir, um herauszufinden, wer dazugehört und wo sie versteckt sind. Aber mit großer Umsicht. Wir legen eine Bombe, mein Lieber. Aber wir bewegen uns mit größter Vorsicht; das ist das Wichtige, wir bewegen uns mit äußerster Vor-

sicht. Besonnen, verstehen Sie? Aber ich weiß ja, Sie verstehen mich, junger Mann.«
»Kommen Sie, kommen Sie«, und er zog mich in so manches gewundene Gäßchen, wo keine Menschenseele unterwegs war. Und wir gingen die Mauern entlang, über die sich große Bäume beugten und den Himmel versperrten wie ein Tunnel, so daß alles wie entvölkert aussah.
Das sage ich, weil der Präfekt, das war mir klar, der ging nicht zufällig dort vorbei, sondern er war diesen ganzen verwickelten Weg durch die Seitenstraßen, immer redend, gegangen, mit dem Ziel, dort anzukommen: an einem Ort, der ihm entsprach.
Dort blickt er nämlich um sich, und in seinem Blick ist sehr viel Hochschätzung, und er sagt mir aus heiterem Himmel, daß ich sein Intendant sei, der Intendant seiner Präfektur.
»Intendant?« sage ich ungläubig.
»Ja, von diesem Augenblick an. Der Intendant muß mit der größten Gewissenhaftigkeit arbeiten!«
»Arbeiten?«
»Sie werden«, sagt er, »zu erfahren versuchen, wovon diese Leute leben, wie sie leben und wo.«
Ich frage: »Aber wie soll ich das machen?«
Und er: »Sie werden unterwegs sein und Ihre Ohren spitzen, aufpassen auf ungewöhnliche Händel. Außerdem werden Sie verhören, mit Umsicht selbstverständlich. Verhören Sie Leute, die sich auskennen, wie ihr Buchhalter Nestor, so heißt er doch oder? Sie sind von jetzt an Intendant, merken Sie sich das!«
Mir gefiel die Idee, unterwegs zu sein, Spuren zu verfolgen, die niemand kannte, das heißt, etwas Abenteuerliches zu wagen. Das hatte ich ja mit den Brunnen schon gemacht, ohne jemand zu sein, nur mit der unbestimmten Hoffnung, etwas über diese Legende herauszubringen.
Aber ich fragte mich, ob dieser Präfekt oder Funktionsausübende wirklich die Macht hatte, mich zum Intendanten zu ernennen.
»Aber Intendant wovon?« fragte ich.
»Intendant der Präfektur«, und er erklärte, daß man seine Präfektur jetzt noch nicht sehe, ja noch nicht sehen dürfe,

damit sie nicht den Lügnern und Betrügern in die Hände fiel, von denen die Welt voll sei.
»Wir müssen sie entdecken und wo sie liegt.«
Ich sagte: »Hm!«, um ein unsicheres Ja zu sagen.
Zu dieser späten Stunde und so vom Schlaf geblendet, ließ ich mich von den Worten führen, das merkte ich. Aber wenn ich sie auch noch nicht klar und deutlich fand, schien es mir doch, als würde ich sie morgen oder in den nächsten Tagen klären können, wenn ich in der Zwischenzeit schlafen konnte.
Demnächst, dachte ich; und er sagte, glaube ich, in seinem halben Halbschatten: »Es ist nicht nur eine Frage des Territoriums. Es ist die Frage, daß wir unter den Leuten fahnden, wer da ist.«
Und dann: »Haben Sie gesehen, was Ihr Nestor allmählich alles herausgebracht hat? So müssen wir vorgehen. Vielleicht sind es Millionen. Und darüber, über diese Bevölkerung richten wir die Präfektur ein; um wenigstens die Dinge auf die rechte Bahn zu bingen.«
So ungefähr redete er, sage ich noch einmal, nicht klar; aber es kann auch wegen der Anstrengung, wegen der Schlaftrunkenheit meinerseits oder wegen der Nachwehen des Gewitters sein, die mich nun wieder hin und her schwanken ließen.
Ich hätte mich am liebsten an einen Laternenpfahl gestellt, um den Kopf anzulehnen und die Augen zuzumachen, und vielleicht habe ich auch geschlafen, im Stehen, während wir noch plauderten. So daß es war, als würde ich hin und wieder aufwachen und wieder etwas hören, ohne freilich den Zusammenhang zu haben. Und das war schade, denn die Präfektur, die wir entdecken sollten, hatte mich schon in ihrem Bann.
Wir würden uns wiedersehen, sagt er, und ich würde ihm berichten. Ich hätte das auf den nächsten Tag verschieben wollen, sage aber: »Ja, einverstanden«.
Er drückt mir mit großer Kraft die Hand, und das ist wie eine offizielle Vereidigung.
»Vielleicht wissen Sie noch nicht, wie ich heiße. Ich bin der Präfekt Gonnella.«

Da es offenbar das Schicksal so wollte, sagte ich: »Savini, so heiße ich in dieser Gegend.«
Und er: »Gut, Intendant Savini« und drückt mir die Hand, »angenehm.«
Und so, auf diese Weise, trat ich über die Grenze seiner Präfektur.

Die Grenzen der Präfektur

In jener Nacht schlief ich auf einer Bank; man stelle sich vor, wie lange. Ich hätte auch in ein Hotel gehen können, wenn ich gewollt hätte; aber ich fühlte mich nicht ganz sauber gekleidet, ja sogar von etwas vernachlässigtem Äußeren. Und ich erinnerte mich genau an die Ansichten der Hoteliers.

Andere Kleider hatte ich in meiner Stofftasche, aber sie waren seit dem Wolkenbruch blau gefärbt und zerdrückt, also unbrauchbar.

Und im wesentlichen habe ich von der Bank aus den Mond und seinen Lauf verfolgt. Ich hatte mich in Zeitungen eingewickelt, um nicht unter der kühlen Nachtluft zu leiden, und wenn ich dann und wann die Augen aufmachte, sah ich, daß der Mond vorgerückt war, und ich rechnete aus, wieviel Zeit inzwischen vergangen war. Es war ein noch dünner zunehmender Mond, der aber hell leuchtete.

Dann dachte ich lange an Nestor und seine Enthüllungen. Und es schien mir, als wäre in der Nacht eine Ruhepause in der Theaterarbeit, ohne daß man jedoch die Kulissen und Hintergründe verschoben hätte. Sie waren stehengeblieben und warteten auf ihre Wiederbelebung am nächsten Tag.

Und in der schlaflosen Nacht kam mir der Verdacht, daß der Mond von einem Mechanismus bewegt und von einem Kran gehalten werden könnte, oder daß ein Stahlkabel zwischen zwei unsichtbaren Masten in der Luft hänge, und der Mond einen Haken und ein Rädchen habe, das heißt eine Art Drahtseilbahn sei.

Ich beugte mich von der Bank hinaus, um zu schauen, ob man die Maschinerie sehen konnte oder ob der Mond auf seiner Bahn nicht manchmal einen Ruck tat oder im Wind wackelte oder ob Fledermäuse um ihn herum oder hinter ihm herflogen, um die Mücken zu fangen wie rings um eine Laterne.

Und durch diesen Verdacht habe ich einen Haufen Zeit verloren und daher nicht geschlafen.

Dann sagte ich mir, so kannst du nicht weitermachen und von der Bank aus den Mond bewachen, wie ein Bündel in Zeitungen eingewickelt. Das ist lächerlich.
Ich stand also auf, weil ich ›es reicht‹ gesagt hatte, und ich sagte auch: »Jetzt sehen wir mal nach.«
Ich ging um den ganzen Platz herum, und der Mond kam mit, das heißt, so bildete ich mir ein; und die Schatten waren alle in eine Richtung gewandt, was, so sagte ich mir, bei einem Scheinwerfer in einigen Dutzend Metern Entfernung nicht möglich gewesen wäre. So kam ich zu dem Ergebnis, daß der Mond echt sein mußte oder sich zumindest in nicht meßbarer Entfernung befand; und daß er allein seinen Weg ging, ohne sich um etwas zu kümmern, nicht einmal um das, was er schien.
Darauf habe ich geschlafen, weil der Mond nun nichts besagen wollte, da er ein Bestandteil der Astronomie war; und dann auch zum Glück unterging.
Ich füge aber hinzu, daß man das Geräusch eines Springbrunnens hörte, was mich aber keineswegs störte. Aber hin und wieder mußte ich die Ohren spitzen, denn das Wasser schien plötzlich innezuhalten und dann mit einem Platschen wieder herauszukommen, als ob es durch irgend etwas einen Augenblick verstopft worden wäre, das es dann herausdrückte und in das Abflußrohr hinunterschickte.
»Haha«, kicherte ich, ohne die Augen aufzumachen, »alle landen in der Hölle.«
Und ich stellte mir das Durcheinander und den Verkehr in den Abflußrohren vor, wie der Totengräber davon erzählt hatte; und oben war das Wasser sauber und kam aus den Wasserhähnen heraus; wie der Garten Eden, in dem ich schwamm. Und mir träumte auch, ich sei mitten in einer Welt von Insekten, von denen es ringsum wimmelte; das war beinahe eine Vorahnung. Und jeder Stamm folgte seinen Neigungen, ohne Grund; aber so sind eben die Träume.
Praktisch habe ich vom nächsten Morgen an zu suchen begonnen.
Und vielleicht, weil ich alles überschlafen hatte, brach ich voll Eifer zu meiner Mission auf. Die sollte sich später klären; aber damals am Anfang war sie so unbestimmt und

vage, daß ich, vor der Stadt angelangt, nicht einmal wußte, ob ich nach rechts oder nach links gehen sollte.
Ich ging von Hof zu Hof; fragte; aber um die Wahrheit zu sagen, wußte ich nicht einmal was.
Also redete ich um den heißen Brei herum: »Wem gehören diese Ländereien?« »Dem Diplomingenieur Sormani«, sagten sie zum Beispiel. »Aber der wohnt in der Stadt.«
Und ich: »Aber habt ihr noch anderes Land, das nicht registriert ist?«
Da dachten sie, ich käme vom Finanzamt, und so sagten sie nein, sie hätten überhaupt nichts, nicht einmal das Haus, in dem sie wohnten, nicht einmal das Bett gehöre ihnen.
Da fragte ich: »Aber seht ihr hier Ausländer in der Gegend? Die maskiert sind?«
Und sie sagten, Ausländer sehe man in ihrer Gegend nie, weil es da nichts Schönes gebe.
»Und Leute, die versteckt sind?«
Aber sie taten, als würden sie nichts verstehen und tuschelten untereinander:
»Was sucht denn dieser komische Vogel eigentlich? Ist er vielleicht Polizist?«
So blieb ich stecken; und ich fand, wie man verstehen wird, keinen Ausgangspunkt.
Entmutigt kehrte ich zu dem Präfekten zurück, um zu berichten. Ich sagte:
»Es gibt nur normales, schon bekanntes Land; oder ich bin nicht geeignet, etwas anderes zu finden, ich bin der Sache nicht gewachsen.«
Und er tröstete mich: »Nur Mut. Wir sind doch erst am Anfang. Machen Sie weiter!«
Der Fortschritt kam dann unerwartet. Nach zwei Tagen fruchtloser Wanderungen über Land kam ich zu ihm gelaufen und sagte ihm, vielleicht hätte ich einen Weg gefunden.
Ich kam zu ihm gelaufen und sagte: »Allmählich beginnt man etwas zu erfahren.«
Wir waren mitten auf dem Markt; dort nämlich, so hatte er mir erklärt, tat er seine geheime Arbeit; und um ihn zu treffen, mußte man ihm unter den fliegenden Händlern und im

Menschengewühl nachgehen oder sich in ein Café im Freien setzen.
Als ich es ihm gesagt hatte, also daß ich etwas wüßte, bedeutete er mir, ich solle leise sprechen: »Warten Sie, warten Sie!« flüsterte er mir zu, und wir gingen beiseite.
Und da erklärte ich ihm lang und breit meine Rückschlüsse.
Und das heißt, daß ich eine Methode gefunden hatte.
Und er sagte: »Freilich, man kann es nicht dem Zufall überlassen.«
Ich erklärte ihm, daß es eine Methode gebe und ich sie vielleicht gefunden hätte.
Also: Es gibt besondere Individuen, die häufig mit anderen geheimnisvollen Gegenden und mit unbekannten, fremden Völkern verkehren; und somit können sie etwas über sie aussagen und eventuell den Weg dorthin weisen.
Wir, ich und der Präfekt, saßen auf einer Steinstufe.
»Aber«, so sagte ich zu ihm, »es sind keine besonders empfehlenswerten Individuen, ich weiß nicht, ob wir uns auf sie verlassen können«.
Und er sagte völlig überzeugt, man dürfe nicht auf die Ehrbarkeit schauen, wenn man den richtigen Weg finde.
»Sehen Sie?« fuhr ich fort. »Diese Subjekte haben keinen besonders guten Ruf. Man betrachtet sie ohne Respekt, als Halbtrottel. Als arme Wesen, die nicht richtig im Kopf sind und auch sonst einen Haufen Syndrome haben.«
»Das spielt keine Rolle«, wiederholte der Präfekt, »machen Sie weiter. Und liefern Sie mir einen guten Bericht.«
»Ich glaube, die Dinge verhalten sich genau auf diese Weise.«
»Auf welche?«
Da sagte ich ihm meinen Standpunkt, daß ich nämlich glaube, diese eigentümlichen Individuen hätten in Wirklichkeit ihre Behausungen in der Nähe der Länder, die wir suchen würden; das heißt, sie wohnten auf der Grenzlinie, auch wenn wir die nicht sehen.
Ich glaube, im wesentlichen sind sie wie Staatenlose, niemand will sie, und sie ziehen andauernd von einem Land ins andere, denn sie sind in keinem zu Hause: Und wenn sie auch an irgendeinem Ort bleiben, bleiben sie staatenlos, denn es ist, als ob die Grenze mit ihnen mitginge, als ob sie

sie immer bei sich hätten. Und somit haben sie keine Heimat mit allen Konsequenzen; zum Beispiel verlieren sie ihre Sprache oder sie machen aus mehreren verschiedenen einen großen Salat.
Der Präfekt hörte mit großer Aufmerksamkeit zu.
Da habe ich ihm meine Theorie besser erklärt; das heißt, daß das verworrene Sprechen, weswegen diese Schwachsinnigen verlacht werden, denselben Grund hat, es kommt von der Mischung der vielen Mundarten, die sie hören müssen, weil sie auf der Grenzlinie wohnen. Das verwirrt die Gedanken, und man nimmt etwas exotische und wunderliche Sitten an.
Da erhob sich der Präfekt ziemlich bewegt: »Wissen Sie, woran ich denke?«
Ich sagte: »Woran?«
»Dies ist Alexander dem Großen von Mazedonien zugestoßen, wissen Sie das?«
»Tatsächlich?« sage ich.
Und er: »Das sagen die Geschichtsbücher; um ihm in den Orient zu folgen und anzukommen, wo die Erde aufhört, marschierten die Mazedonier so viele Jahre, daß man nicht wissen kann wie viele. Und ihr Marsch ging durch alle vorstellbaren Völker, Berge und Wüsten; bald führten sie Krieg, bald machten sie halt und rasteten bei unbekannten Völkerschaften mit unwahrscheinlichen Sitten. Und sie gingen immer weiter nach Osten.
Ich glaube, daß sie manchmal auch die Frauen heirateten, denen sie unterwegs begegneten; und ohne es zu wollen, lernten sie einheimische Sätze, damit sie des Nachts plaudern und die Liebesgespräche verstehen konnten.
Bis sie wieder weitermußten.
Alexander selbst nahm sich die Königstöchter und ließ sich, um nicht unhöflich zu erscheinen, die guten Sitten des jeweiligen Landes beibringen und kleidete sich nach dem einheimischen Geschmack.
So nahmen sie durch Nachahmung die Lebensart und die Kleidung jedes Volkes an, bei dem sie durchmarschierten. Als sie zum Beispiel die Armenier sahen, hatte sich mancher schon seines Helms entledigt, unter dem bei dem dortigen

Klima der Kopf siedet, und trug einen Turban. Manch anderer zog dem Bronzeschild ein Weidengeflecht vor. Einige hatten statt des Diskusses einen Falken oder einen Greifen auf der Schulter sitzen, und andere trugen als Panzer Fischschuppen, andere Rinde oder die Blätter der Dattelpalme; wieder andere bedeckten sich mit getrocknetem Schlamm. Sie aßen Salamander, Ameisen und Affen wie die Kimmerier; und einen Käse, den man aus einer Art Pinie melkt. Das war der Brauch bei den Sarmaten. Nicht zu reden von der Kleidung: der eine kleidete sich in Leder, der andere in Stoff, in Wildschwein- oder Leopardenhaut; sie trugen Seidenumhänge, große und kleine Ringe oder Kahlkopf; Pantoffeln, Saris, eisenbeschlagene Keulen, Ibis- oder Flamingofedern in prunkenden Farben. Und einige bemalten sich mit Betelnuß, andere hatten ihre Haut mit Verzierungen bedeckt.
Wenn der Ghibli über ihre Köpfe hinfegte, schloß sich mancher in eine Sänfte ein, die auf den Rücken eines Ochsen geladen wurde.
Nur noch wenige ritten auf Pferden, die meisten, wie sie es gesehen hatten, auf Straußen, Elefanten, Antilopen, Zebras, Böcken und Kamelen; und mancher hatte sich einen Sklaven aus Arabien gefangen oder einen Äthiopier, die für ihre Schnellfüßigkeit berühmt sind, und hatte ihn irgendwie gesattelt und spornte ihn mit Peitschenhieben zu rasendem Galopp an.
So war jede Schlacht ein unglaublicher Hexenkessel; und sie siegten immer wieder, weil die Feinde aus ihrer militärischen Strategie nicht klug wurden: Hätte ihnen die berühmte Phalanx gegenübergestanden, dann hätten sie ihr womöglich die Stirn geboten, aber so, sagten sie, war es keine faire Schlacht, sondern ein Kasperltheater. Und sie verließen das Schlachtfeld unter massiven Beschimpfungen. So stießen die Mazedonier auf keine Hindernisse mehr und rückten vor.
Aber es wurde immer schlimmer, und Alexander wollte nicht umkehren.
So verstanden sie sich nach und nach auch untereinander nicht mehr, denn es gelang ihnen nicht mehr fließend zu

sprechen und sie warfen alles durcheinander: die abgehackten Silben der Massageten, die Kantilene der Alizonen, die Worte aus jeder Stadt, in der sie haltgemacht hatten.
Als sie nach Lahore kamen, waren sie wie Stotterer, und wenn sie sprechen wollten, mußten sie so lange nachdenken, daß sie schließlich stumm blieben. Sie hatten alle Länder gesehen, aber das nützte ihnen nichts, denn sie wußten nicht mehr, wie sie es sagen sollten.
Die Leute liefen zusammen, um sie durchmarschieren zu sehen, und die Kinder staunten sie an.
Als sie zu ihrem Feldzug aufgebrochen waren, lag ihre Stärke in der Disziplin, und ihre Verständigung war perfekt. Am Schluß war es eine Karawane von Hirnlosen ohne Gesetze und Vaterland.
Hier hielt der Präfekt inne, da sagte ich zu ihm:
»Ja, es ist genau dasselbe. Das ist das Problem, wenn jemand staatenlos ist, er erscheint dann schwachsinnig.«
»Ja«, sagte er, »die Mazedonier hätten ein Weltreich gründen können, aber niemand nahm sie ernst.«
»Genau wie die Zweisprachler, die ich meine.«
Und der Präfekt:
»Niemand dachte mehr daran, sie zu einer Schlacht herauszufordern, im Gegenteil, jede Stadt forderte sie auf, hereinzukommen und eine Vorstellung zu geben. Und nachdem Alexander in einer jener fernen Gegenden gestorben war, zogen sie kreuz und quer durch Indien und Assam, machten einen Salto mortale auf dem Rücken eines Straußes und schwierige Kunststücke auf Elefantenzähnen. Aber man betrachtete sie als unbesonnen.«
»Und wie ging die Geschichte aus?«
»Na ja, im Lauf der Zeit starben sie einer nach dem anderen; aber sie nahmen sich immer wieder andere Tiere; nun ritten sie schon auf Bären, Nilpferden und Schafen, und sie sollen auch versucht haben, einer großen Python Zügel anzulegen und sich tragen zu lassen. Mit den Krokodilen war es ihnen gelungen, und sie galoppierten zu dritt auf einem. Übrigens hatten sie zu ihrer Bequemlichkeit Diwane mit Silberfüßen auf die Kamele laden lassen, und auf die Elefanten zweistöckige Türme und Palmen, um Schatten zu haben.

Zuletzt sind sie ausgestorben, aus den Abkömmlingen, die sie zurückließen, bildete sich eine Kaste von Dompteuren.«
Darauf schwiegen wir eine Zeitlang und dachten zurück an Alexander.
Und nachdem einige Minuten vergangen waren, sagte ich, diese Geschichte erkläre sehr viel, auch jene Fälle meiner Informanden, die so sehr verachtet und als arme Halbtrottel betrachtet würden.
Nun saßen wir aufs neue, und der Präfekt bat mich weiterzumachen.
Da sagte ich, um etwas zu erfahren, sei meine Methode auf jeden Fall der Dialog mit ihnen, mit diesen Eingeborenen der Grenze; als Zweisprachler seien sie nämlich immer gut informiert über die Bewegungen jenseits des Vorhangs und über die dortigen Landschaften. Wie zum Beispiel auch Pigafetta, der Totengräber, der wahrscheinlich oft in die Gegend seiner Wasserrohre ging und sicherlich auch bei Tag auf halbem Weg dorthin wohnte.
Aber alle diese Leute sind auch Opfer der Grenzfragen oder heimtückischer enervierender Überfälle und Verfolgungen von seiten ausländischer Banden, die auf Kleinsabotage und Folter spezialisiert sind. Von diesen werden sie hartnäckig angegriffen, weil sie in greifbarer Nähe und wehrlos sind. Während sie in Frieden leben und keinen Ärger haben wollen. Vor allem möchten sie nicht in ständiger Alarmbereitschaft sein, was ihnen das Leben versauert. Manchmal wechseln sie die Farbe, sagte ich, wenn sie über die Grenze hinübergehen. Zum Beispiel werden sie weiß im Gesicht; oder sie werden gelb, wie wenn sie Gelbsucht hätten, und außerdem auch rot, sanguinisch. So kann man die Wegroute in ihrer Physiognomie verfolgen, als wäre sie ein Spiegel. Manchmal sieht man auch, daß sie kämpfen müssen, wahrscheinlich gegen Banden, von denen sie belästigt werden, oder gegen andere Abgesandte, die aus Gründen des Zolls oder sonst was ihre Wut an ihnen auslassen.
Abschließend, sagte ich zum Präfekten, möchte ich sagen, diese Zweisprachler sind meine wertvollsten Quellen; Leute, die hinüber reisen, die sehen und sich auskennen. Und sie kann ich ausfragen, wenn ich etwas erfahren will,

auch wenn sie manchmal hermetisch sind oder schweigen oder leider ein schlechtes, schwerfälliges Italienisch mit Grammatikfehlern sprechen; aus den genannten Gründen. Da billigte der Präfekt meine Methode und sagte zu mir: »Tüchtig, ich glaube auch, daß dies der richtige Weg ist. Aber Sie müssen genau sein und dürfen mir keinen Roman erzählen.«

So habe ich von da an immer versucht, ihm alles so zu erzählen, wie es wirklich war und es ihm gut zu erzählen.

Ich erzählte es ihm, als hätte ich es aufgeschrieben, das heißt mit großer Genauigkeit in den Worten und ohne Stockungen. Ich sammelte meine Informationen, dann dachte ich die ganze Nacht darüber nach, und am Morgen dachte ich immer noch darüber nach. So hatte ich am Nachmittag eine Gesamtschau und war so weit, daß ich dem Präfekten Bericht erstatten konnte.

Ich suchte ihn auf dem Markt und in den umliegenden Gassen, wo er, wie er sagte, seinen Dienst tat; und wenn wir dann endlich allein waren, am liebsten unter den Bäumen auf den Stadtmauern, erstattete ich ihm einen zusammengefaßten Bericht, was also in Fortsetzungen geschah.

Und durch diese Verfahrensweise begriff auch ich beim Reden, was ich gefunden hatte, und sah, wie sich allmählich die Umrisse der Präfektur abzeichneten.

Außer daß ich die Leute ausfragte und auch erriet, was sie mir nicht sagen wollten, kamen mir freilich auch Dinge in den Sinn, die ich in der Vergangenheit gehört hatte, und ich dachte darüber nach oder träumte nachts davon.

Dann erzählte ich sie ihm, wie es sich gehört, das heißt geordnet und verständlich. Meine Worte sollten von Geographie handeln, nach meinem inneren Empfinden.

Meine ersten Berichte hatten den Sinn, die Zweisprachler gut zu verstehen.

Er saß, und ich stand vor ihm. Ich sagte, man könne bei diesen Zweisprachlern der Grenze einen gemeinsamen Zug finden: das sei die Eignung zum Fliegen oder zum Schweben. Man kann dieses Fliegen nicht sehen, da es weder Flügel noch Propeller noch eine aerodynamische Position braucht, das heißt, die Unterstützung der Luft nicht braucht; sondern eine Art luftleeren Raum hat oder wie wenn einer eine Waschpulverblase wäre, die sich vom Gewicht des Körpers loslöst. Diese Art des Fliegens oder Schwebens kommt wahrscheinlich von der Situation, daß sie Staatenlose oder Grenzgänger sind und daher umkämpft und immer in Alarmbereitschaft. Ich würde sagen, es entstand da eine Möglichkeit, sich in der Luft aufzuhalten, die nicht in Erscheinung tritt.

Es ist nämlich eine unmerkliche Art sich zu erheben, eine nicht augenfällige Art; so daß der Betreffende oder die Betreffende, wenn es eine Frau ist, sitzen bleibt, wenn sie saß, liegen oder stehen bleibt, wenn sie lag oder stand. Im wesentlichen ist es ein geheimer, persönlicher Flug, und zwar aus strategischen Gründen und von weitblickender List. Daß sie fliegen, erkennt man an ihrem Gesicht oder an ihren Gesten, die sonst unerklärlich wären.

»Ach, Savini«, unterbrach mich der Präfekt einmal, ein einziges Mal, »das ist wissenschaftlich, wirklich wissenschaftlich, wie Sie sich ausdrücken. Aber machen Sie weiter, ich bitte Sie.«

Einer dieser Zweisprachler, den ich aus nächster Nähe studiert habe, sieht so aus, als würde er über die Treppen hinunter und dann über die Felder laufen, wobei er wie ein Besessener brüllt und niemanden beachtet, nicht einmal die Gräben; aber in Wirklichkeit flog er, überflog eigentlich die Grenze und auf der anderen Seite flog er weiter. Ich war verblüfft über diese Fähigkeit und war ihm gefolgt, um aus seinem Fliegen klugzuwerden. Und auch ich mußte wie närrisch rennen, um ihm der Beobachtung halber auf den Fersen zu bleiben.

Er lief also unvermittelt über die Treppe hinunter, dann entsetzlich bergab über eine Wiese, und ich schaffte es noch, ihn nicht aus den Augen zu verlieren, aber unter großer Anstrengung und mit meiner höchsten Geschwindigkeit. Dann stürzte er sich die kahlen Steilhänge hinunter, in einer Staubwolke und unter enormer Lebensgefahr. Und sein rasendes Gebrüll riß nicht ab, vielleicht gab es ihm den Antrieb zum Fliegen, ich weiß es nicht; nach dem Schrei zu schließen,

muß er schon am Ende der Treppe in der Luft gewesen sein. Und dann verirrte er sich weiß Gott wo, indem er seinem Flug nachlief. Man hörte, daß er immer noch weiterschrie, als ich ihn schon nicht mehr sah; dann nichts, dann hörte man nichts mehr.
Für mich war es ein wenig unheimlich am Anfang, wenn er wegflog; denn es überkam ihn eine Art Inspiration, die aber wie Raserei war, und er schrie fast so, daß man Angst bekam, wenn er über die Treppe hinunterflog. Dann stellte ich ihn mir wie ein leichtes Segelflugzeug vor, wenn er in die Abgründe hinunter verschwand; und auch seine Frau muß diese Vorstellung gehabt haben, und sie sagte, so sei er eben, er sei eben ein solcher Mensch.
Sein Name ist bekannt, er heißt Mattia und mit Nachnamen Rosselli.
Er lebt in einem Haus am Berg, und dort in der Nähe verläuft wahrscheinlich die Grenze, aber genau läßt es sich nicht sagen.
Jedenfalls überflog er sie und stieß weit nach drüben vor, glaube ich; von seiner Zweisprachigkeit begünstigt. Ich wartete jedesmal auf ihn, im ganzen dreimal; weil seine Frau sagte, es gebe keinen Zweifel, er komme zurück, zu Hause sei er schließlich doch hier. Und er kam jedesmal zurück und sah so schmutzig aus wie ein armer Teufel, der irgendwo in einen Tümpel gefallen ist. Er sagte Wörter, die wahrscheinlich solche waren, die er drüben verwendete.
Zum Beispiel sagte er: »Die Pelle der Polenta«; aber man verstand nicht, was er meinte, und auch seine Frau sagte, es sei sinnlos, ihn verstehen zu wollen, denn, wenn er zurückkomme, sei er eine Zeitlang nicht normal und rede mit ausländischen Wörtern.
Als Normaler sagte er dann, er sei geflogen; und ich wollte mich informieren und fragte wie hoch. Und er sagte: »So hoch wie die Pappeln«, was nach meiner Schätzung ungefähr zwanzig Meter sein dürften, also ein ziemlich bodennaher Flug. Und außerdem kann man sagen, daß er gesagt hat: er schwebe auf einer Stimme, ja, das sagte er wirklich, auf einer Stimme, die ihn in der Luft hielt, ein wenig über der Erde. Seiner Meinung nach war es eine Stimme, die ihn trug. Das

heißt, er sagte, daß die Stimme, die ihn trug, der Länge nach dalag wie eine Luftschicht und glatt war, und er rutschte auf Wellen dahin wie in einer Kutsche.
Also, ich gebe seine Erklärungen wieder, was die einzige Art ist, das Fliegen solcher Zweisprachler und halber Ausländer zu verstehen.
Aber wenn er anfängt oder, besser, sich zu seinem Flug aufmacht, sagt er, er nimmt den Weg durch den Ofen, während ich glaubte, er ginge über die Treppe hinunter, denn von meinem Gesichtspunkt aus sieht man, daß er wie eine Furie die Treppen hinunterrennt.
Er sagt, es kann schon sein, daß man es so sieht, aber die Wahrheit ist, daß eine Stimme auftritt, die wie Rauch in seine Ohren schlüpft und ihn durch den Ofen ins Ofenrohr hinauftreibt, und er springt dann durch den Kamin hinaus; und das ist die Höhe seines Flugs oder ein wenig höher, aber nicht viel, und er sagt, es ist überhaupt nicht anstrengend, im Gegenteil.
Aber das Merkwürdige an der Sache kommt jetzt erst, und man kann es leider nicht besonders erklären; aber das sind offenbar die Sitten und Gebräuche von Leuten seiner Art. Er sagt, daß dort, auf der gewellten Schicht, eine frische strahlende Sonne scheint, und man sieht unten die Erde in ihrer ganzen Vielfalt vorbeiziehen. Und nun kommt das Merkwürdige; er sagt, er hat unter sich einen Schatten und das ist sein Schatten auf der Erde, und er sieht ihn dort unten über die Hecken und über die Berge laufen. Und er und sein Schatten sind nichts anderes, nur daß er sich überhaupt nicht plagen muß, aber sein Schatten muß anscheinend wie ein Wilder laufen, damit er immer genau unter ihm bleibt.
So läßt sich mein Eindruck aus der Ferne ein wenig erklären, daß ich ihn wie verzweifelt über die abschüssigen Hänge hinunterlaufen sehe und daß ich seinen unsichtbaren Flug nicht sehe, der sich eben in einer anderen Region abspielt. Das bedeutet auch, daß diese anderen Regionen parallel und in verschiedenen Höhen liegen können. Sie liegen oben und unten, manche in unglaublichen Höhen, über der Stratosphäre. Und dort auf ihrer Höhe haben sie ihre eigene Fauna und Flora und die passende Bevölkerung; wenn es eine gibt.

Das glaube ich aus den Fällen ableiten zu können, denen ich nachgegangen bin.
Rosselli jedenfalls, von dem ich gesprochen habe, flog auf diese Weise.
Und am Schluß, sagt er, fiel er immer auf Steine oder in ein Dornengestrüpp, oder er fiel auf einen Berg, weil die Stimme verstummte und er abstürzte.
Und voll Schmutz und voll Asche lag er auf einmal unter schlimmsten Schmerzen an einem abgelegenen und schwer erreichbaren Ort. Und das ganze Gewicht seines Schattens lag wieder auf ihm, und er mußte sich nun wieder plagen, und keuchend empfahl er sich Gott und sagte zu sich: ›Wer weiß, wo ich jetzt bin, o ich Armer.‹
So schleppte er sich ganz langsam über die Berghänge hinauf wie ein Verlassener. Das war die Rückkehr dieses Rosselli.
Ich fragte ihn nach der Geschwindigkeit seines Flugs, und er sagte, es sei ein schönes, seliges Fliegen ohne Eile.
Ich fragte ihn: »Fünfzehn pro Stunde?«, und er sagte ja.
Aber auf jeden Fall gibt es dort, wohin dieser Rosselli fliegt, nichts Besonderes, und es handelt sich um einen Fall einfachen Fliegens ohne große Entdeckungen oder Begegnungen. Aber er beweist die Fähigkeit oder Eignung, sich in die Luft zu erheben und so einen Weg zurückzulegen, nicht den üblichen.
Andere sollen nur eine Art Schwebezustand erreichen; das heißt, wenn sie sich ins Bett legen, werden sie nach einiger Zeit in die Höhe gehoben. Einige Zentimeter, wie mir einer sagte. Und dort bleiben sie liegen wie auf einer Matratze aus Luft mitten in einem riesigen Getümmel von Träumen rundum.
Aber das sind außerdem Leute, die noch nie weggegangen sind, noch nie ihr Land verlassen haben; sie sind aber immer kurz davor; doch im Grund bleiben sie immer im Bett. Das sind keine Reisenden. Es sind zu neunzig Prozent Träumer. Von denen brauchte ich dem Präfekten nichts zu erzählen.

In dieser Zeit meiner Erkundungen fragte ich den Präfekten eines Tages, wie man eigentlich Karriere mache.

Wir sprachen nicht nur von meinen geographischen Entdeckungen, die bald groß waren, bald, ja sogar oft, aber nur stückchen- und bröckchenweise kamen, so daß ich Nächte und Tage lang brauchte, um sie zu ordnen und zusammenzusetzen und zu verstehen, was ich erreicht hatte.
Also gingen wir an manchen Tagen schweigend durch die Alleen und Parkanlagen; und er sagte zu mir, ich brauchte mich noch nicht zu beeilen und solle mir die nötige Zeit lassen.
An einem solchen Tag fragte ich ihn, nachdem wir über abstrakte Fragen der Geographie und Landkarten diskutiert hatten und es müde geworden waren, wie er das geworden sei, was er jetzt sei.
Und er sagt: »Das ist schwer zu erklären, denn bei mir handelt es sich um einen besonderen Fall, und von dieser Art kommen nur sehr wenige im Jahr vor.«
»Aber wie besonders?« frage ich beharrlich weiter.
»Sagen wir, mein Name steht in keinem Stellenplan des Ministeriums. Denn in diesem besonderen Fall wäre das so gut wie Selbstmord. Ich bin eine direkte Ausstrahlung des Premierministers. Verstehen Sie? Aber wehe, das wüßte jemand. Das gäbe ein Wettrennen auf unsere geographischen Entdeckungen. Und alle wollten sie dann ausnützen, um Geld damit zu machen. Wie sie es mit den Azteken gemacht haben. Und daher hat das Ministerium beschlossen, nichts zu riskieren.«
»Aber was hat der Minister dazu gesagt?«
»Das wäre eigentlich ein Geheimnis, und ich muß Ihnen außerdem sagen, das ist nicht ganz leicht zu erzählen. Es handelt sich um äußerst heikle Fragen, und es wird einem nur angedeutet, nichts ausgesprochen.«
»Nichts ausgesprochen? Aber wie?«
»Die besonderen Methoden auf diesem Sektor, das können Sie sich gar nicht vorstellen«, beginnt der Präfekt. »Als ich schon glaubte, ich wäre abgesägt, ist man an mich herangetreten. Das war alles andere als eine lustige Zeit für mich. Stellen Sie sich vor, beurlaubt wegen schlechter Amtsausübung, so hieß es. Und da werde ich plötzlich ins Ministerium gerufen.«

Und nun hakte er mich unter, um näher an meinem Ohr zu sprechen.
»Und wissen Sie, wie es der Minister gemacht hat?«
Ich schüttelte den Kopf.
»Passen Sie auf. Ich wartete dort in einem ganz prunkvollen Wartesaal; ich warte und warte, aber niemand kommt. So ging auch die Mittagessenszeit vorbei, und ich dachte: Die haben mich vergessen. Verstehen Sie? Ich sagte: Die haben mich vergessen!
Dann kam einer; ein Page, glaube ich, oder so was Ähnliches. Und als er vor mir ist, wendet er den Blick und schaut mich an, aber so, daß mir ganz heiß wird. Verstehen Sie? Daß mir heiß wird.
Aber der war energisch und gefaßt anzuschauen, wie eine Uhr, aber Augen machte der, daß ich mir dachte: ›Jetzt ist es so weit.‹
Und ich blieb dann noch allein sitzen, aber allmählich kam mir ein Gedanke. Verstehen Sie?«
»Ja, ja«, sagte ich, »und dann?«
»Und dann verstand ich schön langsam, wie man es dort macht; und ich sagte mir: ›Da steckt doch was dahinter?‹ Und man ließ mich noch sitzen und nachdenken, weil das die dortige Methode ist. Draufkommen mußt du von selber. Man gibt dir die Zeit, die du brauchst, und man sagt dir nichts oder irgend etwas. Aber man macht Andeutungen; man hilft dir, ja, man hilft dir, draufkommen mußt du von selber. Verstehen Sie? Verstehen Sie was für Methoden?
Eigentlich war ich dort wegen meiner Versetzung in den Ruhestand; denn es hieß, ein Präfekt muß unterschreiben, aber ich hatte es darauf ankommen lassen mit der Präfektur, weil mir alle etwas vorschwindelten. Ich unterschrieb also nichts mehr und ging sogar so weit, das will ich nicht leugnen, daß ich gestempelte Papiere zerriß; aber nur um die Verwaltung zu berichtigen. Jedenfalls durfte man das nicht, nach der Meinung des Ministers. Also war ich dort wegen meiner Versetzung in den Ruhestand. Sie können sich vorstellen, wie lustig das für mich war!
Ich sage Ihnen sogar, damals wünschte ich mir, daß die Welt zu Ende geht, und in der Luft war ein Pfeifen, das nichts

Gutes verhieß, und ich hörte herunterratternde Gitter, die mich nicht in Ruhe ließen. Aber das gehört nicht hierher, das ist etwas anderes.
Dann kam der Page wieder und schaute mich ein zweites Mal mit den Augen an, die diese Leute haben, so glänzend und wie aus Glas. Verstehen Sie? Aber die muß man gesehen haben, sonst kann man sie sich nicht vorstellen.
Sooft dieser Page kam, das heißt die zwei Mal, die er kam, ging er seines Weges, ohne mich zu sehen. Steif und gerade und mit präzisem Schritt kam er durch eine Tür.
Und da saß nur ich allein. Daher kam mir die Idee: ›Wirst schon sehen, der will dir jetzt was sagen.‹
Aber plötzlich, als er vor mir vorbeiging, wandte er die Augen nach mir und warf mir einen so direkten und bedeutungsvollen Blick zu, daß mir das Herz bis zum Hals klopfte und ich aus der Fassung kam. Nicht gerade wörtlich gemeint, aber beinahe als würden die Trompeten der Verkündigung erklingen. Also, verstehen Sie?, nicht daß ich sie akustisch gehört hätte, aber wenn die Tür aufging und er mit seinem Schritt daherkam, ich weiß auch nicht, was der an sich hatte, dann hallte der ganze Saal wie in feierlichem Staunen wider.
Und mir stand der Mund offen.
In der Mitte des Saales angekommen, wandte er seinen glasglänzenden Blick nach mir und ließ ihn dann auf mir ruhen, wie wenn er sagen wollte: ›Du!‹ Und er sah mich eine Zeitlang an, was heißen sollte: ›Wir verstehen uns doch!‹
Verstehen Sie, was es für Methoden gibt?
Und das geschah zweimal. Nach dem ersten Mal habe ich dann angefangen hin und her zu überlegen, und ich sagte mir, es ist doch merkwürdig, daß ich mit diesem Prunk im Ministerium empfangen werde, auf diese gewiß nicht übliche Weise. Und lange Zeit saß ich so bis zu seinem zweiten Erscheinen.
Es war schon Nachmittag. Und wissen Sie, wie es dann ging? Plötzlich dämmert es mir, man will mir eine geheime Funktion geben, die zwar Ruhestand heißt; aber selbstverständlich ist es ein sogenannter Ruhestand. Das sehen Sie selbst: Es ist eine Präfektur sui generis, die wie nichts aussieht.

Ich sage, in gewisser Hinsicht experimentell, das heißt, sie dient dazu, sagen wir, den Einfluß der Verwaltung auszudehnen, denn der erreicht noch nicht mehr als zwanzig oder zehn Prozent der Angelegenheiten der Menschen. Und auch das bißchen, das er erreicht, wird durch die schlechte Arbeit der Beamten in falsche Bahnen gelenkt. Wie ich schon glaubte, als ich noch im Amt war.
Also, da dämmert es mir, daß ich wegen einer besonderen Aufgabe hier bin, und daß Ruhestand nichts heißt, sondern nur das Gerede zum Schweigen bringen soll.
Es dämmert mir, daß ich beobachtet werde; einige kleine Zeichen dafür hatte es schon während meiner Beurlaubung gegeben. Zum Beispiel alte Männer in der Nähe meiner Haustür oder an der Bushaltestelle, die warteten, aber unverkennbar herumspähten. Alte Männer, vermutlich Rentner, die für wenig oder nichts bereit sind, jemanden zu beschatten; viel zu tun haben sie ohnehin nicht und so verdienen sie sich etwas zu ihrer Rente dazu, indem sie herumspionieren, was sie ja sonst auch machen würden.
Und sie lösten einander ab. Der Bus kam, da fuhr der erste weg, um zu zeigen, daß alles wirklich war; aber kaum war eine Minute vergangen, stand schon der nächste da und spähte, manchmal kam ein dritter dazu, und sie sagten einander etwas. Dann ist es mir passiert, daß ich denselben alten Mann wiedersah. Denselben Alten ganz woanders. Verstanden! Ich bin doch nicht blöd. Er ging auf mich zu und hob nicht einmal den Blick, um mich anzuschauen. Er war ganz in seinen Mantel eingemummt, aber ich erkannte ihn wohl. Und man hat erkannt, daß ich eine weiße Weste habe, auch während meiner Beurlaubung. Und so ist es ja auch. Wahrscheinlich wurde das gemeldet; und im Ministerium war dann noch eine Klippe vorgesehen, die letzte, mit einigen Erleichterungen, um zu sehen, ob ich Intuition, Witterungsvermögen und Phantasie hätte.
Verstehen Sie was für Verfahrensweisen? Wie man sich dort die Leute aussucht? Für außerordentliche Aufgaben mit hohem Risiko?
Im Wartesaal fing ich an, mir das alles zusammenzureimen, nachdem der besagte Page zum erstenmal vorbeigekommen

war, und es fügte sich eins ans andere. Man hätte mich über Nacht des Amtes entsetzen können, durch ein Telegramm; aber man wartete Monate; während der Zeit schickte man mir hin und wieder ausgeklügelte sybillinische Mitteilungen. Lobsprüche über meine Leistungen und dazu die Aussicht auf meine Versetzung in den Ruhestand. Ein Widersinn, meinen Sie nicht? Aber so ohne weiteres konnte ich das nicht herauslesen.
Das ging mir erst im Wartesaal auf; ich reimte mir alles zusammen. Und ich verstand auch, was die Versetzung in den Ruhestand ist: eine besondere Funktion, die keinen eigenen Namen hat, insofern sie sich nicht durch Obliegenheiten erklären läßt und so weiter und so weiter. Das haben Sie schon gemerkt. Es handelt sich um Forschungsgebiete, bei denen sich nicht voraussehen läßt, was eigentlich los ist.
Es sind also wohl Präfekturen, aber fortgeschrittenere, noch ohne eine geographische Ausdehnung oder Bewohnerzahl oder, was soll ich sagen, einen Stadtbauplan beispielsweise. Es sind Präfekturen, die man sich ein wenig selbst erfinden muß, wie Sie wissen. Aber es ist wie beim Perserreich, da kannte auch keiner die Grenzen, und es wurden Abgesandte ausgeschickt, die Völkerschaften regieren sollten, von denen man gar nicht wußte, ob sie da waren. Aber dann entdeckte einer zum Beispiel eine blühende Stadt und große Märkte und nie gesehene Sitten und Gebräuche. Aber so war eben das Perserreich, es bestand, so kann man sagen, aus einer Überraschung nach der anderen.
Es war also schon spät am Nachmittag, und ich hatte die Zeit gehabt, dort auf meinem Stuhl alle Schreiben und Signale, jeden Verdacht und auch die übertriebene Vorladung ins Ministerium noch einmal zu überdenken. Und langsam ging mir ein immer helleres Licht auf, und auf der Stirn und hinter den Ohren wurde mir so heiß, daß ich meinen Überzieher auszog.
Dann dämmert mir folgendes: daß einer Präfekt werden könne, aber auf einem anderen Niveau. Sie verstehen, was ich meine. Es gibt andere Gegenden, die sich selbst überlassen sind, ohne Präfektur. Und in meinem Kopf sage ich

folgenden Satz: ›Du, Gonnella, wirst der Funktionausübende sein.‹
In demselben Moment wird die Tür weit geöffnet, und es erscheint mit Pauken und Trompeten der Page. Marmorgleich kommt er näher, dann dreht er den Kopf und durchbohrt mich mit seinen Blicken. Das soll heißen: ›Ja!‹
Was sagen Sie dazu? Die sind gut ausgerüstet, was? Das kann man nur bewundern.
Es hatte kein Wort gekostet, und ich war wieder Präfekt, wenn auch auf eine ganz spezielle Weise. Danach ging alles sehr schnell, versteht sich.
Der Minister saß hinter einem Tisch mit brennender Lampe, und als ich aufblickte, sah ich, daß er denselben gläsernen Blick hatte und nie mit den Wimpern zuckte, und er hielt mich, wenn man so sagen kann, mit den Augen in Schach, so daß ich nicht mehr mit meiner Stimme sprechen konnte.
Er sprach meinen Namen aus und winkte mir mit der Hand, ich möge mich setzen. ›Gonnella‹, sagte er mit einem so festen und genauen Ton, daß ich mich festgenagelt fühlte. Und seiner Aufforderung nachkam. Das heißt, ich setzte mich; aber mit hochgezogenen Augenbrauen und seitwärts gezogenem Mund zeigte ich ihm im Vertrauen, daß ich Gewehr bei Fuß vor ihm stand; und daß ich dem Befehl der Augen zur Verfügung stand.
Man muß sich darüber im klaren sein, sagte ich mir unter anderem, daß ihnen vom Zeremonial praktisch die Hände gebunden sind.
Und da hörte ich ihn ungefähr sagen: ›Wir können Sie, wenn wir uns hier entscheiden, wieder in den schon ausgeübten Dienst einsetzen.‹ So. Und er sagte, man könne über manche Unregelmäßigkeiten im Dienst hinwegsehen.
Das war der Jargon, verstanden?; aber mit seinem gläsernen Blick ernannte er mich genau zum funktionsausübenden Präfekten. Das sagte er nicht mit Worten, aber es war sonnenklar.
Ich hatte ein schwaches Lächeln des Einverständnisses aufgesetzt, ein sehr schwaches; und im übrigen unbeirrbar, ohne ein Wort zu sagen. Sie verstehen doch?

Dann sagte er, man könne mir eine Versetzung an einen entfernten Ort zugestehen, probeweise zunächst. Und ich kein Wort. ›Sonst die Versetzung in den Ruhestand.‹
Und ich dachte: ›Was für unglaubliche geniale Methoden, diese sich kreuzenden Direktiven.‹ Und ich behielt mein schneidendes Lächeln, das, insgeheim ironisch, zeigen sollte, daß ich nur allzugut verstanden hatte.
Er fixierte mich mit seinen sprechenden Augen, und ich sagte mit meinem schwach dosierten Lächeln ja.
Dann sagte er den Satz von vorhin noch einmal, wozu er wunderbar blitzende Augen machte, als wollte er sagen, was getan sei, sei getan.
Ich reglos.
Da sagte er: ›In den Ruhestand!‹ und unterschrieb ein Schriftstück, ohne wieder aufzuschauen. Das heißt, es war nun alles vereinbart, und er delegierte mich zur Ausübung der Funktion.
Verstehen Sie? Wie es geht?«
Ich verstand gut.
»Es ist kein definitives Amt; im Grund nach meinem Ermessen«, schloß der Präfekt seine Erklärungen. »Aber könnte man es sonst ausüben? Und daher war diese Ernennungszeremonie schnell vorbei. Verstehen Sie?«

Das waren die Erklärungen des Präfekten über die Karriere, und ich habe sie gelernt: vor allem, daß man den günstigen Augenblick nützen muß.
Der Präfekt sagte: »Sehen Sie, darin besteht die ganze Kunst: Man muß die Menschen verstehen; psychologisch. Was sie von einem wollen.«
Und ich konnte ihm nur recht geben: »Ja, was zählt, ist die Psychologie.«
»Und wissen Sie, woraus die Psychologie besteht?«
Ich wollte es lernen und sagte: »Woraus?«
Und er: »Es ist so, wie ich gezeigt habe. Daß nicht zählt, was gesagt wird, daß das überhaupt nicht zählt; aber man muß sehr gut auf das aufpassen, was dahinter steckt.«
Ich sagte: »Aha, ja, ja.«

»Und wenn man Karriere machen will, muß man sich im Verstehen der Psychologie üben.«
Und dann machte er die Probe aufs Exempel; das heißt, er schaute mir eine halbe Minute in die Augen und fragte mich: »Was habe ich gesagt?«
Aber ich antwortete ihm, ich sei noch unerfahren, denn ich würde nichts sehen als die Pupillen, die Iris und die Wimpern, alles unverständlich für mich.
Dann schaute er mich noch einmal an und sagte: »Probieren Sie es noch einmal. Passen Sie auf, denn ich spreche die Wörter eins nach dem anderen ganz deutlich aus.« Und es kam mir vor, als würde er drücken, damit ihm das Blut ins Gesicht stieg; und ich sah, daß in seinen Augen etwas vor sich ging, aber ich konnte nicht entziffern was. Aber um nicht ganz dumm zu erscheinen, sagte ich sogar: »Ja, vielleicht habe ich es ein wenig verstanden.«
Und er lächelte: »Sehen Sie? So schwer ist die Psychologie gar nicht.«
Aber so habe ich es nicht gelernt, sondern ganz anders.
Manchmal saßen wir auf einer Bank, eine halbe Stunde oder eine Stunde. Und schließlich sagte er: »Mit Ihnen fühlt man sich wohl, wissen Sie das? Wir verstehen uns, nicht wahr?«
Und so habe ich mich tatsächlich an die Psychologie gewöhnt. Der Präfekt zog eine Pfeife heraus und spielte einen Raucher; aber ohne die Pfeife anzuzünden. Er steckte sie in den Mund und hielt sie dann in den Händen; er schaute in den Pfeifenkopf hinein und schlug ihn dann auf etwas Hölzernes und blies hinein.
Ich schaute inzwischen den Vögeln nach, fragte mich, zu welcher Rasse die Bäume gehörten, ob sie beispielsweise Sykomoren seien oder Linden, und versuchte, mich an meine Kenntnisse zu erinnern. So studierte mein Blick ihre Zweige und Blätter; und den Präfekten mit seiner Pfeife im Mund, den sah ich auch nach oben schauen und mit seinem Blick im Laubwerk die Stämme, die Amseln und die Spatzen suchen.
Und ich glaube, das ist tatsächlich eine psychologische Unterhaltungsweise. Ich schlug die Beine übereinander, er schaute auf seine Hände; ich wippte mit einem Fuß, er

legte einen Ellbogen auf die Rückenlehne; ich seufzte, er seufzte; dann drehte ich mich um und so weiter; aber alles in aller Ruhe, wie wenn man sich über belanglose Dinge unterhält.

Mit der Zeit haben wir uns immer mehr daran gewöhnt, so miteinander zu sprechen, und wir verstanden uns immer besser; so daß ich seine Karriere sehr gut verstand und immer bewunderte, während wir die verborgenen Völkerschaften entdeckten.

Verborgene Völkerschaften

Meine Nachforschungen über Landstriche und Völkerschaften gingen inzwischen weiter; und wir wären uns gern über die geographischen Fragen klar geworden, um uns zu orientieren.
Ich redete mit ihm darüber, aber die Grenzen dieser Gegenden sind dermaßen ausgefranst und gelappt und auch so unsicher, daß man nicht genau weiß, wo sie verlaufen. Es gibt keine zuverlässigen geographischen Karten oder Pläne, und ich kenne weder Abmachungen noch Urkunden.
Diese Grenze, so sagte ich, ist dermaßen gezackt, daß sich die Territorien ineinander verflechten, und wenn einer dort geht, überschreitet er in einem fort Grenzen, ohne es zu wollen; wenn es ein Mann ist, der Respekt gebietet, dann merkt er es nicht, oder er merkt es kaum, und die Wachposten auf der anderen Seite lassen ihn in Ruhe oder tun ihm einige kleine Bosheiten an, die aber wie normale Zufälle aussehen: Kopfweh oder Zahnweh, aber an einem Zahn, der schon Karies hat; schlimme Träume oder manchmal Stottern, so daß einer etwas anderes sagt, als er eigentlich will, und vielleicht eine jämmerliche Figur abgibt.
Aber die selbstbewußten Herren fragen sich nicht nach dem Grund dieser kleinen Streiche und verlassen weiter ihr Land und kehren wieder zurück, ohne aufzupassen, so daß auch die anderen auf ihre Bosheiten verzichten. Oder mit der Zeit auf eine blutige und endgültige Rache sinnen, so daß jene Herren, so anmaßend und selbstbewußt sie waren, zuletzt nicht einmal mehr den Mut haben, aus dem Haus zu gehen; und sagen, sie würden es nicht schaffen oder sie hätten eine Phobie oder den sogenannten Nervenzusammenbruch.
Nach der Meinung des Präfekten wäre eine von der Regierung oder Luftwaffe gewollte geographische Karte die Lösung schlechthin.
Aber die Probleme der Darstellung sind äußerst schwierig, nicht wegen des Übergangs vom Runden zum Flachen, so sagte ich ihm, dafür gäbe es Lösungen, sondern weil es aussehe, als würde jeder diese Grenzen vorwärts oder rück-

wärts, aufwärts oder abwärts verschieben. Das heißt, als würde dieses Zickzack durch das Kommen und Gehen der Leute entstehen, die, wenn sie gehen oder zum Denken stehenbleiben, die Grenzlinie hinter sich herziehen, die wahrscheinlich wie ein mehrere Kilometer langer Gummi ist, der sich um die Beine wickelt und sich auf der ebenen Fläche beliebig verlängern kann. Ein kartographisches Institut der Armee hat weder die Eignung noch die Instrumente für eine so unbestimmte Geographie, und gewöhnlich schickt es Spezialeinheiten von Pionieren, die Stacheldraht oder Pfähle anbringen, damit die Grenze so bleibt, wie sie gezeichnet wurde, und die Karten wenigstens eine Zeitlang gültig bleiben.

So redeten wir, genauestens.

Aber unsere Probleme, so sagte ich, könnten mit diesen Mitteln nicht gelöst werden, und es wäre immer ein Durcheinander und verlorene Mühe.

Da erzählte ich meine Enthüllungen.

In dem Dorf Corvara zum Beispiel ging die Grenze offensichtlich durch ein Fenster auf dem Corso Cairoli, einige Stunden am Tag und die ganze Nacht. Dort wohnt nämlich eine Frau, die hört hinter dem Fensterbrett und am Fensterladen immer einige Ausländer, die lachen und sie beschimpfen; und nachts sieht sie draußen einen Baum, auf dem drei weiße ausgestopfte Vögel sitzen, die sie anstarren. Und sie lebt in ständiger Sorge, weil ihr klar ist, daß sie sich in der Nähe der Grenze befindet und daß das, was sie sieht, eine Ecke des Panoramas von drüben ist. Sie sagt: »In irgendeiner Nacht verlasse ich euch alle.«

Das heißt, sie könnte plötzlich über die Grenze gehen, ohne ihr Bett zu verlassen; denn die Grenze kann in ihr Zimmer kommen und sie mitnehmen, dann wird die Frau unsichtbar oder geht mit den Leuten vom Fensterbrett mit, um irgend jemanden zu belästigen.

»Ich wäre dann«, so sagte die Frau zu mir, »zusammen mit den anderen Kollegen, die schon daran gewöhnt sind, hinter einem Fensterladen, ohne mich sehen zu lassen. Dann denken vielleicht alle, daß ich noch im Bett bin, weil sie mich dort liegen sehen; doch ich bin ein Specht geworden, aber ein durchsichtiger, und mache Löcher in die Fenster der anderen Leute, und dann verstecke ich mich und schaue ihnen zu; und so amüsiere ich mich und bin immer in Gesellschaft unterwegs, auch wenn ich im Bett bin. Wenn ich bei ihnen wäre statt hier, würde ich mich zuallererst vor nichts mehr fürchten.«

Das waren ungefähr die Worte der Frau.

Auch darüber, daß sich die Kerle von jenseits der Grenze in keinem Fall sehen lassen, haben wir ebenfalls die Aussagen dieser Frau Cavizzi aus Corvara.

Sie läuft zum Fenster und schaut in die äußeren Ecken, aber es ist ihr nie gelungen, einen zu erwischen; im Gegenteil, schon während sie läuft – und es handelt sich um wenige Sekunden –, hört sie, wie sie sich mit zweideutigem und schamlosem Spott entfernen, und wenn sie am Fenster erscheint, veranstalten sie einen ohrenbetäubenden Radau, so daß sie ihnen, so laut sie kann, etwas nachschreit, um sich nicht unterkriegen zu lassen. Und am Anfang, so sagt sie, entsteht ein irrsinniges Durcheinander aus Pfiffen und halben Worten, denn sie versuchen, sie zu übertönen. Es gibt daher wahrscheinlich immer noch andere, die in beachtlicher Zahl still bleiben und auf der Lauer sind, ohne daß sie es vom Bett aus merkt.

Aber wenn sie sie am Fenster sehen, schreien sie wahrscheinlich alle zusammen wie besessen, um sie wieder hineinzudrängen. Aber sie sagt, daß es ihr gelingt, lauter zu schreien, bis sie schweigen und in ihr Land zurückkehren oder wieder murmeln, aber mit so leiser Stimme, daß es ihr nicht auf die Nerven geht. Oder wieder am Fenster kratzen und es ihr zum Hohn fast unmerklich schwanken lassen. Und im Bett könnte ihr das auch gleichgültig sein, denn verglichen mit anderen Momenten ist das gar nichts; aber es ärgert sie, wie sie sagt, es ärgert sie, daß sie nie aufhören und in einem fort lachen.

Und um die ganze Geschichte zu erzählen, zu dieser Frau Cavizzi sind auch einige Beamte gekommen, um in ihrem Fenster ein Netz anzubringen, damit sie nicht wegfliegen kann, und damit niemand bei ihr eindringt und sie werweißwo hinbringt, um werweißwas zu machen.

Eine andere Absicht war dabei, die Grenze zu abzuriegeln. Aber das wird nie vom Amt für Topographie gemacht.
Ich habe Auskünfte eingeholt, erzählte ich dem Präfekten, weder das Verteidigungsministerium noch irgendein Zollamt errichtet diese Barrieren aus Gründen des Schutzes oder so etwas. Für diese Grenzen besteht ein lokales Gesundheitsamt, das die Einwanderungen und die Ansteckungs- und Infektionsgefahr aufhält; mit geringem Erfolg, um die Wahrheit zu sagen; der Grund ist auch hierfür die Elastizität der Grenze, die sich ja oft nicht einmal finden läßt. Die Beamten selbst treten manchmal auf sie, ohne sie zu sehen, und selbst sie bekommen Scherereien.
Und ich habe über die Gewohnheiten dieser versteckten und der Obsession geweihten Leute wenig erfahren.
Es sind eigentlich keine Leute im wahren Sinn des Wortes, das heißt keine vollständigen Leute, wie wir sie zu sehen gewöhnt sind. Es fehlen ihnen zum Beispiel die gewöhnlichsten und normalsten Organe.
»Aha, hochinteressant«, kommentierte der Präfekt, »diese Individuen bilden sicher eine richtige Nation, die an uns grenzt. Aber wie sehen sie aus?«
Ich glaube, so sagte ich ihm, sie sehen aus wie Blutegel, das heißt Ringe, die der Fortbewegung mächtig sind, wie Würmer, die sich von außen an die Fenster hängen oder von hinten an die Türen, aber sie können in einem fort lachen und bald verworrene, bald klare Sätze von sich geben, je nachdem.
Manchmal scheinen sie weit weg zu sein, und das machen sie absichtlich, damit man nicht schlafen kann, denn sie sagen hastig abgehacktes Zeug, so daß man nicht dazukommt, es richtig zu hören; und so ist man die ganze Nacht gespannt unter der Decke und kann trotzdem nichts verstehen, ohne sich aber die ganze Nacht je geschlagen zu geben.
Und diese Art Blutegel saugen sich genau dort fest, wo man mit seinem Denken ankommt, wenn man es vorschiebt, so weit es geht. Und wenn man sich anstrengt, mit seinem Geist noch weiter vorzudringen, dann weichen sie ein wenig zurück, damit sie immer auf der Grenze bleiben und kichern können, so daß der andere nicht einschläft.

Hier hängt es vom Geist eines jeden ab und davon, wie weit dieser Geist vorzudringen vermag: Einer kommt zum Beispiel bis zum Fenster oder zum Hauseingang unten, und dort lassen sich dann die Kerle nieder und fangen an herumzuschreien und dummes Zeug zu sagen, das man eher erraten muß als versteht, so belanglos und schnell ist es.
Sie Blutegel zu nennen, ist auf jeden Fall nicht sehr genau, auch weil sie sich ihrer Natur oder ihrer Eigenheit nach nicht sehen lassen. Aber alle, die sie hören, sagen, sie würden sich mit einem Saugnapf oder einer Trompete an ihrem Gedanken festsaugen und man könne sie nicht abschütteln. Und da man in der Nacht immer wach bleibt, um sie zu finden, wird man immer blutärmer und immer schmächtiger und müder, genau wie nach einem Aderlaß.
Wahrscheinlich ist es eine Rasse, die der menschlichen nahe ist, wegen der Stimme; aber vielleicht ist es eine hochentwickelte Form von Anneliden, die mit den geistigen Zweifeln in Symbiose leben.
Man hat auch in Erfahrung gebracht, aber nicht besonders sicher, daß diese lästigen Individuen oder Würmer aus den Gasblasen mancher stehender Gewässer des anderen Landes kommen. Und in gewissem Sinn sind das ihre Städte. Von da aus dringen sie vor bis unter die Fenster der Schlafenden und derer, die sich Gedanken machen. Und dort beginnen sie mit ihren Litaneien und ihrem Gelächter.

Wenn ich dem Präfekten so Bericht erstattete, war er mit Feuereifer dabei und sagte:
»Die kann ich mir vorstellen, wissen Sie?, diese Eingeborenen. Das sind Primitive, was den Grad ihrer Zivilisation angeht. Ich glaube aber, daß ihre Region dicht bevölkert ist.«
»Ja, wahrscheinlich ist es tatsächlich so. Das sagte auch Frau Cavizzi, daß es übervölkerte Gebiete sind.«
Und der Präfekt:
»Wie das Gangesdelta, wie Kalkutta. Denn dort ist der größte Teil der Bevölkerung verkrüppelt oder krank, und sie umringen dich in Massen; und wenn du ihnen nur eine kleine

Münze gibst oder eine Sekunde Aufmerksamkeit schenkst, wirst du sie nicht mehr los. Sie bedrängen dich immer weiter und rufen alle ihre Kollegen herbei, bis sich eine ganze Schar Krüppel und Schwachsinnige in Lumpen einfindet, die endlos ihre Bitten und Litaneien wiederholt, und im allgemeinen weiß man nicht mehr, was man tun soll. Im allgemeinen muß man mit einer Rikscha das Weite suchen und sich mit einer Peitsche den Weg bahnen.«

»Ja, so muß es sein, wie in Kalkutta«, sagte ich.

Aber der Präfekt legte mir immer wieder ans Herz, niemandem unsere Entdeckungen zu enthüllen.

»Schweigen Sie wie ein Grab, ich bitte Sie, niemand darf etwas erfahren«, sagte er.

»Warum?« fragte ich ihn eines Nachmittags, als wir im Schatten einer Pergola saßen.

»Weil das das Ende wäre. Wissen Sie, wie viele Leute damit zu spekulieren anfingen? Wie viele skrupellose Abenteurer zum Stehlen kämen?«

»Aber wie denn?« fragte ich.

»Das sind Völker, die unter der Öffentlichkeit leiden; und um sich zur Wehr zu setzen, verschwinden sie zuletzt oder verstecken sich bis ans Ende ihrer Tage; wie es zum Beispiel die Azteken gemacht haben.«

»Die Azteken?«

»Ja, möchten Sie es wissen?«

Und da wir gemütlich an einem kühlen Ort saßen, erzählte er mir, wie es den Azteken erging.

»Die Azteken«, sagte der Präfekt, »lebten jahrhundertelang im Urwald, und niemand wußte, daß es sie gab. So brachten sie es zu einer so großen Blüte, daß sie, wo früher nur Sümpfe und Buschwerk waren, ihre Städte erstehen ließen.

Sie nahmen einen Berg und machten daraus Ziegel, Mörtel, Bausteine und Metalle; und sie erbauten ungeheure Pyramiden, Tempel, Mauern, Häuser, die der Zeit widerstehen sollten, und prunkvolle Paläste. Und sie verwendeten Gold und Edelsteine, wie man bei uns Blech und Glasscherben verwendet. Das Silber verwendeten sie für die Dachrinnen, die Gitter und die Riegel; die Nägel machten sie aus Platin und die Knöpfe an ihren Kleidern aus Achat und Amethyst; und wenn ihnen etwas übrigblieb, warfen sie es wieder unter die Kieselsteine.

Als sie von den Spaniern entdeckt wurden, wurde darüber soviel veröffentlicht, daß die Schiffe Schlange standen, um sie auszuplündern. So verloren sie alles, was sie hatten; die übrigblieben, zogen sich in den tiefsten Wald zurück. Sie hatten auch weiterhin ihre Städte, aber sie mußten den Stil ihrer Architektur ändern, um nicht aufzufallen und aufs neue die Gier der Spanier zu erwecken.

Vor allem fällen sie keine Bäume mehr, wie sie es früher machten, um Raum zu schaffen für Plätze und Straßen. Sondern sie sagen: ›Hier wäre ein riesengroßer Platz, aber er ist von Wald bedeckt, damit man ihn nicht sieht; hier ist eine heilige Straße, aber sie ist von wilden Pflanzen überwuchert, sonst werden wir noch einmal geplündert.‹

Und ihre Pyramiden machen sie nicht mehr glatt und kantig mit rechtwinkeligen Stufen; sondern sie sind mit Moos und Kletterpflanzen bewachsen, und die Steine sind nicht mehr zu regelmäßigen Würfeln geschliffen, sondern sie haben sie so gelassen, wie man sie in der Natur findet, ganz schuppig und schrundig, sonst kann sie ein jeder schon aus großer Ferne erkennen.

Ja, sie haben die Steine nicht einmal losgelöst und sagen: ›Das ist das Gestein für die Pyramiden, das beste, aber es ist besser, wir lassen es so, wo es ist, nicht geschliffen, sonst kommen die Räuber.‹ Und so stehen die Marmorberge für die nicht erbauten Städte. Sie gehen um sie herum und sagen: ›Wunderschön, hier ist ein Architrav, der noch nicht herausgemeißelt ist, aber er wäre herrlich; hier ist ein riesiger Obelisk aus Tuffstein, aber er ist noch nicht losgelöst und aufgestellt; und das ist besser.‹

›Hier ist der Kaiserpalast‹; und sie bewundern die Felsengipfel und die unberührten Wände eines Berges. ›Hier ist der Granit für die Befestigung‹, sagen sie, der ›Porphyr für die Säulen; der Basalt, der Sandstein und der Turmalin zum Farbenschmuck der Fassaden; hier die wunderbaren Gewölbe der Säle und die weißen Rahmen aus Selenit.‹

Dann gehen sie zum Beispiel im steinigen Bett eines Flusses und sagen, das sei doch im Grunde ein gepflasterter Boden; man müßte es doch nur einebnen und zementieren. Aber das tut man besser nicht, denn sonst kämen die Neugierigen und die Spanier in hellen Scharen.
Daher sind die Azteken nicht verschwunden, sondern sie haben sich verkrochen.
Sie haben immer noch eine große Angst vor den Spaniern, die könnten auf einmal wieder kommen. Und daher wohnen sie, um sich zu tarnen, nicht mehr in ihrem alten Reich, das sie verfallen ließen; sondern nun leben sie im Reich der Minerale; und die Städte, die dort unter der Erde liegen, haben die verborgenste Gestalt, die es gibt, das heißt, sie sind im Zustand puren Gesteins.
Und die Baumethode, die sie seit der Ankunft der Spanier anwenden, besteht darin, alles im Urzustand zu belassen. Sie tasten die Marmorsteine ab, erkennen deren Art, Widerstandsfähigkeit und das Licht, das sie den Räumen geben, und sie sehen schon die fertige Stadt. Auf ihren Gängen durch die Felsschluchten sprechen sie darüber und erzählen einander erfindungsreiche Baupläne und ändern sie in einem fort, je nach der Laune, der Feuchtigkeit oder der Hitze des Tages. Und auch wenn sie es dann ihrer nun schon instinktiven Vorsicht halber nicht ausführen, bauen sie doch Türme, Stadtviertel, große Aquädukte, Bollwerke, Brükken, öffentliche Bäder, Himmelsobservatorien und außerdem, nach der Phantasie des einzelnen, Statuen, Reliefs und Fontänen.
In gewissem Sinn ist ihre Kultur blühender denn je, weil ihnen, wie sie sagen, die Materie keinen Widerstand mehr leisten kann. Sie nehmen einen Stein, und indem sie ihn stundenlang anschauen, zisellieren sie ihn so fein wie Brüsseler Spitze, machen daraus das feinste Schmuckstück, flatterndes Nymphenhaar, in dem man jedes Band und jedes Haar unterscheiden kann. Dann werfen sie diesen Stein weg und suchen einen anderen, um zu sehen, was für Schönheiten er in sich hätte bergen können.
Und nicht nur das: Sie schauen zu, wie aus den Felsenquellen Zinn und Aluminium hervorsprudeln und die roten

Äderungen des Kupfers auftauchen. Sie besitzen ungeheure Schätze, die in den Bergwerken begraben sind: Gold in den Pyriten, Smaragde und Aquamarine im Beryll, ganze Lagerstätten von Quarz, Rubin und Türkis.
Aber sie tragen nichts davon; sie kleiden sich als arme Indios in leichte Baumwolle und leben in den Bergen und der Sierra. So kann niemand ihre neuen Städte besichtigen, auch wenn sie vor aller Augen liegen; während die alten Städte, die man gut sehen kann, menschenleer sind.
Ihre Schriften haben sie nicht aufgegeben. Sie sagen im Gegenteil, daß überall etwas geschrieben steht; sie lesen die Blätter des abblätternden Gesteins wie ein gedrucktes Buch: Dort steht die Geschichte vom Vergehen der Zeit, und die Buchstaben kommen vom Lauf der Flüsse, von den Überschwemmungen, von der Lava der großen Vulkane, von dem Jahrtausende alten Leben der Wälder, der Wüsten und der Meere. Sie sagen, daß das die Chronik ist von allem, was geschieht, und daß alles geschrieben steht, auch wenn es dem Unkundigen nicht als Schrift erscheint. Aber ihnen paßt es gerade so.
Sie sagen: ›Hier hat ein Schalentier gelebt, und hier ist es gestorben; das steht in einer Spirale hier geschrieben. Hier war einmal ein Farnfeld; so heißt es in einer Zeichnung auf einem Stein.‹«
»Ach ja, das sind doch die Fossilien«, rutschte mir heraus.
»Ja, aber die Azteken sagen, daß so die Erde schreibt, und nun ist es auch ihr Alphabet.«
Und das Ergebnis der Besitzgier der Spanier, wollte der Präfekt abschließend sagen, und ihrer Frechheiten war, daß die Azteken unsichtbar wurden, so daß es nun schon aussieht, als gäbe es sie nicht mehr, als hätten wir sie verloren.

An manchen Tagen war der Präfekt unruhig und meinte immer, es könnte uns jemand hören. Aber wenn wir dann einen geschützten Ort für unsere geheimen Reden oder einen ungeschützten, aber menschenleeren Ort gefunden hatten, beruhigte er sich wieder und wurde ganz Ohr, dabei machte er mir große Versprechungen und große Komplimente;

von wegen, ich sei seine sekundäre Hand, sein Amerigo Vespucci.

»Aber vor den alten Männern müssen wir uns in acht nehmen« sagte er,«denn das sind Spione.« Das war seine Sorge. Ich hatte auf jeden Fall gelernt, die Informanten, die an der Grenze leben, zu suchen und an den Gesichtszügen oder am Mienenspiel zu erkennen. Aber immer unter vielen Schwierigkeiten, weil ich persönlich keinen Zugang zu diesen Landstrichen oder Ebenen hatte; und ich konnte nicht sprechen wie einer, der selbst etwas gesehen hat.

Ich mußte mich auf andere verlassen und mein Unterscheidungsvermögen anwenden. Vor allem hatte ich gelernt, aus wenigen Elementen ein Land und seine Bewohner zu rekonstruieren, wie man nach einem Knochen durch Deduktion einen Brontosaurier oder einen ganzen Dinosaurier rekonstruieren kann. Aber ein solches Werk beschäftigte mein Denken, und ich kam nur durch langes Nachdenken zum Ziel; auf einer Wiese, im Schatten eines Baumes, auf einem Gang zwischen antiken Ruinen oder in der Nacht.

Und so, auf diese Weise, fand ich heraus, daß es eine Rasse gab, die mit den Leuten der Fenster und der Haustüren verwandt ist; das habe ich dem Präfekten zusammengefaßt erzählt: Es handelt sich um die Wiederholer, furchterregende, nimmermüde Individuen mit einem großen Mundwerk, die sich wie ihre Vettern fast nie sehen, aber dafür hören lassen, und sie wiederholen alles, was einem durch den Kopf geht, wenn sie irgendwo in der Nähe versteckt sind.

Und wer von dieser Art Insekten verfolgt wird, ist fast immer erstaunt, weil sie mit ihrem Horchsystem augenblicklich die Gedanken erfahren, die in einem Kopf dämmern; und selbst aus einer gewissen Entfernung wiederholen sie diese Gedanken genau und mit unglaublicher Geschwindigkeit. Ja, sie sind sogar so rasch im Horchen, daß sie den Gedanken schon gesagt haben, wenn ihn der Denkende noch gar nicht ganz verstanden hat.

Und so staunt man, denn ihr System läßt sich nicht leicht erklären, vor allem in Anbetracht der Entfernung. Sie scheinen sich nichts entgehen zu lassen, und auch das ist erstaunlich. Manchmal lassen sie sich im Chor hören. Und einer der Verfolgten, der in San Biagio auf dem Hügel oben wohnt, sagt, nach seiner Meinung sind sie wie eine Schulklasse und er ist der Lehrer, hat aber das Unglück, daß er sie nie los wird, nicht eine Minute. Und es ist, als hätte er immer eine vollzählige Klasse fleißiger Schüler bei sich, die immer an seinen Lippen hängen und alles wiederholen, ohne das Geplauder in der Pause vom Unterricht zu unterscheiden. So ist er nie außer Dienst, und es ist, als säße er rund um die Uhr auf dem Katheder.

Und da sie versteckt sind, kann er nicht einmal den Stock verwenden, um sie zum Schweigen zu bringen, auch wenn das die einzige Art und Weise wäre, sie mit dem Stock zu verhauen, sagt er, gehörig zu verhauen. Und er sagt, sie folgen ihm, ohne das Recht dazu zu haben, es sind Schmarotzer, die seiner Gedankenfreiheit schaden. Und man müßte sie beim Amtsgericht anzeigen, sie und ihre Eltern, die sie wahrscheinlich dazu drängen. Oder man müßte dem Schulrat ein Gesuch vorlegen, damit er sie alle suspendiert und endlich Schluß ist.

Aber es ist nicht sicher, daß die Dinge wirklich so liegen; dies ist wahrscheinlich nur die Vermutung einer Lehrermentalität.

Diese Herren Wiederholer fühlen sich aber auch als Solisten. Es kann ebenso ein einziger sein, etwa mit einer Baritonstimme, dem keine Silbe entgeht und der aus einem anderen Zimmer oder sogar aus dem Nebenhaus alle Sätze, selbst die blödesten, wiederholt, die einer zufällig denkt. Und da ist kaum etwas zu machen. Außer daß sie Angst bekommen, wenn man im rechten Moment mit der Hand winkt oder droht oder geheime Körperbewegungen macht. So ist es, und man weiß nicht genau warum.

Zum Beispiel, wenn man seine Augenlider fest zusammenzieht oder so tut, als wäre man am ganzen Körper abgestorben und so steif wie etwas Dürres, dann verstummen sie nach und nach; und man hört ein großes Schweigen und kann wieder anfangen, insgeheim mit großer Genugtuung zu denken, ohne ihr Gezirpe.

Wenn man dann nur einen Finger oder sonst etwas bewegt, wie es bei Lebendigen vorkommt, fangen sie sofort wieder an, das Denken zu buchstabieren, und man bekommt wieder alles nachgesagt, was man denkt, auch wenn es keinen Sinn hat wie zum Beispiel ein Diphtong oder Schlagermusik; und sie wetteifern miteinander, wer es am schnellsten kann, daher das Stimmengeschwirr und der gräßliche Radau.
Man hat kaum die Zeit zum Beispiel »Herrgottnochmal« zu denken, da haben sie es einem schon auf alle Arten und in allen möglichen Tonlagen nachgesagt, dazwischen kichern sie, und einer schreit lauter als der andere, um sich hervorzutun.
Und da es besonders ruhmreich zu sein scheint, als letzter den Schnabel zu halten, hört man nach dem Gekreisch des Chores einen einzelnen, der in der Stille schnell noch ein »Herrgottnochmal« hören läßt und dann ein »... nochmal« und ein »... mal«, die Echos bleiben nicht aus, und die Absicht ist höhnischer denn je. Darauf verklingt alles, aber es ist klar, daß diese Wiederholer nur darauf warten, jeder von seinem Observatorium aus, wieder loszulegen, sobald einem irgendein Nomen durch den Kopf schießt.
Diese Wiederholer wohnen traubenweise in den Ritzen oder in Kolonien unter lockeren Fliesen, aber häufiger in den Gängen, die die Holzwürmer in Möbel und Fensterstöcke bohren. So scheint es. Und dort machen sie sich eine Art Nest, wo sie zusammengeduckt warten, um wieder loszuschreien.
Ein armer Verfolgter, den ich kennengelernt habe und der in der Nähe eines Kanals im trockengelegten Sumpfgebiet wohnte, meinte, man könnte sie ausrotten, wenn man im ganzen Haus Schwefel oder Kupferbrühe spritzte; aber seine Frau, so sagte er, erlaube es ihm nicht. So legen diese quasselnden Wesen ihre Larven und vermehren sich ungemein. Dieser vom Unglück verfolgte Herr sagte, in seiner Wohnung seien es schon Millionen, so daß man auch im Ruhezustand immerfort ein Gewisper höre, sowie er aber ein Nomen oder ein Pronomen oder noch weniger denke, erhebe sich ein solcher Krach, daß er zu wanken anfange und sich setzen müsse.

Und auch wenn er rede, wie in diesem Augenblick mit mir, habe er Mühe, etwas von dem zu verstehen, was er selber sage; denn der Tumult um seinen Kopf herum und die Wiederholungen und, wie er sich ausdrückte, die schrille Begleitmusik belagerten ihn hartnäckig und teuflisch, bis er durcheinanderkomme und wie ein Tauber dastehe.
So war er durch diese Infizierung seiner Wohnung und weil er den Schwefel nicht verwenden durfte, in öffentlichen Geschäften praktisch ruiniert, wo man ja mit den anderen und mit sich selbst sprechen muß und Zeit braucht, um in Ruhe nachzudenken. Aber wenn es nach seinem Kopf gegangen wäre, er wäre mit einer Spritze in der Hand und einem Faß auf dem Buckel gegen diese Läuse vorgegangen und hätte sie ausgemerzt und sie dann immer mit der Schwefelspritze in Schach gehalten.
»Aber wie soll man denn« sagte er, »immer mit Spritze und Faß herumgehen wie ein Winzer gegen die Reblaus? Ich könnte nicht geschäftlich verhandeln, denn die Leute wären gekränkt, wenn ich Ihnen Wohnung und Büro vollspritze. Drum bin ich leider ruiniert.«
Das sagte er mir im Sitzen, wozu er unentwegt mit den Augen rollte, aus dem Grund wohl, weil er sich mitten in einem betäubenden Echo befand. Und er zeigte mir auch die Ritzen und die feinen Risse in der Mauer und die Gänge der Holzwürmer, und es sind wirklich sehr viele, wozu er sagte, es könne jeder sehen, wie viele es seien.
Vor den Fremden, sagte er, würden sie sich ins Innere zurückziehen; und so wartete ich, ob nicht wenigstens einer aus einem Löchlein in einer Tür herauslugte. Aber es war nichts zu machen. Ich konnte keinen fangen, nicht einmal als ich mit einem Zahnstocher hineinbohrte.
Vielleicht haben sie eine so strenge Religion, daß sie sich nicht sehen lassen dürfen, weil sie zur Strafe ihre Stimme verlieren würden, was für sie sehr viel bedeutet, vielleicht sogar ihre ganze Existenz.
Jedenfalls haben die Wiederholer, wie auch aus anderen Zeugnissen hervorgeht, kein eigenes Gehirn, im wahren Sinn des Wortes. Sie haben aber einen vollständigen Stimmapparat, und man kann sagen, sie bestehen nur aus einem

Kehlkopf auf einer kurzen Luftröhre, die wie ein Kaulquappenschwanz aussieht, und aus zwei Ohren mit schönen Hörmuscheln aus Integumentmembran, die auch zu kleineren Flügen dienen, sagen wir zum Flattern. Mit ihrer aus Ringen bestehenden Luftröhre, die als Schwanz dient, können sie praktisch überall eindringen, selbst in die engsten Orte, und sich dort verstecken.

Nichts weiß man über ihre Kost und ebensowenig, ob sie eine eigene Literatur haben; was aber beides unwahrscheinlich ist, da sie in allem und für alles Schmarotzer sind, die nur wiederholen können und davon leben.

Ihr Reich, wenn man so sagen kann, ist ein Felsenlabyrinth aus lauter Windungen, ein Circulus vitiosus, wo sich ein jeder verirren würde. Und es hat folgende Eigenart: Wenn irgendeine Stimme oder ein Klang oder ein Geräusch dort eintritt, gibt es praktisch ein unaufhörliches Echo, und es hallt immerfort von den Wänden wider und läuft endlos durch die Nischen, die Schluchten, in die Stollen, kilometerlang, und dann kehrt es zurück und fängt wieder von vorne an und läuft aufs neue durch die Felsengänge und Engpässe.

Und somit kann man schließen, daß alle Klänge und die Wörter, wenn sie einmal dort sind, in diesem höllischen Echosystem von Ort zu Ort laufen und dort weiterleben bis ans Ende der Tage.

Und da man nicht weiß, wann diese Gegend, dieser Canyon, entstanden ist, sicherlich aber vor langer Zeit, ist der angehäufte Lärm ungeheuer. Und manche sagen, das sei das Land der Erinnerung, wo nichts verloren geht, aber es bleibt dort, vom andauernden Echo stets gesagt und wieder gesagt.

Die knorpeligen Wiederholer, die dort drinnen geboren und aufgewachsen sind, haben also keine Schuld, wenn sie so sind, denn für sie ist Wiederholen wie für uns Atmen, etwas Existentielles. Und sie haben sich körperlich und instinktmäßig in Funktion der geologischen Umgebung entwickelt, zur Nachahmung des Echos.

Zugänge zu ihren Gebieten soll es an den Enden der Täler geben, wo sie immer einen Wachposten haben, der sich

hören läßt und antwortet, wenn man ihn ruft. Aber es handelt sich hier um ortsansässige Echos, die immer auf ihrem Platz bleiben.
Als Volk sind sie diejenigen, die einen abholen und einem den Kopf umzingeln, auch wenn man immer zu Hause bleibt.

Über diese meine Beschreibung, die ich mit größter Sorgfalt wiedererzählt habe, dachte der Präfekt lange nach; dann sagte er mit offenkundigen Zeichen der Befriedigung:
»Aha, so ist das! Canyons und Labyrinthe. Eine dürre und trockene Gegend, stelle ich mir vor. Im wesentlichen beinahe eine Wüste.«
»Ja« sage ich, »nur gläserne Felsen, sonst nichts.«
»Haha«, kicherte der Präfekt, »Luftröhren mit Flügeln. Mit spärlichem Gehirn; die nur auf Kosten anderer leben wollen. Es sind sehr viele, sagen Sie?«
»Ja, wenn sie jemanden belagern und ihn mit ihrem Echonetz einfangen, bilden sie dichte Schwärme, eine wahre Invasion, eine Pest wie eine Horde Mongolen. Aber das Schöne ist, daß sie weder einen Willen noch eine Meinung haben, nicht einmal in den erbärmlichsten Dingen. Sie akzeptieren alles. Und deshalb bringen sie einen zur Verzweiflung, wegen ihrer totalen Untertänigkeit.«
Da erhebt der Präfekt seinen Finger, um zu sagen, daß ihm etwas eingefallen ist, eine Intuition, und er sagt:
»Eine Horde Mongolen haben Sie gesagt? Aber wissen Sie, daß Sie etwas historisch völlig Korrektes gesagt haben? Die Geschichte der Mongolen ist nämlich nicht so, wie man glaubt.
Die Mongolen sind nämlich bis zu uns gekommen, sie haben nicht am Schwarzen Meer haltgemacht. Aber sie sind auf eine höchst eigenartige Weise hierher gekommen, das wird einem in der Schule nicht beigebracht.
Um das Meer zu überqueren und um höher an Zahl zu sein, haben sie die Kleinsten geschickt, die sich in Wogen über Europa ergossen. Und bei jeder Woge wurden sie immer kleiner, aber es waren Millionen.

Und sie sagten, am Befehlen sei ihnen nichts gelegen, das sei ihnen zu anstrengend; sie wollten nur den Lebensunterhalt, und in die Politik wollten sie sich nicht einmischen. Im Gegenteil, sie würden sich auch damit zufriedengeben, im Keller zu wohnen. Und weil es dort feucht und kalt ist, pflegen sie einen Pelz aus Mausefell mit Kapuze zu tragen, so daß sie vollkommen bedeckt sind. Und sie sind nicht zu erkennen, selbst wenn sie ihre typischen Schnurrbärte heraushängen lassen. Wenn man sie anschaut, glaubt man eher, es handle sich um größere Mäuse; aber man erkennt sie, wenn man ihnen ins Gesicht schaut, an den Mandelaugen und dem bösartigen Gesichtsausdruck; und daran, daß sie keine Angst haben, sondern auf den Füßen stehenbleiben, in die Luft schnuppern, ob Wurst oder Käse in Nähe ist. Das verlangen sie nämlich.

Und wenn sie größeren Hunger haben, holen sie sich das aus dem Abfalleimer in der Küche; so kann man auch verstehen, daß sie bei Hungersnöten ganze Wohnblocks infizieren; da sieht man sie aus allen Löchern hervorlugen und scharenweise vorbeiziehen.

Aber im übrigen ist ihnen alles egal, die jeweilige Regierung, ob es eine Republik ist oder eine Monarchie oder ob es eine Verfassung gibt. Und auch die Diskussionen der Parteien sind ihnen egal: Manchmal hören sie zu, um zu sehen, ob es am Ende etwas zu essen gibt oder nur Schall und Rauch feilgeboten wird.

Also haben auch sie keine eigene Meinung und leben von Überresten. Aber die schnappen sie unheimlich schnell auf. Sobald etwas fällt, haben sie es schon aufgefressen.«

Und diese erhellende Erklärung kam, als wäre sie vom Himmel gefallen.

Wie vom Himmel gefallen

Und so machten wir Tag für Tag Fortschritte, er mit seinen Geschichtsstunden, ich, indem ich entdeckte und einordnete. So zeichnete sich schön langsam das ab, was er seine himmlische Präfektur nannte.

Und er war begeistert, und ich stand ihm nicht nach.

Aber trotz der unleugbaren Fortschritte war der Präfekt nervös geworden, oder eigentlich wurde er in manchen Augenblicken nervös; je kühner und vielversprechender meine Entdeckungen waren, um so mehr geschah es, daß er, selbst bei der gespanntesten Aufmerksamkeit, plötzlich aufhorchte oder in die Ecke, auf ein Fenster oder einen Passanten starrte.

Das ging zum Beispiel so: Ich erzählte, und er ließ sich von meiner Erzählung mitreißen, indem er sie genoß wie einer, der wirklich eine Reise macht und mit den Einheimischen plaudert, um aus ihnen klugzuwerden. Und er riß die Augen auf, wenn es etwas zum Staunen gab, er kratzte sich am Kopf, wenn er ratlos war, er runzelte die Stirn, wenn es schlimm wurde, oder er wagte nicht zu atmen, wenn die Situation es verlangte.

Häufiger aber mußte er lachen und kommentierte ungefähr so:

»Manchmal, Savini, ist es kaum zu glauben.«

Aber ich schwor hoch und heilig: das seien keine Märchen, ich hätte ihn zwar nicht genau in die Gegend führen können, aber irgendwo gebe es diese Landstriche und ihre Bewohner sicherlich.

»Aber nein«, versicherte er mir, »daran habe ich doch nie gezweifelt. Und ich brauche es auch nicht direkt zu sehen. Hat vielleicht ein König oder ein Kaiser oder auch nur ein Bürgermeister jeden Zentimeter seines Landes gesehen? Das ist nicht nötig.«

Und ich gab ihm recht, denn meiner Ansicht nach, und das hatte ich ihm erklärt, hat jedes Ding seine Logik, und man braucht nur ein Stückchen davon zu kennen, der Rest ergibt sich daraus als Konsequenz. Und das gilt für ein Panorama

wie für eine Kultur: daß sich alles als Konsequenz ergibt. Daher sieht man, was wahr ist, und was wahr sein wird.
So redete ich, und er war im höchsten Glück.
Aber auf einmal riß er den Kopf in die Höhe und wurde nervös. Und ich verstand es anfangs nicht.

Eines Tages sagte ich, ich sei nun so weit, daß ich ihm von der Madonna erzählen könne.
Und das interessierte ihn sofort:
»Wie«, sagte er, »hat die auch ein Herrschaftsgebiet?«
»Ja«, sagte ich, »ohne Zweifel. Zumindest bin ich zu diesem Schluß gekommen.«
Und er war ganz scharf auf meine Erzählung, und beinahe ein wenig belustigt fügte er hinzu:
»Sieh mal an! Wer hätte das gedacht. Und kann man es auch beschreiben?«
Das war, so erinnere ich mich, an einem schönen Nachmittag im Herbst, und so sagte ich ihm als erstes, diese sogenannte Madonna lebe in einem besonderen Reich; und man begegne ihr ohne große Schwierigkeiten; im allgemeinen sei der Eindruck wohltuend.
Man muß aber wissen, daß es sich wahrscheinlich nicht um eine einzige Madonna handelt. Daß es nur eine einzige ist, mit der Gabe der Allgegenwärtigkeit, wie es heißt, oder mit ähnlichen Akrobatenstückchen, kurz, daß immer und überall dieselbe gesehen wird, das ist eine Illusion.
Und diese Illusion kommt von einer Zweideutigkeit in der Grammatik, da ihr Name als Eigenname für eine Person hingestellt wird, während er ein normales Nomen ist.
»Eine seltsame Geschichte«, sagt der Präfekt, »wie ist denn das möglich?«
So geht es doch auch, erkläre ich ihm, wenn man zum Beispiel von den Negern oder von den Japanern oder jeder anderen Völkerschaft spricht. Wir sagen »die Madonna«, wie wir sagen würden »der Asiate« oder »der Eskimo«, wenn wir von einem Typ und seinen hervorstechenden Eigenschaften sprechen. Wir sagen: »Der Japaner hat weder Bart noch Schnurrbart«; oder: »Der Neger hat gelbe Augen.«

Genauso sagt man zum Beispiel: »Die Madonna hat eine helle Hautfarbe, die Madonna ist nie aus dem Häuschen«; oder: »Die Madonna wiegt soundsoviel, ist von mittlerer Statur, größer als, was weiß ich, der Pygmäe.«
Das alles bedeutet somit, daß die Madonna als Rasse so besondere somatische Kennzeichen hat, daß wir die verschiedenen Typen und die individuellen Gestalten miteinander verwechseln.
Der Präfekt war baff, nicht etwa ungläubig, sondern so, als hätte ich ihm etwas Unerwartetes enthüllt.
Er sagte: »Aber das ist ja geradezu eine Revolution!« und schaute mich an, um es von mir bestätigt zu bekommen. Man merkte auch, daß er so etwas wie eine wohltuende Erleichterung empfinden mußte:
»Das wäre ja auch zum Lachen«, sagt er, »wenn man bedenkt, was einem im Katechismus alles erzählt worden ist. Aber sind Sie sicher?«
»Es gibt Zeugen; und ich habe nichts anderes gemacht als ihre Aussagen kombiniert. Und jetzt berichte ich es Ihnen auch wissenschaftlich.«
Dann legte ich ihm den Rest der Frage dar, wie ich sie sah. Es schien sich nämlich um eine Völkerschaft zu handeln, die nicht sehr zahlreich war; vielleicht einige tausend Exemplare, die verstreut und voneinander isoliert leben. Formen des Zusammenschlusses sind nicht bekannt, denn nach den Zeugnissen begegnet man den Madonnen nur einzeln, nie einem Grüppchen oder einer kleinen Gemeinschaft und nicht einmal einer Versammlung von zwei oder drei Madonnen.
Wahrscheinlich haben sie Geräusch- oder Geruchsensoren, die ihnen das Nahen eines ihresgleichen ankündigen, im Umkreis von mehreren Kilometern, damit sie verstreut und entfernt bleiben, um sich jedem, der durch ihr Gebiet kommt, immer einzeln vorzustellen; ihr Gebiet ist daher nach dem römischen Recht in kleine Monarchien eingeteilt.
Im allgemeinen geht es so: Man spaziert so vor sich hin und plötzlich fühlt man sich eigenartiger als sonst, wie vor einer Offenbarung. Das heißt, daß man in der Gegend, das heißt im Territorium einer Madonna ist, das genau umrissene Grenzen hat.

Und jedesmal, wenn man an diesen Ort kommt, hat man dieselbe Empfindung, bis man sie vor sich stehen sieht und sie völlig entgeistert anschaut. Dann gewöhnt man sich daran, da es eine seßhafte Rasse ist; und man wird beinahe mit ihr vertraut.
Auf dem Land kommt es zum Beispiel vor, daß einer weiß, an einem bestimmten Ort hat eine Madonna sozusagen Wurzeln geschlagen, denn während er dort mähte, stand sie auf einmal vor ihm und sah ihn reglos an.
Und wenn er dann mit dem Traktor wieder dort vorbeifahren muß, dann ist er anfangs wahrscheinlich ein wenig rücksichtsvoll und macht weniger Lärm und schaltet seinen Diesel auf das Minimum herunter, wenn er direkt an ihr vorbeifährt.
Und wenn ihn ein anderer Bauer fragt: »Was machst du denn da?«, dann schämt er sich vielleicht die Wahrheit zu sagen, weil die Männer auf dem Land respektlos und schroff sind, um sich ihr Ansehen zu bewahren.
Und derjenige, der die Madonna zum Beispiel auf einer Astgabel gesehen hat, sagt dann zu seiner Rechtfertigung, daß ihm der Motor sonst heißläuft und er ihn nicht überfordern möchte.
Um nicht im allgemeinen zu bleiben, sage ich, daß diese Episode in Wirklichkeit in Vignale passiert ist und mir vom Betroffenen im Vertrauen erzählt wurde.
Aber bei jenen Worten erwiderte sein Kollege: »Aber ein Diesel kann doch nicht heißlaufen. Und wie willst du es außerdem wissen, wenn das Lämpchen aus ist?«
Und der andere, der inzwischen die Madonna sah, die ihm voll Dankbarkeit zulächelte, sagte: »Ich glaube, der Motor kocht schon, und er braucht ein wenig Ruhe«, fuhr im Schrittempo und zog einen Karren hinter sich her, denn er wollte Reisig sammeln. Der Motor lief auf ganz niedrigen Touren, und da er sich nicht anzustrengen brauchte, machte er nur ein leises, verhaltenes Geräusch.
Das freute die Madonna sehr.
Und weil es noch zweimal passierte, als er dort mit der Mähmaschine und mit der Hackmaschine vorbeifuhr, daß er den Motor drosselte, denn nach seiner Meinung schaden

ihr der laute Krach des Motors und der fette Rauch der Abgase sehr und führen auf die Dauer zur Auslöschung der ganzen Rasse, erklärte er den anderen Bauern, die dabeiwaren, daß er niemand stören wollte und sie ihm auf jeden Fall seine Ruhe lassen sollten, denn sonst würde er alles hinschmeißen und allein auf einem Berg weiterleben.
Darauf hieß es dann im Dorf, der Buffani sei verrückt geworden, und man traute ihm nicht mehr als Fahrer von Kraftfahrzeugen, denn er hätte ja auch ein Kind überfahren können oder vergessen, wo das Steuer ist.
Sein Bruder, der besser aufgepaßt hatte, fragte ihn, was in der Kurve des Fahrwegs los sei, weil er immer so vorsichtig fahre.
Und er sagte nur: »Wenn ich es sage, reut es mich hinterher.«
Und der Bruder dachte nach einiger Zeit auch, der andere sei übergeschnappt, oder er habe einen Hitzschlag von der vielen Sonne. Oder es stecke irgend etwas dahinter.
Und er mußte immer daran denken, denn die zwei Brüder mochten einander gern, und er konnte nicht mehr schlafen. Und außerdem tat es ihm leid, was die Leute dazu sagten. So ging er hin und wieder, ohne daß ihn jemand sah, zu der Kurve und untersuchte die Steine, die auf dem Weg lagen, ob sie beispielsweise so spitz waren, daß sie einen Reifen durchbohren konnten oder daß man so etwas befürchten mußte. Dann schaute er eine Bewässerungsleitung an, die unter der Straße durchging: ob sie vielleicht einbrechen konnte. Und mit einer Taschenlampe kroch er in die Leitung hinein. Aber natürlich war nichts los. Und er fragte sich, ob es einen Grund gab für das Verhalten seines Bruders, und suchte ihn.
Aber etliche sahen ihn, denn die Landschaft ist dort wellig; und von den Hügelkuppen aus sieht man alles, was auf den Feldern der anderen geschieht. Und abends im Dorf erzählte man sich: man könne nicht sagen, was nun auch der andere Buffani in der Kurve des Fahrwegs mache; er grabe, taste die Straße ab und wirbele den Staub auf, er verschwinde in der Bewässerungsanlage, und dann verstecke er sich, um hinter einer Ulme wer weiß was anzuschauen, wie das Gras wächst oder vielleicht die Maulwürfe.

Das war ohne Zweifel die Ulme der Madonna, denn in der Kurve war sonst keine; und er stellte sich offenbar nicht vor, daß genau über seinem Kopf die Madonna war; er dachte wahrscheinlich, irgend etwas müsse ja wohl da sein, auf dem Boden oder darunter, er war nämlich einer, der gewohnheitsmäßig auf den Boden schaute. Aber man kann nicht sagen, ob auch er die Madonna gesehen hat und nur so tat, als würde er sie nicht sehen; und ob er sie von ihrem Wohnort vertrieben hat, um seinen Bruder zu heilen.
Das ist nicht unwahrscheinlich, denn man hat gesehen, daß er genau an der Stelle ein großes Feuer anzündete. Er sagte, er würde das Laub und die Blätter der zugestutzten Bäume verbrennen, wie man es auf dem Land seit eh und je macht, aber der viele Rauch konnte kein Zufall sein.
Und ich fragte ihn: »Aber was verbrennst du denn da?«
Und er: »Dürre Äste«; das sagte er im Dialekt.
Und die Leute schüttelten den Kopf, denn es war klar, daß er grünes Holz verbrannte, um soviel Rauch wie möglich zu machen.
Und auf diese Weise dachte er, er könne die Madonna vertreiben. Und natürlich sagten die Leute dann, er sei auch verrückt geworden und es liege in der Familie. Sie sagten sogar, im allgemeinen sei es nicht so schlimm, aber verrückt seien beide an einer Kurve des Fahrwegs, merkwürdigerweise beide.
Der Landarzt sagte, in den Familien gebe es Verrücktheiten aller Arten und seine Diagnose sei, daß sich dort etwas Besonderes befinde, zum Beispiel, daß sie dort etwas begraben hätten, ein totes Tier oder ihr Erspartes.
Und so erzählte ich nicht weiter davon, wie es darauf dort nachts zuging, weil die Leute das Geld der Gebrüder Buffani stehlen wollten; sie suchten im Rohr der Bewässerungsanlage und in den hohlen Bäumen, und sie hackten die ganze Straße auf.
Manche dachten, daß ihr Vater, der ein eigenwilliger Charakter war, statt ein Girokonto oder ein Sparbuch auf der Bank zu haben, sein Geld hier vergraben hätte und die Ulme darüber habe wachsen lassen, auf der sich, wie wir wissen, dann eine Madonna niedergelassen hatte. Eines Nachts

wurde die Ulme entwurzelt; und aus Enttäuschung, so heißt es, sei es zu Streitereien gekommen, und sie sollen bis zum Morgengrauen mit Hacken aufeinander losgegangen sein. Nach der Meinung anderer sollen einige Betrunkene, die gerade aus dem Gasthaus kamen, diesen Streich gespielt haben. Zu guter Letzt, nachdem alle diese Dinge samt Nachwehen aller Arten vorbei waren, sahen die Gebrüder Buffani wieder normal aus, und niemand hatte etwas an ihnen auszusetzen. Nur sind sie introvertiert, heißt es, aber ein wenig Charakter muß man wohl haben.

Was die Madonna auf ihrem Feld betrifft, sagt mir der Bruder, der sie als erster sah, sie sei immer noch da, nur auf einem weiter entfernteren Baum; aber er tut jetzt so, als wäre nichts, achtet nicht einmal auf sie, weil er sich daran gewöhnt hat.

Wenn er mit seinem Traktor vorbeifährt, schaut er zu ihr hinüber und sieht sie immer lächeln und mit einem stets unveränderten Gesicht.

Einmal probierte er aus purer Neugierde ihren Ast zu schütteln; aber sie lächelte weiter und blieb so fest stehen als wäre sie ein Auswuchs des Astes. Wahrscheinlich hat sie unter ihrem Gewand sehr starke Krallen.

Dies nur, um zu sagen, wie man sich an eine Madonna gewöhnen kann, bis man sie nicht mehr bemerkt oder wie einen Apfel oder eine Birne behandelt, die an einem Ast hängt, da sie sehr ruhig ist, wenn sie sich auf einen Platz versteift.

Ich hielt einen Augenblick inne. Der Präfekt, der in Ekstase war, sagte beinahe für sich:

»Ja, das stimmt, man gewöhnt sich schließlich an alles.«

Und ich: »Stimmt.«

Und der Präfekt: »Und die Madonnen?«

Da nahm ich meine Darlegung wieder auf: Auf jeden Fall lassen sie sich nicht nur auf dem Land nieder, auch auf Kirchtürmen können welche sein, ebenso zwischen Felsen, in hohlen Bäumen und an den seltsamsten Orten, wie ich noch erzählen werde.

Untereinander sind die Madonnen sehr aggressiv und verteidigen ihr Revier, indem sie sich unvermittelt auf die Eindringenden stürzen, und zwar von hinten. Dabei ziehen sie einen Schnabel hervor, was man nicht erwartet, man würde sich doch nie denken, daß sie einen haben. Und wenn dann die andere, nachdem sie zwei- oder dreimal herausgefordert worden ist, nicht von der Stelle weicht, dann kommt es zu einer Rauferei, und sie reißen sich gegenseitig mitten in einer spektakulären Staubwolke die Federn aus.
Mit den anderen Rassen dagegen, zum Beispiel mit den Menschen, sind sie sanft und mild, beinahe als wären sie sehr zufrieden, wenn man sie besucht; und sie verharren ja wirklich in der seraphischen Haltung, an die sich dann alle mit großer Freude erinnern.
Der Präfekt war nun, das sah man, vollkommen überzeugt, denn er nickte mit dem Kopf wie jemand, der sagt: »Jetzt habe ich alles verstanden.«
Die Lebensgewohnheiten der Madonna, sagte ich zum Präfekten, davon weiß man nicht viel, vor allem auf dem Gebiet der Ernährung. Es scheint zum Beispiel fast unmöglich, daß sie ein Abendessen zu sich nimmt, und daß sie je gesehen wurde, während sie etwas aß, nicht einmal ganz leichte Kost. Also ist ihre Ernährung tatsächlich ein Geheimnis, das bis jetzt noch nicht aufgedeckt werden konnte.
In Spilamberto wurde sie mehrmals von einem Schmied gesehen, der auch einen besonderen Geruch von Gebratenem oder Versengtem roch. Aber das will noch nichts heißen und ist wohl keine ausreichende Angabe. Man kann höchstens sagen, daß die Madonna selbst, also ihr Kleid oder ihre Haare, nach Versengtem riecht.
Der Schmied sagt, der Genauigkeit halber, es sei ein Geruch nach versengten Härchen und ein wenig auch nach Braten. Als ich ihn bat, genauer zu werden, sagte er wörtlich:
»Es riecht nach versengtem Huhn, genauso, wie wenn man es am Sonntag früh, wenn es gerupft ist, über die Gasflamme hält, um ihm noch den Flaum zu entfernen. Diesen Geruch habe ich auf einmal in der Nase; und das heißt, daß die Madonna schon da ist. An diesem Geruch merke ich, daß die Madonna erschienen ist; und erst wenn sie wieder geht,

riecht es nach gebratenem Hähnchen oder auch nach gegrilltem, und das ist ein guter Geruch für mich, weil es mir schmeckt. Die Madonna ist aus Rauch gemacht, und sie besteht aus diesem Geruch. Ich sehe sie so, sie ist ein Geruch nach Versengtem. Und am Schluß nach Braten. Eigentlich nur der Hauch, den sie zurückläßt, duftet wie ein Braten, einer mit Knoblauch und Rosmarin.«

Und ich fragte den Schmied, was das heißen soll. Und er sagte:

»Ich würde gern erklären, wie es ist, weil man eigentlich die Madonna mit der Nase oder mit dem Geruchssinn sieht, aber es ist nicht so, daß sie nach diesem Geruch riecht, sie erscheint mir als dieser Geruch, wie etwa ein anderer aus Haut, Körperhärchen und so weiter besteht.

Aber jetzt habe ich mich schon ziemlich daran gewöhnt. Am Anfang war es mir, als würde die Madonna aus meiner Nase herausschlüpfen, und es war mir, als wäre sie am Anfang eigentlich winzig klein und ein wenig schroff wie ein Niesen, bevor es herauskommt. Aber dann merkte ich schon, daß es die Madonna war, weil sie sich draußen ausbreitete und das Aussehen eines versengten Huhns annahm oder besser des Geruchs nach versengtem Huhn. Aber ich stelle mir nur vor, daß es ein Geruch nach Huhn ist, damit ich es verstehe. Für mich hat die Madonna diese eigentümliche Art, durch die Nase zu erscheinen, aber so, daß sie eigentlich auch vor meinen Augen steht. Das ist kompliziert, aber eigentlich ist es so.«

Diese Geschichte hilft uns aber nicht zu verstehen, ob die Madonna ißt und wenn ja, was; oder ob sie anderweitig verpflegt wird.

Auf jeden Fall dürfte sie keine inneren Organe und Eingeweide haben, sondern sie ist wahrscheinlich ein homogenes Ganzes aus leichtem Material. Und wenn man sie sezieren würde, falls einer das wollte, würde man, glaube ich, immer dieselbe Substanz vorfinden, ein schwammiges Material wie etwa eine Lunge, aber überall, in den Armen, in den Beinen, im Rumpf und im Kopf. Und sie hat keine Knochen, also wie ein Gummikörper, ungefähr so wie ein Radiergummi.

Außerdem hat sie niemand von hinten oder im Halbprofil gesehen. Sie kommt im allgemeinen immer frontal und bleibt frontal, denn das muß ihre Voraussetzung sein, nicht nur eine Gewohnheit. Man kann sagen, daß die Madonna kategorisch ist, was ihre uns zugekehrte Seite betrifft. Und wir wissen nicht genau, was sie hinten hat. Hier lassen sich Hypothesen aufstellen, die an Wahrscheinlichkeiten grenzen.
Möglicherweise hat die Madonna hinten denselben Kleiderstoff wie den, den man vorne sehen kann.
Vielleicht mit einer weiteren Falte und in der Taille ziemlich üppig, von den Schulterblättern bis zum Boden. Denn vorne scheint das Kleid gewöhnlich wie ein Lodenmantel geschnitten zu sein, das heißt Raglanärmel und keine Schulterpolster, und dann fällt es gerade und glatt bis zu den Knöcheln.
Knöpfe oder Verschnürungen wurden noch von niemandem bemerkt, und der Stoff dürfte, was man so sieht, ein leichtes Tuch oder ein ziemlich lappiger Baumwollgabardin sein. Es handelt sich also ohne Zweifel um eine Uniform in verschiedenen Größen und Ausführungen für Winter und Sommer, zulässig ist wohl auch da oder dort ein Firlefanz oder eine prunkvollere Ausführung für Paraden und feierliche Anlässe. Zum Beispiel Kreppschleier mit Gold- und Silberstickereien; oder mit Fransen umsäumte Schals.
In Borgoforte habe ich mich noch einmal erkundigt, um sicher zu sein; und dort sagt eine dem Alter nach ziemlich alte Frau, daß die Madonna nach ihrer Meinung immer gestärkt und starr dasteht und den Mund nicht bewegt, auch wenn sie spricht. In diesen Fällen läßt sich, glaube ich, sagen, die Madonna ist Bauchrednerin, wenn sie will, und sie bleibt reglos, und man hört die Stimme, weil sie sich verhält, als wäre sie von Natur aus eine Kirchenstatue.
Kann sein, daß sie Stärke verwendet, aber dafür läßt sich keine Erklärung finden, warum sie manchmal gestärkt ist und manchmal nicht. Ausschließen möchte ich, daß dies an eine gewisse Tages- oder Jahreszeit gebunden ist.

Ein anderer Wesenszug der Madonnen ist folgender. Wenn sie erscheinen und während sie bleiben, machen sie dasselbe

Geräusch wie Neonlicht, aber sie haben wohl kaum ein elektrisches Potential noch eine bestimmte Voltzahl, noch sind sie an eine Hochspannungsleitung angeschlossen.
Dies ist die Meinung, die ein Küster verbreitet hat, der dann von der Pfarrei entfernt und, um die Wahrheit zu sagen, als Häretiker betrachtet wurde.
Nach seiner Vorstellung ist die Madonna und, auf andere Weise, auch der Heilige Geist elektrisch; er sagt nämlich, daß sich die Madonna in gewissen Augenblicken entzündet, aber in Wirklichkeit ist sie immer in der Luft, aber ausgeschaltet. So gelingt es auch ihm nicht immer, sie zu sehen. Es handelt sich, wie er sagt, um eine wundertätige Elektrizität, die wir noch nicht entdeckt haben. Und sie verliert sich nicht in der Atmosphäre. Er sagt, die Madonna hat nichts von einem Blitz oder, wie schon gesagt, vom Heiligen Geist, der von kürzester Dauer ist und mit einem Knall auftritt oder dasselbe Geräusch macht wie ein Eisenwagen.
Der Heilige Geist kommt nämlich mit seiner Höchstgeschwindigkeit völlig zerzaust an und schont sich nicht; so daß man ihn, wenn er gerade abgeflogen ist, eine halbe Sekunde lang in einem Licht sieht, das blendet und somit nichts sehen läßt. Und so kommt er ohne Ladung und halb ausgelöscht unten an, was vielleicht auch besser ist, weil er so niemandem etwas antut, wie eine Batterie mit zwölf Volt. Aber am Ende hat man dann nicht gesehen, wie er aussieht.
Und vielleicht müßte man am Boden, wo er abgestürzt ist, nach seinen Überresten suchen, bei denen es sich wohl um verbrannte Überreste handeln wird. Aber wenigstens könnte man dann wissen, ob der Heilige Geist aus Magnesium besteht, wie sein Verhalten vermuten läßt, oder aus reinem Phosphor oder aus sonst was.
Und was er macht, bevor er abspringt, ob er wartet, bis er die höchste Elektrizität erreicht hat, oder ob er fällt, ohne es zu wollen, aus Unachtsamkeit.
Ich glaube, aber eigentlich ist es eher eine Vorstellung nach dem, was mir erzählt wurde, ich glaube, daß die heiligen Geister ziemlich nervös und ein wenig unstet sind, und in den höheren Schichten, den Ozonschichten, wohnen, wes-

wegen sie sich nicht besonders um ihr Aussehen kümmern und flüchtige Visionen sind, dröhnende Visionen, würde ich sagen; aber erbärmlich am Ende und aus nichts bestehend. Das alles wegen der kurzen Dauer, die ihre Seinsart ist.
Ich erinnere mich, daß der Präfekt, während ich vom Heiligen Geist erzählte, plötzlich hochsprang und mir beinahe den Mund schloß. Aus dem Sitzen sprang er auf und zog auch mich mit sich hoch und weg, so daß ich glaubte, das wackelige Wesen des Heiligen Geistes habe ihm mißfallen.
»Diese Dinge habe ich nicht erfunden«, sagte ich, »es ist wirklich so.«
Aber er gab mir wieder zu verstehen, ich solle schweigen, und ich schwieg.
Einen Augenblick später gingen wir in aller Eile die Straße entlang, und an jeder Ecke drehte er sich um und schaute. Am Ende der Straße blieben wir stehen, und er sagte zu mir: »Haben Sie's gesehen?«
»Was?« sagte ich.
Aber er antwortet nicht und sagt nur: »Jetzt ist es schon vorbei.« Und einen Augenblick später: »Tut mir leid.«
Ich wartete ab.
Wir gingen jetzt langsamer in eine andere Straße hinein, denn er schien sich wieder beruhigt zu haben.
»Es tut mir leid«, sagte er, »ich habe Sie unterbrochen. Mittendrin, nicht wahr?«
»Nein«, sage ich, »ich war schon beim Schluß.«
Und er: »Aber verbrauchen auch die Madonnen ihre Ladung wie der heilige Geist? Und auf welche Weise?«
»Nein, sie nicht«, da nahm ich den Faden wieder auf.
Der Küster sagt nämlich, die Madonnen bleiben angezündet, weil ihre Elektrizität stabil und unbewegt ist und nur ein klein wenig, ungefähr wie Neonlicht, vibriert, aber sich nie aufbraucht. Deshalb sind sie immer abgetrennt von der Erde, von den Fernsehantennen, von den Dachrinnen und so weiter, damit sie nicht absorbiert werden oder ihre Stärke verlieren.
Auf jeden Fall, sagt der Küster, hat er schon manchmal, weil heutzutage so viele Dinge in der Luft sind, gemerkt, daß eine abnahm, jede Madonna leide nämlich unter dem

Fortschritt der Zivilisation. Um das anzuzeigen, gibt sie ihren Neonton von sich, aber lauter, so daß es brummt wie eine Biene in einem Blechrohr, und von dem Moment an verliert sie ihre Autonomie und das Licht und ihre ganze himmlische Schönheit.
Der Präfekt hörte mir zwar zu, paßte aber wieder auf etwas auf, das man nicht sah.
Alle stimmen darin überein, so fügte ich hinzu, daß sie sich, wenn sie gesehen werden will, von einer süßen musikalischen Weise begleiten läßt, von Vibraphonen und Harmonium; aber manche behaupten auch, daß gewisse Madonnen höchstpersönlich ein Quietschen oder Knarren ausstoßen, das an die rostigen Angeln einer Haustür erinnert; oder auch ein klagendes Schnauben, wodurch sie ausdrückt, sie weine über die Übel der Welt.

»Da, da, bleiben Sie stehen, haben Sie's gesehen?« flüstert mir der Präfekt auf einmal wieder zu.
»Was denn?«
»Da, da«, sagt er, »schauen Sie nur, wer da ist.«
Ich schaue, wohin er mit einem schrägen Blick und einer gehobenen Augenbraue deutet, die Straße hinunter.
»Aber wo?«
»Dort, dort. Aber drehen Sie sich nicht um. Reden Sie wie vorher. Also was haben Sie gerade gesagt?«
»Aber wer ist das? Wer ist das?«
»Warten Sie einen Moment, ich sage es Ihnen schon. Der da kommt, schauen Sie! Aber schauen Sie ihn nicht so an, Achtung.«
Es war ein Herr, ein älterer, so schien es, der seinen Spaziergang machte und langsam auf uns zukam; er war ordentlich gekleidet, trug einen Übergangsmantel. Er kam nahe, warf einen Blick auf uns, aber einen zerstreuten.
Der Präfekt hatte angefangen dummes Zeug zu reden, das sollte die Unterhaltung zwischen zwei Bekannten sein, die sich gerade getroffen haben: im September brauche er nicht so viele Stunden Schlaf, am Morgen sei es jetzt schon kühler und andere Sätze aus diesem Sektor der Unterhaltung.

Inzwischen war der Herr vorbei. Der Präfekt hört mit seinen Abschweifungen auf und gibt mir mit komplizenhafter Stimme zu verstehen, worum es sich handelt.
»Haben Sie gesehen? Man hat sie wieder auf mich losgelassen.«
»Wen?«
»Die alten Männer. Ich weiß, es sieht aus, als wäre es eine Phantasie von mir, wenn ich das so sage. Aber ich habe ein Auge für solche Dinge: ein geschultes Auge, ein sehr gut geschultes Auge.«
Dann sehen wir, daß der Alte stehenbleibt und sich mit einem Taschentuch die Nase putzt. Er ist nicht wackelig auf den Beinen, sondern gehört zu den alten Männern, die im Durchschnitt langsam gehen, aber wahrscheinlich viele Kilometer zurücklegen. Er dreht den Kopf herum, dann nach hinten. Er faltet sein Taschentuch zusammen. Noch ein Blick nach hinten, und dann geht er wieder weiter.
»Ach, schauen Sie nur«, sagt der Präfekt, »der alte Fuchs! Haben Sie das gesehen? Na?«
Ich zucke die Schultern.
»Das Taschentuch, eine kurze Rast, und dabei mustert er uns. Diese Tricks kenne ich schon. Wahrscheinlich kennt sich das Ministerium mit meiner Präfektur nicht mehr aus. So muß es sein, ganz sicher. Wir leisten vortreffliche Arbeit; zu vortrefflich, wie man sieht. Wer weiß, ob sie uns vielleicht einschränken wollen. Die Minister tun manchmal etwas, das sie nachher wieder reut. Sie sagen zuerst: ›In Ordnung, okay‹; und wenn dann einer zuviel macht, wollen sie nicht einmal Direktiven gegeben haben.
Da, schauen Sie, er ist gegangen; dort, schauen Sie, der Alte.
Sie haben offenbar nur wenige. Die haben sie losgeschickt, um uns Sand ins Getriebe zu streuen. Sind Ihnen welche begegnet, als sie zu Ihren Besichtigungen unterwegs waren? Das ist nämlich wichtig.«
Ich sage, das könnte ich nicht sagen. Es gebe einen Haufen alte Männer. Wie sollte man das sagen können?
»Ja, aber solche: Sind Ihnen solche begegnet?«
Ich sage, weiß ich nicht. Wie soll man das merken?

»Schon gut«, sagt der Präfekt; »leicht ist es nicht; denn sie nehmen sie, auch diese hier, aus dem Haufen. Ja, Sie haben recht, Gesicht und Kleidung sind wie bei beliebigen alten Männern, alten Rentnern. Aber passen Sie auf! Diese da wird man nicht los, sie sind immer da, und je normaler sie sind, um so mehr halten sie ihre Augen offen.«
»Ja, aber für mich ist es schwierig«, mußte ich ihm antworten. »Ich kenne mich da nicht aus. Ich kenne mich mit alten Männern nicht aus.«
»Ja, ja, Sie müssen Ihre Arbeit machen; Sie sind der Intendant. Für die alten Männer bin ich zuständig. Machen Sie sich keine Sorgen.«
Der Alte war verschwunden, wahrscheinlich um die Ecke gegangen. Und der Präfekt sagte, das müsse man sehen, wie schlau die seien, gingen einmal um den Block und kämen dann wie zufällig wieder vorbei; oder sie würden Schmiere stehen vor einem Café und schauten drein, als wäre nichts.
»Jetzt zeige ich es Ihnen«, sagt er. »Aber man muß ihre Psychologie kennen: Sie haben keine Phantasie, ihre Mentalität ist normaler Standard.«
Und wir gehen denselben Weg, den wahrscheinlich der ältere Mann gegangen ist.
»Kommen Sie hierher«, sagte der Präfekt und biegt in eine Seitenstraße ein; wo eine größere Menschenmenge unterwegs ist und ein Gedränge von einkaufenden Leuten mit Plastiktüten, Einkaufstaschen und Stimmengewirr.
»Kommen Sie«, sagt er, »ich zeige es Ihnen.«
Und wir gehen durch die Menschenmenge, während sich der Präfekt, glaube ich, die listigen Pläne des Alten ausrechnet.
Auf einmal sehen wir ihn nämlich vor einem Kiosk stehen und mit dem Verkäufer reden.
»Sehen Sie?« nickt mir der Präfekt zu. »Und jetzt passen Sie auf.«
Der Alte schaut auf etwas Hängendes, vielleicht die Preistafel. Er geht zwei Schritte bis zu den ausgestellten Kisten eines Obstladens. Er schaut sich das Obst an oder das Gemüse. Er tut so, meint der Präfekt. Er schaut um sich herum wie einer, der nichts zu tun hat. Dann geht er zurück.

Der Präfekt verzieht sein Gesicht zu einem Grinsen und macht ein halbes Zeichen, was heißt, daß sich alles von selbst beweist und man nur zu schauen braucht.
Dann zerrt er mich hinter einen Zeitungskiosk, wo er die Haltung eines Zeitungslesers annimmt.
»Das Ekel«, sagt er, »sucht nach mir. Sie werden nur einen losgelassen haben, und das ist der, der hier seine Patrouille macht.«
In einigem Abstand gehen wir hinter ihm her.
»Sicher suchen jetzt seine Blicke nach mir. Von hinten kann man es nicht genau erkennen.«
Als er an der Straßenecke ist, bleibt er stehen, schaut in die Runde wie einer, der viel Zeit hat.
»Das Ekel«, sagt der Präfekt, »sehen Sie, wie er nach mir Ausschau hält? Aber sie nehmen Leute mit so verschlissenem Hirn, daß sie nach meiner Ansicht nichts nützen. Die stecke ich in die Tasche. Die lasse ich einen ganzen Tag tippeln, wenn ich will. Sie suchen mich, aber ich bin hinter ihnen. Verstehen Sie? Stundenlang. Die bringe ich zur Verzweiflung, wenn ich will. Dann zeige ich mich auch; ich komme hinter einer Ecke vor und gehe bis vor ihre Nase. Dann auf und davon. Ich verschwinde. Und hefte mich an ihre Fersen. Sie gehen herum, schauen in die Geschäfte, in die Hauseingänge, oder sie postieren sich, die Zeitung durchblätternd, auf einer Bank oder in einer Kneipe. Alles lächerlich, diese Schwachköpfe! Sie werden schnell müde. Ich habe sie kennengelernt, weil ich ihnen nachging, was eigentlich sie tun sollten. Sie gehen immer im Kreis herum oder in einer Straße auf und ab oder durch den Markt; manchmal geraten sie auch in die Vorstädte, ohne was zu tun, nur um zu schauen und nach mir zu suchen.«
Der Alte hatte inzwischen die Kreuzung überquert und ohne besondere Eile ging er durch eine Allee, wobei er neugierig nach rechts und nach links sah.
»Hier in dieser Stadt«, sagte der Präfekt, »habe ich sie alle erkannt. Sie haben die Gebiete untereinander aufgeteilt, und sie drehen ihre Runde immer auf derselben Strecke. Sie wissen nicht, wie lange ich mich mit ihnen befaßt habe und ihnen gefolgt bin. Dieser da führt meistens auch einen Hund

spazieren. Er läßt ihn meine Spur verfolgen. Aber wen soll er damit hereinlegen? Über solche Methoden kann ich nur lächeln.«

Der Alte geht in eine Bäckerei-Konditorei und kommt mit einem Päckchen wieder heraus; dann geht er weiter.

»Halt, bleiben wir stehen. Für heute gebe ich mich zufrieden. Er geht jetzt unverrichteter Dinge wieder aufs Revier. Aber ich, wissen Sie?, ich lache mir ins Fäustchen. Von meiner Präfektur wissen sie nichts, nicht einmal, wo sie ist. Sie haben die normalen Karten, wo denken Sie hin?, die des geographischen Instituts, im besten Fall; und auf denen sind unsere Dinge nicht eingezeichnet.

Aber ich breite mich aus: ich und Sie. Ihnen überlasse ich dann einige Gebiete, Sie werden sehen. Sie werden immer meine rechte Hand sein; ich gebe Ihnen die Gebiete, die am stärksten bevölkert sind, wo Sie mit einem Stock durchgehen und sich hören lassen, wie Sie wollen.

Sie stellen sie in Reih und Glied auf oder Sie schicken sie hin, wo der Pfeffer wächst, die Eingeborenen.

Sie sagen: ›Im Namen des Präfekten Gonnella‹, und alle werden um sie herumfliegen auf die Bäume und auf die Fenster. Und dann erklären Sie das Gesetz: ›Im Namen des Präfekten Gonnella gibt es von jetzt an dieses Gesetz, ohne Diskussionen, das ist das Gesetz des Stocks.‹

Und dann werden Sie sehen: alle zu ihren Füßen, um Ihnen zu danken. Eine Madonna als erste. Und mehr will ich nicht sagen; sie kommen auch allein durch, wie mir scheint.

Aber sagen Sie mir ruhig, was Sie wollen, ich lasse Ihnen freie Hand.«

Wir hatten kehrt gemacht und gingen zurück zum Markt, der war aber nun schon eine wahrhaftige Wüste.

Eine wirkliche und wahrhaftige Wüste

Am Tag darauf war ich erneut mit dem Präfekten unterwegs und erzählte ihm von weit ausgedehnten, unbewohnten Gegenden: dort wandere man herum, ohne jemandem zu begegnen und ohne etwas zu sehen.

Beispielsweise, sagte ich zu ihm, ist einer zu Hause bei seiner Frau und seinen Kindern und hat Verwandte zu Besuch und führt sein gewöhnliches Leben; aber sein Kopf ist in der Welt der Vorhängeschlösser.

Und dort sind Volkszählungen sinnlos, weil die Bevölkerungszahl null ist, oder zumindest hat sie nie jemand zu sehen bekommen, weder aus der Nähe noch aus der Ferne, noch zu hören, nicht einmal beispielsweise von hinten.

Die einzige Hypothese ist, daß es sich um durchsichtige und stumme Leute handelt oder Leute, die zur Selbstverteidigung keine Spuren im Gedächtnis hinterlassen.

Die Welt der Vorhängeschlösser ist nicht lustig, und im allgemeinen ist man nur mit dem Kopf dort, während der Rest diesseits ist und sein gewohntes alltägliches Leben weiterführt.

Wenn man in der Welt der Vorhängeschlösser ist, muß man weinen, was man freilich nicht sieht. Dafür gibt es auch keine Gründe, es kommt von der Atmosphäre. Vor allem scheint es dort tief hängende Wolken zu geben, oder man scheint sich zu fühlen, als hätte man eine Wolke im Kopf und um die Ohren, die man als Vorhängeschloß benützt.

Man kann also nur sagen, daß dort selten der Wind geht und selten Störungen auftreten, und daß die Wolken einfach dem Kopf eines jeden Ankömmlings folgen, als wäre er magnetisiert.

Eigentlich soll man schön langsam dort ankommen; das heißt, man beugt sich schön langsam dort hinüber, und eine Wolke verdichtet sich allmählich um die Stirn, im Gesicht und dann hinten im Genick, was einen niederdrückt; mit der Feuchtigkeit schlüpft sie dann in die Ohren, so daß einer nicht einmal mehr weiß, wo er ist, und vermutet, er sei jetzt dort drüben gelandet. Aber er kann nur sagen, daß er weder sieht noch hört und daß er nichts mehr versteht. Wenn er mitunter zurückkehrt, hat er nicht einmal etwas zu sagen, außer daß dort eine Feuchtigkeit und eine Trostlosigkeit herrscht, die man sich nicht vorstellen kann.

Über die Welt der Vorhängeschlösser ist auf jeden Fall ein Schleier des Schweigens ausgebreitet, der sich kaum lüften läßt.

Einer zum Beispiel war zwölf Jahre lang ununterbrochen dort, aber er kann nichts sagen.

Ich fragte, wo er gewesen sei und wie es gewesen sei, und er sagte: »Keine Ahnung.«

Dann fragte ich ihn, was er gesehen habe, aber auch zu diesem Punkt sagte er, er habe keine Ahnung. Also ist es keine Welt, in der man wer weiß was findet, unter jedem Gesichtspunkt.

Eine Art Wüste, aber mit Wolken; wie die Wüste Gobi, von der es heißt, man kann sich, kaum ist man drin, auch schon hinsetzen, weil man ja sowieso nicht weiß, wohin man gehen soll. Im Gegenteil, wenn man da sitzt, passiert es manchmal, daß sich die Wüste an der Stelle schön langsam zurückzieht, und so kommt man heraus, ohne einen Schritt zu tun. Außer man hat ein Dromedar, das die einzige Form für die Besichtigung der Wüste Gobi darstellt; so hat man mir erzählt.

Aber in der Welt der Vorhängeschlösser könnte nicht einmal das etwas nützen; denn, um hier vorwärts zu kommen, braucht man nicht einmal abzureisen. In gewissem Sinn handelt es sich um die Wüste, die sich ausbreitet und die Leute in sich aufnimmt, während sie bleiben können, wo sie gerade sind.

Der eine, der sich zwölf Jahre dort aufgehalten hat, von dem sagen seine Nachbarn, es war unmöglich, ihn zurückzuholen. Er verstand nicht einmal, wenn man ihn rief, weil er mit seinem Kopf offenbar sehr weit weg war; wer weiß wo.

Seine Nachbarn und Angehörigen sagen, nach ihrer Meinung habe er auf einmal den Kopf verloren, dann sei er selbst verloren gewesen, auch wenn er eigentlich samt seinem Kopf immer auf seinem Lieblingssessel, einem Sessel mit gepolsterten Armlehnen, sitzengeblieben sei.

Aber offensichtlich strich er mit seiner Wolke herum, er drehte nämlich seinen Kopf manchmal nach rechts und nach links, als würde er etwas suchen, aber vergeblich. Wenn man ihn rief, spitzte er die Ohren, als würde er eine ferne Stimme hören, aber nicht erkennen. Wahrscheinlich beförderte ihn sein Sessel über die Kuppen und Dünen, die in solchen Wüsten die Wellen sind.
Eines Winters, im letzten Winter, bewegte ihn manchmal etwas, und er beugte sich mit freudiger Miene ein wenig aus seinem Sessel heraus. Ich glaube, da lichtete sich der Nebel einen Augenblick; das heißt, es öffnete sich das Vorhängeschloß seines Geistes; und er sah, wo er war. Er sah das gewellte Land, das ferne Panorama und den Horizont, und so hoffte er den Weg zu finden, mit Hilfe der Sternbilder.
Im April kam er dann zurück, und als ihn alle fragten, was die ganze Zeit über mit ihm los gewesen sei, sagte er: »... ich war in der Wüste Gobi.« Sonst nichts; aber mit der Hand zeichnete er eine grenzenlose Tiefebene. Aber seine Nachbarn und Verwandten sagten untereinander und sagen es heute noch: »Ach was, die Wüste Gobi, der ist noch zu zwei Drittel in der Welt der Vorhängeschlösser.« Das heißt, er war zwar zurückgekehrt, aber er war immer noch in seiner Wolke, die ihm den Kopf versiegelte oder zumindest sehr stark vernebelte.
Und das ist alles über die Region der Vorhängeschlösser, die man nicht unbedingt zu betrachten braucht, denn es gibt dort weder Sitten und Gebräuche noch ähnliches noch Straßen oder Anpflanzungen.
Ich gebe nur zu, weil ich es den Worten eines Heimkehrers entnommen habe, die leider konfus und tröpfchenweise aus seinem Mund kamen, ich gebe zu, daß dort in der Mitte ein großer ruhiger See liegt, von ihm der See von Trapezunt genannt, er hat die Farbe des Eisens und macht einen nicht sehr lustig, sondern er nimmt einem den Mut, und man muß immer weinen. Nach meiner Meinung kommen die Wolken mit großer Wahrscheinlichkeit aus dem See, durch den Effekt der Verdunstung. Und so tragen sie durch die ganze Gegend die Feuchtigkeit des Sees, eine große Schwermut und ein vergebliches Sichfragen warum.

Der Präfekt hatte aufgepaßt wie ein Luchs und sagte: »Diese Region verstehe ich; sie liegt hoch im Norden, ist aber nicht zu unterschätzen. Vielleicht sind dort umherziehende Leute; aber sie wird so weit und nebelig sein, daß man niemandem begegnet; eine Strafe.«

»Ja, wahrscheinlich«, sagte ich, »es ist eine Region, die sehr weit weg ist, eine der letzten.«

Und als ich wieder zu reden anfing, nachdem ich es mir überlegt hatte, sagte der Präfekt: gut, wir hätten es ja nun fast geschafft. »Nun«, sagte er, »haben wir praktisch den Atlas zur Besichtigung meiner Präfektur. Das ist eine glänzende Leistung, Savini, eine glorreiche Leistung. Aber wann werden Sie fertig sein? Was sagen Sie?«

»Also, zunächst dachte ich, es sei keine lange Geschichte; aber es ist, als wäre man immer am Anfang, immer wieder von neuem.«

Da sah mich der Präfekt besorgt an: »Und was meinen Sie damit?«

»Diese Regionen«, erkläre ich ihm, »sind nicht immer am selben Ort und mit beiden Beinen auf der Erde. Mir scheint es, als kämen sie aus dem Nichts, viele an der Zahl. Und dann findet man sie möglicherweise nicht mehr. Das heißt, jemand hat sie gesehen, er geht durch sie, und dann auf einmal kann man nichts mehr über sie herausfinden. Somit läßt sich nicht sicher sagen, ob sie irgendwo noch da sind oder ob sie sich aufgelöst haben.«

»Was machen wir da?« sagt der Präfekt, ein wenig konsterniert. »Dann verlieren wir sie doch schön langsam?«

»Sie sind nicht zu verlieren; es ist nur, daß es momentan keinen Austausch mehr gibt. Eine Frage der Informanten, der Zweisprachler, die an der Grenze wohnen oder Grenzgänger sind und uns etwas sagen.«

»Wenn sie sich auflösen, sage ich, daß sie verloren sind, meinen Sie nicht?«

»Das weiß man nicht. Vielleicht warten sie nur darauf, daß jemand hinkommt. Aber, sehen Sie?, im Grund findet man immer wieder neue; denn diese Regionen sind wie die Pilze: Es wachsen viele in einer Nacht. Das heißt, diese Präfekturen lassen sich nicht ein für allemal definieren.«

Er schien wieder getröstet zu sein, hatte aber noch eine Frage: »Aber was für einen Atlas machen wir dann?«
»Ich würde sagen, wir machen einen Atlas aus Seidenpapier, weil man so auch die unteren Blätter durchscheinen sieht. Das heißt, daß an einem Platz alle diese Regionen endlos übereinander wachsen können.«
Er nickte, war ziemlich überzeugt. »Wir lassen ihn drucken«, sagte er.
Ich sagte, das könne man schon, aber seine Präfekturen hätten die seltsame Eigenschaft, daß sie vielleicht von den Augen derer abhingen, die sie besichtigten. Und wenn einer auch einen jener Landstriche oder Völkerschaften zum zweitenmal besichtigt, dann kann man nicht sagen, es sei immer derselbe oder dieselbe, die ein anderer schon gesehen hat. Denn vielleicht erscheint sie ihm völlig anders, je nach seiner Beobachtungsweise oder seiner Laune bei der Ankunft. Also kann man auch denken, es sei ein anderes, eben erst entdecktes Land.
»Darum ist es«, sagte ich zu ihm, »sehr schwer festzustellen, ob man an einen Ort zurückkehren kann; das Seidenpapier hat meiner Meinung nach den Vorteil, die Frage ein wenig offen zu lassen; denn es läßt alle Formen eines Ortes durchscheinen und sagt nicht, daß es immer dieselben sind, aber auch nicht, daß es verschiedene sind.«
Der Präfekt war hocherfreut und sagte:
»Sie sind ein wahrer Geograph. Sehen Sie, wie gut ich meine Abgesandten zu wählen verstehe? Wir machen alles in Seidenpapier. Ein großer durchsichtiger Atlas, und man braucht ihn gar nicht aufzumachen und umzublättern.«
Dann überlegt er und fragt mich stirnrunzelnd:
»Was ist durchsichtiger als Seidenpapier?«
Ich sage: »Vielleicht Butterbrotpapier.«
Und er: »Nein, es gibt doch einen sehr durchsichtigen Kunststoff. Der ist vielleicht noch besser. Man muß durchsehen, bis zur letzten Seite.«
Ich sagte: »Geht in Ordnung.«
Da war er hellauf begeistert: »Perfekt, Savini! Unser Atlas wird aussehen wie aus Glas, mit gläsernen Blättern. Das hat es noch nie gegeben, oder?«

»Ich glaube nicht«, antwortete ich.
»Wir werden durch ihn hindurchlesen; nein, anders, wir werden von innen in verschiedenen Tiefen alle unsere Regionen lesen; als wären sie in Wasser getaucht und würden auf verschiedenen Ebenen schwimmen, je nach ihrem spezifischen Gewicht. Oder?«
Ich bestätigte durch Nicken, und der Präfekt fuhr in seinen Vorstellungen fort:
»Wissen Sie, wie das Wasser ist, wenn es durchsichtig ist? Das ist es, so machen wir unseren Atlas, daß man ihn liest, indem man mit den Augen immer tiefer hinuntergeht, eine Region unter der anderen, nach dem, was Ihnen erzählt worden ist. Und man kann auch glauben, das sei immer dieselbe Region, nur immer wieder anders erzählt.«
Eine gute Idee, so schien es mir; und ich sagte:
»Eine sehr gute Idee; man müßte ihn aus Wasser machen, diesen Atlas.«
Der Präfekt war beeindruckt und der Bewunderung voll.
»Aber wie machen wir das?« fragte er. »Wir können doch nicht auf Wasser drucken?«
»Das weiß ich, wir können es nicht. Aber wenn wir das könnten, wäre unser Atlas vollkommen, in dem Sinn, wie wir vorhin sagten.«
Er schwieg ein wenig, dann fügte er hinzu:
»Das Wasser besteht ja nicht einmal aus Blättern, und zum Schluß fließt alles ineinander.«
»Ja, aber schön wäre ein Atlas aus Wasser doch, die Grenzen unserer Regionen wären bewegte Wellen wie in Wirklichkeit; und sie würden sich dahintreibend verschieben. Und wenn sich dann im Atlas Strömungen bilden, dann verbreitet sich die Druckerschwärze und franst aus wie die Wolken, wenn der Wind geht. Und wenn wir in das Wasser Wörter und Farben drucken, um die Berge und die Wiesen anzugeben, wo die eingeborenen Stämme weiden, und wenn wir eine Schraffierung oder eine Lavierung hineindrucken, um die nebeligen Täler anzugeben, oder kleine Kreise für die Nester der Madonnen, dann geschieht es durch die Natur des Wassers, daß dieses Zeichengeflecht schön langsam verwässert und Schatten oder Äderungen bildet oder auch

einen Regenbogen, der leuchtet und den man mit großem Wohlgefallen anschaut.«

Ich hatte so inspiriert gesprochen, daß der Präfekt beim Zuhören mit den Augen der Einbildungskraft die gedruckten Linien und die Buchstaben in diesem flüssigen Atlas schwimmen, sich auflösen und wieder zusammenfügen sah, so daß eine Geographie vorgegaukelt wurde, die vor dem Blick vergeht und sich wie ein schillernder Stoff oder wie der Himmel im März immer wieder anders färbt.

Und er ließ alles noch einmal an seinem geistigen Auge vorbeiziehen, wobei man ihm seine Ergriffenheit ansah.

Dann wollte er mit mir in einen nicht weit entfernten Garten, nachdenklichen Schrittes gingen wir.

Dort war ein Springbrunnen ohne Wasserstrahl, das Wasser stand in einem riesigen ovalen Becken still. Es war kein sauberes Wasser: sondern irisierende Öl- oder Benzinflekken schwammen darauf; und auch der Lichtreflex des Himmels, der Bäume und einer steinernen Statue; und man sah auch das grünliche Gras auf dem Grund und die künstlichen Felsen; alles bebte und verschwamm ein wenig.

»Das wäre schon beinahe ein Atlas hier«, sagte er zu mir. Ich hatte meine Zweifel; und ich sagte, nur das Benzin auf dem Wasserspiegel, wenn es das Licht in den sieben Farben reflektiere und Archipele und Schaumkrönchen bilde, also nur das könne annähernd die Vorstellung einer Landkarte oder einer Planisphäre wiedergeben.

»Aber nur eine Vorstellung«, sagte ich. Und wir blieben dort und schauten.

So endete diese Diskussion; es blieb ein Bedauern zurück, daß wir den Atlas nicht so machen konnten, wie er uns gefallen hätte.

Eines Nachmittags, als es heißer war als gewöhnlich und der Präfekt seine Jacke ausgezogen hatte, fragten wir uns, ob diese Völkerschaften wohl einander bekriegten oder miteinander Handel trieben oder einander besuchten.

Der Präfekt hatte seine Jacke über die Lehne der Bank gehängt und sie ordentlich und sorgfältig zusammengelegt.

In diesem Zusammenhang muß ich sagen, daß ich den Präfekten Gonnella nie mit einem ungepflegten Äußeren gesehen habe. Sein Anzug war immer tadellos gebügelt und entfleckt, und auf unseren langen und diskussionsreichen Spaziergängen gab er immer darauf acht, den Stoff nicht zu verknittern oder zu beschmutzen; und er paßte beim Hinsetzen immer besonders auf, indem er zuerst die Sitzfläche untersuchte, abstaubte und gelegentlich ein Stück Papier oder ein Taschentuch darauf legte.
Und um zu vermeiden, daß sich in seiner Hose die Knie herausbeulten, zog er sich die Hosenbeine halb über die Wade hoch, wozu er sagte, so sei es auch ein wenig kühler. Und darunter sah man seine Socken, die dunkel und in gewisssem Sinn auch durchscheinend waren.
Also eines Nachmittags, an dem es heiß war und wir in leichten Hemdsärmeln dasaßen, sagte ich: »Wer weiß, was für Beziehungen zwischen diesen Völkern bestehen.«
Und ich frage mich, ob sie wohl miteinander verkehren und einander schätzen, oder ob sie voneinander Abstand halten, wie die Tiergattungen; zum Beispiel wie zwischen den Weichtieren und den Nagetieren oder zwischen Ameisen und Maulwürfen, die praktisch keinerlei Beziehung und keine Verständigungsform haben, auch wenn sie einander begegnen.
Jede dieser Nationen, so überlegte ich, ist in sich selbst eingeschlossen und hat keinen Begriff von anderen Existenzen neben ihrer eigenen. Das wäre, als würden die Rassen, von denen ich gesprochen hatte, sich nie gegenseitig im Weg stehen; sondern jede in ihrer eigenen Region wohnen und ihre eigenen Ziele verfolgen, als gäbe es nichts anderes zu tun. Würde man beispielsweise einen Wiederholer und eine Madonna einander gegenüberstellen, sie würden sich wahrscheinlich verachten. Die Madonna würde denken, das seien doch richtige Quälgeister und kindisch obendrein.
Die Wiederholer, sollten sie überhaupt einen eigenen Gedanken haben, würden sagen, daß die Madonna nicht weiß, was Vergnügen ist, und eine halbe Komödiantin ist, aber wie die aus dem vorigen Jahrhundert, denn sie fühlten sich selbst modern und voller Schwung.

Aber diese Hypothese komme praktisch nie vor, argumentierte ich mit dem Präfekten. Jedes Volk ist in seine Grenzen eingeschlossen und verfolgt dort seine Zwecke, was man nicht beurteilen kann, es ist wie ein Schicksal oder ein Lebensinstinkt, ohne den wären sie nicht auf der Welt.
»Wie kann man«, fragte ich, »eine Expedition der Wiederholer ins Reich der Madonnen vermuten?«
Der Präfekt dachte ein wenig nach und sagte:
»Aber vielleicht gibt es das. Wissen Sie? Und es ist sogar normal.«
»Warum?« sage ich. »Haben Sie sie vielleicht miteinander streiten sehen?«
»Nein, im Gegenteil. Ich glaube, sie können gut miteinander auskommen und einander sogar Freude machen. Den Madonnen singen, glaube ich, die Wiederholer das Kyrie eleison und das Ora pro nobis vor, auf ihre Art, die Sie ja kennen.«
»Ja, stimmt, Sie haben recht. Das Kyrie eleison.«
»Die Madonnen«, fährt der Präfekt fort, »die Madonnen sind offenbar entzückt, wenn sie immer wieder dieselben Wörter hören, auch wenn sie abstrus sind; und die Wiederholer, die toben sich aus. Die bilden doch gern einen Chor mit allen Gläubigen, der wie eine Schallplatte klingt, die an einer Stelle defekt ist und sich immer weiter dreht. So haben Sie es mir doch erzählt, oder?«
Das stimmte, der Präfekt hatte recht, das war Zusammenarbeit, ein Fall von Zusammenarbeit.
»Um die Wiederholer zu rufen«, sagte er, »braucht man Weihrauch; den riechen sie sicher gern. Und dann schwingt man den Weihrauchkessel kräftig, so daß der Rauch bis in die Kuppeln aufsteigt, und da kommen sie angeschwärmt wie Englein und Cherubine; und alle Leute, die da sind, möchten automatisch dasselbe machen wie sie, wenn sie sie kommen hören, und so wiederholen sie alles auf griechisch und auf lateinisch; sie wiederholen einfach alles, und das Schöne daran ist, daß sie alle zufrieden und glücklich sind und nicht mehr aufhören möchten. Wenigstens so lange sie unter dem Einfluß der Wiederholer stehen, die ihnen um die Köpfe flattern und bewirken, daß sie sich jeder Art von Litanei ergeben.

Wenn es nicht im Reich der Madonnen wäre, wo man sich so gut entspannen kann, dann würde man jedenfalls denken, den Leuten stocke das Hirn, und man müsse sich Sorgen um sie machen. Aber solange noch Weihrauch aufsteigt und es in der Luft von dieser Art kleiner Mücken wimmelt, sind alle hochzufrieden.«

»Natürlich! Das ist doch ganz klar«, sagte ich, »wenn zusammengearbeitet wird, dann geht es allen gut.«

Und der Präfekt machte eine Miene, die hieß: ›versteht sich‹.

Wer nur daran denkt, diese Völkerschaften zu bekämpfen, überlegte ich, dem kommt nichts Gutes dabei heraus, das habe ich schon gesehen, nur Unannehmlichkeiten. Sie sind spezialisiert und ergeben sich auf den Tod nicht; im Gegenteil, wenn man sie bekämpft, werden sie stets noch hartnäckiger.

Dabei kam mir ein Herr aus Pieve di Pino in den Sinn: »Zum Beispiel«, erzählte ich, »lebte ein Herr aus Pieve di Pino mitten unter den Stichbohrern. Die sind spiralenförmig und ziehen ihm ständig die Gedanken heraus, abgesehen davon zwicken sie ihn, ziehen ihn an seinen Körperhärchen und lasten auf manchen Stellen seines Körpers.

Er war immer unter der Bettdecke; und von dort unten schleuderte er jedem, der näherkam, zündende Worte entgegen. Außerdem sprach er in einem fort mit dunklen Ausdrücken und mit Sätzen, die er in Wirklichkeit nicht dachte, nur um die Stichbohrer zu täuschen und sich nicht ausrauben zu lassen.

Er war im Krieg, in einem Nervenkrieg bis zum äußersten, der für seine Feinde eine enorme Genugtuung war; aber sein Leben war, wie man sieht, ruiniert.

Daher ist es besser, man läßt sie ihr Leben leben und gewöhnt sich an sie, um so mehr, als man in ihrem Haus ist, denn wo sie sind, dort ist ihr Reich.«

Mit diesen meinen Ansichten war der Präfekt einverstanden. Er sagte:

»Ja, man muß sie ihr Leben leben lassen«, und er dachte nach, und ich dachte auch nach.

Und dann erzählte ich ihm an den Nachmittagen, daß es noch andere Völker gebe, noch geheimnisvollere, von denen man fast nichts wisse, weil sie vielleicht auch noch nie jemand gesehen habe; aber man bekomme zu spüren, daß sie am Werk seien.
Sie greifen beispielsweise die Zähne an und stechen sie oder bewegen sie von den Wurzeln weg; und sie nisten sich im Zahnfleisch ein, und dann tut es einem teuflisch weh. Oder sie ziehen an den Nerven, und so bewegt sich bei einem ein Bein, und der muß dann mit, weil das Bein blindlings dahingeht und man es nicht mehr beherrschen kann. Es geht im wesentlichen darum, daß sie zum Ungehorsam anstiften.
Und der Präfekt lachte über das Bein, das allein zu gehen schien.
»Aber denken Sie, das ist noch gar nichts.«
Und ich erzählte ihm von einem, der Schriftsteller sein sollte und Scherze folgender Art leiden mußte: Während er schrieb, bildeten sich an den Rändern des Blattes kleine weiße Würmchen, die sich kaum vom Blatt unterschieden. Und während der oben Genannte nachdachte und dabei zur Decke schaute, näherten sie sich ganz langsam den Wörtern aus Tinte, so daß, wenn er die Idee, die ihm gerade gekommen war, niederschreiben wollte, sie genau unter der Feder ankamen und ihn nur Gekritzel und Geklecks zu Papier bringen ließen.
Und während er die Feder putzte oder auf das Papier blies, entwischte ihm die Idee.
So fing er wieder an zu denken; aber auch die Würmchen bildeten sich aufs neue, beinahe unsichtbar, und schließlich verschmierte er nur die Blätter.
Er hätte schneller sein sollen, aber das gehörte nicht zu seinem Stil.
Später wechselte er dann zum Kugelschreiber über, weil er einen Roman schreiben wollte; aber da geschah es, daß ihm die Würmchen den Kugelschreiber austrockneten, oder daß sich die kleine Kugel nicht mehr drehte, oder daß sie an manchen Stellen das Papier fettig machten, so daß es das Geschriebene abstieß. Und so verlor er einen Haufen Zeit und konnte nicht Schriftsteller werden.

Das, sagte er, seien seine Plagen; und die Würmchen konnte er sich nicht vollends erklären. Vielleicht, sagte er, war es das Papier, das aufbegehrte, denn es wollte nicht von ihm beschrieben werden, weil es sich schämte.
Aber in Wirklichkeit war er derjenige, dem das Blatt Respekt einjagte, und er hätte ihm gern gezeigt, was er konnte. Wenn er beispielsweise etwas abschrieb oder übersetzte, dann schafften es die Würmchen gar nicht, auf die Welt zu kommen.
Aber damit gab er sich nicht zufrieden.
Wenn das Blatt schon vollgeschrieben gewesen wäre, hätte er es Zeile für Zeile kommentieren und korrigieren können, und er hätte ein Meisterwerk geschaffen. Davon war er überzeugt. Die Würmchen bilden sich nämlich, wenn viel Platz da ist, der noch wartet, und nicht zwischen den Zeilen.
»Woher war er denn?« fragte der Präfekt auf einmal.
»Er war aus Rocca Fedena; aber diese Würmchen«, sagte ich, »sind auf jeden Fall ein Geheimnis.«
Hier kann zweierlei der Fall sein: Entweder sie entstehen aus der Gärung des Blattes durch eine Art spontane Zeugung; oder man muß vermuten, wenn einer lange, aber unschlüssig denkt, dann legt er unwillkürlich die Eier, die ungefähr so groß sind wie Fliegeneier, vielleicht auch kleiner, und für das menschliche Auge unsichtbar, und brütet sie aus. Und aus ihnen schlüpfen die Würmchen aus, oder daher kommen jedenfalls die Verwicklungen.

Das war eine schöne Zeit mit dem Präfekten! Noch heute habe ich seine Stimme im Ohr, die mit dem Feuer der Phantasie durch die neu entdeckten Reiche fliegt.
Heute weiß ich nichts mehr vom Präfekten Gonnella; und niemand weiß, glaube ich, noch etwas von ihm. Ich möchte in seine Straßen und auf seine Plätze zurückkehren, um ihm wie zufällig wieder zu begegnen. Er könnte auch als wer weiß was verkleidet sein: Das sagte er hin und wieder, daß er nun schon zu gut zu erkennen sei. Aber das werde ich wohl nie erfahren. So war eben die Zeit damals, daß wir uns verstanden. Und ich habe so friedliche Erinnerungen, unter anderen.

Auf den Bastionen der Stadt gingen wir unter dem Grün des Laubdachs spazieren, die alten Wege der Wachposten entlang, wo man weit ins Land hinausschaut. Wir setzten uns auf die äußeren Stufen und redeten oder saßen schweigend in Ruhe da.
Als wären wir Vögel, sahen wir das Land unter uns liegen, sich ausbreiten und zum Horizont hin verblassen. Und jenseits dieses Landes sah man an besonders klaren Tagen so etwas wie Berge, aber vielleicht hundert oder zweihundert Kilometer weit, Luftlinie; und wir schauten, um zu erkennen, ob es Wolken waren oder nicht.
Außerdem war dort eine Art verfallener Turm, breit, aber nicht hoch, der einmal sehr fest gewesen sein muß. Dort endeten immer unsere Spaziergänge. Man konnte auch auf die Plattform steigen, es kostete ein wenig Mühe. Aber von dort oben bot sich ein Schauspiel nach allen Seiten, das der Präfekt mit Freuden in sich aufnahm und ich auch. Und er sagte zu mir, dort oben könne ihm nichts Angst machen; von dort sei alles klar, der Himmel, die Erde, weil nichts anderes da sei. Und es gefiel ihm noch besser, wenn der Wind ein wenig wehte, denn dann, sagte er, könne man die Höhe erst richtig genießen.
Dann flogen scharenweise Vögel vorbei, und der Abend kam: stieg auf aus einer dunkleren Gegend des Horizonts, erhob sich und breitete sich aus.
Dann sagte der Präfekt, ich solle meinen Blick schärfen, denn nun sei die Zeit der Nachtvögel da. Und Schatten flogen vorüber und ließen die Luft rauschen; aber das waren, wie er sagte, die Bussarde, die zum Schlafen in den Turm kamen, denn sie waren seine einzigen Bewohner geblieben.
Und wir sahen der Entwicklung am Himmel zu, ohne das Bedürfnis, zu diesen Dingen etwas sagen zu müssen, nach der Meinung des Präfekten sprachen sie für sich selbst.
Und dort in der abendlichen Ruhe erzählte er mir die Geschichte der vergangenen Zeiten.
»Sehen Sie?« sagte er. »Hierher kamen die Westgoten aus den Steppen des Kurdistan, vor vielen, vielen Jahrhunderten. Und in dieser Burg machten sie halt.

Aber die Leute achteten nicht darauf. Weder die Leute vom Land noch die von der Stadt.
Die Westgoten wollten kommandieren: Nachts schliefen sie in der Burg, und hier auf dieser Plattform hatten sie eine Garnison, die immer über alles wachen sollte.
Als sie hier ankamen, fühlten sie sich unheimlich mächtig und sagten, von hier aus würden sie sich die ganze Erde untertan machen. So ritten sie am Tag ins Land und verbreiteten Angst und Schrecken unter den Leuten; niemand konnte ihnen widerstehen, denn sie waren dieses Geschäft von Kindheit an gewöhnt. So machten sie es schon in Asien, dann in Pommern und die Donau entlang, dann kamen sie über die Alpen und säten überall Angst und Schrecken.
Sie gingen immer aufs Ganze, nicht zuletzt weil sie wegen ihrer Sprache, die ganz anders und voller Gutturallaute war, weder verhandeln noch sagen konnten, was sie wollten. Im wesentlichen verfuhren sie so: Sie nahmen sich, was da war, und wenn nichts da war, schlugen sie alles kurz und klein oder brannten alles nieder, so verstanden die Leute, wer der Herr war.
Es geschah aber hier in dieser Gegend folgendes: Die Leute hatten beschlossen, nicht darauf zu achten, und wenn eine Scheune brannte, sagten sie: ›Ach, was ein Unglück, wird wohl ein Funke übergesprungen sein.‹ Wenn ein Haus brannte, sagten sie: ›Zu dumm, ich habe die Glut im Kamin nicht gelöscht.‹
Am Anfang dachten die Westgoten, sie würden Angst verbreiten; aber dann sahen sie zu ihrer Verwunderung, daß die Leute nur auf sich selbst oder auf das Wetter böse waren.
Die Westgoten kamen beispielsweise und ließen einen Damm einstürzen; dann beklagten sich alle über das Hochwasser, das dieses Jahr viel zu früh gekommen sei.
Oder sie galoppierten durch die angebauten Felder und schlugen mit Schwerthieben die Weinstöcke ab. Die armen Bauern rauften sich das Haar; aber sie sagten, sie hätten noch nie einen solchen Orkan gesehen, der die Weinstöcke wie Strohhalme knickte.
Und so war es, wenn sie das Getreide anzündeten, wenn sie das Wasser vergifteten oder Schafe und Hühner abstachen.

Dieses Jahr gibt es zu viele Füchse, sagten die Leute, und der Fluß hat eine widerliche Farbe, der kann man nicht trauen.
Da begannnen die Westgoten nach jeder Katastrophe innezuhalten, um die Lage zu ergründen; aber sie wurden nicht klug daraus, und wenn sie klug zu werden glaubten, sagten sie: ›Die sind doch alle schwachsinnig und haben kein Hirn im Kopf.‹
Und so trieben sie es immer schlimmer.
Sie drangen in die Städte ein wie Horden von Besessenen und zerstampften alles mit ihren Pferden, warfen den ganzen Markt durcheinander und pinkelten in alle Brunnen; eine Strafe Gottes, ein Blutbad. Dann kehrten sie hierher in den Turm zurück, nicht ohne einige Spione draußen gelassen zu haben, die ihnen dann zu ihrem Genuß vom Wehklagen und von der Angst erzählen sollten, die sie draußen verbreitet hatten.
Aber die Spione kehrten morgens zurück, klopften und wurden eingelassen. Und sie erzählten, die Leute in der Stadt hätten geglaubt, ein gewaltiges Erdbeben zu spüren, und vor lauter Angst hätten sie nichts mehr verstanden, sie hätten wild gewordene Pferde aus den Fenstern springen sehen und Leute aus den Häusern rennen, die ihre Kostbarkeiten in Sicherheit bringen wollten; und sie sagten, wenn das Wasser trüb und gelblich werde, das bedeute immer ein Erdbeben.
Aber eigentlich war es so, daß jeder diesen Wirrwarr anders erzählte; jeder erzählte ein kleines Stückchen, und am Schluß paßte nichts zusammen.
So sagten die Spione, es sei ein Erfolg gewesen, aber auch, niemand habe etwas davon gemerkt. Und die Westgoten wunderten sich und sagten: ›Wie kann das sein?‹
Und diese Geschichte dauerte jahrelang, ohne daß sich etwas geändert hätte.
Sie nahmen sich auch die Frauen, denn sie sind es so gewöhnt; sie kamen, und die da waren, mußten dran glauben, Junge wie Alte, aber eher die Jungen. Sie fanden sie da und dort auf den Wiesen, wo sie für die Kaninchen Kräuter sammelten, und ließen sie nach getaner Tat dort liegen.

Aber die Mädchen sagten, ein Windstoß sei gekommen und habe ihnen die Röcke hochgehoben, und die Leute lachten: ›Man stelle sich vor, was für ein schöner Wind, wer weiß, wie er heißt, wird wohl ein Levantiner gewesen sein.‹
Und wenn sie sich die Appetitlichsten mitnahmen, sagten die Leute, das hätte ja so kommen müssen, denn die oder jene sei schon als kleines Mädchen immer herumgestreunt und habe immer schon gewisse Dinge getrieben.
Im Lauf der Jahre hatte die Bevölkerung, die sich anfangs dumm stellte, um ihnen keine Genugtuung zu bieten, sich an sie gewöhnt. Dadurch daß sie die Westgoten nicht zur Kenntnis nahmen, sahen sie sie kaum, so daß jeder glaubte, es handle sich nur um ein Sprichwort; und wenn sie leibhaftig vor ihnen auftauchten, betrachteten sie sie als Gegenstand einer Einbildung, von dem man besser niemandem erzählte, um nicht dazustehen, als habe man Hirngespinste.
Die Westgoten sagten von ihrem Gesichtspunkt aus, die Leute hier seien unheimlich dumm, und sie könnten fast auf sie verzichten.
Aber die Wahrheit ist, daß sie spürten, wie sie selbst verschwanden, ja gar nicht da waren und nie da gewesen waren. So alterten sie in ihrer Burg und konnten nun nicht mehr viel Schaden anrichten. Sie stahlen einige Hühner, tranken die Milch, als wäre der Melkeimer umgefallen, und wenn irgendwo ein Ehemann fehlte, schlüpften sie in Ausnutzung der Lage unter die Bettdecke, aber niemand merkte etwas davon.
Sie waren im wesentlichen nicht da, und sind ja auch aus der Geschichte verschwunden, wie sie gekommen waren, ohne eine Spur zu hinterlassen.
Und sie sehen aus wie Bussarde, heißt es, so alt sind sie, wenn sie abends erscheinen.«

Die Alten, wenn sie abends erscheinen

Dann kam es dazu, daß wir auch in die Kneipe mit dem gemalten Mohren gingen, die ich schon auf eigene Faust kennengelernt hatte. Und alles sollte sich binnen kurzem ändern.
Wir stoßen die Glastür auf, über der Café geschrieben steht, und gehen hinein.
Und sofort sagt einer, der an der Theke lehnt:
»Da kommt ja Gonnella. Guten Tag, das heißt eigentlich guten Abend.«
Und er: »Guten Abend«, als würde er sich etwas vergeben.
Und der Kellner sagt: »Guten Abend« und grüßt dann auch mich, der ich hinter dem Präfekten nachkomme.
Das Café ist voller Leute und Rauchschwaden; und schon interessieren sich alle für uns und machen ihre Glossen über den Präfekten und wie er sich beim Gehen bewegt; außerdem über seine Kleidung und seine Schuhe, laut und für alle vernehmlich. Aber der Präfekt sieht darüber hinweg und nimmt nahe bei der Theke Aufstellung, und ich bleibe in seiner Nähe stehen, aber etwas unschlüssiger.
Man scheint dort die Gewohnheit zu haben, immer zu lachen und zu scherzen. Und man hört, wie einer sagt:
»Was ist denn heute los, Herr Präfekt, haben wir nichts zu sagen?«
Und ein anderer: »Sind wir Ihnen nicht mehr gut genug?«
Und dann auf mich bezogen: »Und Ihr Freund, ist der auch Präfekt?«
Und da er nicht antwortete, mußte ich sagen: »Nein, nein, ich bin nicht Präfekt.«
Da schauten mich alle voll Interesse an, wobei sie sogar mitten im Kartenspielen aufhörten.
Einer hat mich sogar wiedererkannt: »Das ist doch der, bei dem ein Wald im Haus wächst.«
»Das ist der mit den bewohnten Wasserrohren.«
»Wenn Sie wollen, können wir Sie zum Präfekten machen«, sagt einer.
»Von einem Regiment«, meint ein anderer.

»Nein, wir machen Sie zum Stadtkämmerer«, sagen sie lachend.
»Oder zum Senator.«
Und der Kellner lachte, und, wie ich sah, lachten alle.
So wollte ich sagen, ich sei Intendant; aber der Präfekt schüttelte den Kopf, was hieß, ich solle schweigen.
Ich sagte bei mir: ›Aber warum nimmt man hier den Präfekten nicht für voll?‹
Und inzwischen wetteiferten sie untereinander, ihn auszufragen.
»Herr Präfekt, ist etwas nicht in Ordnung bei Ihnen drüben?«
»Herr Präfekt, haben Sie heute Untaten festgestellt?«
Die meisten hielten sich vor Vergnügen und vor Lachen den Bauch, der Kellner inbegriffen; sie wollten, daß sich der Präfekt zu ihnen setzte, und sagten:
»Setzen Sie sich doch mit Ihrem Freund«, der war ich.
Dann, glaube ich, schienen sie auch mit mir scherzen zu wollen, weil sie mir zur Probe einige Fragen stellten wie:
»Alles unter Kontrolle, Boss?«
»Wie sieht's in den Wasserrohren aus?«
»Haben Sie schon mit Pigafetta gesprochen, oder hat er gerade in einem Grab geschlafen?«
Zwei sagten dann zum Kellner:
»Etwas zu trinken für die zwei Herren!«
Und die anderen waren alle einverstanden, daß man auf unser Wohl trank, und fast allgemein war das Gelächter über diese Reden. Vor allem mich zum Trinken einzuladen erschien ihnen eine Bemerkung, über die sich alle schief lachten, und jeder wollte den anderen überbieten, um mehr Lacher zu haben.
So kamen auch vom Ende des Saales Stimmen, die riefen: »Gebt ihm etwas zu trinken« und »Zum Wohl« und so weiter. Und jeder wollte was von sich geben, damit immer noch mehr gelacht würde.
Der Präfekt wollte aber nichts zu sich nehmen und hatte mitten unter ihren Kalauern die gefaßte Haltung eines Mannes, der Bescheid weiß und sie scherzen läßt, solange sie wollen.

Ich nahm einen Eierlikör, und auch das war Anlaß zu unheimlicher Heiterkeit, die kein Ende nehmen zu wollen schien; und sie wiederholten untereinander den Wortlaut meiner Bestellung, dabei klopften sie mir auf die Schultern und sagten: »Zum Wohl!«, das kam ihnen wohl geistreich vor.

Der Präfekt sagte mir leise, so sei es in Ordnung, ich solle ruhig mitlachen, wenn es mir Spaß mache; denn hin und wieder, meinte er, tue es gut, sich ein wenig zu vergnügen.

Also lachte ich mit; und durch die Wirkung des Weins lachten wir noch mehr.

Und dem Präfekten war es recht, daß ich meinen Spaß hatte.

Dann aber kam es zu einer Streitfrage, ich weiß nicht wie, denn ich hatte nicht aufgepaßt.

Aber auf einmal höre ich, daß sie zum Präfekten so ähnlich sagen wie: »Na, na, du Pfeifenpräfekt!«

Solche Wörter und andere Zweifel an seinem Beruf bringen ihn ein wenig auf die Palme, und er sagt eingeschnappt, wenn sie es wissen wollten, er sei immer noch Präfekt, dürfe aber nicht sagen in welcher Funktion; und sie sollten sich alle vor ihm ein wenig mehr in acht nehmen, denn sonst komme es soweit, daß sie es in kurzem bereuen würden. Und dann macht er einige verhüllte Drohungen. Darauf höre ich, daß man in der Kneipe in der Tat höhnisch und mit lächerlichen Unterstellungen seine Amtsgewalt bezweifelt und ihn herausfordert.

Offenbar hatten sie den Befehl, in ihrem Theaterspiel derlei Reden zu führen und ihn zur Verzweiflung zu bringen.

Er kommt nämlich ein wenig aus der Ruhe, als sie, ohne Beweise, sagen, seine Präfektur habe er im Altersheim, da drinnen hätte man ihn zum Präfekten ernannt und damit könnte er zufrieden sein. Und solche Reden mußten wohl zu ihrer Taktik gehören.

»Wenn ihr es wissen wollt«, sagt er, »schaut her: Ich bekomme mein Gehalt vom Ministerium« und schwenkt einen Gehaltsstreifen voller Stempel, den er aus einer Innentasche herausgezogen hat.

Aber einer antwortet ihm: »Ja, das können wir uns vorstellen.« Und sie schauen das Stück Papier an und kichern

untereinander und verständigen sich über die Antwort, die sie ihm geben wollen. Und auch der Kellner schaut den Zettel an und nickt den anderen zu.
Dann sagt einer, das Stück Papier heiße gar nichts, man verstehe nicht einmal, was es sei; aber wahrscheinlich die Rente oder die Unterstützung, die der Staat den Alten und den Rentnern gebe.
»Den Alten?« sagt der Präfekt in herausforderndem Ton.
Und sie: »Ja, den Alten; warum? Sind Sie nicht auch ein Alter?«
Und nun verstand auch ich, daß man ihn zu Tode beleidigte und versuchte, das Spiel umzukehren, indem man ihm sagte, er würde als Alter bezahlt, als gehörte er zu denen, die man für Spionagedienste besoldete, ausgerechnet er, das erwählte, wenn auch nicht bereitwillige Hauptopfer der Spione.
Es handelte sich mit Sicherheit um einen Versuch, ihn zur Verzweiflung zu bringen, wer weiß warum. Also stand er auf, wobei er, glaube ich, den Wutanfall, der ihm kam, zurückhielt. Aber er war so entrüstet, daß seine Augen rauchten und er so rot war wie Purpur.
Er winkte mich zu sich und sagte:
»Savini, gehen wir, sonst stelle ich hier alle bloß.«
Und wir gingen zur Tür. Und draußen verwünschte er sie alle und schien vor Wut zu platzen, so daß ich auch Angst bekam.
»Diese Eingeborenen«, zischte er zwischen den Zähnen hervor, »haben Sie das gehört? Wenn sie laut werden, dann merken Sie doch auch, wie weich und leer ihre Birne ist? Sie machen nur Krach, das kann man ja nicht Sprechen nennen. Diese feigen Wichte!« Und so fort, er beschimpfte sie noch eine Zeitlang weiter und ließ seinem Zorn freien Lauf, wobei er herumfuchtelte, als hätte er sie in seinen Händen.
Dann trennten wir uns, denn er blieb noch eine Weile stehen und brütete und murmelte für sich allein Worte der Entrüstung und der Rache.
Aber das war unser letzter Abend in der Stadt, denn neue und unerwartete Dinge sollten geschehen.

Am nächsten Morgen kam er in aller Frühe mit entgeisterter Miene und eingefallenen Wangen und, wie ich sofort sehe, mit ein paar in die Luft stehenden Haaren, die sich der Brillantine nicht gefügt hatten.
Und sowie er mich sieht, sagt er hastig, als hätten wir gar keine Zeit mehr:
»Alles ändert sich, Savini, alles ändert sich. Heute nacht war der Teufel los.«
Und ich: »Aber wo denn?«
»Das können Sie sich überhaupt nicht vorstellen. An die Störungen um mein Bett herum war ich gewöhnt, und sie machten mir nichts mehr aus, denn ich habe seit langem ein unschlagbares Abwehrsystem. Aber heute nacht hatte ich fast Angst, es ginge mir an den Kragen. Es waren ungefähr zweitausend Personen, zweitausend oder dreitausend, auf der Treppe, im Nachttischchen, auf der Kommode.«
»Zweitausend oder dreitausend?« frage ich völlig verdutzt.
»Hunderte und Aberhunderte« fährt der Präfekt fort, »ich konnte sie in der Dunkelheit nicht alle einzeln unterscheiden, aber durch ihr Schwitzen entstand eine unglaublich feuchte Hitze, wie sie sich so um mich drängten.«
Ich wußte nicht mehr, ob ich verrückt geworden war oder sonst was.
»Aberhunderte?« sage ich.
»Ja, noch viel mehr. Und während ich versuchte, das Licht einzuschalten, ließen sie mir den Drücker aus der Hand fallen, dann fiel die Lampe selbst hinunter, und ich trat auf die Glasscherben, stellen Sie sich vor. Und dann waren die Möbel verkehrt herumgedreht und auch die Türen waren ausgewechselt; und das Fenster war rechts statt links. Sie hatten, glaube ich, auch mein Bett umgedreht und den Kopf auf den Platz für die Füße gelegt. Und da war dann ein Höllenlärm; und ich wollte etwas dagegen tun, denn ich bin kein Feigling, aber ich konnte mich nicht mehr orientieren. Und denken Sie nur, als ich die Fensterläden aufmachte, um Luft zu bekommen, hingen meine Jacken und Hemden da, denn es war der Schrank.
Verstehen Sie, daß es das Schlimmste ist, was einem passieren kann, wenn man den Orientierungssinn verliert?

Ich versuchte einen Stuhl durch die Luft zu schwingen, aber es waren so viele, daß ich beinahe erstickte, wie wenn ich mitten in lauter Wolle gewesen wäre; und so schlug ich vergeblich zu.
Können Sie sich das Tohuwabohu vorstellen?
Ich könnte schwören, daß auf dem Toilettenspiegel der Minister saß und das Ganze dirigierte, von überallher dort zusammengezogen seine Schergen, alle in Schweiß gebadet. Und nie hätte ich sie mir so zahlreich und so hartnäckig vorgestellt; denn so viele könnten eigentlich nur Platz haben, wenn man sie im Traum sieht.
Also es war ein Krieg die ganze Nacht über, verstehen Sie? Blindlings; und in Überfülle. Die nämlich im Zimmer keinen Platz gefunden hatten, drängten auf der Treppe nach und auch unten im Hof, wodurch eine große Hitze entstand. Und im Gedränge kann man gar nichts machen; ich war ganz trocken im Hals, und das Glas mit dem Wasser, stellen Sie sich vor, war zertrümmert.
Heute früh sah es im wesentlichen so aus wie nach einem Ansturm der Sarazenen, als hätten sie mit ihren Dolchen alles krumm und klein geschlagen: Verstehen Sie, was ich sagen will?«
Ich dachte, wer weiß, was da passiert ist, und sagte zu ihm: »Wirklich?«
Und er bestätigte, daß die Möbel in Stücke geschlagen und die Spiegel zerbrochen waren, und daß die Wolle aus der Matratze heraushing und die Federn der Kissen durch die Luft flogen. Es war also eine vollkommene Katastrophe, aber er war an gar nichts schuld; und wen konnte man also anklagen?
Ich wußte nicht, was ich ihm meinerseits sagen sollte.
»Die Möbel sind nichts wert«, fuhr er fort, »aber in der Pension heißt es dann, daß ich wie gewöhnlich das Unheil gestiftet habe. Das ist am einfachsten. Aber glauben Sie, ich verbringe eine solche Nacht zu meinem Vergnügen?«
Und er sagte, wenn nun ein unter allen Gesichtspunkten unfairer Krieg geführt wurde, aus Gründen der Eifersucht; wenn der Minister ihn jetzt aufhalten oder ihm Angst machen wollte, auf Grund unserer Entdeckungen über die Sit-

ten und Gebräuche und über alles andere; wenn also, sagte er, jetzt der Krieg beginnt, dann wird er von unserer Seite aus erbarmungslos sein, und als erstes gehen wir weg. Um ihnen nicht ausgeliefert zu sein.

Ich berichte hier seinen Gedankengang ungefähr so, wie er sich entfaltete.

Auf jeden Fall, schnell gesagt, ich hatte keine Lust, der Sache nachzugehen: also machen wir uns auf den Weg. Und da ich kein eigentliches Gepäck hatte, und auch der Präfekt keines hatte, waren wir praktisch, während er mir erklärte, was in der Nacht passiert war, schon auf dem Weg.

Also begann hier der dritte Teil des Abenteuers. Und von diesem Augenblick an waren wir nach der Ansicht des Präfekten in einer besonderen Mission, die folgendes mit sich brachte: erstens, sich unverzüglich entfernen. Zweitens: die Augen offen halten. Drittens: daß wir zu Listen greifen müssen.

»Wie machen wir das?« frage ich.

»Das machen wir so: Wir erraten unseren Weg durch die Hindernisse, die uns vor die Füße gelegt werden.«

Und er fing an halblaut von dieser besonderen Art zu sprechen, die er unfehlbar und psychologisch nannte, das heißt eine Anwendung von Listen, worin er Meister ist. »Sie werden es schon sehen«, sagte er und rieb sich die Hände.

Es ist leicht gesagt, daß ich mich auf eine wahrhaft seltsame Expedition begab; und doch ist es die Wahrheit. Aber was hätte ich an dieser Stelle sonst machen sollen? Von meinem Gesichtspunkt aus hatte ich später immer den Eindruck, wir würden ziellos herumwandern. Aber der Präfekt sagte nein, es sei alles wohl kalkuliert. Und jetzt, da ich es erzähle, sage ich: mag sein. Mag sein, daß das Ministerium die Geschichte kannte und der Präfekt sie erriet; und ich sie am Ende erzähle. Mag sein. Aber wenigstens sind Abenteuer passiert.

Ich weiß nicht genau, wohin wir gehen sollten; der Präfekt sagte, das sehe man von einem Mal aufs andere, denn es hänge von den Entwicklungen ab. Er sagte, im Moment sei es mit meinen Berichten vorbei, die sich sehr weit vorgewagt hätten, und das sei bestens, er habe es geschätzt wie nie in

seinem Leben; aber jetzt müßten wir handeln, ob wir wollten oder nicht.
Ich glaube, auf unseren früheren Spaziergängen, die für mich so ruhig und sorglos und voll schönem geistigem Überschwang gewesen waren, war er dagegen von einem inneren Feuer erfaßt, das sich bis zur Ungeduld steigerte; und er dachte wohl an einen Plan, von dem ich nicht viel sagen kann, der ein Plan zum Angriff und zur Verteidigung war, das heißt, zuerst sollten wir versteckt bleiben und dann zum Angriff übergehen, um auch mich vor ich weiß nicht was zu schützen, um mich und meine geographischen Enthüllungen zu schützen, denn sonst würden sie, so meinte er, in dem Meer von Schwindeleien ertrinken, das uns umgibt.
In dieser Hinsicht drückte er sich jedenfalls nicht klar aus. Also folgte ich ihm mit Vertrauen. Und wir sind nicht weit gekommen. Er sagte, im Moment dürften wir uns nicht sehen lassen, denn wir seien jetzt Flüchtlinge.
»Leider«, sagte er, »hat darunter das Zimmer gelitten, hat die Einrichtung und das Bett darunter gelitten. Sie hätten die Zerstörung sehen sollen. Daher lassen wir uns jetzt lieber nicht sehen.«
Und wir gingen auf das erstbeste freie Feld; wir schlugen eine mehr als zweitrangige Straße ein, und fort waren wir!, schön langsam erforschten wir unsere Umgebung, wobei wir alles ansahen und nicht mehr soviel redeten.
Einige Tage lang passierte nichts, wenn ich mich recht erinnere. Nur was in der Nacht passierte, konnte ich anfangs nicht verstehen. Wir schliefen ohne festen Wohnsitz, denn das sei besser, sagte er; mich freute es, denn es war, als würde ich mich wieder auf den Weg zu den Brunnen machen.
Aber zum Beispiel schon in der ersten Nacht, als wir es uns in zwei Zimmern bequem gemacht hatten, die leer aussahen und so auch das ganze Haus, ein leeres, verlassenes Haus, wie man manchmal eines stehen sieht; in dieser ersten Nacht hörte ich auf einmal von nebenan, wo der Präfekt war, Schläge und dumpfe Geräusche, als gäbe es dort einen Kampf. Dann wieder Stille; und so schlief ich wieder ein.
Und aufs neue fuhr ich hoch durch ein lautes Plumpsen oder durch ein Gepolter, als würde etwas zertrümmert.

Danach paßte ich auf, ob ich noch etwas hörte, aber es wurde wieder still.
Oder ich hatte auch den Eindruck, als würde sich jemand vorsichtig bewegen und tuscheln, dann wieder ein lauter Schlag, bei dem ich hochfuhr, oder ein Knallen; danach Totenstille.
Und ein wenig zögernd legte ich mich dann wieder hin und wußte nicht, was ich davon halten sollte.
Nach einem solchen Krawall stand ich mitten in der Nacht auf, um nachzusehen, aber im Dunkel hörte man den Präfekten schlafen, nur daß er manchmal wahrscheinlich von selbst ein wenig brummte und ihn manchmal ein Traum leicht schüttelte.
Eine Zeitlang spähte ich so ins Dunkel, dann zog ich mich wieder zurück, und ich hatte noch keine drei Schritte gemacht, da ertönt ein schrecklicher Schlag wie ein Fausthieb auf die Bretter des Fußbodens und dann noch zwei Schläge, die mir klangen, wie wenn ein Holzprügel auf den Boden gefallen wäre.
Vor Schreck machte ich einen richtigen Sprung und lief sofort, um nachzusehen, was los sei, das heißt, ich versuchte in der Dunkelheit etwas zu sehen. Und es schien mir, als würde sich der Präfekt im Bett herumwälzen und jammern, aber im Schlaf. Er schien mir Wörter zu sagen und die Arme zu bewegen; aber man verstand und sah nicht gerade viel.
So verzichtete ich darauf, eine Erklärung für diese Geschichte zu finden, und legte mich wieder hin, fest entschlossen zu schlafen.
Und wirklich: Entweder ich habe geschlafen wie ein Stein, oder in der Nacht war dann nichts mehr los.
Am Tag darauf musterte ich den Präfekten, um zu sehen, ob er irgendwelche Zeichen an sich hatte, oder um zu sehen, ob etwas verriet, daß er etwas Unangenehmes erlebt hatte, vielleicht einen Alptraum oder Schlaflosigkeit. Aber er sah ruhig und wohl ausgeruht aus, und die Schläge schienen ihn nicht gestört zu haben. Da sagte ich mir: ›Wer weiß!‹ und dachte nicht mehr daran.
In der nächsten Nacht, aber auch in den folgenden Nächten höre ich wieder dieselben unerklärlichen Geräusche; aber

vielleicht, weil ich mich ein wenig daran gewöhnt habe, höre ich sie im Halbschlaf, ohne vollkommen wach zu werden. Und ich meine sogar, sie kämen aus einem Traum, denn ich träume von einem großen Feuer, das eine Art Haus verbrennt. Und wenn ich es anschaue, gibt es eine Explosion, als würde es mir gehorchen. Falls ich meinen Blick abwende, spüre ich die Wärme und das Knistern der Flamme; sobald ich es wieder anschaue, kommt aus seinem Inneren wieder eine Explosion. Und das wiederholt sich, sooft ich es anschaue, sieben- oder achtmal, glaube ich. Und ich wußte nicht mehr, ob die Geräusche aus meinem Traum oder aus dem Nebenzimmer kamen und durch meinen Traum verwandelt wurden.

Als wir eine Nacht in einem Garten schliefen, machte sich der Präfekt ein Nest in einem Blätterhaufen. Dann kroch er hinein und deckte sich auch seinen Kopf zu, so daß er ganz begraben und unsichtbar war.
Und er sagte: »Die Blätter sind sauber und halten warm.«
Also machte ich dasselbe in einem nicht weit entfernten Haufen; und ich muß sagen, es war eine sehr gute Idee. So erwarteten wir, jeder in seinen Haufen eingegraben, die Nacht. Und es wäre eine gute Nacht geworden, beinahe, als hätte ich in einem Bett gelegen; nur daß wie gewöhnlich aus dem Haufen, in dem der Präfekt lag, ein Geraschel kam, als würde sich einer ständig herumwälzen, und dann plötzliche Schläge, die dann in das Laub fielen; und ich glaubte Blätter herumfliegen zu sehen, wie von einem plötzlichen Wind oder einer Heugabel in die Luft gewirbelt.
Und ein wenig neugierig und zugleich besorgt, lugte ich aus meinem Loch hervor und schaute diesen Blätterbewegungen zu.
Am nächsten Morgen war der Haufen des Präfekten ganz verstreut, aber der Präfekt kam guter Dinge auf mich zu, als hätte er nie in seinem Leben besser geschlafen.
Da sage ich zu ihm: »Was ist eigentlich los in der Nacht? Da ist immer ein Tumult!«
Und der Präfekt: »Ach, Sie können nicht schlafen?«

Ich: »Doch, doch, ich schlafe schon. Aber bei Ihnen herrscht immer ein Durcheinander, daß ich nicht weiß, wie Sie es anfangen.«
»Das hört man, was?« sagt er mit einer halben Grimasse. »Na, denken Sie nur, ich bin besser geschützt, wenn ich schlafe, als wenn ich wach bin.«
»Geschützt wovor?« frage ich.
»Geschützt einfach. In dem Sinn, daß ich vor nichts Angst zu haben brauche. Auch wenn jemand um mich herumstreicht, Sie wissen doch, wie es ist, in der Nacht: Wenn man Feinde hat, dann braucht man nur zu schlafen, und schon kommen sie in aller Stille an und möchten dir wer weiß was antun: zum Beispiel die Alten, aber auch Leute anderer Art.«
»Ah«, sage ich, »dann machen die den Lärm?«
»Nein, sie sind ganz leise, sonst ist es ja mit ihrer Überraschung vorbei: Die kann man auf keinen Fall hören.«
»Aber wer ist denn das?«
»Das würde ich auch gern wissen. Aber in den vielen Jahren habe ich nur gelernt, mich zu wehren. In der Nacht gibt es nun niemanden mehr, der mir über ist.«
»Aber der ganze Lärm?«
»Wenn es Lärm gibt«, sagt er, »das bin sicher ich.«
Da war ich verwirrt und wußte nicht einmal mehr, was ich fragen sollte, denn der Präfekt schien der Sache kein Gewicht zu geben. Er hatte sich seine Jacke wieder angezogen und schaute, ob sie keine Falten hatte, dann bürstete er sie mit der Hand ab und strich sie glatt. Dann ging er zu einem nahen Brunnen, um sich frisch zu machen, und wohl gekämmt kam er zurück, nur rasiert war er nicht. Und indem er sich über den Bart strich, fragte er mich:
»Geht es noch so?«
Und nachdem ich ein Ja angedeutet hatte, fügte er hinzu:
»Morgen rasieren wir uns dann, nicht wahr?«
Aber ich wollte auf die nächtlichen Bewegungen und Schläge zurückkommen, die ich mir nicht erklären konnte, und sagte:
»Aber was passiert denn dann in der Nacht?«
Und er bleibt vor mir stehen, denn ich saß noch auf meinem Blätterhaufen, und beginnt mir zu erklären:

»Sehen Sie? Die Geschichte ist so. In meinem Hirn muß etwas lose geworden sein, zu meinem Glück, denn während ich schlafe, bleibt mindestens ein Bein oder ein Arm wach. Bei den anderen Leuten kommt das nicht vor; normalerweise schlafen sie alle mit allen Teilen.

Aber ich habe viele Jahre lang geübt: Das war, als ich der ganzen Präfektur nicht mehr traute; es war soweit gekommen, daß ich auch in der Nacht niemandem traute, nicht einmal in meinem Bett. Wer weiß, wozu die fähig sind, dachte ich mir.

Und da gewöhnt man sich daran, immer alarmbereit zu sein. Ich schlief, aber ich habe gelernt, mit einem Arm wach zu bleiben, indem ich ihn aushänge. Wenn man ins Bett geht und kurz vor dem Einschlafen ist, braucht man nur zu denken, der Arm ist der Schwanz einer Eidechse, der sich, selbst wenn er sich vom Körper loslöst und auf die Erde fällt, allein weiterbewegt wie ein Schlänglein und auf eigene Faust zum Beispiel mit einem Raubtier kämpft.

Das kann der Arm auch, aber er hat viel mehr Möglichkeiten, und er hat auch einen Intelligenzvorrat, der zehntausendmal größer ist. Wenn ich also die Augen zumache und schlafe, dann übernimmt der Arm die Wache, und wenn er Schatten hört, die in der Nähe des Bettes heurmstreichen, dann teilt er einige Schläge nach links und einige nach rechts aus, oft auch sehr kräftige. Und wenn er die Lage als zu gefährlich einschätzt und er schon alles versucht hat, dann weckt er mich auf.

Aber das ist der letzte Ausweg, und ehe es so weit kommt, ruft er den anderen Arm und die Beine zu Hilfe, die mit derselben Fertigkeit Fußtritte nach allen Seiten austeilen, immer wieder, so daß einer, den sie treffen, ziemlich übel zugerichtet wird.

Sie wissen doch, wie Pferde oder Esel sind, wenn sie scheuen und Sprünge machen wie eine Feder und gefährlich ausschlagen, wenn ihnen einer nahekommen will? So ist es in manchen Nächten, daß ich im Halbschlaf merke, wie Fußtritte, Schläge, Fausthiebe durch die Luft sausen, ich merke, wie Beine und Arme zusammen wilde Kämpfe und große Schlachten bestehen. Also kann ich nun an jedem beliebigen

Ort getrost schlafen. Und wenn ein Feind auch auf leisen Sohlen naht und mich rücklings angreift, der Arm schlägt automatisch los und pariert den ersten Schlag, auch wenn er tödlich wäre; dann liefert er einige kleine Gefechte, um andere Angriffe zurückzuschlagen, und wenn nötig gibt er mit dem Fuß einen letzten Tritt.

Als ich das noch nicht gelernt hatte, erwachte ich am Morgen immer ganz zerschlagen, und alles tat mir weh, weil sich jemand amüsierte, mich in der finsteren Nacht zu verprügeln. Ich sah den Schatten und leider spürte ich ihn auf meinem Kreuz. Aber wenn ich Licht machte, war nichts da.

Aber auch wenn das Licht an war und mir fielen die Augen zu und ich war einen Moment ohne Bewußtsein, zack! hatte ich einen Schlag entweder in den Rippen oder im Schenkelnerv oder im Rücken und schnellte hoch.

Und am Ende hatte ich nicht nur keine Sekunde geschlafen, sondern stand auf und war nur getreten worden. Sie können sich vorstellen, mit welchem Vergnügen.

Aber jetzt schlafe ich ausgezeichnet.«

Also, dachte ich, war der ganze Krach nichts anderes als die Schläge, die er mit Händen und Füßen austeilte.

»Aber wie kann man denn«, fragte ich ihn, »diese Methode lernen?«

»Zum Lernen braucht man Zeit und Übung«, erklärt er mir. »Aber die Idee, das muß ich sagen, die Idee, mich zu üben, habe ich von einem japanischen Samurai bekommen, ein berühmter Samurai. Er hatte eine Grundregel, und das war die: Man darf sich nie überraschen lassen, sonst ist man kein Samurai.

Er schlief auf zwei Stühlen liegend, einen hatte er unter dem Kopf und den anderen unter den Fersen, steif wie ein Stock. Seine Schüler mußten ihn jede Nacht unvermittelt angreifen, um ihn umzubringen, mit Schwertern, Dolchen, Rasiermessern, oft auch zu zehnt. Und er sagte: ›Habt keine Sorge, mich dabei umzubringen; nur so kann ich feststellen, wer von euch alle Geheimnisse des Kriegführens gelernt hat.‹

Natürlich schafften sie es nicht. Auf jede erdenkliche tückische und meuchlerische Weise griffen sie ihn an, indem sie aus großer Entfernung Seile, Schlingen, Pfeile, sich drehende

Klingen warfen; und er parierte jeden Schlag, ohne sich von den zwei Stühlen wegzubewegen, und am Morgen sagte er, er habe sehr gut geschlafen, aber irgendeine Mücke oder ein Floh sei um ihn herumgeschwirrt, und die habe er zerquetscht.

Er schlief auch auf einem Schemel sitzend, die Arme verschränkt in den Ärmeln seines Kimonos. Er sah aus, als wäre er kataleptisch erstarrt.

Seine Anhänger vereinbarten, ihm von einem Fenster aus einen Widerhaken mitten in den Rücken zu schießen. Es waren Leute, die sich leiser bewegten als eine Katze.

Aber sie hatten noch nicht einmal abgedrückt, da schnellte er schon los, weil er die Bewegung eines Fingers gehört hatte, und warf seinen scharf geschliffenen Säbel. Und wer von seinen Anhängern verlor, das war der langsamste. Er verlor einen Finger oder die halbe Hand.

Am Tag darauf sagte er dann im Unterricht: ›Bitte, werdet nicht müde, verliert den Mut nicht. Gestern wäre es euch beinahe gelungen.‹ Dann zog er sich zurück zum Beten und zum Meditieren.

Seine Schüler, vor allem die besten, warteten immer auf einen günstigen Augenblick, um ihm ein Bein zu stellen, und auf eine geschickte Bewegung, um ihm einen Zirkel ins Auge zu werfen oder mit einem falschen Lineal aus scharfem Stahl die Halsschlagader durchzutrennen.

So sind nämlich die Schulen in Japan, wo, da es auf der Welt soviel Feigheit und Verrat gibt, in der Schule alles erlaubt ist, damit der Lehrer zeigen kann, wie man sich wehrt und wie man gewinnt.

Er saß hinter seinem Katheder, nein auf einem Teppich, der ein Katheder sein sollte, und dort war er die Zielscheibe für jeden, der wollte, aber auf eigene Gefahr.

In Japan gibt es nämlich weder Noten noch Zeugnisse noch Beurteilungen; die braucht man nicht, denn die Eltern brauchen ihr Kind nur anzuschauen, wenn es aus der Schule kommt, und schon haben sie verstanden, ob es dumm und langsam war beim Lernen oder nicht. Sie erkennen es an den Spuren von Peitschenhieben, Schnitten und Verstümmelungen.

Jedenfalls geht man in diese Schule mit Nägeln, Schustermessern, kleinen Raketen und Tellereisen.
Einmal haben einige Sitzenbleiber dem Schemel des Samurais die Beine durchgesägt; aber als er sich darauf setzte und der Sitz zerschlug sich in tausend spitzige Splitter, blieb er unbeirrbar, wie wenn er wirklich sitzen würde. Und in dieser Pose hielt er seinen Unterricht, wobei er auch einen Messerstich mit dem Unterarm parierte und ebenso einen wahrhaft überraschenden Axthieb, den ihm ein Pedell oder einer, der diese Funktion ausübte, verpassen wollte, mit der Ausrede, er müsse ein Zirkular unterschreiben.
Tagsüber war er also unschlagbar, und er war es, ohne sich besonders anzustrengen.
In der Nacht hatte er seine Besten bei sich, das waren eine Art Interne, auserwählte Jünger, wie man in Japan sagt; er verfuhr nach der Methode der ununterbrochenen Erziehung.
Diese Schüler machten sogar ein Loch in den Fußboden, um ihn von unten zu treffen, sie zündeten die Schule an, während er schlief, und übergossen ihn mit Benzin; sie gruben Löcher unter seinen Schritten, um nur einiges zu nennen, und sie ließen den Dachbalken genau dort hinunterstürzen, wo er sich hinsetzte. Ganz zu schweigen vom ganzen Repertoire der traditionellen Fallen und Waffen, die aber für ihn ein Witz und Tagesroutine waren.
Wem es gelang, ihn auch nur zu streifen, der wurde belobigt. Die Schüchternen und Rücksichtsvollen wurden dagegen ihrer schlechten Leistungen halber von der Anstalt verwiesen, oder man riet ihnen, sich in ein Kloster zurückzuziehen. Seinem Lieblingsschüler Tanaki war es gelungen, ihm eine Wange zu enthäuten und ein halbes Ohr abzutrennen, mit einem nicht parierbaren Schuß aus einer Schleuder, abgeschossen, während er so tat, als würde er ihm ein Heft geben, aus dem beim Öffnen ein giftiger Widerhaken herausschnellte. Der Samurai war den Bruchteil einer Sekunde zerstreut, da er dem Heft ausweichen mußte, das ihm den Hals streifte, und deshalb neigte er den Kopf nicht genug zur Seite und wurde von dem tödlichen Pfeil aus der Schleuder gestreift.

Auf jeden Fall, wenn er voll getroffen worden wäre, hätte er einen Schädelbruch davongetragen.
Tanaki wurde dann feierlich belobigt, prämiiert und als Vorbild hingestellt, auch wenn er durch die automatische Reaktion seines Lehrers den Gebrauch von drei Fingergliedern und die Pupille des Auges verlor, mit dem er gezielt hatte.
Dann geschah es, daß die Schüler am Jahresende geprüft wurden, um zu sehen, was sie gelernt hatten. Das gab immer ein Blutbad, denn die Prüfungskommission kam von auswärts und schloß sich in ein Klassenzimmer ein, in das die Kandidaten einer nach dem anderen gerufen wurden, wobei man versuchte, sie sofort auf der Schwelle zu überrumpeln. Ein Kommissar stieg etwa auf den Architrav und stürzte sich mit einem eisernen Prügel auf ihn hinunter; oder während einer mit ihm focht, steckte ihm ein anderer einen Spieß zwischen die Rippen.
Gut war, wer zu parieren und zum Gegenangriff überzugehen verstand. Aber es liegt auf der Hand, daß das nur wenigen gelang. Die Schule galt daher als seriös und von hohem Niveau.
Die Schüler des Samurais zeichneten sich jedenfalls aus, und Tanaki soll die beste Figur abgegeben haben.
Als ihn alle drei Kommissare gleichzeitig von hinten anfielen, nachdem sie, um ihn zu verwirren, eine Puppe hinter das Katheder gesetzt hatten, traf er mit zwei in den Ellbogen versteckten Dolchen den rechten und den linken; dann wich er der Klinge des mittleren aus, die ihm nur ein wenig Schwarte abtrennte, und indem er sich schlagartig nach hinten drehte, schoß er mit einem sehr starken Belagerungsbogen und nagelte den mittleren an die Tafel.
Als die drei Kommissare wieder gesund waren, kamen sie eigens noch einmal, um ihm und auch dem Samurai, seinem Lehrer, zu gratulieren und ihm den Ehrendoktor zu verleihen.
Da also habe ich gelernt, bei dem alten Lehrer, der immer unschlagbar geblieben ist; und er konnte schlafen und zugleich allzeit bereit sein.«

Jetzt glaubte ich zu verstehen, was in der Nacht los war, und daher habe ich mich auch beruhigt.
Der Präfekt erzählte mir diese ganze Geschichte, ohne ihr großes Gewicht zu geben, beinahe mit einem gewissen Lächeln, denn es handelte sich um Dinge, die ihm keine Sorgen mehr machten, im technischen Sinn.
»Nun bin ich selbst schon ein Lehrer«, sagte er zu mir.
Ich fand die Idee sehr listig. Das sagte ich ihm, und er antwortete mir:
»Ja, das ist eine meiner Listen, sonst kann man ja nicht mehr in Ruhe leben.«
Und so sprang auch ich aus den Blättern, zupfte meine Kleidung zurecht, brachte sie in Ordnung, bürstete die kleinen Zweige und Rispen weg, die noch daran hingen. Und da dort Weintrauben wuchsen, aßen wir heiter davon. So fühlte ich mich nachher, als wir Seite an Seite weitergingen, ermuntert und zufrieden.
Ich fragte ihn, ob ich auch diese automatische Kampfmethode lernen könnte. Da sagte er, lernen könne man es, wenn man wolle; früher oder später könne man es dann. Aber es sei keine Sache, die sich an einem Tag erledigen lasse, und außerdem müsse man in gewissem Sinn beinahe dazu gezwungen sein.
Wir gingen zwischen einer Wiese und einem Weinberg. Dann kam ein Feld mit Auberginen, und wir blieben stehen und schauten sie an.
»Gezwungen?« fragte ich.
Und er erklärte mir, er werde seit geraumer Zeit jede Nacht von den Alten gestört, nur um der Sache einen Namen zu geben.
»Die Alten«, sagte er, »steigen auch durch das Fenster ein und kriechen unter das Bett und kommen, um mich zu belästigen.
Sie berührten mich mit Federn, nur ganz leicht. Aber wenn man schläft, das wissen Sie ja selbst, wie empfindlich man da ist. Sie drängten sich um mein Bett, einige saßen auch auf dem Kopfende und auf dem Nachttisch, sie tranken mein Wasser aus und ließen in einem fort den Lichtschalter hinunterfallen. Dann zogen sie meine Pantoffeln an und

schauten in meine Brieftasche hinein; sie blieben die ganze Nacht und kramten in meinen Sachen herum, und ich hörte in einem fort in der Schublade wühlen, immer mit großer Vorsicht, aber das war mir noch lästiger.
Sie tuschelten miteinander, und der Geruch ihres Atems schlug mir ins Gesicht, denn ich glaube, sie kamen mir ganz nahe, um nachzuschauen, ob meine Lider geschlossen waren, sogar in zwei oder drei Zentimeter Nähe; sie atmeten mir den ganzen Sauerstoff weg und hinterließen einen Gestank, der meiner Ansicht nach auch ansteckend war.
Und indessen kitzelten und stachen sie mich weiter mit Strohhalmen. Und sie schafften es auch durch die Matratze und die Decken hindurch, und auch durch das Kopfkissen. Sie kamen mit irgend etwas in meine Nase und in meine Ohren, so daß ich im Bett hochfahren, mich kratzen und das Bettuch kontrollieren mußte.
Und ich merkte, wenn ich plötzliche und ein wenig geräuschvolle Gesten machte, dann waren sie auf und davon, wie ein Nebel lösten sie sich auf; ich machte Licht, und niemand war da.
Dann aber begann es wieder von neuem, und sie drückten sich wieder um mich zusammen, in der Dunkelheit, und ich sah zwischen meinen Wimpern ihre Schatten und vor allem spürte ich ihren Atem, der nach Schimmel und Ausdünstung roch.
Es war eine schreckliche Zeit, als ich noch ein normaler Präfekt war.
Wahrscheinlich gelang es ihnen auch, mich mit Fäusten zu schlagen, denn ich stand am Morgen immer mit zerschlagenen Gliedern auf und mein Körper war ein einziger blauer Fleck.
Da sagte ich eines Nachts, das weiß ich noch, ›Jetzt reicht es.‹
Ich hörte schon eine Stunde lang meine Schuhe quietschen und scharren, und sie verstärkten ich weiß nicht wie das Tikken meiner Uhr: vielleicht durch ein Rohr, das sie mir fast ins Ohr steckten. Dann begannen sie mein Bettuch und die Decke auf eine Seite zu ziehen, damit sie hinunterfielen; und ich zog sie wieder über mich, und sie ließen sie schön lang-

sam noch einmal auf die Bettvorlage hinunterfallen. Und sie zogen auf ihre unmerkliche ununterbrochene Weise, und ich versuchte mich noch einmal einzuwickeln, aber es ging nicht, bald war ich wieder abgedeckt.

Daher sagte ich nach zwei Stunden Hin und Her ›Jetzt ist es genug‹, und als ich spürte, daß sie alle über mich gebeugt waren und mich anhauchten, ließ ich meine Faust durch die Luft schießen und schlug mit den Beinen aus wie ein Pferd. Na, nach vier Sekunden hatten sie sich verflüchtigt, und endlich konnte man aufatmen.

Und so habe ich gelernt, wie man's macht.

Wenn ich die Truhe knarren höre, oder wenn mein Bett schwankt, oder ich höre, daß jemand in meinen Jackentaschen herumkramt, komme ich ihnen zuvor und lasse Schläge wie Säbelhiebe durch die Luft pfeifen. Anders geht es nicht.

Dann habe ich gelernt, es auch so zu machen, ohne aufzuwachen und aus allen Positionen. Ein Arm fängt allein an; oder auch ein Bein mit einem Fußtritt. Und das genügt, um mir Respekt zu verschaffen.

Einmal versuchten sie mir einen Fuß unschädlich zu machen, indem sie sich mindestens zu zwanzigst oder dreißigst dran hängten, aber dann ließ ich sie hochfliegen wie Stroh oder einen Haufen Blätter; und als sie wieder herunterfielen, gab ich ihnen den letzten Stoß, eine Spezialität von mir, einen raschen Doppelstoß mit den Beinen.

Aber Sie werden verstehen, wenn es mehr als zweihundert oder dreihundert sind oder gar Tausende, wie in der letzten Nacht in der Stadt, dann reichen meine Arme und meine Beine nicht aus und auch nicht meine ganze Kühnheit.

Da wäre selbst der japanische Samurai davongelaufen, denn wenn es so viele sind, kleben sie an dir wie Marmelade und alle Bewegungen sind sinnlos.

Ohne aufzuwachen kann ich bis zu vierzig besiegen; im Bett sitzend bis zu hundert. Wenn es mehr sind, setze ich mich rittlings auf die Tür und greife sie, während sie zur Tür hereinkommen, frontal mit einem eisernen Schäufelchen an, das ich eigens zu diesem Zweck dort aufbewahre, oder mit den Hosenträgern, die sind, das werden Sie mir nicht glauben, schlimmer als eine Reitpeitsche, und sie fürchten allein schon deren Anblick.

Auf jeden Fall sind solche Invasionen sehr selten; denn, Sie werden verstehen, das bringt auch für sie schwierige Probleme mit sich, Einberufungen, Strategie, Verpflegung und dann die Koordinierung in der Dunkelheit.«

»Aber ich verstehe nicht«, sagte ich zu ihm, »ob diese Versuche etwas nützen?«

»Natürlich, die wollen mich kleinkriegen. Das sind entscheidende Versuche dazu. Aber normalerweise sind unter diesen Alten einer, zwei, höchstens drei, die nur der Belästigung halber mitmachen. Jetzt, sehen Sie?, machen sie es, um mich zu beschatten: Sie kommen ganz nahe heran und hoffen, daß ich im Schlaf rede. Aber was sie wissen wollen, weiß ich auch nicht. Das sind die hiesigen alten Männer, die hier zu Hause sind, sie gehen nachts auf die Straße, um zu sehen, was los ist.

Sie legen mir ihr Ohr auf den Mund, ganz leise, um meinem Atem nachzuspionieren oder etwaigen Geräuschen oder Träumen. Verstehen Sie, was für Dummheiten?

Aber es braucht fast nichts, und schon merke ich es; dann kriegen sie zwei Schläge und fertig.«

Das war die vollständige Darlegung, vorgebracht, während wir zwischen den angebauten Feldern und der Vegetation weitergingen und eine Sonne schien, die weder zu warm noch zu kalt war, sondern genau richtig, so wie wir es brauchten.

Alles aber sollte in einer Kneipe eine unerwartete neue Wendung nehmen.

Die unerwartete Wende in einer Kneipe

Und unter diesen Reden kamen wir zur asphaltierten Straße, aber auch die war eine Nebenstraße und nicht sehr belebt. Wir gehen am Rand, einen Straßengraben und eine hohe, schräg abfallende Hecke entlang, die uns Schatten spendet.

Und ich erinnere mich noch, daß nach einer Kurve, die uns die Sicht versperrte, zu unserer Überraschung plötzlich ein einstöckiges Haus vor uns auftaucht, auf dem vorne geschrieben steht, daß es ausgerechnet eine Pizzeria sein soll. Und das Haus ist außerdem auch ein Neubau, sehr neu.

Wir schauten uns an, der Präfekt und ich, und wir dachten: ›Unglaublich!‹ Und er schüttelte den Kopf, als wollte er sagen: ›Selbst hier schon! Na ja!‹

In Anbetracht dessen aber, daß es schon spät am Vormittag, vielleicht schon zwölf Uhr Mittag oder ein Uhr war, und uns, wenn auch bei guter Gesundheit, eine Rast nottat, meint der Präfekt: »Hier können wir uns jedenfalls einmal stärken.«

Und um dieses Haus zu beschreiben, nur um mich verständlich zu machen, könnte ich sagen, daß es aussah, als wäre es in aller Eile vor einer Stunde hingebaut worden. Es sah sogar aus, als wären wir ein wenig zu schnell gekommen, mit einer zu großen Verfrühung, und als wäre es deshalb nicht ganz fertig geworden. Die eine Hälfte war nämlich zum Beispiel ganz ohne Verputz geblieben, und man sah die neuen, sauberen Ziegelsteine unbedeckt und frisch zusammengemörtelt. Aus einer gemauerten Außentreppe, die zum ersten Stock hochführte, ragten die Eisenstücke des Stahlbetons heraus, vielleicht für ein Geländer, das nicht rechtzeitig zu Ende gebracht worden war. Und das Schönste war, daß die Treppe ins Nichts führte, auf einen Treppenabsatz oder einen Balkon, der nicht da war; und die Tür, die einen Meter weiter vorne war, ging ins Leere.

An der Seite und hinten standen jedoch große Bäume, wenigstens auf den ersten Blick; eine Eiche war wie eine hundertjährige Eiche mit diesbezüglichem Efeu rundherum. Und wenn man den hinteren Teil des Hauses ansah, so bot er tatsächlich einen ganz anderen Anblick: Er sah aus wie ein altes Bauernhaus, das seinen Verputz hatte, nur war er mit der Zeit und durch die Unbill der Witterung ein wenig abgeblättert. Ein Hühnerstall, ein Gemüsegarten und ein weit ausladender Feigenbaum an der Mauer mußten da sein sowie andere Haustiere, die herumspazierten und etwas von der Erde aufpickten. Also hätte das Haus von hinten gar nicht künstlich ausgesehen, sondern gut an diesen Ort gepaßt.

Vorne dagegen ist es, als hätte man ihm der Attraktion halber die Fassade einer Pizzeria aufgesetzt; und es sah aus wie Ziegelsteine und Beton mit Eisenverstärkung; aber es konnte sich ohne weiteres um die übliche bemalte Pappe handeln. Die Glastür aus Plastik, das Funkeln der verchromten Teile, die bunten Abbildungen der Kuchen und Eissorten, die Aufschrift Pizzeria oben in orangefarbenem Neon. Auf dem Vorplatz stand ein Strandsonnenschirm mit zwei Stühlen und der kleine Lieferwagen eines fliegenden Händlers.

Insgesamt erschien es wie eine Herberge, die man zur Mittagszeit eigens auf unserem Weg hatte errichten lassen, um uns hineinzulocken; sicherlich aber mit allzu großer Eile hingestellt, so daß man nur halb fertig geworden war, offensichtlich. Außerdem war es nach den naiven Kriterien der Landbevölkerung errichtet, so daß wir den Trick mühelos durchschauten.

Der Präfekt sagt also: »Gehen wir ruhig hinein«, denn wir wollten uns ja stärken.

Und nun versuche ich genau zu sagen, wie alles nacheinander geschehen ist.

Der Präfekt sagte mir nachher, er sei seiner Nase gefolgt; und ich muß zugeben, daß wir tatsächlich dort in etwas hineingerieten, das seine Folgen zeitigen sollte.

Beim Eintreten hatte der Präfekt mit einem Blick, den er nun schon klinisch nennt, in dem Sinn, daß er jeden durchschaut und merkt, wer er ist und wer er nicht ist, wie sehr er sich auch vermummen mag; beim Eintreten also erschien alles so: Das war die übliche Kneipe aus bedruckter Pappe, nach allen Regeln der Kunst gemacht, damit sie sich nicht

verraten sollte. Es war aber, um die Wahrheit zu sagen, alles funkelnd und verchromt, ich glaube, weil es den Landleuten so genügt, denn besonders raffiniert sind sie ja nicht.
Alsdann: Dort saß irgendwo ein junger Mann, der, das sah man genau, seinen Gedanken nachhing, ein schöner, melancholischer junger Mann mit einem schönen, geistvollen Gesicht. Und er machte den Eindruck, als sei er zufällig da hineingeraten und habe sich dort hingesetzt, ohne darauf zu achten, wer sonst noch da war, nur weil er Durst oder Hunger hatte. Und so war es ungefähr auch mit uns, denn wir waren Auswärtige.
Am Ende des Lokals dagegen saßen zwei, die Schach spielten, glaube ich. Und von diesen beiden rede ich gar nicht, denn es waren Einheimische und sie gehörten zur Kneipe; das sah man kilometerweit.
Wir gingen als normale Kunden hinein, und an der Theke sah man sofort einen stehen, der war ein wenig blond und slawisch, von undefinierbarem Alter. Und eher als das Alter mußte man erkennen, das ist wohl ein Händler, weder alt noch jung.
Auf jeden Fall sah man, auch er gehörte hier dazu; ich meine nicht, daß er unausgesetzt hier gewesen wäre, aber er konnte seine Rolle wie am Schnürchen; er spielte nämlich einen, der sein Bier zur Hälfte getrunken und dann wieder auf die Theke gestellt hat und sich nun ausruht, ehe er es ganz austrinkt. Aber inzwischen sieht er sich um.
Das war also die Szene, die wir vor Augen hatten, als hätte sie dort auf uns gewartet.
Und als wir eintraten, genügte ein Blick zwischen mir und dem Präfekten, um uns über die Lage drinnen zu verständigen.
Ich hatte meine Beobachtungskunst von Nestor gelernt, nach der Geschichte mit seinem Dampfroß. So hatte ich nämlich geschlossen, daß sich der stehende Slawe Manoli nennen ließ, weil vor der Kneipe der kleine Lieferwagen stand, der ganz gewiß zu seiner Verkleidung gehörte. Auf diese Weise gab er sein Gewerbe bekannt. Der kleine Lieferwagen war voll Waschmittel, Mottenpulver, Teppichklopfer, Bohnerwachs und so weiter, auch Schwämme gab es,

Saugnäpfe, Seifen und auch Schüsseln, Töpfe und Reibeisen und so weiter und so weiter, wie man sich vorstellen kann. Und an der Tür stand geschrieben: ›Manoli‹ und darunter: ›Bazar‹.

Also als erstes setzten wir uns dort nieder, nachdem der Präfekt, egal ob diese Kneipe nun echt war oder nicht, seine Bestellung bei einem Fräulein aufgegeben hatte, das nach unseren Wünschen gefragt hatte.

Und während wir warteten, hatten wir uns beide nebeneinander hinter einen Tisch gesetzt, und gegenüber hatten wir an einem anderen Tisch den jungen Mann, der, glaube ich, einen Imbiß zu sich genommen hatte und noch nachdenklich den Zahnstocher im Mund behielt.

Und ein wenig weiter links hatten wir den Slawen vor uns, der dagegen die Augen hierhin und dorthin wandte, damit ihm nichts entging.

Und da die Inszenierung ganz offen zu sehen war, und der junge Mann mittendrin saß, aber nicht darauf achtete, ja sogar, wie man erkennen konnte, nicht im geringsten daran dachte, mußte der Präfekt lachen und ein wenig auch ich. Vor allem wegen so großer Naivität; und dann, weil die ganze Inszenierung sich vor uns entfaltete und er nicht einmal hinschaute.

Da redet ihn der Präfekt an, weil es ihm, glaube ich, sympathisch war, ihn so außer der Welt und unbewußt da sitzen zu sehen; und in einem Augenblick, in dem er aufschaut und den Zahnstocher auf die andere Seite schiebt, sagt er zu ihm: »Sie sind wohl nicht von hier?«

Und der junge Mann: »Nein.«

»Das sieht man«, sagt der Präfekt, und wir lachen.

Dann kommt die Wirtin und bedient uns auf eine sehr feine Art, so daß man ihr ein Kompliment machen möchte; sie hat hochgekämmtes rotes Haar, ein Dekolleté mit gehöriger Brust und ein glänzendes Kleid; die war schon eher eine Schönheit nach meiner Meinung, selbst auf den ersten Blick, wenn ich so zurückdenke.

Inzwischen trinkt der Slawe einen Schluck Bier und stellt sein Glas wieder zurück, und die zwei Spieler dort hinten machen unbeirrbar weiter. Eine Gesellschaft, in der jeder gewöhnt ist, brav und gewissenhaft seine Rolle zu spielen. Und der junge Mann sitzt da und achtet nicht einmal auf das, was um ihn gespielt wird, und hält alles für normal, nicht der Beachtung wert; und wenn man so hinsah, schien es ja auch so.

»Sie gehören nicht zu der Bande, was?« sagt der Präfekt zu ihm, während wir die Fleischbrühe essen.

Und der andere ist unsicher, ob er richtig verstanden hat, und sagt: »Ich?«

Der Präfekt lacht wohlwollend und fordert ihn auf: »Kommen Sie her, dann bringe ich Ihnen etwas bei.«

Und der sagt nicht nein; in aller Ruhe schiebt er seinen Stuhl an unseren Tisch und setzt sich uns gegenüber, während der Slawe, das heißt der fliegende Händler Manoli, uns beobachtet.

Und damit wären wir so weit: Der Präfekt möchte den Jungen warnen und fängt an zu reden, wobei er aber ziemlich weit ausholt, um ihm zu sagen, auch wenn es nicht so aussehe, merke man doch, sobald man genau hinsehe, was dahinter stecke.

»Das sagt Ihnen unser lieber Savini« und zeigt auf mich, der ich neben ihm sitze.

Da höre ich mit dem Suppenessen eine Weile auf, behalte aber den Löffel in der Hand, und versuche ihm zu sagen, daß »... überall, wo man gewöhnlich hinkommt oder wo man vorbeigeht, die Leute ausgemacht haben, alles so laufen zu lassen, daß es aussieht, als laufe es von selbst. Aber sie tun nur so.«

»Schauen Sie nur hier zum Beispiel«, sagte ich, »würde man gar nichts merken.«

Und der Junge hatte schon begonnen, sich sehr zu interessieren, so schien es mir, auch wenn ich vielleicht beim Essen nicht alles gebührend erklären konnte.

»Das heißt«, fügte der Präfekt hinzu, der seinen Teller schon leergegessen hatte, »das heißt, die Leute schwindeln gern. Weil sie, sehen Sie?, dafür prädestiniert sind.«

Und anstatt verwirrt zu sein, sagte der junge Mann, ja, auch er wisse von Dingen, die bewiesen, daß seit langer Zeit geschwindelt würde.

An diesem Punkt sagt der Präfekt zu mir: »Ein aufgewecktes Bürschchen.«
Und zu ihm: »Was machen Sie, entschuldigen Sie, nur aus Neugierde?«
Und es stellt sich heraus, daß er Student ist und freitags und auch an anderen Tagen hierher zum Essen kommt. Und um es kurz zu machen, wir haben uns über verschiedenes unterhalten, und der Student sagte, es sei wahr, man dürfe überhaupt nichts glauben.
Der Präfekt hörte mit großer Hochachtung zu und wiederholte:
»Aber man muß auf der Hut sein« und schaute mich an, damit ich es ihm bestätigte, was ich prompt tat.
Und während wir über diese Themen redeten, spitzte der Slawe die Ohren, das war klar, und dort an der Theke, wo er lehnte, entging ihm keine Silbe, so genau folgte er der Unterhaltung.
Dann sagt der Student:
»Aber manchmal jedenfalls, wenn man entdeckt, wie die Dinge stehen, tut es einem leid, und man sagt: Hätte ich das doch nicht entdeckt!«
Das überraschte uns sehr: »Wie meinen Sie das?« fragten wir ihn.
Und er: »Hätte ich es doch nicht entdeckt«, wiederholte er, »denn nachher lebt man auf der Welt wie im Knast.«
»Savini, wir sind so weit. Haben Sie das gehört?« sagte der Präfekt leise. »Das ist ein Student comme il faut.«
Und er schob seine Hand über den Tisch und berührte ihn am Ärmel, was heißen sollte: ›Wir drei verstehen uns‹, und er brauche keine Angst zu haben.
Und während wir mit großer Beteiligung warteten, wie es weiterginge, da geschieht es, daß der Slawe mit seinem Bierglas in der Hand näherkommt und irgendeinen Satz sagt, etwas leicht Allgemeines: daß man im Knast viel Zeit habe, sogar zuviel, und daß man weniger haben möchte. Und um zu zeigen, daß er lächelt und Spaß macht, kräuselt er seine Haut rund um den Mund, und ich hätte schwören können, daß er mit einem selbstklebenden Lack geschminkt war; und man sah einen Zahn aus versilbertem Metall, und seine

Haare waren wohl eine klassische Perücke, eine von denen, die in der Mitte der Stirn anfangen.
Dieser Manoli kommt also näher und stellt sein Bier auf unseren Tisch, weil er auch an der Unterhaltung teilnehmen möchte.
Der Präfekt schaut mich an; ich war an seiner Seite. Er schaut mich an, als wollte er sagen: ›Nun ist es wieder einmal so weit, wie gewöhnlich.‹
Und auf den Slawen wirft er einen Blick, der wenig Vertrauen und noch weniger Sympathie ausdrückt und so zu verstehen ist: ›Meinst du, ich erkenne dich nicht hinter deinem Slawengesicht, hinter deinem Spionsgesicht?‹
Aber dieser Manoli achtet nicht darauf oder achtet absichtlich nicht darauf. Und es ist, als fühlte er sich, nachdem das Wort Knast gefallen war, gerufen, um seine Kenntnisse auszubreiten, so daß er, als wir innehalten, um ihn anzusehen, schon bei uns am Tisch sitzt. Er ist zwar ein wenig vom Tisch abgerückt, aber im wesentlichen sitzt er da, um mit uns zu reden. Und da begann er auf einmal mit einem Bericht, den ich nicht einzuschätzen wüßte, so außergewöhnlich und unvorhersehbar war er. Man fragte sich automatisch: ›Aber was erzählt denn der?‹ Und ich glaube, daß es sich jeder von uns dreien fragte, während wir gespannt waren, worauf er hinauswollte. Wenn ich auch schon sagen kann, daß es schlecht ausgehen sollte, oder zumindest mit einer großen Verwirrung.
»Als ich im Gefängnis war«, fing der Slawe Manoli von selbst zu erzählen an, »da habe ich etwas gesehen, das könnt ihr euch nicht einmal vorstellen. Da war einer, der hieß Capone, und der hatte ein Ding, das war mehrere Nummern zu groß, eigentlich jenseits aller Maße. Und weil niemand glaubte, daß es so etwas geben kann, standen sie Schlange, um es zu sehen.«
Wir machten große Augen vor Staunen, und er fuhr fort: »Ich sage es euch, es war etwas Unförmiges, das er auf die Kissen legte. Im Vergleich dazu ist eine Python winzig; es sah aus wie eine Art Stamm aus einem Elefantenkörper, ganz unheimlich, und wenn man in der Nacht davon träumte, war es ein schrecklicher Alptraum.«

So sagte er: Man stelle sich vor, was für ein Gesicht wir machten. Und er fuhr fort:

»Als er ins Gefängnis kam, nachdem sie ihn verhaftet hatten, rannten alle um die Wette, um ihn anzusehen. Ihr könnt es euch nicht vorstellen; sie kamen lärmend in Gruppen von zehn bis zwanzig Personen. Man hörte, wie die Zelle aufgeschlossen wurde, und dann wurde es mäuschenstill. Niemand lachte, niemand regte sich, denn es war ein Schauspiel, das niemand erwartet hatte. Das Ding war mehr als majestätisch; ein halbes Wunder, wie es, glaube ich, niemand an keinem Ort je wieder zu sehen bekommen wird.

Und er war ein kleines Männchen, ein Buckliger, verschwindend klein im Vergleich dazu. Ihr könnt es euch nicht vorstellen.

Im Grund genommen war er ein guter Mensch. Er hatte diese Last zu tragen, mitzuziehen, die nicht obszön war, denn es war eher eine Art Pottwal, ein Walfisch von der größten Sorte. Da war nichts zu machen, denn er hatte es so von der Natur bekommen.

Halb liegend weilte er in seiner Zelle und mit einer Decke zugedeckt, denn es fror ihn immer an den Schultern. Und er schaute seine Schergen mit traurigen Augen an, ohne sich der Neugier zu widersetzen. Aber am Ende respektierten ihn alle, denn es war kein Scherz, sondern ein wahres Wunder.«

Als wir diese Reden hörten, waren wir bestürzter denn je; darüber daß uns dieser blonde Schlawiner solche Sachen erzählte, und außerdem von einer Art, die man kaum glauben konnte, wenigstens kaum hundertprozentig. Aber wir hörten ihm zu, denn seine Schamlosigkeit war wirklich verblüffend.

»Die Aufseher«, sagte er, »beobachteten ihn unentwegt schichtweise durch das Guckloch, denn sie konnten nicht glauben, daß er echt war. Und er jammerte manchmal, denn das war eine Strafe, die schlimmer war als das Gefängnis. Dann kam der Kaplan zu ihm und tröstete ihn; das Leben sei eine Qual, sagte er, und er habe diese Last auferlegt bekommen und er solle sie gottergeben mitschleppen, später würde er ewigen Lohn dafür erhalten.«

Wir schauten einander an, denn ehrlich gesagt hätten wir uns alles erwartet, nur keine solche Geschichte.
»Was sagen Sie da?« fragt der Präfekt mit einer finsteren Miene, die nichts Gutes versprach.
Aber der machte weiter, ohne aus der Ruhe zu geraten, wobei er einen silbernen Zahn sehen ließ.
»Ich sage, daß er diesen maßlos langen Rüssel rund um den Gefängnishof mitschleppte, und dann ging er mit seinem sperrigen Stück wieder hinein, beinahe völlig erschöpft und untröstlich. Und er behandelte es wie ein Neugeborenes, auch wenn es ein Riesenbaby war. Darum hatte er eine Zelle ganz für sich, wo er es pflegen und für alle seine Bedürfnisse sorgen konnte. Denn dieses sein Ding war allein völlig hilflos, wie gestorben oder nur mit vegetativem Leben ausgestattet. Und er war praktisch sein Pate und seine Amme.«
»Aber wieso war er im Gefängnis?« fragte ihn der Student, der sich wunderte und seine eigenen Enthüllungen ganz vergessen hatte.
»Er soll ein Wegelagerer gewesen sein, aber er war auch eine Persönlichkeit von Rang gewesen, als er am Leben war, eine Eminenz, die Befehle erteilte; und er hatte es genossen, sein Leben. Vielleicht hatte er damals das sperrige Stück noch nicht. Er bekam es auf einmal, und es wurde immer größer, aber es half nichts dagegen: entweder sein schlechtes Leben war schuld, oder es stand schon in den Sternen geschrieben. Es scheint aber, als hätte ihm das ungeheure Anhängsel schön langsam das Leben aus dem Leib gesogen. Das heißt, als wäre es grenzenlos gewachsen, zum Schaden seines Besitzers. Und als wäre es, um gesund zu bleiben, von unendlicher Gefräßigkeit gewesen, was das Lymphsystem belastete.
Das Ding wuchs, versteht ihr?, und der kleine Bucklige wurde immer schmächtiger: Er wickelte sich in dicke Dekken wegen seiner Blutarmut; so daß sich sein Kopf kaum vom Rumpf abhob und seine Haare einen Heiligenschein bildeten.
Aber sein Leben war nun schon wie das eines heiligen Einsiedlers, und er bat uns um Verzeihung für seine herzlose Vergangenheit, als er ein Mächtiger gewesen war. Denn

außerhalb des Gefängnisses war er entsetzlich gewesen, ein Buckliger ohne Erbarmen, ein Egoist, ein Angeber mit häßlichen Lastern, und er liebte die Frauen im Pelz und das liederliche Leben.«

»Was für eine Geschichte erzählen Sie mir da?« unterbricht ihn der Präfekt. »Wie soll das möglich sein?« und er war sichtlich aufgebracht, wenn er auch weiter zuhörte, weil er sehen wollte, worauf es hinauslaufen sollte.

»Nur um Ihnen zu sagen, wie gut er war«, fing der Slawe wieder an, »einmal habe ich mit eigenen Augen gesehen, wie zwei Delinquenten sich über ihn lustig machten und die schlimmsten Obszönitäten sagten, ihr versteht mich doch?, denn sie kamen einem ohne weiteres in den Sinn. Und die beiden führten eine Art Komödie auf, um alle zum Lachen zu bringen. Aber er, Capone, reagierte überhaupt nicht, er blieb ergeben und wehrlos, schaute auf die andere Seite, hatte den Kopf in den Kragen zurückgezogen in seiner unendlichen, entwaffnenden Verdrossenheit. Also haben die beiden schließlich gestritten, und da schaute sie Capone ohne jeden Ausdruck an. Und so ging es immer: daß er sich durch seine Zahmheit beinahe in Vergessenheit brachte.«

»Aber was soll das heißen?« sagte der Präfekt immer nervöser.

Und der: »Nichts soll es heißen, ich sage nur, was wahr ist.«

»Aber entschuldigen Sie, tun Sie mir den Gefallen, das sind lächerliche Witze, noch dazu von zweifelhaftem Geschmack. Es hat Sie niemand darum gebeten«, und er schaute uns an, damit wir ihm beipflichteten; aber wir, ich und der Student, waren verstummt.

»Und außerdem«, sagt der Präfekt noch; »daran ist kein wahres Wort.«

»Doch, im Gegenteil«, antwortete der andere, »wenn Sie es wissen wollen, das Ding nahm zu und wurde immer größer und größer, denn offenbar verschlang es den ganzen Fraß. Und nun war es etwas, das man sich nicht vorstellen kann, ein halber Berg; und man bekam Angst davor.

Außerdem verschwand der Bucklige nach und nach, denn er wurde aufgesogen. Und er schaute die Besucher mit flehen-

den Augen an, schweigend er und schweigend auch sie, er nur mehr ein Schatten seiner selbst.«
»Aber das ist verrückt, das ist unappetitlich«, sagte auf einmal der Präfekt.
Ich hatte ihn noch nie so wütend und so empört gesehen. Er saß da, als wollte er immer gerade aufstehen und weggehen, als würde er ihm noch einen letzten Satz zugestehen, um zu sehen, ob dieser vielleicht ein klein wenig vernünftiger wäre. Und in seinem Gesicht stand die Abscheu vor diesem schmierigen, unappetitlichen Kerl und seinen so unwahrscheinlichen wie gewaltigen Schändlichkeiten.
Aber er hörte weiter zu.
Meinerseits aber, wenn ich die Wahrheit sagen soll, hörte ich ihm ziemlich beeindruckt zu und dachte:
›Donnerwetter, wer hätte je so was gedacht!‹
Auch der Student schien mir so zu denken.
»Sie verschonen uns damit besser«, sagte der Präfekt, »das ist nicht nach meinem Geschmack, wo denken Sie hin? Wissen Sie denn sonst nichts als solche Geschmacklosigkeiten?« Er konnte nicht mehr ruhig auf seinem Stuhl sitzen: »Das ist doch peinlich, da werden Sie mir recht geben!«
Und der Slawe: »Ja, kann sein, daß es peinlich ist. Aber man stand Schlange, um ihn zu sehen. Stellen sie sich vor: ein Buckliger im Gefängnis mit diesem Berg neben sich, der doppelt soviel wiegt wie er.«
»Verflucht nochmal«, der Präfekt hält sich nun nicht mehr zurück, »gehen Sie doch in eine Kaserne mit Ihrem albernen Geschwätz! Was glauben Sie, daß ich davon halte? Ich sage, das ist erschwindelt, lauter Schwindelcien der schlimmsten Sorte.« Dann fügte er aber auch hinzu: »Aber wie kann man so etwas in einem Gefängnis gestatten, sage ich?«
Darauf hatte der Slawe nur gewartet, um fortzufahren.
»Ja«, sagte er, »sie wollten nämlich auf einmal verstehen, was es war. Denn während der Bucklige immer schwächer wurde, war das andere Ding äußerst vital und bei bester Gesundheit; so daß man im Gefängnis vermutete, es handle sich um einen bösartigen Parasiten von nie gesehenen Ausmaßen, der ihn befallen hatte. Dann wurden Experimente

und Messungen gemacht, und dem Buckligen sagte man, das Beste wäre eine Nekropsie. Ihr wißt, was das ist.
Aber er bat mit schwacher Stimme: ›Jetzt noch nicht, ich bitte euch!‹
Da versuchte man es mit den magnetischen Wellen, um auf den Kreislauf einzuwirken und das Ding ausdörren zu lassen. Ich erinnere mich, daß man ihn an ein Gerät anschloß, das zweiarmiges Elektrometer hieß, ein schwerer Appparat, auf einem Wagen mit drei Rädern.
Und er, dieser Capone, ließ alles über sich ergehen, denn man sagte ihm, das sei für den Fortschritt der Wissenschaft. Dann machten sie ihre Diagnosen: es sei unempfindlich, es sei eine Venenentzündung mit Thrombose, es sei ein Arnold-Syndrom oder ungefähr so was im letzten Stadium. Und auch unter den Laien, auch unter uns Häftlingen gab es Diskussionen über das Wesen dieser Monstrosität. Das Gefängnis war damals beinahe eine Akademie, denn wir waren alle mit Leidenschaft bei der Sache und wollten eine Lösung finden. Daher redeten wir von früh bis spät von nichts anderem; darüber redeten auch die Aufseher, der Direktor, der Überwachungsrichter, sie redeten immer über diesen Fall.
Und auch wir unsererseits verhörten Capone: zum Beispiel um zu erfahren, ob man als Buckliger zur Welt kommt oder es erst wird und vieles andere mehr, wie man sich vorstellen kann.«
»Genug! Sie lügen, Sie sind ein Lügner!« schrie auf einmal der Präfekt und schlug mit den Händen auf den Tisch, rot und in Schweiß gebadet.
»Nein, ich schwöre es bei meinem Gewissen«, sagte Manoli ruhig und legte seine Hand auf die Brust. »Ich schwöre es: Dr. Radighieri, der Gefängnisarzt, hatte sogar die Zeichnung eines Querschnitts gemacht und die Anatomie erklärt.«
Ich war sprachlos und verblüfft und der Student ebenso.
Als dann der Präfekt sagt, daß das nicht wahr sein kann, daß er dieses widerliche Zeug erfunden hat und daß wir keine armen Irren oder Einfaltspinsel sind und nicht auf den Kopf gefallen, und daß er uns mit so erbärmlicher

Großtuerei nicht hinters Licht führen kann; als er das alles sagt und andere noch schlimmere Sachen wie: »Verdammter liederlicher Alter, lichtscheues Element, Lügner«; da holt der blonde Kerl aus seiner Brieftasche ein Blatt bedrucktes Papier, schmierig und fettig und winzig zusammengefaltet.

Mißtrauisch und sogar leicht angewidert betrachtet es der Präfekt, denn das Papier ist abgegriffen und seine Farbe nicht gerade sauber.

Der andere gibt nun ausführliche Erklärungen ab und sagt, nachdem er sein Blatt auseinandergefaltet auf die Theke gelegt hat, wenn es jemand nicht glaube, er lese jetzt den Schriftsatz eines Sachverständigen vor, an dem man nicht zweifeln könne.

»Hören wir mal«, sagt der Präfekt nachsichtig und schaut wie einer, der bereit ist, noch einmal etwas hinzunehmen, aber dann nicht mehr, aber ich kenne ihn und spüre, daß er innerlich vor Empörung kocht.

Der andere liest ungefähr so etwas: »... das in Untersuchung befindliche Subjekt weist eine in den anliegenden Gebieten wurzelnde Epithelialmasse auf« und schaut dem Präfekten herausfordernd ins Gesicht; »von der sich das Phänomen des widernatürlichen Riesenwuchses ...«

»Du windiger Betrüger!« platzt der Präfekt plötzlich heraus, der sich nicht mehr zurückhalten kann. »Aber was hast du denn damit bewiesen? Was denn?«

»Warten sie nur«, sagt der Kerl und fährt in seiner Lektüre fort:

»... ausgedehnte Gastropathie mit Integumentvorfall ...«, er schaut auf und fügt dann hinzu: »Und nun hören Sie: ... beinahe eine Tonne schwer, die dadurch entstehende Überbeanspruchung des Hauptbogens führt zu einem Nachgeben des Achsenkabels ...«

Auf einmal streckt sich der Präfekt, um ihm das Blatt aus der Hand zu reißen, aber der andere weicht zurück.

»Her damit«, sagt wutentbrannt der Präfekt. »Alles erlogen. Geben Sie den Wisch her!«

»Nein, nein; ich lese genau, was hier steht, glauben Sie mir!«

Und der Blonde steht nun auf der anderen Seite des Tisches und liest sehr pedantisch noch einige Zeilen, um recht zu bekommen:
»... ein gigantisches Volumen mit einem Exponentialzuwachs an Hubraum bis zu dreitausend Tonnen ...«
»Erstunken und erlogen«, brüllt nun der Präfekt; auch er steht auf und wirft beinahe den Tisch um, als er versucht, nach dem widerlichen Blatt zu greifen.
»Das ist alles erlogen«, schreit er, »her damit! Lassen Sie sehen! Wofür halten Sie uns eigentlich? Für Dummköpfe in Ihren Diensten?«
Und wäre nicht der ziemlich schwere Tisch dazwischen gewesen, dann wäre er, glaube ich, zum Nahkampf übergegangen.
Der andere weicht immer weiter zurück, immer noch das Papier vor den Augen, liest er weitere Albernheiten der nämlichen Sorte vor.
Nun ist der Präfekt außer sich und auch die Augen treten ihm fast aus dem Kopf, er springt von seinem Platz weg und rennt dem anderen durch den ganzen Raum nach und versucht ihm das Blatt wegzunehmen. Und so entsteht ein kleines Handgemenge, eine Art Scharmützel von Händen, während der Blonde das Schriftstück zusammengeknüllt hat und in der fest geschlossenen Faust hält; aber er fährt unbeirrbar fort:
»... dreiundfünfzig Tonnen Schlacken, zweihundert Myriameter konvexe Oberflächen ...«
Und der Präfekt: »Schmutziges Schwein, her damit! Gib her, du stinkender Betrüger!«
Er versucht das Papier zu bekommen, indem er dem blonden Slawen die Finger umdreht, um die Hand aufzumachen. Und er scheint ihm beinahe den kleinen Finger zu brechen, so fest zieht er daran. Aber es hilft nichts, der andere gibt nicht nach, und so versteifen sie sich darauf, die Hände freizubekommen, begleitet von allen möglichen Schimpfwörtern seitens des Präfekten, der außer sich ist, und begleitet auch von der wissenschaftlichen Lesung des Blonden mit ihren Elefanten, Bergen und Millionen Tonnen.

Ihr versteht, daß ich den beiden ausgeliefert war, die beinahe miteinander rauften und brüllten; ich war ihnen ausgeliefert in dem Sinn, daß ich dem Schauspiel beiwohnte und weder die Motive des einen noch des anderen begriff. Und ich wäre auch aufgestanden, um die Auseinandersetzung abzubrechen, wenn sie noch mehr ausgeartet wäre.
Aber dann gelingt es dem Präfekten, ein Stückchen Papier zu erwischen, einen kleinen zerknitterten Streifen abzureißen. Da hält er inne und geht dann auf mich zu, indem er das Papier glatt streicht und das Gesicht zu einer halben Siegermiene verzieht.
»Jetzt schauen wir, was es mit dieser Angeberei auf sich hat«, brummt er.
Und nachdem er den Zettel ausgebreitet und die zerrissenen Stellen aneinandergelegt hat, liest er so etwas Ähnliches vor wie:
»... das die Achse schneidende Segment ...« und macht ein skeptisches Gesicht; »... fünf Zentimeter von der Ebene des Längsschnitts ...«, und er grinst triumphierend: »Vom Scheitel und auf der Hypotenuse«, und dann sagt er: »Das ist Geometrie. Haben Sie gesehen? Hat nichts damit zu tun. Habt ihr gesehen? Er hat alles erfunden. Alles erlogen!«
Aber der andere sagt: »Nein, nein. Ihr habt es gehört: die Ebene des Längsschnitts. Das ist der Schnitt, von dem ich gesprochen habe. Die Messungen von Dr. Radighieri.«
»Mieser Betrüger, Schwindler! Was wollen Sie denn eigentlich? Was denn? Dreckiger Feigling«, begann der Präfekt wieder zu brüllen, und er stand da, als wollte er eine echte Rauferei bis auf den letzten Blutstropfen anfangen, mit verzerrtem Mund, wie eine grausame Hyäne, die zuviel Schwachsinn gehört hat und nun sagt: ›Es reicht! Jetzt sorge ich dafür, daß du den Mund nicht mehr aufmachst.‹
Es war mir klar, daß eine Rauferei fast unvermeidlich war, denn die Hände des Präfekten bewegten sich sichtlich von selbst. Wäre es Nacht gewesen, dann hätte es bestimmt ein Massaker gegeben, das weiß ich, und er hätte die ganze Kneipe samt dem Fräulein Kellnerin und den zwei Spielern kurz und klein geschlagen. Das heißt, wenn er sich dem

Instinkt der Fußtritte und der Fausthiebe überlassen hätte, als wäre er im Traum.
Da nahmen ich und der Student als Neutrale den Slawen in aller Höflichkeit beiseite und sagten zu ihm:
»Es ist besser, wenn Sie jetzt gehen.«
Und dann leise: »Das können Sie mir glauben, es ist besser für alle, denn ich weiß nicht, was sonst passiert.«
Und er sagte: »Na, ich wollte sowieso schon gehen.« Und lauter: »Aber jedenfalls ist alles wahr, was ich gesagt habe; man brauchte einen Kran, man brauchte einen Bagger ...«
Da wurde der Präfekt wieder wild, und es begann ihn wieder an Füßen und Händen zu jucken; und wir schoben Manoli hinaus, der nicht aufhörte, immer wieder seinen letzten Satz zu sagen: »... ein Dinosaurier, er wog doppelt soviel wie ein Dinosaurier«, wobei er sich bis zum Unwahrscheinlichen steigerte: »Er wurde dann von einem Ozeandampfer abtransportiert, zur Einbalsamierung nach Amerika ...«
Inzwischen schäumte der Präfekt vor Wut und murmelte halbe Verwünschungen; und wenn es nach ihm gegangen wäre, hätte er den Tisch hochgehoben und darunter den Wurm und Betrüger Manoli zerquetscht.
Dann ging ich wieder zum Präfekten, um ihn zu beruhigen, und der Student ging mit dem anderen hinaus, der weiter seine Phrasen hören ließ. Dann hörte man den Lieferwagen abfahren, mit Vollgas, das klang wie ein Abschluß der Angebereien, um den Präfekten noch einmal wild zu machen und zu verhöhnen. Der zitterte denn auch vor Wut.
Damit war die ganze Geschichte zu Ende, das heißt dieses unerklärliche Kapitel, auf das ich mir keinen Reim machen kann.

Der Student war wahrscheinlich davongelaufen, denn nachdem er den Slawen hinausbefördert hatte, erschien er nicht mehr.
Der Präfekt wollte etwas zu trinken, um sich zu beruhigen; aber er beruhigte sich dann doch nicht ganz. Er schaute die ganze Kneipe samt der Kellnerin und den zwei Spielern weiterhin mit Verachtung an. Er ging nun sogar herum, als hätte

er eine Inspektion zu machen; dann näherte er sich den Spielern und beugte sich über das Schachbrett, um ihren Zügen zuzusehen und ihnen ins Gesicht zu schauen.
Dann erlaubte er sich auf einmal, selbst einen Stein zu nehmen und zu versetzen, um zu zeigen, wie man spielen mußte, wenn man im Ernst spielt. Und die beiden protestierten:
»Entschuldigen Sie, aber was wollen Sie eigentlich?« sagten sie nicht ohne Vorsicht, nicht ohne dem Fräulein Kellnerin Blicke zuzuwerfen, mit denen sie um Hilfe baten oder fragten: ›Was sollen wir machen?‹
Der Präfekt wollte, daß sie ihr Spiel weitermachten, und sagte kurz angebunden zu dem einen:
»Jetzt spielen Sie, los! Ich möchte es sehen«, und es war klar, wenn er es nicht gemacht hätte, dann hätte er zumindest mit der Faust ihr Schachbrett entzwei geschlagen.
So machte der einen Zug, aber ohne viel zu überlegen, weil er schon eingeschüchtert war; und der Präfekt brüllte:
»Sie Esel, Sie Esel! Machen Sie den Zug noch einmal. Sind Sie denn blind?«
Da jener aber so verängstigt war, daß er nichts mehr machen konnte und ganz unsicher geworden war, zog der Präfekt für ihn. Und zuletzt spielte er allein im Stehen und zog für beide Spieler, wobei er jedesmal die beiden mit Schimpfwörtern anbrüllte und schrie, ihm könne keiner kommen, schon gleich gar nicht zwei alte Arschlöcher, die so tun, als würden sie zur Einrichtung gehören und als würden sie Dame spielen, aber nicht einmal wissen, was das ist.
»Ihr Geißböcke!« sagte er. Und er führte ihnen ihre eigenen Tricks vor, wobei alles so genau stimmte, daß sie zurückwichen, obwohl sie saßen, und mit den Blicken nach einem Fluchtweg suchten.
Aber der Präfekt spielt das Spiel mit einem siegreichen Zug zu Ende, und um diesen hervorzuheben, haut er mit dem Stein auf das Schachbrett, so daß alle Steine auf den Boden fielen, und die beiden fürchteten einen Wutausbruch und hielten sich die Arme über den Kopf.
Aber der Präfekt schaut einem von ihnen aus nächster Nähe starr ins Gesicht und sagt ihm immer wieder:

»Sag's nur deinem Minister, wie man's macht; sag ihm, er soll es dir besser beibringen. Verstanden?« Und er hatte dessen Backe zwischen zwei Finger gezwickt und zog daran; ich glaube, um ihm die Maske herunterzureißen, falls er eine hatte, und dazu sagte er:
»Du Esel, du und dein Minister. Mit mir macht ihr das nicht, verstanden? Mit mir nicht!«
Da versuchte sein Freund ein wenig einzugreifen, weil der andere schon feuerrot war; man sah, daß es mit der Maske auch die Haut erwischt hatte. Und da habe ich mich auch eingemischt, auch wenn ich der Ansicht war, es sei vollkommen unnütz und nicht der Mühe wert.
Es wäre zu einem wahren Zusammenstoß gekommen, wenn nicht eine Art Helfer der Kellnerin aufgetreten wäre, der versuchte, die Geschichte wieder ins Lot zu bringen und zum Präfekten sagte:
»Aber lassen Sie sie doch spielen; das kann Ihnen doch egal sein?«
Und der Präfekt: »Ihr gehört alle zu einer Bande, ihr habt euch abgesprochen!«
Und der Kellner: »Wir tun unsere Arbeit, mein Herr.«
Der Präfekt: »Selbstverständlich, das weiß ich wohl!«
»Dann lassen Sie uns in Ruhe arbeiten.«
Diese Argumente beruhigten ihn so sehr, daß er sich allmählich zum Hinausgehen bewegen ließ, und ich ging mit.

So weit war es also gekommen. Leider ist es so ausgegangen: Mehr weiß ich nicht zu sagen.
Wir gingen dann einen Weg hinunter und kamen auf ein Feld. Dort setzten wir uns hinter einem Weinberg an einen Grabenrand und fingen an zu reden.
»Haben Sie gesehen?« überlegte der Präfekt. »Haben Sie gesehen, wie sie uns jetzt direkt auf den Hals gehetzt werden? Wir sind nur in eine Kneipe gegangen, und Sie haben ja die Belagerung selbst gesehen. Zu dritt, dazu noch die Kellnerin, der Koch und alle, die da waren. Und wenn wir noch geblieben wären, dann hätten sie sich zu zehnt oder zu zwanzigst zusammengerottet gegen uns. Und dort, drinnen in

ihrer Höhle, da ist wenig zu machen, nicht einmal ein Japaner würde das aushalten, nicht einmal ein Fechtlehrer, mein lieber, geschätzter Savini.«
Ich sagte: »Ja, es war besser, daß wir gegangen sind.«
Und der Präfekt: »Und haben Sie die unsinnige Geschichte gehört, die dieser Händler, dieser halbe Slawe zusammengepfuscht hat? Vielleicht gibt er sich ja nur als Slawe aus. Wie hieß er gleich?«
Ich: »Manoli.«
Der Präfekt grinste höhnisch: »Das müssen Sie sich mal vorstellen, Manoli, was heißt das eigentlich? Was soll das heißen, Manoli? Wer weiß, wo er das her hat. Manoli! Und daran soll man auch noch glauben. Und dann noch? Bazar? Manoli Bazar? Was sich die alles ausdenken!«, und dann setzte er eine sarkastische Miene auf. »Und haben Sie's gesehen: Wir kamen an, und er hatte ihn schon eigens vor der Kneipe geparkt, seinen Manoli Bazar.«
Inzwischen macht er mit dem Kopf Zeichen einer totalen Mißbilligung und Verurteilung.
»Wissen Sie, was diese ganze Geschichte heißen soll? Wir sollen nach ihrer Geige tanzen, sonst könnten wir was erleben.«
Ich sagte, weiß ich nicht, sagte, vielleicht sollte es aber auch nichts heißen, der Slawe habe wohl die Rolle des Angebers spielen müssen, aber nur so, weil es für ihn alltäglich war, weil er offenbar in einer Pizzeria in diese Rolle schlüpfte. »Dann« sagte ich, »bezieht es sich nicht auf uns; sondern es ist sein fester Auftritt.«
Aber der Gedankengang des Präfekten war ein anderer; er sagte, es sei eine Warnung für uns gewesen:
»Glauben Sie, die würden uns sagen, wir sollen aufhören? Nein, die machen alles auf indirekte Weise, feig wie sie sind; die, wissen Sie was?, die versuchen uns zu beeinflussen. Und denken Sie nur an das eine: Aus welchem Grund sollten wir die Geschichte von dem buckligen Wegelagerer mit allen ihren Anhängseln und Verflechtungen wissen müssen? Was meinen Sie? Eine solche Geschichte!« Und er machte ein äußerst angewidertes Gesicht. »Und warum ausgerechnet jetzt? In diesem Moment? Sagen Sie mir die Wahrheit: Fühlen Sie sich nicht ein wenig entmutigt?«

»Na ja«, gestehe ich ihm, »ein wenig schon, aber mehr, weil es mich beeindruckt hat. Es ist doch ein Fall, der einen beeindruckt. Tonnen und Tonnen, mein Gott, haben Sie das gehört?«
Der Präfekt schüttelte verneinend den Kopf, und ich: »Aber ein Buckliger, der praktisch aufgesogen wird, das macht schon Eindruck.«
Der Präfekt: »Nein, nein, das ist doch erlogen, alles erlogen. Genug, möchte man sagen, behaltet eure Schwindeleien für euch. Was heißt das? Das heißt, einer ergibt sich und zieht sich aus Entmutigung zurück, weil es ihm reicht; einer möchte von den verborgenen Winkeln und den Geheimnissen der Welt nichts mehr wissen. Verstehen Sie?«
Ich sagte: »Zum Teil vielleicht schon.«
Und er: »Das ist ihre List; daß man am Schluß zu sich selbst sagt: Was für Dummheiten laufe ich eigentlich nach? Was ist denn das für ein Gemisch? Das werden Sie sich selbst auch gefragt haben: Was hat die Geschichte eines Buckligen im Knast mit dem Rest zu tun? Und sie hat nämlich nichts damit zu tun. Sie bewirkt nur, daß man es satt bekommt.«
Das war der Gedankengang des Präfekten, der im Gras saß und mit dem Rücken an einem Weinstock lehnte. Ich kann nicht sagen, ob das richtig ist oder falsch; und deshalb sagte ich weder ja noch nein zu ihm; ich saß da und hörte ihm zu.
»Sie verwenden Methoden«, fuhr er fort, »die sind nicht normal. Da glaubt zum Beispiel einer, er tut, was er will, indem er sagt: ›Soll doch alles zum Teufel gehen‹, und dann geht er nach Hause, und es ekelt ihn vor dem gemeinen Volk. Aber in Wirklichkeit haben ihn die anderen konditioniert, damit er aufgibt. Ringsum haben sie schön langsam ein Spinnennetz gewoben. Wenn du schlau bist, kommst du dahinter; sonst begreift man nichts, man verläßt sich auf den Zufall und dann Gute Nacht und Auf Wiedersehn.«
»Allerdings!« sagte ich.
»Und dann, wissen Sie, was die Geschichte von heute für mich bedeutet?« Und nun richtet er sich auf.
»Was?«
»Für mich«, sagte er, ein Wort vom anderen trennend, »für mich heißt das lauwarm.«

»Lauwarm?«
»Ja. Genau. Lauwarm. Das heißt, wir sind in der Nähe.«
»Wovon?«
Er schaut wie einer, der Bescheid weiß: »Hier müssen wir die List einsetzen; wir wissen nichts, aber wir lassen uns den Weg zeigen. Die Alten, auch die von vorhin, benützen wir, als würden sie zu uns sagen: kalt, heiß, lauwarm. Sie kennen doch das Spiel?«
Ich kannte es und mußte lachen. Und der Präfekt auch, aber er lachte, glaube ich, aus Wohlgefallen an sich selbst.
»Dieser Blonde«, sagt er dann, »dieser verkleidete Blonde mit seinem Bazar; wissen Sie, was ich glaube? Er wollte nicht, daß der Student redete. Haben Sie darauf geachtet, wie er es dahin brachte, sich einzumischen? Wer hatte ihn denn gerufen? Wer wollte denn seine Albernheiten hören? Das ist ein Krimi, verstehen Sie? Jetzt sind wir mitten in einem Kriminalfall. Aber ich sage Ihnen, wenn die uns Steine in den Weg legen, das heißt lauwarm.«
Solche Reden führte er ungefähr, als wir an dem Graben saßen. Aber ehrlich gesagt, konnte ich wirklich nicht alles verstehen. Und auch jetzt verstehe ich noch nicht, ob er recht hatte, oder ob mir der Verstand ausgegangen war.
Und ich weiß noch nicht, ob es eine Reihe von Zufällen war, auch das, was später kam, oder ob es im Gegenteil eine Erklärung dafür gibt, daß man zum Beispiel mit Listen rechnen muß.
Aber jetzt muß ich die volle Wahrheit über meine Gefühle sagen.

Ich sage die Wahrheit über meine Gefühle

Die folgenden Tage waren so intensiv und so unergründlich, dermaßen übereinander gelagert, daß ich erst jetzt und hier versuche, sie zu entwirren und wenigstens die Nächte von den Tagen, die Schlaflosigkeit, wie man sehen wird, von meinen damaligen Träumen zu unterscheiden.
Auf dem Land, das ist klar, hat man kein so genaues Zeitgefühl, und so war auch ich ab und zu nicht Herr über mich selbst und über meine Gefühle.
Ich schwankte und fuhr fort, um den Schwerpunkt meines Verstands zu wanken und zu schwanken.
Aber, um wieder zu unseren Abenteuern zurückzukehren, die uns immer mehr bedrängten: Der Präfekt hatte also beschlossen, daß wir in unserer verwickelten Lage nur eins tun konnten, nämlich uns dort in der Nähe aufhalten, um die Pizzeria zu überwachen, vor allem zur Mittagszeit, um den Studenten zu erwischen, wenn er kam, und zu erfahren, was es auf sich hatte mit dem Geheimnis, das er uns versprochen hatte. Denn es mußte etwas sein, das der Mühe wert war, wenn ein Tumult mit Rauferei riskiert worden war, nur damit er nichts erzählte.
»Ist es nicht so?« fragte mich der Präfekt.
Und ich sagte, ja, mir scheine es auch so, aber nur bis zu einem gewissen Punkt. Und das komme von meiner Ratlosigkeit. Auf jeden Fall konnten wir, während wir zur Überwachung dort blieben, in den Heuschobern und Strohscheunen, zwischen Korngarben und Maiskolben und so weiter wohnen, an den bequemsten und angemessensten Orten, die sich finden ließen. So daß wir in der Zwischenzeit auch die Pizzeria im Auge behalten konnten.
So, meinte der Präfekt, könnten wir auch sehen, ob wieder an der Fassade gearbeitet, ob sie frisch gestrichen wurde, ob heimlich, still und leise noch ein Stockwerk dazukam oder Fenster oder anderes, zum Beispiel eine neue Schrift, damit alles eindrucksvoller und attraktiver wurde und andere Einfaltspinsel anlockte, die dort ein Mittagessen oder eine Pizza zu sich nahmen, mir nichts dir nichts. Und so könnten

sie hinter dem Rücken solcher Durchreisender mit dieser Inszenierung ihre Späße treiben, indem sie ihnen zum Beispiel, sagen wir, statt einer Pizza ein Surrogat geben, nur des Schauspiels halber.
Also die Idee, auf freiem Feld zu bleiben, war auch nach meinem Geschmack, denn ich bin von Natur aus gern im Freien und genieße das Landleben am Tag und in der Nacht.
Unsere Strategie bestand somit darin, in Sichtnähe zu überwachen, wozu wir uns auf der anderen Seite der Straße postierten. Und noch am selben Nachmittag beginnt das neue Kapitel, das nichts anderes hieß als warten.
Ich war im Schatten und in der Kühle, und der Präfekt führte den ganzen Nachmittag seine Beobachtungen durch, wozu er auf einen Heuhaufen gestiegen war und sich dort an einem Pfahl festhielt, der wie eine Fahnenstange in die Höhe ragte. Er schaute und schaute und dann sagte er zu mir, der ich unten saß:
»Das ist hier ein Verteilungszentrum. Mich wundert es nicht. Hier holen sie sich ihre Instruktionen. Ein ständiges Kommen und Gehen!«
Und dann sagte er, er habe auch den kleinen Lieferwagen Manolis, mit Töpfen, Besen und Tellern über und über beladen, vorbeiflitzen sehen, stehengeblieben sei er nicht.
»Der ist schlau, ein schlauer Fuchs. Der wird hier seine Runden machen, um alles im Auge zu behalten«, kommentierte er.
Und er berichtete mir haarklein, was passierte: ob jemand hineinging oder herauskam; einer der zwei Damespieler verhandelte vor der Tür mit einem älteren Mann mit Jacke und Schirmmütze, dann schauten sie nach rechts, das heißt genau in die Richtung der asphaltierten Straße, auf der wir gekommen waren. Das meinte jedenfalls der Präfekt. Dann sammelten sich mehrere Leute, die hineingingen. Und der Präfekt sagte:
»Wer weiß, was sie machen, ich kann sie nicht sehen«, und er sagte, es komme Zigarettenrauch heraus. »Wahrscheinlich, damit sie sich besser einigen können.«
Dann kam ein Kerl, der nach der Ansicht des Präfekten Befehle erteilte: Er hatte zwei andere hinter sich und schaute

eine Zeitlang auf die unvollendete Treppe, die unverputzte Mauer und machte Messungen. Eine Bestätigung also.

Ich machte mir indessen keinerlei Sorgen. Mit dem Rükken an eine Strohgarbe gelehnt, saß ich auf der Erde, und ich weiß noch, daß eine Ameise kam, die ein Samenkorn schleppte; das weiß ich noch,weil ich praktisch den ganzen Nachmittag so verbrachte, was später nach allem, was dann passiert ist, nicht mehr möglich gewesen wäre.

Und ich weiß auch noch, wie sich die Ameise abschleppte und wie sie schwitzen mußte, um zwei Meter weiter zu kommen. Sie begegnete anderen Ameisen, und sie sagten einander wohl so etwas wie Guten Tag oder Guten Abend, denke ich mir, oder ähnliches. Und jede ging ihrer Wege: die eine zerrte ihr Samenkorn weiter, eine andere hatte sichtlich Grillen im Kopf, halbe Vorsätze, die sie wieder vergaß, und die ihr wieder in den Sinn kamen. Wenigstens, wenn man ihr zuschaute; wenn man ihren wechselhaften Rennereien zuschaute, sah es so aus.

Die anderen Ameisen dagegen, die sich in dicht gedrängtem und in beiden Richtungen sich stauendem Gänsemarsch bewegten, mußten nach meiner Meinung zu denen gehören, die einander immer sagen: ›Los! Los! Weiter!‹ oder: ›Vorbeilassen bitte! Vorbeilassen!‹, wenn sie es eilig haben. Und sie werden wohl den Verkehr und den Stau als unheilbares Übel unserer Zeit betrachten.

Und so sah ich, während der Präfekt auf seinem erhöhten Wachposten stand, unten auf der Erde eine Unmenge solch kleiner Schauspiele.

An eine winzige Spinne erinnere ich mich noch, die sprang wie eine Heuschrecke und hatte vier Augen; und außerdem noch zwei, wenn das nicht die Ohren waren; mit gefiederten Zangen probierte sie jegliches Ding, auch meine Fingernägel, und dann kam es mir vor, als würde sie sich entlausen. Und sie hatte sich sicher über mich eine Meinung gebildet; aber ich weiß nicht was für eine. Vielleicht war ich für sie ein zusammengekauerter Pflanzenfresser oder ein angefeuchteter Berg.

Eine andere Spinne dagegen gehörte zu denen, die mit übertriebener Geduld reglos bleiben und nur ihr Netz im Auge

haben, weil sie sonst nichts interessiert. Vielleicht sang sie einige banale alte Schlager vor sich hin, um die Zeit totzuschlagen. Das hätte ich gemacht an ihrer Stelle. Oder sie sagte Verzeichnisse auf, um ihr bißchen Erinnerung zu beschäftigen.
Auf jeden Fall hat sie sich in zwei Stunden kein einziges Mal bewegt, ohne zu schlafen; sie war im Gegenteil ziemlich angespannt, so daß sie, meine ich, am Ende des Tages müder ist, als wenn sie einen Stein einen Kilometer bergauf gewälzt hätte. Erschöpft vor Nervenerschöpfung; wenn man mit leiser Stimme etwas vor sich hinsingt, zum Beispiel einen Blues, das hilft.
Unter meinen Blicken kam es zu unendlich vielen winzigen Geschichten; manche waren lächerlich, andere blutrünstig und tadelnswert, in denen ich zum Beispiel mit einem kleinen Schubs die schlimmen Verwicklungen zwischen einer Biene und einer Mücke löste; oder eine Art winzigen Elefanten auf eine Gefahr aufmerksam machte und so weiter.
So also. Der Nachmittag verging, indem jeder seinem eigenen Ameisentreiben zusah.
Gegen Abend wollte der Präfekt statt des Abendessens ein Picknick machen, und daher schickte er mich in die Pizzeria und Wirtschaft, denn eine andere Möglichkeit gab es nicht, ich sollte Eier und Brot kaufen und selbst sehen, was noch dazu.
Also gehe ich.
Und so geschah es: daß ich mich in dieser kurzen Zeit verliebte oder etwas in der Art, mit allen Folgen, wie man sehen wird.

Ich gehe also die Eier holen, als es ungefähr sieben Uhr abends war, um die Zeit, in der die Schwalben vor dem Schlafengehen noch kreuz und quer über den Himmel fliegen.
Da blieb ich stehen und schaute ihnen zu. Und das war die erste Vorahnung, weil ich mir sagte: ›Die Glücklichen‹ und den Stich der Schwermut spürte.

Dann sah ich einen Baum voll Vögel, ich weiß nicht wie viele Tausende; und alle schrien auf einmal und machten einen Höllenlärm. Und das machte mich ein wenig betroffen und ich dachte: wer weiß, was die haben.
Und das war, glaube ich, die zweite Vorahnung.
Und während ich also auf die Eier warte, gehe ich um den Hühnerstall herum, und als ich die Tauben sehe, probiere ich mit meiner Stimme zu gurren, so wie sie es machen. Dann ging ich durch den Gemüsegarten hinter dem Haus und gurrte immer weiter: Da erschien in einem Fenster eine gnädige Dame, die mich anschaute. Sie trug ihr rotes Haar zu einem wunderschönen wallenden Hahnenkamm hochfrisiert. Und es konnte auch die Kellnerin aus der Kneipe sein, aber mir war, als sähe ich sie zum erstenmal, weil sie sich mit dem wallenden Kamm, dem Hals und der Brust auf eine Art aus dem Fenster lehnte, daß es mir merkwürdig vorkam. Aus dem Augenwinkel hatte ich von meinem Standplatz aus den Eindruck, als stünde sie aufrecht auf ihren Armen wie auf Hühnerfüßen auf dem Fensterbrett; und als käme nach der Brust nichts mehr, wo im allgemeinen noch etwas kommt.
Und wohl, weil ich verwirrt war, zertrat ich die Petersilie und den Salat, und wegen einer Art Erregung, die mich erfaßt hatte, fing ich wieder an zu gurren. Und ich merkte, daß sie eine Bewegung machte und beinahe lächelte, so meine ich. Und da ich in der Ferne eine Nachtigall schlagen hörte, fing auch ich an zu pfeifen und mit einer artigen Kunst ihre Kantilenen nachzuahmen. Und sie verstand sichtlich, daß ihr diese kleine Arie galt; denn sie schaute mich mit ihrem runden Auge lange an und lachte mit ihrem ganzen Mund.
Und von dem Moment an war ich verzaubert, und das hing nicht von mir ab, denn offenbar war ich dazu veranlagt. Sie blieb kerzengerade stehen, mit ihrem roten Schweif auf dem Kopf:
›Ist die schön!‹, sagte ich bei mir. ›Das ist gewiß der Paradiesvogel.‹
Und ich begeisterte mich so sehr für sie, daß ich unverzüglich zu quäken anfing, als wäre ich ein Pfau, wozu sie

lachte und mit ihren Haaren schwänzelte. Und hätte ich einen Schwanz aus Federn gehabt, so hätte ich ihn in der Luft ausgebreitet.
Zum Präfekten sagte ich dann, es sei nichts zu machen, ich hätte mich inzwischen verliebt; und ich sagte ihm auch, er hätte den herrlichen Kamm sehen sollen und wie sie mich angeschaut habe.
Und so fragte ich ihn um Rat: »Was soll ich tun?«
Und er: »Savini, das ist bestimmt ein Betrug. Ein Irrtum ihrer Augen oder eine Lichtspiegelung.«
Und ich: »Nein, nein, ich muß wieder hin.«
»Passen Sie auf, Savini«, sagte er, »man weiß ja nicht einmal, wer sie ist.«
Aber mit Ratschlägen war nichts zu machen; ich sagte: »Ich singe ihr eine Serenade.«
Und er: »Serenaden sind aus der Mode, eine schöne Bescherung, da heißt es aufpassen.«
In der Nacht darauf flog ich in den Gemüsegarten, und aus einem dichten Gebüsch begann ich wieder mit den Koloraturen der Nachtigall und strengte mich an, sie wunderbar ineinander fließen zu lassen. Dann paßte ich auf, ob sich das Fenster öffnete, und ob mir meine Schöne antwortete. Ich sang mit ganzer Seele und aus voller Brust, ab und zu hörte ich auf und horchte.
Da öffnete sich auf einmal das Fenster, und sie erschien.
Es war dunkel, aber ich sah ihre Haare, die flatterten. So sang ich eine wundersüße, lange Note. Aber vergeblich.
Aber ich sah etwas abwärts in eine Hecke schwirren, und es schien mir jemand, der sich verstecken wollte.
Da klopft mein Herz auf einmal wie wild, denn ich höre klar und ganz in der Nähe den hohen Liebesschrei des Rebhuhns. Das muß sie sein, sage ich mir, das ist ihre Antwort. Sie muß in den Gemüsegarten heruntergekommen sein und hockt gewiß in einer Furche der Wiese, damit ich sie finden kann.
Da halte ich mich nicht mehr zurück und, um ihr zu sagen, daß ich sie suche und daß ich sie liebe, stimme ich das Lied der Goldammer an, und die Luft füllt sich mit Musik, und ich wiederhole sie schnell, während ich über die Beete

springe und mich ihr nähere. Dann horche ich reglos. Und aus einem Kohlfeld in der Ferne höre ich wieder das Rebhuhn nach mir rufen.
Und da laufe ich vor Begeisterung und trillere wie eine Lerche, wenn sie sagen will: ›Da bin ich, da bin ich‹; und ich fühlte mich so schwerelos, daß ich hätte fliegen können. Mein Rebhuhn ließ sich inzwischen nicht mehr hören, und ich reckte horchend meinen Hals hoch und versuchte herauszufinden, wo sie auf der Lauer lag.
Aber da höre ich einen Kuckuck über meinem Kopf; und hinter großen Wirsingblättern zusammengeduckt, schaue ich zwischen Ästen ins Dunkel, um sie zu erspähen.
Dann raschelt etwas. Ich spüre einen Hauch im Gesicht und höre den Kuckuck wieder, ein Stückchen weiter weg. Ich hinterher, ich fliege ihr nach und lande auf dem gemähten Heu, dabei mache ich die bebenden Laute einer Waldschnepfe nach, die mit den Flügeln schlägt. Dann scharre ich am Boden und lade sie flötend ein, sie möge näher kommen, ohne Angst zu haben.
Aber die Antwort ist ein Pfiff, der Krieg verheißt: Es muß die Stimme des Schwans sein.
Und dann faucht mir etwas so stark in die Ohren, daß ich einen Satz mache: Das wird sie sein, die als Meise nicht mehr belästigt werden will. Zehn Schritte weiter das Lachen eines Spechtes und ein Flügelschlagen.
Es ist, als wäre heute Nacht die ganze geflügelte Fauna aufgewacht.
Auf einmal steigt mir vielleicht vor Ungeduld ein Schrei die Kehle herauf, den man im Schilf hören kann, der Schrei der Rohrdommel, den man sehr selten hört, aber ich kenne ihn, und er klingt wie ein tiefes Muh, das nicht nach einem Vogel klingt, sondern eher nach einem Dickhäuter oder einem Büffel. Und nachdem ich ihn mit aufgeblähten Lungen ausgestoßen habe, um zu sagen: ›Paß auf!‹, kehrt wieder die Stille ein, und weit weg, sehr weit weg höre ich noch einmal ihren Gesang des Rebhuhns, der mich ruft.
›Ah‹, sage ich, ›sie will mich.‹
Und wie ein Buchfink, der dem Weibchen keine Ruhe gönnt, springe ich die Gräben hinauf und hinunter, quer über die

Rübenfelder, wobei ich in der Dunkelheit jeden Augenblick stolpere und mich in einem Wacholderbaum verfange.
So folge ich ihrer Stimme, die erklingt und verklingt, unter allen diesen Schwierigkeiten über das Land, indem ich wie ein Stelzvogel durch einen Tümpel laufe und wie eine Wildgans im Wasser plätschere. Und ich sah die weiten Felder still im Licht des riesengroßen Mondes liegen. Da entwich mir das angstvolle Heulen eines Kauzes, der auf dem Wipfel eines Baumes sitzt, und dann das kreischende Pfeifen einer Waldohreule auf der Jagd.
In meinem Kopf war nun schon eine ganze Vogelkolonie, und ich hätte auf sie, auf meine Schöne, herabfliegen mögen wie eine Gabelweihe, die hoch oben in der Luft unten im waldigen Tal eine Beute sieht, herabstößt, sie mit einem Schlag ergreift und auf die Bergeshöhen mitnimmt.
Dann kam es so: Der Tag begann schon zu dämmern, und ich wußte nicht mehr, wo sie war. Ich hatte nicht einmal mehr die Kraft, sie noch weiter zu rufen; da kauere ich mich am Fuß eines Hügels zusammen.
Und während ich dort bin, erklingt plötzlich der Hahnenschrei.
Ich schaue auf und sehe oben auf dem Berg, aber ganz nahe bei mir diesen Hahn, der ganz steif ist und, an seinem schrillen Krähen schier erstickend, den Hals streckt, und ich sehe ihn aufrecht gegen den hell gewordenen Himmel stehen.
Ich weiß nicht warum, aber ich erstarrte wie zu Eis.
Und als sie mich sah, denn der Hahn war sie, fliegt sie auf und läßt sich auf mich herunterfallen. Und ich auf und davon durch die Wälder und sie hinterher, ab und zu, wenn es ihr glückte, hackte sie mir in den Kopf. Und sie versuchte mich am Hals zu packen und mit ihren Hühnerfüßen auf meine Schultern zu springen, aber vergeblich.
Und da ich das Geflatter über mir hörte, zog ich den Kopf zwischen die Schultern und lief halsbrecherisch.
Als ich die Sonnenscheibe sah, war sie schon weg; wahrscheinlich war sie nach Hause in ihren Gemüsegarten hinter der Pizzeria zurückgekehrt.
Und auch ich kehrte kleinlaut und todmüde in meinen Strohhaufen zurück.

Der Präfekt sagte: »Na, wie war's?«
Und ich: »Ich weiß nicht, wie die Liebe ist, ich weiß es nicht. Aber sie hackt mir ins Hirn, hier hinten«, und ich zeigte ihm mein gerupftes Schlafittchen, das heißt die Haare, die sich nicht nach unten legen wollten, und einige Büschel, die hochstanden, und daß mir die Haut abgezogen worden war und auch, glaube ich, der Knochen herausschaute.
Aber der Präfekt sagte: »Nein, nein, alles normal«, und er untersuchte meinen Kopf. »Das kommt daher, daß man meint, das Hirn wäre einem ausgedörrt, solche Streiche spielt einem die Liebe.« Aber er lachte.
Und ich: »Aber ich weiß nicht, ob es eine Frau ist, oder ob sie zur Gattung der Hähne gehört, zum Beispiel der Auerhähne.«
Und der Präfekt sagte: »Da fehlt die Erfahrung.«
Und ich: »Aber ich habe Federn gelassen.«
So schwor er, er würde mitkommen und zusehen.

In der dritten Nacht gehe ich zu dem gewohnten Haus, von der Zauberkraft angezogen, und ich stelle mich hinter die Hecke, so daß ich das Fenster meiner Schönen sehen kann. Dann stimme ich den Gesang der Wachtel an und warte.
Aber es regt sich nichts, und das Fenster bleibt verriegelt. Da fange ich wieder an zu singen wie eine Wachtel, die sich verirrt hat und ihre Mitschwestern ruft, und ich mache immer so weiter, bis ich müde werde. Aber es regt sich kein Hauch.
Ich warte noch ein wenig, um zu sehen, was geschieht, dann verziehe ich mich unter eine Eiche, die näher beim Haus steht, und beginne mit dem Gesang des Wiedehopfs, der sehr hartnäckig ist und heißen soll, daß einer um jeden Preis gehört werden will. Ich weiß nicht, wie lange ich dort geblieben bin und einen Wiedehopf spielte, der nicht schlafen kann und die ganze Nacht jammert, weil er hofft, seine Schöne möge sich am Fenster zeigen.
Aber es half nichts, niemand erschien, und ich jammerte aus voller Brust. Und um zu sagen, daß sie undankbar sei,

krächzte ich wie eine Krähe und legte sehr viel Bedauern hinein; das heißt, ich strengte mich an, aus voller Kehle zu krächzen, damit sie antwortete, weil sie solche Beleidigungen hörte.

Dazwischen schrie ich, um ihr zu verstehen zu geben, daß ich sie dennoch liebte, wie eine Seemöwe, die zu weinen und zu schluchzen scheint. Wodurch ich sie zu rühren hoffte. Ich tat so, als liege rings um das Haus der Ozean und als fliege dort der große Albatros und der Sturmvogel mit seinem düsteren Gesang. Und ich versuchte ihn so naturgetreu wie möglich zu machen, das heißt meiner Vorstellung nach und wie es in den Büchern stand, so getreu wie möglich: ein langer verzweifelter Schrei, der in Schluchzern ausklang. Und ich wiederholte ihn in einem immer wieder anderen Ton, denn das sind die Brüder, die ihm wie ein Echo aus weiter Ferne antworten. Und daher kann man sich leicht das weite Eismeer, den Nebel und die Einsamkeit vorstellen.

Aber sie ließ sich nicht blicken, so sang ich ihr in dem fahlen Dunkel wieder die unfreundlichen Weisen der Krähen: sie solle nur ruhig im Haus bleiben, mir sei es sowieso egal, drum auf Wiedersehen, viele Grüße, Hexe.

Dann hörte ich auf und horchte; und nachdem ich schwieg, herrschte eine große Stille.

Und auch wenn es schon tief in der Nacht war, und wenn auch beinahe schon die ganze Nacht vorüber war, schien ein ungeheuer großer Mond von roter und violetter Farbe.

Und als der Mond hinter der Eiche ist, da sehe ich auf einmal auf einem Ast sie zusammengekauert. Und ich sehe aber, daß sie schon ein Hahn ist.

Ich kam gar nicht dazu, mit offenem Mund zu staunen, schon saß sie auf mir, packte mich mit einem ungeheuer starken Schnabel im Genick, rüttelte und schüttelte mich.

Und es war mir, als hätte ich ein Zaumzeug und spürte die Sporen, und ich lief wie ein Wahnsinniger kreuz und quer über die Felder mit diesem Auerhahn, der mir bis ins Kleinhirn hineinhackte. Manchmal krallte er sich in meinem Rükken fest, richtete sich auf und erfüllte die Luft und meine Ohren mit dem Krähen des wilden Hahns, und das Volumen

der Stimme war ungeheuer. So daß der Mond erbleichte, der Dunst der Morgendämmerung aufstieg, und ich Gänsehaut bekam.
Dann begann er wieder mit dem Schnabel mein Genick zu peinigen und mich zum Laufen anzuspornen, während er an meinem Rücken hing; und so lief ich blindlings, ohne mich zu schonen, inmitten von schlagenden Flügeln und fliegenden Federn, und dachte: ›Mein Gott, die Liebe ist doch seltsam!‹
Also die Sonne war noch nicht aufgegangen, und ich hatte schon Federn gelassen.
Und bei Tagesanbruch ging ich allein zurück, denn sie hatte sich beim Morgengrauen von mir gelöst und war verschwunden, mit dem erdnahen und geräuschvollen Flug eines Rebhuhns, das vor dem Jäger ausreißt.
Und während ich so ging, das muß ich sagen, da war ich nicht unglücklich, sondern ich fühlte mich im Gegenteil erhört, ausgeleert.
Ich setzte mich zu der Eiche, wo ich Wache gestanden hatte, und dort schlief ich zufrieden ein.
Aber nach der Meinung des Präfekten hatte man nichts sehen können:
»Ich war hinter den Haselnußstauden«, sagte er, »und hörte die ganze Nacht die Vögel singen.«
»Das war ich.«
Aber er achtete nicht auf mich. »Im Gebüsch«, sagte er, »war ein Schwarm Stare, die wollten nicht schlafen.«
»Nein, da krächzte eine Krähe.«
Und er: »Ich glaube nicht, die hören sich anders an.«
»Nein, das war das Krächzen einer Krähe; weil sie mir nämlich nicht antwortete.«
Da sagte der Präfekt: »Kann sein. Aber dann hörte man Vögel, die ich noch nie gehört habe, und ich weiß auch nicht, wie sie heißen. Vielleicht Truthähne, amerikanische. Die halten sie vielleicht für die Pizzeria.«
Und ich: »Nein, das war die Seemöwe.«
»Die gibt es ja hier bei uns nicht, das ist unmöglich. Und außerdem kam es von der Erde.«
»Ja, das war ich, ich weinte vor Verzweiflung.«

»Ich weiß nicht, wer es war, man sah ja nichts, und dann bin ich wohl eingeschlafen«, sagte der Präfekt.
Ich: »Sie wollte mir nicht antworten.«
»Kann sein; aber dann, während ich schlief, hörte ich einen Hahn aus vollem Hals krähen.«
»Ja«, sagte ich, »das war sie. Ich habe die ganze Nacht gewartet. Aber sie flog mit einem Ruck auf mich und hat mich mit dem Schnabel hier gepackt.« Ich senkte meinen Kopf, um es ihm zu zeigen. »Was dann passiert ist, weiß ich nicht mehr; ich habe mich in den Wäldern verlaufen.«
»Es war ein Hahn ganz in der Nähe«, sagte der Präfekt, »der mir das Trommelfell peinigte und krähte, bis es Tag wurde.«
»Nein, das war sie, die hat eine solche Stimme; und sie hat mir den Schädelknochen abgenagt bis heute früh.«
Aber der Präfekt sagte, er sei gekommen, um mich abzuholen, aber ich hätte noch unter der Eiche geschlafen.
»Ja«, sagte ich, »ich war müde zum Umfallen, und das Genick tut mir immer noch weh.«

Ich muß sagen, ich wäre auf jeden Fall ein viertes Mal hingegangen, auch wenn ich nicht einmal mehr die Kraft hatte, auf den Beinen zu stehen und die Augen offen zu halten. Und ich sagte sogar zum Präfekten:
»Ich bleibe und lebe hier weiter.«
Aber er antwortete mir: »Wehe Ihnen. Das können Sie nicht!«
Und ich: »Aber, was hat es zu bedeuten, daß ich in meinem Blut die Lust verspüre, hinzugehen und mich hacken zu lassen? Und ich gehe mit klopfendem Herzen. Weil ich will und nicht will.«
»Das«, sagte der Präfekt, »bedeutet: warm.«
»Warum?«
»Warum? Darum! Weil es heißt: warm! Verstehen Sie das nicht?«
Es war das erstemal, daß der Präfekt mir gegenüber die Stimme erhob; und daher frage ich schüchtern noch einmal:

»Aber warm in welchem Sinn?«
»Ach, ich Armer!«, sagt er, »das ist der Schachzug, der mich isolieren soll. Merken Sie nicht, daß Sie von diesem Hahn nur geträumt haben?«
Und ich: »Nein, nein, das schwöre ich. Ich hörte sie im Gebüsch; sie war immer ganz in der Nähe, und dann flog sie weit weg, und gestern abend hat sie mir absichtlich nicht geantwortet. Dann ist sie gekommen, aber eben als Hahn ...«, und in dem Moment fiel es mir wieder ein und ich sagte: »Aber wieso eigentlich?«, denn, um die Wahrheit zu sagen, ich fand es unerklärlich.
»Aber glauben Sie denn, eine Frau kann ein Hahn sein?« antwortete der Präfekt.
Dieser Gedankengang war sehr logisch; also gab ich zu, wenigstens zum Teil: »Ja, ich sage auch, daß es nicht möglich ist.«
»Aber«, sagte ich, »aber schauen Sie her!«
Meine Schuhe waren ziemlich schmutzig, an allen meinen Kleidern hingen noch Blätter und Stroh, und ich zeigte ihm vor allem meinen Kopf; und ich sagte:
»Schauen Sie meine Haare an; die stehen alle in die Luft, das kann ich mir nicht erklären.«
Er schüttelte den Kopf: »Das hat nichts zu sagen. Eine Frau wird kein Hahn, außer in Worten.«
»Aber ich schwöre es Ihnen, ich saß dort zusammengekauert, und als ich sie auf dem Baum sah, wollte ich es selbst nicht glauben.«
Und der Präfekt: »Es ist ein Traum.«
»Nein, das kann nicht sein. Sie hat mir die Kopfhaut abgezogen! Schauen Sie nur, wie ich zugerichtet bin!«
»Sie können sich nicht vorstellen«, sagte da der Präfekt, »wie gut die sich auf die Inszenierungen verstehen. Sie haben noch nicht meine Erfahrung.«
»Nein«, sagte ich, ein wenig traurig geworden, »aber trotzdem... Trotzdem ist meine Schöne zu mir geflogen, und wir sind feldein feldaus hintereinander hergelaufen. Und ein Mond war da, wie ich noch nie einen gesehen hatte, er blutete, so rot war er. Und so warm auch. Und ich weiß nicht, was er mir ins Blut träufelte. Aus voller Kehle singend lief ich

ihrer Stimme nach; und ich war so glücklich und habe gepfiffen und gepfiffen vor Glück. So.«
Und ich fing an zu zwitschern, als hätte ich ein Pfeifchen im Mund. Der Präfekt hörte zu, und einige Minuten schaute er mir zu, während ich ihm meine Pirouetten, Gleit- und Schraubenflüge mit abschließendem akrobatischem Sturzflug vorführte. Und dazu pfiff ich wie ein Weltmeister, das heißt vorzüglich mit dem Crescendo und den Reprisen einer echten Amsel der Macchia. Und am Ende sagte der Präfekt mit hochgezogenen Augenbrauen, um seine Skepsis zu zeigen:
»Mag sein . . . !«
Da beruhigte ich mich, und er: »Wenn ich Ihnen sage, daß die Alten in der Nacht schrecklich sind, und daß man auf der Hut sein muß, dann, weil ich es aus eigener Erfahrung weiß.«
»Aber es waren keine Alten da.«
Da macht der Präfekt eine wohlwollend mitleidige Miene:
»Wer war denn da?«
»Mein Schatz war da«, sage ich. Aber in Wirklichkeit war ich ein wenig unsicher geworden.
»Und das soll heißen?« fragt er.
»Wenn man sie beschreiben müßte, sieht sie so aus: Das Haar hochgekämmt zu einem Schwanz. Sie ist wunderschön. Ganz rot im Wind. Und sie steht am Fenster und schaut mich an. Also habe ich ihre Beine nicht gesehen.«
Ich erinnerte mich nämlich nicht daran; ich erinnerte mich an Knochen von zwei Hühnerfüßen.
»Und dann?«
Und dann wußte ich nicht genau, was dann geschehen war, und ich war unschlüssig und murmelte:
»Sie war wunderschön, sie war ein Hahn«, aber es war mir selbst klar, daß das ein Widerspruch war.
Und der Präfekt gab mir durch ein Kopfschütteln zu verstehen, daß es keinen Sinn hätte. Darum tat es mir leid, und ich konnte nur noch sagen:
»Wunderschön war sie doch.«
»Aber«, sagte ich dann, »wieso hat sie die ganze Nacht gesungen, und ich habe sie erkannt?«

»Sie müssen sich darüber klar werden«, sagte der Präfekt, »daß sie uns an der Nase herumführen, wie es ihnen paßt. Sie versuchen uns vom Weg abzubringen, und dazu ist ihnen jedes Mittel recht.«
»Aber sie ist mir doch am Fenster erschienen und hat mir versprochen, wir würden uns verlieben.«
»Und der Hahn?«
»Ich weiß nicht wie, aber als sie erschienen ist, war sie so. Ich weiß nicht warum!«
»Die Alten, sehen Sie?«, begann er mit Geduld zu erklären, »die achten auf nichts, aber sie nützen alles aus; vor allem nachts, wenn sie niemand sieht. Sie tun alles, damit man sich irrt. Ich weiß mich zu wehren, das habe ich gelernt. Aber wenn die wollen, dann schlafen Sie keine Nacht mehr, sondern Sie heulen die ganze Nacht den Mond an oder schreien wie ein Käuzchen. Und am Tag warten Sie dann nur darauf, wieder in die Wälder zurückzukehren und ihrem Auerhahn nachzujagen und sich das Fleisch weghacken zu lassen. Haben Sie verstanden?«
»Aber wissen Sie, was hier not tut? Wissen Sie das?« Und da wurde er gebieterisch. »Hier tut es not, sich nicht abbringen zu lassen.«
»Aber wovon?«
»Egal wovon, das ist egal. Aber wir sind soweit, verstehen Sie? Das heißt, daß nun das Wasser schon kocht, und wir sind nahe daran. Das heißt warm, kochend heiß.«
In gewissem Sinn nagelte mich der Präfekt mit seiner Logik fest, so daß ich nicht wußte, was ich sagen sollte, und ich sagte: »Also gut, lassen wir uns nicht abbringen.«
Aber auch wenn ich nachdachte, verstand ich überhaupt nichts mehr und hatte ein großes Durcheinander in meinem Kopf: die Alten, der Hahn, ob ich geschlafen hatte oder sonst was, die Pappe, das Perserreich und die Mazedonier, und die Brunnen kamen mir wieder in den Sinn und das Haus, in dem das Gras und die Sträucher wuchsen, denn davon war alles ausgegangen, und ich war hinter etwas her, das ich schon am Anfang nicht kannte.
›Und jetzt‹, fragte ich mich, ›wo bin ich jetzt eigentlich?‹

So äußerte ich, noch ehe es Nachmittag wurde, die Idee, ich müsse schlafen, denn in meinem Kopf hörte ich immer noch das Kikeriki und das Gezwitscher, welche das Vogelkonzert der Nächte fortdauern ließen und wiederholten; aber so, als seien es Trommelfellpfiffe oder atmosphärische Radiostörungen.
»Das ist das Beste!«, sagte der Präfekt. »Sonst geht Ihr Hirn flöten, nicht nur die Federn im Genick.«
Und das sagte er der geistreichen Pointe halber, aber auch, um auf die Folgen und die Gefahren hinzuweisen.
Inzwischen, so sagt er, wird er vor Ort nachsehen, denn sonst würden wir Gefahr laufen, hier eine Ewigkeit zu warten, belauert von bösen Trugbildern, die sie uns nachschikken, um uns zu verzaubern, vor allem mich.
Und er ging, um die nächste Ortschaft in Augenschein zu nehmen, in ungefähr vier Kilometer Entfernung; die aber ein Örtchen mit Häuserreihen ist und schon zum Rand der Stadt gehört; also zwischen vom Verkehr durchdonnerten breiten Straßen und ländlichen Wiesen liegend.
Während ich mich ausruhte, wollte er sehen, ob der Student dort irgendwo war, dort wohnte oder sich herumtrieb, wie er aus einigen Reden entnommen zu haben schien.
Der Präfekt geht also; und ich schlafe im Schatten eines Baums auf einem neuen Heuhaufen, wo ich mir ein Nest mache. Nur ein wenig gestört von kleinen friedlichen Tierchen, die über mein Gesicht spazieren, und im Kopf immer noch das Echo der Möwen und der Käuze.
Dann vernahm ich schon halb im Schlaf eine Zikade, die nicht aufhörte; ich weiß nicht, ob in meiner Einbildung oder aus dem Stoppelfeld.
Und so muß ich selig geschlafen haben bis zum Sonnenuntergang, gestreichelt von den Passaten und Antipassaten, dann sah ich mit offenen Augen in die schöne bebende Reglosigkeit dieser Stunde, die sich von meiner kleinen Erhöhung aus bis weit in die Ferne erstreckte.
Eine Katze kam, die auf der Lauer war und umsichtig über das Feld ging. Eine Spinne lief über meinen Arm, die mit Entschiedenheit eine ihrer Grillen verwirklichte. Und ich sah hin, ohne zu fragen, mit Gelassenheit.

Als der Präfekt zurückkam, war er sichtlich erschöpft und außer Atem und mußte mir sofort berichten.
»Nehmen Sie Platz«, sage ich und biete ihm das Heu an. Aber er bleibt stehen und sagt mir, daß morgen der Student kommt oder es zumindest zu hoffen wäre, wenn er es nicht bereut hat; nach allem, was geschehen ist.
»Was ist geschehen?« frage ich spontan. »Ist mit diesem Studenten etwas geschehen?«
»Nein«, sagt er, »das ist ein aufrichtiger Junge. Er hat zu mir gesagt, er kommt morgen mittag hierher in die Pizzeria.«
»Aber wie habt ihr euch denn gefunden?«
»Ganz einfach. Dort sind nur wenige Häuser zwischen den Autos. Ich fragte den Herrenfriseur, ob er einen kenne, der so und so aussieht. Und dann saß der Student außerdem gleich in der Kneipe nebenan, so daß er mich schon grüßte, während ich den Friseur fragte, und mir dann vor allen seinen Freunden die Ehre erwies. Dann habe ich auch allein mit ihm gesprochen, und er hat mir geschworen, daß er morgen kommt, weil ich ihm gesagt habe, wir wollen doch das Ende der Geschichte wissen, nicht wahr? So liest er uns morgen die geheimen Enthüllungen vor, die sein Onkel oder Vetter oder sonst wer gemacht hat.«
Und da schwieg er, und ich dachte, eigentlich sei alles sehr gut gegangen, so gut wie er gehofft hatte.
Also sage ich: »Na und dann?«
»Na, dann ist da noch etwas, leider. Das ist, daß ich stark überwacht werde, wissen Sie?, fortwährend, schlimmer als bei einem Wahn.«
Und jetzt sah ich in der Nähe, daß er eine Röte im Gesicht hatte oder einen Überrest von Röte, beinahe wie bei einem apoplektischen Schlag, der bevorsteht oder gerade vermieden worden ist. Und ich dachte, man sieht, daß bei seiner Expedition nicht alles glatt gegangen ist. Und machte mich fragenden Blickes hörbereit.
»Die gönnen mir keine Ruhe, wissen Sie? und stellen mir Fallen, jetzt auch am Tag. Um ein Haar wäre ich im Krankenhaus gelandet.«
Ich: »Wie bitte?«, denn dann war es eine schlimme Geschichte.

»Wenn ich Ihnen wirklich die Wahrheit sagen soll: Die Alten sind Spinnen, die ihr Netz weben.«
Das war etwas Neues, und ich richtete mich auf, um es gut zu verstehen, wenn ich es überhaupt verstehen konnte.
»Aber es ist ein Netz, das man nicht sehen kann und auch nicht durch Berühren fühlen kann.«
»Das fehlte gerade noch!« sage ich.
»Sie machen es mit Speichel, sehr lange Fäden und so fein, daß sie praktisch für unsere Wahrnehmungsweise gar nicht existieren. Und darum muß man einen sechsten Sinn haben, der von den Augenlidern und den Härchen am Hals kommt; denn, sehen Sie?, es ist, als würden dich diese unsichtbaren Spinnweben streifen, und dann fühlt man sich gefesselt und kann die Augen nicht mehr normal aufschlagen.
Wenn also ein Alter da ist, der seinen Faden aussendet und er dich schon eingewickelt hat, dann spürt man, wie einem eine unmerkliche Feder über die Augen und die Wangen streicht, ein beinahe nicht existierendes Kitzeln. Dann dreht man sich um, und ein alter Mann gleitet heimlich weg oder einer seiner Stellvertreter, meinetwegen gekleidet wie ein Junger oder ein Vierzigjähriger. Aber das Aussehen zählt nicht, es zählt nur die Tatsache, daß er dich in den Faden gewickelt hat; das heißt, er hat den Speichel und gehört zum Verein.«
Ich hörte mir die Neuigkeit an, aber ohne zu verstehen, was geschehen war. Und er inzwischen:
»Die Fäden erreichen einen auch aus hundert Meter Entfernung und auch noch mehr; also kommt es vor, daß einer das typische Kitzeln spürt, um sich blickt, aber keine Menschenseele sieht. Dann denkt er: Ich habe mich wohl geirrt. Aber er spürt die winzige Berührung auf den Wimpern wieder; er dreht sich ein zweitesmal um und horcht, ob er etwas hört; und nach einer Weile sieht er unvermeidlich jemanden, zum Beispiel auch am Ende der Straße, ganz weit weg, wo man ihn kaum noch erkennt, geht einer halb gebückt oder aufrecht schnell vorbei.
Und dann weiß man, was es war; die Spinnwebe.
Es ist nicht ausgeschlossen, daß so ein Alter per Rad oder im Auto vorbeifährt. Auch im Verkehr kann man plötzlich

spüren, daß einen die Spinnwebe streift, dann versucht man zu erraten, wer es gewesen ist, unter den vielen Autos und Mofas, die vorbeifahren und -flitzen. Und es ist sehr unwahrscheinlich, daß man es herausfindet, denn der Verkehr ist ein Chaos, und es gilt das Recht des Dschungels; das hat der Alte ausgenützt und ist etwa auf einem unscheinbaren Mofa vorbeigefahren, angezogen wie irgendeiner, der von der Arbeit kommt und sich in den Strom des Hauptverkehrs stürzt. Ihn hier zu erkennen, ist ein frommer Wunsch, denn alle fahren schnell, überholen, fahren im Zickzack, hupen, beschleunigen, bremsen, und man kann sich auch umdrehen, sowie man etwas spürt, und die Fahrer einen nach dem anderen anschauen. Aber im allgemeinen ist der Alte meiner Erfahrung nach schon über alle Berge.
Wenn man Glück hat und sehr gut aufpaßt, kann man höchstens in fünfzig Meter Entfernung einen sehen, der sich eine halbe Sekunde, den Bruchteil einer Sekunde lang umdreht. Und man sieht seinen tubenförmigen Mund wie bei einer Larve.
Das ist der einzige Fall, wo man einen ertappt, und man ertappt ihn auch bei seinem scheinheiligen Lächeln, während er vielleicht diese klebrige Spucke spinnt. Haben Sie verstanden?«
Ich sagte: »Ja, das habe ich verstanden. Aber was ist denn eigentlich passiert?«
Und er: »Wenn ich Ihnen das erzähle, dann sagen Sie auch, das ist Wahnsinn. Denn es ist selten, äußerst selten, daß es auf solche Weise passiert. Mir war sowas noch nie passiert.«
Und man sah, daß ihm von neuem das Blut ins Gesicht stieg.
»Man braucht nur einen etwas begriffsstutzigen Alten, das heißt ohne viel Verstand.
Ich stand bei ›Warten‹ an einer Verkehrsampel«, fing er an zu erzählen. »Und als ›Gehen‹ kam, hielt der ganze Verkehr, denn sie hatten Rot. Da ging ich über die Straße, vor allen diesen eingeschalteten, startbereiten Motoren. Ich dachte gar nicht daran, aber da spüre ich auf halbem Weg eine Spinnwebe am Hals, unverwechselbar, wenn auch federleicht und unberührbar. Und einer, der nicht so gewitzt ist

wie ich, der hätte gar nicht darauf geachtet. Er hätte sich höchstens rein instinktmäßig gekratzt.
Aber ich sage mir: ›Ah, du Schuft, diesmal erwische ich dich, wirst schon sehen!‹
Und mit einem Ruck drehe ich mich um und betrachte den stehenden Verkehr und bleibe stehen, die Hände in den Hüften, damit sie Respekt kriegen. Und der Reihe nach mustere ich diese Motorradfahrer, Radfahrer und Wagenlenker, wie sie alle an ihrem Steuer sitzen. Von Angesicht zu Angesicht mir gegenüber, nur daß ich im Vorteil war, weil sie bei Rot halten mußten, ich dagegen hatte ›Gehen‹, und das konnte ich ausnützen. So schaue ich sie mir gut an, und sie, sie schauen mich an, den Fuß auf dem Gaspedal.
Aber ich sehe einen, und in diesen Geschichten habe ich mich noch nie geirrt, ich sehe also einen, der sich hinunterbeugt und an seinem Mofa etwas anfaßt in der Nähe des Rads oder so tut, als würde er etwas anfassen, damit ich glauben soll, er hat etwas anderes im Kopf, als eine Spinnwebe zu machen.
Und ich nähere mich ihm mit ausgestrecktem Zeigefinger, und er macht ein naives Gesicht, als wollte er sagen: ›Ich?‹
›Bist ja nur ein armer Irrer‹, sagte ich schon zu ihm; und hatte seine Lenkstange schon in der Hand und schüttelte sie, denn so würden sie ihn wenigstens entlassen, wenn er so wenig von seinem Handwerk verstand, daß er sich schon bei der ersten Ampel fassen ließ.
›Armer Irrer‹, sagte ich schon zu ihm; und ich wollte ihn vom Sattel herunterwerfen. Aber in dem Moment kam für mich ›Warten›, und für sie war Grün. Da fuhren alle los wie eine Lawine, wie eine Hochwasserwoge, die Bäume und Staudämme wegreißt, und auch er nützt es aus und gibt Vollgas, der räudige Hund. Und mit dem Rad fährt er mir an die Hose und auf meinen Fuß und schreit mir dazu Beschimpfungen ins Gesicht; als wäre ich derjenige, der sich entschuldigen müßte!
So ließ ich die Lenkstange los, weil es nicht anders ging, und mußte ausweichen, aber ich packte ihn am Ärmel seines Regenmantels und schrie ihm ins Ohr: ›Du geifernder

Alter, deine Spinnweben kannst du einem anderen ankleben!‹ Und während ich ihn am Ärmel festhielt, versuchte ich ihm mit der anderen Hand einen Hieb auf den Rücken zu geben, damit er den Kloß Klebstoff ausspuckte und das ein Geständnis vor aller Augen wäre. Haben Sie verstanden?«
Aber er zog mich mit der Kraft des Motors weiter, der ich nicht Widerstand leisten konnte, und so gelang es mir nicht, ihm einen Hieb mitten auf den Rücken zu verpassen.
Aber den Ärmel habe ich nicht losgelassen, wodurch er sich vorbeugen mußte und beinahe gestürzt wäre, während sich ringsum ein Hup- und Pfeifkonzert entwickelte.
Und inzwischen hatte der Verkehr wieder angefangen zu dröhnen und zu flitzen, und ich war, von diesem Stinktier hineingezerrt, mitten drin und lief mit, ohne noch beweisen zu können, wer er wirklich war. Und daher wurde er frech und versuchte zu beschleunigen. Dann zog ich ihm beinahe den Ärmel aus, während er sich losmachte; und bis zum letzten habe ich ihn festgehalten, damit er sich wenigstens daran erinnerte, daß er es nicht mit einem x-beliebigen zu tun hatte, der glaubte, seine Speichelfäden seien ein Jucken, das aus dem Nichts komme, und sich dann kratzt wie ein Blöder. Und inzwischen haben sie ihm den Faden angehängt und ziehen ihn daran wie eine Marionette.
Als ich nicht mehr mitkam und er schneller fuhr, als ich laufen konnte, dabei riskierte hinzufallen, mußte ich loslassen und stand mitten im Dschungel des Stoßverkehrs, alle um mich herum hupten und drängten mich in die Enge. Ich lief weiter, um nicht überfahren zu werden, während der Alte weiterfuhr und mir ab und zu grauenhafte Sachen nachschrie, so daß ich hoffte, es komme gleich wieder eine Ampel, denn dann hätte ich mich nicht mit der Lenkstange begnügt, sondern hätte ihn alles ausspucken lassen bis zum letzten Tropfen.
Aber es war eine breite Straße, auf der die Autos siebzig pro Stunde fahren und ich somit zu Fuß selbst bei Höchstgeschwindigkeit keine Chance hatte. Und auf zwei Kilometer gab es keine Ampel mehr. Also mußte ich nachgeben; aber ich hatte eine Wut!

Und daß ich nicht vom Verkehr umgebracht worden bin, ist ein Wunder.
Wenn ich nur irgendein Verkehrsmittel gehabt hätte, ich wäre ihm nachgefahren bis ans Ende der Welt, aber in so einem Fall sind sie vorsichtiger, das wissen sie.«
Ich war betroffen und beeindruckt; und ich stellte mir eine solche Raserei vor, bei der man wirklich um seine Haut fürchten mußte.
Und der Präfekt fügt hinzu, nachdem er sich ein wenig beruhigt hat und sich endlich auf die Erde setzt:
»Alle haben mich gesehen. Es ist ein Ort mit zehn Häusern. Auch der Student hat mich gesehen; der hatte, glaube ich, nicht einmal eine Ahnung von der Geschichte mit den Spinnweben. Denn er, das sieht man genau, ist unbedarft; das sieht man daran, wie er alles angeht.
Während ich mich wehrte und nicht stehenbleiben konnte, winkte ich ihm mit den Augen, zwinkerte ihm zu, um zu sagen: ›Sehen Sie, sehen Sie, wie es zugeht?‹ Er hat sofort verstanden, was der Verkehr bedeutet.«

Und schön langsam lehnte er sich auch ans Heu, und schön langsam sind wir still geworden.
Es war Abend oder schon Nacht, und wir haben schließlich auch einen Rest gefunden, den wir essen konnten. Schmeckte aber. Und kurz darauf hörte ich, daß er schon schlief, auf seine in manchen Momenten nervöse und unruhige Weise.
Ich dagegen blieb eine geraume Zeit wach; ich weiß nicht mehr, was ich dachte. Ich sah die gestirnte klare Nacht und ich weiß noch, daß der Mond aufging.
Man hörte leise Geräusche in dem Heuhaufen und nicht weit weg: scharren und piepen. Dann flogen die Fledermäuse vorbei und ein Käuzchen und so weiter; nach meiner Ansicht gehörten sie zur Natur des Ortes, zur Umgebung meines Fräuleins.

In der Umgebung meines Fräuleins

Als wir erwachten, war der nächste Morgen da. Wir hatten im Stroh geschlafen, unweit der Pizzeria.
Aber ich hatte die ganze Nacht in der Ferne die Hähne krähen hören, als würden sie einander wie ein Echo antworten. Und so hatte ich mich danach gesehnt, meine Schöne wiederzusehen und ihr zu antworten; wenn ich mich auch wegen der Erzählungen des Präfekten zurückhielt.
Aber ich konnte nicht schlafen. Es bellten die Hunde, als würden sie mich rufen, als würden sie versuchen, mich wachzuhalten, weil sie mir etwas sagen wollten: daß sie meine Schöne zu mir geschickt habe, daß der Mond gerade aufgehe, daß ich mich jetzt rüsten solle. Und wenn einer stärker und klagender bellte, sah ich gleichsam die Fetzen einer Uniform an ihm hängen: ›Alte hungrige Hunde ohne Ruh‹, hörte ich es in meinem Kopf sagen, ›sie werden ausgeschickt, damit einer nicht einschläft und die ganze Nacht seufzt.‹
Und ich weiß nicht, wie viele tausend Grillen, wenn man sie zusammenzählte, eine wütende und beharrliche Melodie dazu zirpten, die für meine Gefühle ein Lockruf war hinauszugehen und nachzusehen. Und das Konzert wurde immer stärker, wenn ich ihm mein Ohr lieh; und neue Solisten stimmten ihre Note an, um mich hinauszuholen, zur Hochzeit.
Inzwischen erschien im Halbschlaf ein Vizekönig vor mir, ganz mit Zahlen überschüttet, zu Pferd mitten unter den streunenden Hunden.
Dann singt eine Lerche, glaube ich; dann ein junger Hahn auf dem Dach, ganz nahe; und da rüttelte und schüttelte es mich im Stroh. Und als er seinen hohen Schrei wiederholte, waren meine Augen schon offen, und ich sah den Mond erbleichen und den Tag melancholisch heraufdämmern.
Als aber der Präfekt aus dem Strohschober herunterkam, sah er aus wie ein froher, zufriedener Herr und strahlte. Er sagte, endlich seien Dinge herausgekommen, die unsere Fragen ein gutes Stück voranbrachten.

Ich wußte nichts und war verwirrt, auch wegen der Nacht. Der Präfekt sagte hingegen, er habe geschlafen wie ein Kaiser, Herr und König, es habe ihm wirklich behagt, und er habe im Schlaf die ganze Nacht gelacht.
Er sagte, daß es in allen Schwindeleien, die nun in Umlauf seien, knistere und sie sich nicht mehr halten könnten; und wenn ich es wissen wollte, seine Herausforderung des Verkehrs blase die Spinnweben und die Betrügereien hinweg wie ein Mistral oder eine Bora.
»Die trauen sich nicht mehr«, sagte er.
Ich zuckte mit den Schultern, meinerseits. Ich hatte keine Lust mehr, an die Alten und an das Ministerium zu glauben. Aber was bedeuteten sie?
Der Präfekt aber war selbstbewußt und heiter, und während er sich ein wenig säuberte, um nicht wie ein Landstreicher auszusehen, kicherte er ab und zu wohlgefällig in sich hinein und trällerte Hymnen und flotte Märsche.
»Ein schöner Schlag, was?, gegen alle die falschen alten Leuteschinder.«
Ich sagte nur, daß ich meine Schöne wiedersehen wollte; weinerlich wegen dieser fixen Idee.
Da wurde der Präfekt einen Augenblick lang ernst: »Was soll das, ausgerechnet jetzt?«
Ich sagte, ja, alles andere sei zusammenhanglos, sei für mich ohne Zusammenhang und mir schließlich egal und andere solche Sätze mehr. Ich hatte meinen Hahn im Sinn und wollte mich wieder unter der Eiche zusammenkauern und warten.
»Heute nacht gehe ich wieder hin«, sagte ich. Derart waren meine Gedanken, und sonst konnte ich nichts sehen.
»Aber was sagen Sie da, Savini? Sie wollen sich reinlegen lassen. Sie sollten die Frauen doch kennen.« Ich glaube, er meinte Nestor und das Dampfroß.
»Nein, ich gehe wieder hin«, war meine Leier.
»Er will sich rupfen lassen wie ein Huhn«, kicherte der Präfekt vergnügt. »Erinnern Sie sich denn nicht mehr?«
Aber die Geschichte, daß sie ein Hahn gewesen war, hatte sich für mich schon verflüchtigt.
Wie soll ich das sagen? Ja, sie mag mich wohl am Ende, beim

Morgengrauen gerupft haben; und auch mein Genick hat sie wohl gepeinigt. Aber ich war die ganze Nacht hinter etwas hergewesen, das war das höchste Glück oder so etwas Ähnliches. Und wenn es ein Traum war, wollte ich ihn wieder träumen.
Dann sagt der Präfekt, daß es uns wohl tut, an der frischen Luft zu sein, und wir sollten es genießen. Also nehmen wir einen Fußweg, der dann eine Biegung macht und an einem kleinen Fluß mit sehr wenig Wasser und bisweilen einer sumpfigen Pfütze entlangführt. Solche Spaziergänge waren nach dem Geschmack des Präfekten; und mir gefielen sie auch.
Aber während wir langsam dahingingen und um uns schauten, gingen unsere Unterhaltungen weiter.
Ich war nicht heiter; auch wenn sich meine Stimmung im Vergleich zur Nacht ein wenig und im Vergleich zum Erwachen erheblich gebessert hatte. Und ich sagte, daß wir folgerichtig bis zu diesem Punkt gekommen seien. Und ich hatte allerhand gehört, Sachen aller Art, auf ihre Art sogar lehrreiche, und ich hatte sie nicht vergessen. Aber jede blieb für sich, es fehlte ein Faden. Ich jedenfalls spürte keinen, und so wurde ich deshalb schließlich pessimistisch.
»Weil das Ganze, eigentlich weiß ich nicht, was es bedeuten soll«, sagte ich. »Mir hätte ein schönes, richtiges, echtes Abenteuer gefallen.«
So gestand ich es ihm. Und er sagt, daß man sich anstrengen muß, wenn man einen Zusammenhang finden will, und daß man List und Schläue dazu braucht: Außerdem ist es klar, daß bereits der Krieg wütet. Seitdem ich meine geographischen Enthüllungen gemacht hatte. So dachte der Präfekt, auf seine Weise.
Und da die anderen systematisch schwindeln und ihre Schwindeleien in Umlauf bringen, um uns in der Hand zu haben und auszulachen, deshalb haben wir ihnen ihre Schwindeleien nachgewiesen.
»Und jetzt warten wir ab, wer lacht: Ich sage, daß wir jetzt lachen und nicht sie hinter unserem Rücken«, so versuchte mich der Präfekt umzustimmen. »Das ist ein Krieg, verstehen Sie?, aber ein Nervenkrieg; was freilich dasselbe ist.«

Ich verstand, was er sagte. Wir waren unter Weidenbüschen. Aber einen Krieg sah ich, ehrlich gesagt, noch nicht; noch konnte ich mir nicht vorstellen, welcher infernalische Tumult und welcher Aufruhr vor meinen Augen losbrechen sollte, und daß die Apokalypse nicht mehr fern war.

Und während wir durch das Sumpfgras gehen, das im trokkenen Flußbett wächst, schickt sich der Präfekt an, mir ein Beispiel zu erzählen.
»Savini, Sie sind wie der«, sagte er zu mir, »der sein Haus mitten in der Ebene von Waterloo hatte, als die berühmte Schlacht von Napoleon war.«
Ich sage: »Und wie wäre der?«
Und der Präfekt: »Das können Sie sich vorstellen.
Als der Krieg ausbrach, schloß sich dieser Mann schnell in sein Haus ein, und er sah vom Fenster aus, wie die Armeekorps, die Dragoner, Lanzenreiter und der Troß durch seinen Garten zogen; entweder in der einen Richtung oder in der anderen, je nachdem, wer gerade der Sieger war. Und über seinen Kopf pfiffen die Kanonenkugeln hinweg.
Dann lagerten sich Kürassiere in seinem Garten, und während sie aus ihren Blechnäpfen aßen, sah er, wie von hinten die Ulanen zu Pferd über sie herfielen und sie in einer halben Minute ausgerottet hatten. Und während diese schon im Abziehen waren und ihre Säbel in die Scheiden steckten, fallen drei oder vier Granaten, als kämen sie vom Himmel geregnet. Und viele sind tot, verletzt oder verstümmelt.
Und der kleine Mann, der in dem Haus wohnte, sagte bei sich: ›Aber wer weiß, was hier geschieht. Was man heute alles im Garten zu Gesicht bekommt.‹
Da er aber schüchtern und auch vorsichtig war, hatte er nicht den Mut, hinauszugehen und alle wegzujagen: Sie zertraten seine Blumen und seine Beete, hatten den Zaun umgeworfen und ihre Pferde fraßen den Obstbäumen die Blätter ab. Also stand der kleine Mann halb versteckt hinter seinem Fensterladen und schaute zu, wie es ausging. Und er fragte sich, warum sie ausgerechnet seinen Garten wählen mußten,

um zu schießen, zu schlafen, ein Feuer anzuzünden, wo es soviel Platz ringsum gab.
Der Mann wußte, daß das Dorf Waterloo war, denn er war dort geboren; aber er wußte noch nicht, daß es durch die Schlacht berühmt werden sollte. Also konnte er nicht verstehen, was passierte. Und er sah nur ein Gewirr von Uniformen und Mannschaften, denn einige schienen es sehr eilig zu haben, und sie kamen mit Geschrei und im Galopp durchgeritten; andere wieder warfen sich auf den Boden, als wären sie vor Müdigkeit schon tot; wieder andere kochten Mittagessen, und noch einmal andere, die vorher schon sauber und ordentlich vorbeigekommen waren, erkannte er wieder, wenn sie nicht besonders lustig, schmutzig und verkratzt zurückkehrten.
Und der kleine Mann sagte: ›Da sieh mal einer an! Wer weiß, hinter was sie herlaufen‹; und da er immer ein friedlicher und zurückgezogener Mensch gewesen war, hatte er keine Ahnung von den Gewohnheiten des Militärs.
Und vor allem verstand er nicht, aus welchem Grund sie alle durch seinen Garten mußten.«
Ich hörte ihm nun mit Vergnügen zu und sagte: »Der soll ich sein?«
Der Präfekt fuhr fort:
»Wenn dieser kleine Mann durch die Ritze seines Fensterladens sah, sah er jeweils nur eine Sache. Und für ihn bestand die Schlacht von Waterloo aus einer Reihe von Uniformierten, die nacheinander durch sein Gesichtsfeld kamen und ohne ersichtlichen Grund gegen seinen Garten wüteten.«
»Ja, aber, hören Sie«, sage ich da auf einmal zu ihm, weil mir eine so logische Idee gekommen war, daß sie bestimmt wahr war oder wahr hätte sein können.
»Das weiß ich vielleicht auch«, sage ich, »wie die Schlacht von Waterloo in dem Garten ausgesehen hat.«
Da blieb der Präfekt stehen, und weil wir gerade am Flußufer durch das Schilf gingen, drehte er sich mit zufriedenem Gesicht und leuchtenden Augen um. Dann schiebt er die Vegetation beiseite, die uns trennte und vor unseren Gesichtern und über unseren Köpfen war, und sagt:

»Was für eine schöne Überraschung, Savini. Sie wissen bestimmt etwas Interessantes.«
Und wo ich stehe, vom Schilf gestreift, sage ich zu ihm, daß der Mann, indem er immer durch den Fensterladen sah und die Stunden vergingen, allmählich merkte, daß sich etwas von dem, was er sah, vielleicht erklären ließ. »Zum Beispiel«, sage ich, »als die Kürassiere kommen, sieht er, daß sie sich direkt in ein Dahlienbeet legen; und da er die Dahlien mit großer Mühe gepflanzt, gedüngt und gegossen und außerdem mit unermüdlicher Geduld vor den Schmarotzern verteidigt hatte, stundenlang, gebückt, mit der Hacke, verflucht er insgeheim die Kürassiere.
Seine Augen gegen die Ritze gepreßt, sieht er, daß sie keine Rücksicht kennen; sie gehen mit den Stiefeln über die Beete, zertreten alles und benutzen die Dahlien auch als Strohsack, so daß nach zwanzig Minuten dort, wo früher das Beet war, nur noch gestampfte Erde ist.
Da weint er beinahe vor Zorn und murmelt: ›Was habt ihr denn gegen meine Dahlien, was haben sie euch denn getan?‹
Der Präfekt sagt: »Kann sein, Savini, es kann tatsächlich so sein.«
Und ich: »In dem Moment scheint plötzlich die Hölle los zu sein. Die Kürassiere versuchen in aller Eile aufzustehen, ihre Musketen zu laden, aber es ist nichts mehr zu machen. Eine Ulanenschwadron springt schon zu Pferd über den Zaun und schießt mit ihren Pistolen. Und indem sie wie Furien ihre Säbel schwingen, massakrieren sie in einem Augenblick alle diese faulen Schufte, die auf den Dahlien liegen.
Und der kleine Mann am Fensterladen reißt die Augen auf und macht einen Freudensprung.
Und mit böser Stimme sagt er: ›Sie haben es nicht anders gewollt.‹ Und in seinem Kopf klatscht er den Ulanen Beifall, weil sie die häßlichen Stinktiere bestraft haben.
Dann sieht er durch die Ritze genau, daß die Ulanen vom Pferd steigen, aber die Dahlien sind ja schon hin, also läßt er sie gewähren.
Aber einer von ihnen, der die blutige Klinge seines Säbels putzen will, nähert sich, so sieht er, dem Topf mit den

bestens gepflegten Hortensien, er reißt ein Büschel ab und, ohne darauf zu achten, was es ist, fährt er zwei oder dreimal damit die flache Seite der Klinge entlang, bis sie glänzt, dann wirft er es weg und steckt seine Waffe in die Scheide.

Der kleine Mann sagt bei sich: ›Aber nein, ausgerechnet die Hortensien!‹

Aber wegen der großen Aktion der Gerechtigkeit von vorhin war er geneigt, es durchgehen zu lassen. Er sieht aber, daß auch andere demselben Beispiel folgen und Eisenkraut, Ranunkeln und Blätter von Alpenveilchen abreißen; und dann sieht er, daß sie ein Pferd durch die Tulpen gehen lassen, und andere Pferde fressen die Triebe eines Weinstocks der seltenen Muskattraube von Aleppo ab; und während sie einander drängen und schieben, werfen sie die Stützen der ganzen Reihe um, die nun kläglich am Boden liegt.

Er hatte die Weinstöcke beschnitten, gesprengt und hochgebunden zur Laube, die Arbeit eines Jahres.

Und er verflucht die Pferde hundertmal und beginnt zu denken, sie könnten die Büffel doch irgendwo anbinden und ihnen statt Trauben Heu zu fressen geben.

Inzwischen bemerkt er, als er an einer anderen Stelle der Ritze durchschaut, daß ein Grüppchen Ulanen, grölend und lachend wie die schlimmsten Galgenvögel, bereits die Feigen von dem Baum, der direkt vor dem Haus steht, essen. Und sie nehmen es nicht so genau: Die Äste werden heruntergezerrt, bis sie abbrechen, andere werden abgeschnitten, und der Baum, der hundert Jahre alt war, ist in einer Minute fast verschwunden.

Dann hört man fernen Kanonendonner. Da ertönt die Trompete, und alle springen auf die Pferde, aber dabei werfen sie eine Reihe von Geranientöpfen um, zerstampfen mit den Hufen eine Azaleenumrandung; und ein Offizier ordnet eine Zweierreihe an; aber ausgerechnet, wo Rhododendren, Veilchen und eine kleine Rosenhecke sind, die ganz entwurzelt wird, und das Erdreich sieht aus wie frisch gehackt.

Auch dabei flucht der kleine Mann und bebt vor Haß gegen diese verdammten Schurken, die schlimmer sind als die Vandalen. Und hinter seinem Laden schwitzt er wegen

dieser Katastrophe, dieses unsinnigen Wütens gegen seinen Garten.
Und als sie schon im Aufbruch sind und wohl genug getan haben, um diese zynische Verwüstung hinter sich zu lassen, explodiert eine Bombe unter dem ersten Pferd, die es zerfetzt, während sein Reiter zerstückelt in einem blutigen Knäuel liegenbleibt. Dann kommen andere Geschosse, die Tod und Entsetzen verbreiten, und der kleine Mann schreit mit vor Erregung erstickter Stimme: ›Geschieht euch recht! Ihr habt mir die Weinstöcke, die Beete und den Feigenbaum ruiniert, was habt ihr anderes erwartet?‹
Und der Kanonenbeschuß dauert an und ergänzt die Schäden von vorhin, denn eine alte Zypresse bricht ganz unten ab und auf den Gartenwegen entstehen Löcher durch die Explosionen; aber auch alle diese Verräter, diese elenden Ulanen samt ihren hemmunglosen Pferden werden hinweggefegt.
Und der kleine Mann sagt daher: ›Wohl getan, wohl getan‹ und gibt jeder Bombe seinen Segen. Ein wenig beugt er sich hinunter, um den Splittern auszuweichen, und vorsichtshalber tritt er zur Seite und hält nur ein Auge an die Ritze. Aber es entgeht ihm nichts von dem Schauspiel, das nach seiner Meinung, zumindest von seinem Beobachtungsplatz aus, eine Art verbissener Kampf um die Oberherrschaft des Gartens ist.
Dann kehrt für eine Weile der Friede wieder. Nur von fern hört man Explosionen, Trompeten, Pfeifen und Pferdegetrappel in der Nähe, die ihn aber nicht betreffen, es werden gescheiterte Versuche sein, denn im Garten ist niemand zu sehen.
Da nimmt er sich einen Stuhl und horcht bequemer weiter. Er sieht einen Verwundeten, der sich bis zu den Knien aufrichtet und bis zum Wasserstrahl des Brunnens schleppt; und ganz offensichtlich entwurzelt er dabei die Maiglöckchen und die Erdbeerpflänzchen. Dann fällt er ins Brunnenbecken, wo leider die Seerosenblätter schwimmen. Aber er kommt nicht wieder hoch; und der kleine Mann, der nun wieder mit beiden Augen hinausschaut, hat ein gleichgültiges Gesicht wie ein richtiger Mörder.«

»Ah, Savini, das sind ja Offenbarungen!« beginnt der Präfekt. »Diese Dinge weiß kein Mensch über die Schlacht von Waterloo, auch wenn sie so gefeiert wird.«
Wir hatten inzwischen das Ufer erreicht, wo das Schilf aufhörte; und mir wurde die Geschichte des kleinen Mannes, der in der Mitte von Waterloo wohnte, immer klarer. Und dem Präfekten erzählte ich weiter, wie es nach meiner Meinung gewesen sein mußte.
»Dieser kleine Mann beginnt also zu verstehen, daß aus ihm unbekannten Gründen sein Garten im Mittelpunkt eines universalen Interesses stand.
Und sie kamen wahrscheinlich selbst von sehr weit her, um ihm alles zu zertreten und zu entwurzeln und einander das Recht zu stehlen, ihn zu verwüsten und eine Öde zu hinterlassen. Er hörte nämlich verschiedene Sprachen und verschiedene Dialekte sprechen und auf die unverständlichsten Weisen Befehle erteilen, vielleicht auf russisch, englisch und slowakisch. Es waren also fast lauter Fremde, die hierher kamen, um wer weiß was zu suchen, weil ihnen wer weiß was gefiel.
Aber dann mußten sie mehr oder weniger alle teuer dafür bezahlen. Zumindest sah es so aus; denn wenn auch einige, die Unheil gestiftet hatten, davongekommen waren, so hatten viele, oft nur weil sie einen Fuß auf das Gras gesetzt hatten, ihr Leben oder ein Bein oder einen Arm lassen müssen.
So erklärte sich der kleine Mann das Kommen und Gehen in seinem Garten; und er fand auch, daß eine Logik dahintersteckte. Das heißt, wer ihm seine Blumen zerstampfte, mußte früher oder später dafür bezahlen; und aus einem verborgenen Grund wollten sie ihn alle zerstampfen, wodurch die Rivaltäten, die Fehden und die Rache entstanden.
Als er die Kanonen mit den entsprechenden Zuggespannen ankommen sah, wäre er sogar bereit gewesen, ihnen freies Geleit, sein Einverständnis zu geben, in Anbetracht des radikalen Wegschaffens von Ulanen und Pferden, das sie geleistet hatten. Und er wäre sogar geneigt gewesen, sie als Freunde und Verbündete zu betrachten, die sich um die Unversehrtheit seines Gartens kümmerten, aus purem Des-

interesse. Wahrscheinlich hatten sie von irgendeinem Hügel aus mit ihrem Fernrohr gesehen, wie er verschandelt wurde, und so hatten sie ihre Granaten losgeschossen, mit der genannten Wirkung.

Es rückten also im leichten Trab die sechs Gespanne heran, und auf dem Kutscherbock eines jeden saßen zwei Soldaten mit Pelzmützen und sahnefarbener Uniform.

In einem gewissen Sinn freute sich der kleine Mann, und er sagt ganz von selbst: ›Ihr tüchtigen Artilleristen‹.

Er steht und schaut immer noch durch die Spalten seines Fensterladens und hofft, sie würden einen Bogen machen; aber nein, sie gehen ausgerechnet und absichtlich die frisch gestutzte Hecke entlang und, da es sich um breite, schwere Karren handelt, strecken sie mit den linken Rädern die Hecke in ihrer ganzen Länge zu Boden. Bis sie wieder nachwächst, sind mindestens zehn Jahre nötig.

So steht der kleine Mann da, ballt die Fäuste und fletscht beinahe die Zähne und zischt: ›Kanaillen!‹

Wenn sie wenigstens hintereinander in derselben Spur gehen würden! Aber nein, sie reißen auch die Umzäunung mit, die Hälfte des Gartentors, einen schönen Lorbeerstrauch, noch eine Weinlaube, und dann bricht der Deckel des Wassertanks ein, in dem ein Rad steckenbleibt. Und während sie die aus dem Gartenzaun gerissenen Pfähle als Hebel benutzen und die Pferde peitschen, landet alles mögliche im Wassertank, Erde, Mist und Mauerstücke.

Als sie verschwunden sind, schätzt der kleine Mann den Schaden, den sie angerichtet haben, als den wohl schlimmsten.

Dann geschieht an dem Tag nichts mehr. Man hört nur immerzu Kanonen donnern. Und eine vereinzelte Bombe fällt auf einen Rosenstock und eine zweite, aus Versehen, in ein Fenster des Erdgeschosses.

Als alles zu Ende zu sein scheint und es beinahe Abend ist, sieht man entlaufene Pferde vorbeikommen, die ihr Zaumzeug nachziehen, dann verwundete und verdreckte Soldaten und Bahren. Er glaubt die Artilleristen wiederzuerkennen, nein, er ist ganz sicher; sie haben dieselbe weiße Uniform. Und zwei Pferde ziehen noch den Überrest einer Deichsel nach.

So verwandelt sich seine Trauer in eine dumpfe Schadenfreude, und er zieht daraus den Schluß, daß auf jeden Fall ein Gesetz am Werk ist: Wer in seinem Garten Schaden anrichtet, muß früher oder später dafür bezahlen. Er weiß nicht, ob es ein Gesetz der Menschen oder der Natur ist; aber er empfindet es als völlig seinen Gefühlen entsprechend, genauso, wie er es selbst gemacht hätte.
Und so erklärt er sich jenen chaotischen Tag von Waterloo, der vor seinen Blicken stattgefunden hat.«
Der Präfekt schaute ins Wasser, während er mir mit versunkener und begeisterter Miene zuhörte, und er sagte, der kleine Mann habe recht.
»Von seinem Standpunkt aus«, sagte er, »hatte er vollkommen recht.«
Und wie wir so dasaßen, sahen wir auf dem Wasser die Sumpfspinnen laufen, die wie Stechmücken sind, die auf der Wasseroberfläche gehen. Man sah, daß sie einander verfolgten, dann hielten sie nachdenklich inne, wenigstens dem Anschein nach, und ließen sich von der schwachen Strömung tragen.
Dann liefen sie wieder wie verrückt im Zickzack über den Wasserspiegel; aber wenn man sie lange beobachtet hätte, dann hätte man vielleicht verstanden warum; und was sie, wenn auch auf elementare Weise, über das Leben, die Muße und die Jagd auf Mikroorganismen denken mochten.
Und während der Präfekt mit den Blicken den Schnörkeln der Spinnen folgte, sagte er: »Und außerdem, Savini, was weiß man noch?«
Und ich fühlte mich wirklich inspiriert und konnte alles sehen, als wäre hier vor meinen Augen die Schlacht von Waterloo, ich sage, gegen Abend, gegen sieben, als alles schon erloschen war und der kleine Mann sich gerade von seinem Beobachtungspunkt zurückzog, geschah es leider, daß ein General das endgültige Unheil stiftete.
»Ein General?« fragt der Präfekt.
»Ja«, sage ich. »Er kam mit einer Kutsche, die von vier Pferden gezogen wurde, und anstatt der Kurve des Weges zu folgen, fährt er mitten durch eine blumenbepflanzte Rotunde, die schönste von allen und der Stolz des ganzen Gartens, mit

vier kleinen Palmen, die in dem dortigen Klima sehr schwer zu züchten sind.
Und die Räder graben so tiefe Furchen, daß sie wie Schützengräben aussehen, und den Rest besorgen die Pferde.
Den kleinen Mann am Fenster trifft es mitten ins Herz. Und da er aufgestanden war, in der Hoffnung, der Kutscher würde abschwenken, wirft er sich wieder hinunter auf den Stuhl und sinkt zusammen, gegen die Rückenlehne fallend, wobei er murmelt:
›Mein Gott, das ist das Ende.‹
Dann aber, als er Geräusche und Befehle hört und eine gewisse Aufregung wahrnimmt, kehrt er mit den Augen zu seiner Ritze zurück. Rechtzeitig, um zu sehen, wie der kleine dicke General den Wagenschlag öffnet und auf die einzige überlebende kleine Palme steigt und absichtlich mit dem Fuß auf sie tritt, nachdem er sie angeschaut hat. Wenn er nur einen Schritt nach rechts oder nach links gemacht hätte, er hätte es vermeiden können!
Aber vielleicht hielt er es für ehrenrührig, Rücksicht zu nehmen.
Und der kleine Mann verfluchte ihn nicht einmal zwischen den Zähnen, und er fluchte auch nicht. Er schaute ihm nur von seinem Posten aus weiterhin stumm zu, aber seine Augen hätten ihn, wenn dies möglich gewesen wäre, zu Asche gemacht. Aber das geht nicht, wie man weiß.
Und so blieb er dort, der General, und besetzte den schönen verschwundenen Garten; eine nun schon trostlose Ödnis.«
Während ich das sagte und wir auf den Steinen am Flußufer saßen, begann der Präfekt Zeichen eines ums Hundertfache vermehrten Interesses zu zeigen und seinen Kopf und seinen Mund zu bewegen, als wäre ihm plötzlich eine Idee gekommen und er wäre schon ungeduldig, sie mitzuteilen.
So hielt ich inne, denn ich hätte noch andere Sachen sagen können, die, wie ich mir vorstellte, sich in der Folge vor den Augen des kleinen Mannes abspielten.
Der Präfekt sagt mit innerem Feuer:
»Savini, ich billige die Geschichte hundertprozentig. Jetzt ist alles sonnenklar. Ihre Intuition war vollkommen. Aber hören sie, was ich Ihnen sage: Dem kleinen Mann war es

nicht bewußt, er wußte nicht, welchen General er vor sich hatte!«
Ich hörte zu.
Und der Präfekt: »Wissen Sie, wer das war? Das war der Kaiser, Napoleon war es!«
Diese Idee amüsierte mich, und ich hielt sie für möglich.
»Ah!« sage ich. »Ja, das ist durchaus möglich. Aber der kleine Mann konnte es nicht wissen; er hatte Napoleon nie gesehen, und ich glaube, er kannte ihn nicht einmal dem Namen nach. Denn er kannte sich in der Politik nicht besonders aus; er kümmerte sich nur um den Garten.«
Und der Präfekt: »Ja, klar, so erklärt es sich. Aber Sie haben gesagt, klein und dick und eine Hand zwischen den Knöpfen, oder?«
Und ich: »Kann schon sein.«
»Mit einem Dreispitz?«
»Kann auch sein, darauf achtete der kleine Mann nicht, er erinnert sich nicht daran, soviel ich weiß.«
Und der Präfekt: »Ja, ja, dann besteht kein Zweifel mehr, es war Napoleon.«
Und wir freuten uns über diese Entdeckung, denn wir mußten ein wenig lachen und bekamen gute Laune.
»Und wenn Sie es wissen wollen«, fährt er fort, »Napoleon ist nicht dort gestorben. Aber sein Abstieg hat dort begonnen, in Waterloo, bei den Zwergpalmen, die er mit Füßen getreten hat.«
Jetzt stimmte alles zusammen und hatte seine Erklärung.
»Und der kleine Mann«, füge ich hinzu, »hat nämlich jahrelang seine Wut gehütet; aber da er nicht wußte, daß es Napoleon war, glaubte er, der General wäre ohne Strafe davongekommen. Also waren ihm Zweifel über das gnadenlose Gesetz seines Gartens gekommen. Er dachte, es hätte Lükken, Ausnahmen; und dann dachte er sogar, er hätte es sich eingebildet.«
»Nein«, sagt der Präfekt, »Napoleon hat es am teuersten von allen bezahlt.«
Und da der Schluß logisch und zufriedenstellend war, fingen wir an zu kichern und den Spinnen auf dem Wasser nachzuschauen und den Fröschen, die an die Oberfläche kamen,

wobei jeder für sich über den Schluß nachdachte, den wir daraus gezogen hatten.

Am Abend standen wir zum Schluß da und hatten nichts gegessen; denn wir waren dann dem Flußlauf gefolgt, immer weiter im steinigen, trockenen Flußbett, und in den Tümpeln und im Schilf hatte es soviel zu sehen gegeben, und es war so spät geworden, während wir über alles unsere Vermutungen anstellten, daß es bei unserer Rückkehr schon Abend war, eigentlich schon Nacht.
Da sagt der Präfekt: »Sehen wir mal in die Pizzeria.«
Aber dort war alles hermetisch abgeschlossen, alles dunkel, der Rolladen heruntergelassen, die Fenster verriegelt.
»Nein, Präfekt«, sage ich, »hier kriegen wir nichts zu essen.«
Da gingen wir hinter das Haus, weil wir rufen wollten, vor Hunger, ob sie uns nicht ein Schnitzel herunterwerfen könnten.
»Schön wär's!« sagten wir lachend zueinander, denn wir waren gut aufgelegt, auch mit leerem Magen.
»Ich würde das Fleisch mit einem Salätchen aus Wiesenkräutern essen«, sagte im Kennerton der Präfekt, »junger Löwenzahn, Wegerich und Pimpernell.«
Und wir fingen an, über die Speisen zu scherzen, die da für uns kommen sollten, während wir das Haus rundum in Augenschein nahmen, ob nicht irgendwo ein Lichtschein zu sehen war. Und dazu spielten wir zwei alte Kumpane, die um die Wette redeten, wer es am besten könne.
»Wenn sie uns jetzt«, sagte ich, »einen warmen, dampfenden Tafelspitz herunterwerfen würden, können Sie sich vorstellen, wie gut sich der im Mund anfühlt?«
»Mit Soße, Savini«, sagte zum Beispiel der Präfekt, »mit grüner Soße und süßsauren Früchten; die sollen sie bitte nicht vergessen, sagen Sie es ihnen.«
»Und Linsen würde ich auch essen; zwei Portionen wie Esau. Wissen Sie, daß Esau seinen Bruder verkauft hat für eine zweite Portion Linsen?«
»Das glaube ich gern«, sagte der Präfekt. »Linsen mit Speck, wenn einem die auf der Zunge zergehen, das ist etwas, dem

niemand widerstehen kann, nicht einmal ein Prophet; denn sie sind besser als das gelobte Land.«
»Ich lasse einen Topf voll herunterwerfen«, sagte ich, »und gedünstete Zwiebelchen dazu und einen zarten Schweinsfuß, schon in Scheiben geschnitten.«
»Warten Sie, Savini, auch Wein, lassen Sie sich auch Wein herunterwerfen, einen guten herben Rotwein; wir können doch nicht trocken essen.«
»Ja, zu Befehl«, sagte ich, »Tisch decken!«
Und ich schaute nach oben, ob in der Kneipe oder in dem, was so aussah, noch jemand da war. Und dabei setzten wir unsere gastronomischen Aufzählungen fort und ließen uns die schmackhaftesten Speisen, dampfend und genau richtig gar gekocht, einfallen, die uns den Gaumen anregten und das Wasser im Mund zusammenlaufen ließen. Wir sahen sie aus den Fenstern herunterfliegen, uns genau vor die Nase, mit allen Soßen, die dazu gehörten samt Beilagen aller Arten; in der entsprechenden Dampf- und Gewürzwolke. Und beinahe schmeckten wir sie schon auf der Zunge, weil wir so genüßlich von ihnen redeten.
Und über jedes Gericht mußten wir auch lachen, vor allem über die dicken Soßen, wenn wir sie durch die Luft fliegen und über unseren Braten fließen sahen; oder die fein zerriebene Petersilie samt dem Knoblauch, die gedünsteten Zwiebeln mit Speck und Wacholderbeeren.
»Und Rosmarin«, sagte der Präfekt, »auf der Ente bitte Rosmarin; und innen drin Äpfel, Leber, Drosseln, Zitrone und Orangenschale. Nicht vergessen, sonst nehme ich ein anderes Gericht.«
Und wir lachten.
»Ich hab schon die Gabel in der Hand, Savini; sagen Sie, die sollen sich sputen.«
Ich: »Ja, ja, einen Moment«, und ich schaute nach oben.
Da sehe ich, als ich um die Ecke gehe, im ersten Stock ein beleuchtetes Fenster, und der Präfekt sagt zu mir:
»Lassen Sie sich wirklich etwas herunterwerfen, Savini, wenigstens Brot. Und wenn möglich ein wenig Käse.«
»Ja«, sagte ich, »jetzt bitte ich um Schafskäse und Kernschinken, geht das?«

»Ja, aber es reicht auch Salami und Mortadella.«
Und erst in diesem Augenblick merke ich, daß es das Fenster meiner Schönen ist, wo sie mir zugelächelt und ihre Versprechungen gemacht hat. Vor Hunger und durch die Scherze mit den fliegenden Speisen hatte ich es vergessen. Aber es war niemand am Fenster. An der Hauswand stand ein kleiner Feigenbaum, ich klettere hinauf und bin im Nu oben, wieder im Bann der alten Erregung, nur beherzter.
Der Präfekt stand unten und fragte mich mit leiser Stimme: »Was sieht man denn? Ist jemand da?«
Ich sah zunächst gar nichts: »Hier ist ein leeres Zimmer.« Dann: »Nein, da, hier ist ausgerechnet mein Fräulein.«
Und mit einer Wallung, die mir vom Bauch bis ins Gesicht hinaufschlug, sehe ich sie vor mir, nur wenige Meter weit; denn mein Kopf war neben dem Fensterbrett.
»Aha!« ruft der Präfekt, »die schöne Miss ist da. Bitte nicht sofort rufen oder pfeifen, warten Sie einen Augenblick. Können Sie sie gut sehen?«
Ich: »Ja.« Sie saß vor einem Spiegel.
»Was macht sie gerade?«
»Na«, sage ich leise, »ich glaube, sie kämmt sich. Aber sie ist ganz anders zurechtgemacht, man kann kaum erkennen, ob sie es wirklich ist.«
Das war die Wahrheit. Ich sah sie ganz, und der rote Kamm, den sie am Fenster gehabt hatte, war weg, sie hatte ihn aufgelöst über die Schultern hängen; und auch sonst hatte ich sie nicht einmal in der Kneipe so gesehen.
»Warten Sie, Savini, warten Sie«, flüstert in höchster Aufregung der Präfekt; »sagen Sie mir gebührlich, wie sie ist, denn sie kann uns nicht sehen. Sagen Sie es mir gebührlich, denn jetzt entdecken wir, wer diese Leute wirklich sind, unter ihren Kleidern.«
»Ja, ja«, sage ich und suche mir in meiner Begeisterung eine gute Lage auf dem Baum, einen Ast höher; und ich lege mich der Länge nach darauf, um meinen Blick zu schärfen.
Der Präfekt stellt sich auf einen Bock, der unten stand, und hält sich am Baumstamm fest, um besser zu hören, was ich sage:
»Savini, also, was sieht man denn? Sieht man die Miss?«

Ich sah sie sehr gut.
»Savini, wie ist sie angezogen? Hat sie ihr Maskenkostüm an?«
»Nein«, sage ich, »sie ist ganz anders. Das Kleid von der Kneipe liegt, glaube ich, auf dem Stuhl.«
»Aha, das denke ich mir; und sonst?«
»Sie hat etwas anderes an. Sieht aus wie ein Unterhemd, aber sie verwendet es als Kleid.«
»Da schau mal an«, kommentiert leise der Präfekt. »Ein Unterhemd! Aber eins für Männer? Oder wofür sonst?«
»Nein, es ist wie ein Ballkleid. Ein Damenballkleid und glänzend.«
»Ein Ballkleid? Unglaublich.«
»Und wie sie frisiert ist! Das müßten Sie sehen. Man kann nicht erkennen als was.«
Und ich beschreibe ihm die Einzelheiten: Sie hat zwei dünne Träger, sie cremt sich ein, sie legt sich ein Netz über den Kopf, sie schaut, wie sie im Spiegel aussieht, sie hebt das Gesicht hoch und schaut ihren Hals an, dann die Ohren, sie probt ihren Gesichtsausdruck, mit dem Mund und mit den Augenbrauen.
Den Präfekten höre ich unten am Baumstamm sagen, das sei eine totale Bestätigung, wir hätten ein unglaubliches Glück; und wenn ich schweige, hört er nicht auf, mich immer wieder zu fragen: »Was sehen Sie, Savini? Was macht sie?«
»Ah jetzt, jetzt«, sage ich, »Na sowas! Jetzt hat sie auch dieses Kleid ausgezogen.«
Und er: »Aber nein! Wie viele Schichten hat es?« wispert er.
»Ist sie noch nicht am Ende?«
»Nein, es ist noch etwas übrig.«
»Das müssen auswechselbare Uniformen sein«, sagt er fast für sich. »Und jetzt?«
»Sie hat Gummibänder über dem Rücken! Und ein Häkchen aus Eisen, glaube ich.«
»Ein Häkchen! Aber warum? Ist es irgendwo verankert?«
»Nein, das Häkchen hält einen Streifen. Der ist irgendwie eng über den Magen gebunden.«
»Offenbar besteht die Gefahr, daß sie auseinanderfällt. Aber sind Reißverschlüsse da oder andere Häkchen?«

»Das weiß ich nicht, um den Bauch hat sie einen Gürtel, an dem hängen Schleifen dran. Nein, da sind die Strümpfe festgemacht, mit den Beinen drin.«
»Das werden diese Schleierstrümpfe sein. Die ziehen die Frauen ja an. Aber darunter, unter den Strümpfen?«
»Da ist sie weiß, ganz weiß«, und ich schaue hin, denn diese Entdeckung hat mich in gewissem Sinn getroffen und angesteckt. »Es ist eine weiße Substanz, anders als die, die sie im Gesicht hat.«
»Ist es Gips?« fragt verblüfft der Präfekt und schreit, so daß man uns beinahe hören könnte.
»Nein«, flüstere ich, »bitte leise; sieht aus wie die Farbe von Kerzenwachs oder Zelluloid; ich weiß nicht, man müßte es spüren, anfassen und berühren.«
Dann verstumme ich, denn ich betrachte das Schauspiel genauer, das mich anzieht wie ein Magnet, aber mir auch Eindruck macht und das Herz beklemmt. Aber der Präfekt ist ungeduldig: »Na und?«
»Und sie sind aber gut gebaut, würde ich sagen. Sie sind rund. Und unten werden sie schmäler. Es sind sogar schöne Beine, auf ihre Art.«
Und ich versuchte sie halblaut zu beschreiben: oben bliesen sie sich auf, und zwar ziemlich; und gingen über die Hüfte hinauf, dann kam die Taille, die eine Einbuchtung hatte.
»Aha«, sagte der Präfekt, »wenn man sie also anschaut, sind sie ganz normal?«
»Meiner Meinung nach noch besser. Sie sind ziemlich in Ordnung meiner Meinung nach. Außerdem sieht man, sie hat einen Nabel.«
Und ich füge hinzu: »Wissen Sie? Wenn ich sagen müßte, wie sie aussieht?« Und ich suchte nach einem Ausdruck, der es ohne viele Worte und halblaut wiedergeben könnte. »Ich hab's, eine Odaliske; sie sieht genauso aus wie eine Odaliske.«
»Nein? Verrückt«, antwortet der Präfekt und kichert. »Wer weiß, was sie heute noch unternehmen muß!« Und ich höre, daß der Bock unter ihm knarrt.
»Aber«, sage ich, »in der Farbe ist sie haargenauso wie die

Hühner in den Geflügelläden, wenn sie gerupft sind. Haargenau gleich. Aber oben ist sie eine Odaliske.«
»Aha!« sagt der Präfekt und unterdrückt ein Lachen, »gut. Aber ist es ihre Haut oder ihr Maskenkostüm als Huhn?«
»Das müßte man prüfen. Aber ich sehe es nicht gut«, und ich erkannte es tatsächlich nicht. »Aber insgesamt ist der Effekt gut. Man denkt an weißes Fleisch«, sage ich, »an Quark.«
Und nun erstickt er fast vor Lachen und wiederholt, sie wird wohl aus Quark sein, die Überraschungen gehen nie zu Ende.
»Aber diese Schicht«, sage ich, »kommt mir so vor, als würde sie mir gefallen. Auch wenn sie wie bei einem Huhn ist, sie hat so etwas, daß ich sie anschauen muß.«
Und dann: »Darunter muß etwas sein, das schwammartig ist; ungefähr so muß sie wirken.«
Der Präfekt machte weiter mit seinem Gekicher, das war verhalten, bösartig und ansteckend, so daß auch ich nun kicherte, aber nicht wußte warum; und er machte seine gesalzenen Glossen:
»Ja, Savini, schwammartig! Jetzt sagen Sie, daß Ihnen das Schwammartige gefällt. Sie lassen sich immer hinters Licht führen. Wer weiß, wie sie noch weiter unten ist. Vielleicht ein Gestell, oder sie hat einen Bakelitpanzer«, und da lachte er, »wer weiß, wer das ist; man darf niemandem trauen.«
»Aber mir«, sagte ich, »also mir gefällt sie. Das ist eine Hühnerfarbe, sie ist wie die Haut der Hühner. Ah, das hätte ich nicht gedacht.«
Ich lag immer noch auf dem Baum und unterhielt mich so, denn der Kopf des Präfekten streckte sich, so hoch er konnte, und kam ganz in meine Nähe.
»Sie lassen sich beeindrucken«, sagte er. »Für Sie sind es Hähne, Hühner, irgend etwas finden Sie immer daran. Aber wer weiß, wer das ist, wer weiß welche Rasse.«
Und ich muß angefangen haben, auf dem Ast vorzurücken, nur weil ich, glaube ich, gut sehen wollte, um dem Präfekten zu antworten, ob Reißverschlüsse da waren oder genähte Gelenke, die gezeigt hätten, daß sie ein Trikot zum Beispiel aus Skai trug. Konnte ja sein.

»Aber«, sagte ich, »wenn es ein Trikot aus Kunstleder sein sollte, ist es ausgezeichnet gemacht, auch die Farbe, meiner Meinung nach gut gelungen. Meinen Sie wirklich, daß darunter ein Kleiderbügel ist?«
Und ich hatte mich schon so weit vorgewagt, daß sich der ganze Ast gefährlich bog.
»Savini, passen Sie auf. Der Hunger spielt Ihnen diesen Streich. Darunter kann alles mögliche sein, auch ein Käfig aus Draht oder aufgeblasene Luft. Wir wissen nicht einmal, was für eine Rasse das ist. Sie könnte auch auf Batterie laufen; das gibt es heute alles.«
Und das alles sagte er mir mit einer leisen, keuchenden Stimme; aber der Ton sollte mich überzeugen, zu meinem Wohl.
Ich sagte, ja, kann schon sein, aber diese Odaliske muß man gesehen haben. Und wenn sie auch hühnerfarben war, ich weiß nicht, auf mich wirkte sie, wie wenn man Bratengeruch riecht und einen Bärenhunger hat, und man wird ganz wirr und nicht müde, immer wieder zu schnuppern.
Und vielleicht lag mir auch das Odaliskenkostüm besonders; ich neigte wohl meinem Wesen nach dazu, in den Mauern eines Harems zu leben, gleich, ob nun die Odalisken um mich herumliegen oder tanzen: den Bauchtanz zum Beispiel oder den Tanz der sieben Schleier, während ich mein Dasein als Pascha genieße, inmitten von Musik und den Dämpfen von Weihrauch und Myrrhe.
Das dachte ich auf meinem Ast und äußerte es dem Präfekten gegenüber mit leiser Stimme: »Mir haben die Odalisken schon immer gefallen, selbst die gemalten.«
Und der Präfekt: »Ihnen gefällt das Hühnervolk.«
Ich hatte fast das Ende des Astes erreicht, und praktisch war ich mit dem Kopf schon im Fenster. Deshalb gab ich dem Präfekten ein Zeichen, daß ich jetzt nicht sprechen konnte, um nicht entdeckt zu werden. Aber die Miss verlor ich keinen Moment aus den Augen, und in meinem Herzen rauchte ich auf dem Diwan aus drei Wasserpfeifen, und sie gefiel mir, ob sie nun ein Huhn war oder nicht, so ausgezeichnet, daß ich in meiner horizontalen Lage am liebsten bis zu den Schultern ins Fenster hineingerückt wäre.

Dann muß ich noch verzückter geschaut haben, und der Präfekt muß erraten haben, daß es noch andere Neuigkeiten gab, und daß es nicht einmal mehr darum ging, eine Odaliske zu sein.
So flüsterte er mir zu: »Die Reißverschlüsse, passen Sie auf die Reißverschlüsse auf. Sind welche da?«
Und ich gab ihm das Zeichen ›Still!‹, denn ich durfte mich keine Sekunde mehr ablenken lassen, weil es hier vielleicht zu sehen gab, wer unter sämtlichen Kleidungsstücken steckte, vielleicht sogar bis zum Kleiderständer; aber bis jetzt sah es nach dem Gegenteil aus.
Und da begann er hochzuklettern, und ich gab ihm, als ich es merkte, mit der Hand zu verstehen: ›Bleiben Sie unten!‹ Und inzwischen sah ich Dinge, die ich noch nie gesehen hatte, wenigstens in meinem ganzen Leben; und ich weiß nicht, ob es eine Verkleidung war und als was.
Aber der Präfekt schafft es, sich an meinen Ast zu hängen, obwohl ich ihm: »Nein, nein!« sage. Und sowie er ein wenig daran hängt, hält es der Ast nicht aus und bricht unter großem Krachen ab. Ich bleibe wie durch ein Wunder am Fensterbrett hängen, und der Präfekt stürzt in die Tiefe; aber es waren nur zwei Meter, und er zerriß sich nur ein wenig seine Jacke.
Die Miss kam ans Fenster gelaufen und sagte: »Wer ist da?« mit einer sehr hohen und schrillen Stimme.
Nun stelle man sich die lächerliche und wenig ehrenwerte Lage vor; aber ich zögerte hinunterzuspringen, weil ich nicht wußte, was unter meinen Füßen war. So hing ich an der einen Ecke des Fensters. Leider habe ich dann auch gesagt, ob es zu spät sei zum Abendessen.
Und sie sagte: »Was für ein Abendessen? Aber wer ist denn da? Wer ist da?«
Und ich sage ihr genau, was wir essen wollten: »Kaninchen in Tomatensoße mit Zichorie und Paprikagemüsen und füge hinzu: »Geht das?«
Und ich hätte ihr auch gesagt, daß sie die schönste Odaliske der Welt sei und keine Angst zu haben brauche, da ich mich zurückhalten würde. Aber man wird verstehen, daß ich in meiner Lage nicht lange sprechen konnte, und daß es mir auch nicht zuträglich war.

Also ließ ich mich fallen, und die Wirtin schloß das Fenster, wobei sie die Fensterläden zuschlug, wie wenn sie eine giftige Viper geworden wäre. Und in der Verwirrung, in die ich im Dunkel stürzte, kam es mir vor, als hörte ich noch einen Augenblick die heisere Stimme eines Hahns.
Als wir nachher mit Schimpf und Schande abzogen, schämte ich mich und sagte:
»Sie hat nicht geglaubt, daß wir tatsächlich Kaninchen mit Salat wollten. Sie dachte, wir seien Spione, die auf dem Baum hockten und am Fensterbrett versteckt waren.«
Und der Präfekt sagte, das habe er, selbstverständlich!, verstanden. Wir hätten es mit Typen zu tun, die sich nie ergeben und nie gestehen würden, nicht einmal, was jeder sehen könne. Sie hätten immer einen Plan für Unvorhergesehenes. Während ich nämlich in meiner Lage der Miss unser Abendessen erklärte, sie aber nicht sehen konnte, weil ich mit dem Gesicht zur Mauer gekehrt dahing, paßte er von unten in der Dunkelheit sehr genau auf alles auf. Und er sah nämlich, wie sie sich herausbeugte und statt dem Odaliskenkostüm ein unverwechselbar chinesisches Kleid anhatte; ein geblümtes, hochgeschlossenes, wohlanständiges Kleid. In das sie vielleicht geschlüpft war, kaum daß sie ein Geräusch gehört hatte.
»Was denken Sie?« fragte er. »Das ist ein Rätsel: Man hört ein Geräusch in der Nacht und, hopp!, schnell ins chinesische Kleid geschlüpft. Das ist ein Morgenrock, werden Sie sagen. Ja, aber chinesisch, sage ich. Wie soll man das erklären?«
Ich redete nun nicht mehr, denn ich war sehr bekümmert. Ich brummte:
»Ich hatte es Ihnen gesagt, Sie sollten unten bleiben! Jetzt haben wir die Bescherung!«
Der Präfekt aber ging seinen Vermutungen nach: »Wer weiß, was sie vorhat, wenn sie sich ein chinesisches Kleid anzieht, wer weiß welchen Plan.«
Und ich: »Der Ast mußte ja abbrechen. Das wußte ich.«
»Sie sind gerissen, äußerst gerissen und von großer Schnelligkeit!«
Da sagte ich, mir wäre die Odaliske recht, und wenn es eine Verkleidung war, wäre es mir auch recht; und der

Präfekt warf mir vor, daß ich die Geheimnisse nicht ergründen wolle.
Und ich: »Stimmt, wenn irgend etwas dahintersteckt, mir ist es egal, ich wollte auf dem Ast bleiben, und eine Odaliske ist mir recht.«
Und der Präfekt: »Sie lassen sich von den Spinnweben einfangen, Savini; das wundert mich.«

Am Tag darauf waren wir wieder unterwegs, ich weiß nicht wohin und habe es nie erfahren.
Aber nun hatten sich zu viele Dinge angesammelt und ließen meinen Kopf anschwellen, und es fehlte nicht mehr viel, daß er platzte. Der schicksalhafte Tag war gekommen; und er sollte so gedrängt voll mit Dingen und Kataklysmen sein, daß es nicht leicht sein wird, ihn zu erzählen und begreiflich zu machen.
Wir gingen auf der asphaltierten Straße, die der Präfekt schon auf der Suche nach dem Studenten gegangen war. Es war eine bequeme und angenehme Straße, ohne Störungen durch den Verkehr. Auf der man beim Gehen miteinander sprechen konnte. Aber ich hatte die Nacht in größter Verdrossenheit verbracht und mir immer noch die Miss vorgestellt; und daher war es jetzt, als ginge ich im Zickzack in den Krieg.

Der große Krieg im Zickzack

Wir gingen also am Morgen in den Krieg, ohne es zu wissen.

Aber beim Gehen sprachen wir lange über die Frauen, über ihre Frisuren und den Rest, und woran man sie erkennen kann. Ich sagte, es gebe die Möglichkeit, daß sie auf dem Kopf eine aufgeblasene leichte Wolke hätten, durch die sie sich unterscheiden. Und das sagte ich im Gedanken an Nestor, über den das Dampfroß gekommen war. Oder sie könnten ebenso einen Kamm oder einen Schwanz auf dem Kopf haben, solche seien auch schon gesehen worden.

Da aber diese Unterhaltung ins Blaue gesprochen war, kann ich mich nicht an alles genau erinnern.

Ungefähr sagte der Präfekt, Frau sein heiße, sich auf eine gewisse Weise verkleiden, aufgebauschtes Haar und auch sonst einige gut entwickelte Stellen zur Schau zu tragen. Eine sehr eigenwillige Art, sich zu maskieren.

Ich empfinde aber, so antwortete ich, eine Prädisposition, mit diesen Masken zu reden oder mich in ihrer Nähe aufzuhalten und so zu tun, als wäre weiter nichts, aber vielleicht herumzuschnuppern und mir vorzustellen, zu welcher Rasse sie gehören mochten. Dazu fühlte ich mich veranlagt. Und der Präfekt lachte fast nur und sagte, ich sei nicht ernst zu nehmen, wenn es um Frauen gehe.

Und unter solchen Gesprächen erreichten wir die Häuser am Stadtrand, die ziemlich klein und niedrig waren, und die Straße weitete sich zu einem kleinen Platz. Und während wir so gehen und um uns schauen, kommen wir vor den Laden eines Herrenfriseurs, der selbst in der Tür steht und auf etwaige Kunden wartet. Auf dem Fenster stand in runder Schrift: ›Herrenfriseur Gaudenzi‹.

Und ich weiß nicht wie, vielleicht weil ich vom Lesen der Schrift absorbiert war, oder weil der Präfekt und der Herrenfriseur einander erkannten, aber Tatsache ist, daß wir auf einmal dort standen und stehen blieben.

Der Herrenfriseur hatte, sowie er mich sah, die Idee, ich müsse geschoren werden.

»Ein wenig zustutzen«, sagte er, »dürfen wir den jungen Mann...?«; und das sagte er, glaube ich, weil er die Wirbel meiner widerspenstigen Haare sah, die senkrecht und starr in die Höhe standen; das kam von den liebestollen Streifzügen hinter der Miss her.
»Da gehen wir einmal drüber und lichten alles ein wenig...«, sagte er.
Und der Präfekt mischte sich sofort ein:
»Ja, das kann nicht schaden...!« Dabei sah er aus, als hätte er Hintergedanken. »Na, ein wenig lichten würde seinem Köpfchen gut bekommen ...«
Und der Herrenfriseur: »Dafür sorgen wir schon, das machen wir.«
»Dieser wackere Jungmann rennt den Hühnern nach«, sagte der Präfekt dann noch und zwinkerte lachend. »Er möchte den Gockel spielen...; und dann bleibt ihm der Kamm senkrecht in der Höhe stehen ...«
Als der Herrenfriseur diese Reden hörte, wurde er seinerseits auch lustig, lachte und sagte: »Hereinspaziert, wir werden schon Licht in die Geschichte bringen; kommt herein, auf so was verstehe ich mich.« Und dann beharrte er noch einmal auf dem Zurechtstutzen, und daß ich mich in den Sessel setzen sollte, dabei würden wir auch gehörig von den Fräuleins sprechen.
Aber ich sagte: »Nein danke, nein danke, ein andermal, keine Ursache ...« und setzte mich jedoch auf das kleine Wartesofa.
So geschah es, daß zu meinem Wohl, damit ich inzwischen zuhören und die Frauen verstehen könne, sich der Präfekt ergeben Bart und Haare scheren ließ. Dieser Gaudenzi zerrte ihn nämlich sogar an der Jacke und schob ihn auf den Sessel, wobei er sagte: »Nehmen Sie hier Platz, Herr Geheimrat, nehmen Sie Platz ...!«
Und inzwischen kamen wir in unserer Unterhaltung zur Sache. »Der junge Mann läßt sich verzaubern«, sagte der Präfekt, »der junge Mann träumt in der Nacht von den schönen Missen, die ihm nachlaufen.«
»Aber die Frauen«, sagte ich in meiner Ecke, »die Frauen haben einen Einfluß, nach meiner Meinung ...«

»Selbstverständlich!« unterbrach mich der Herrenfriseur. »Selbstverständlich!«
»Nach meiner Meinung aber«, sagte ich, »haben sie einen Einfluß, der in der Luft liegt, und wenn du den einatmest, und wenn der in dein Nervensystem eindringt«, sagte ich, »dann bist du machtlos.«
Der Präfekt, der sich inzwischen hingesetzt hatte, kommentierte mit seinem skeptischen Lächeln; und auch der Herrenfriseur machte ein Gesicht, wie wenn er sagen wollte, in diesen Dingen kenne er sich besser aus als alle anderen, wegen der großen Erfahrung, die die Friseure notgedrungen ansammeln, da dies ihr bevorzugtes und spezifisches Gebiet sei. Und er sagte sogar, daß in gewissem Sinn die Leute zu ihm in den Unterricht kamen oder ihm schwierige Fälle oder wunderbare Fälle vorlegten, die man nicht vergessen durfte. »Haben Sie verstanden, Herr Geheimrat?« fragte er, zum Präfekten gewandt.
Und der Präfekt, der inzwischen ganz in das Handtuch eingewickelt und hermetisch zugedeckt worden war, so daß nur noch sein Gesicht herausschaute, stimmte froh zu; und er spornte ihn an, er möge mich erziehen mit seinem Wissen und mir beibringen, was das Leben ist.
Aber mir fehlte offensichtlich die Grundlage, denn ich hätte nie gedacht, daß die Frauen eine so abstruse und schwierige Jurisprudenz sein könnten. Ich dachte, die Frauen seien eine Phantasie, die uns heimsucht, und man weiß nie, welche gerade kommt. Und daß sie somit als Möglichkeit auch Hähne oder Hühner sein konnten, je nachdem; oder daß sie zum Beispiel ein Dampf seien, der dir Qualen bringt, oder ein Brustschmerz oder, was weiß ich, ein geistiges Fieber, ein Asthma oder auch ein himmlisches Lüftchen oder in manchen Fällen Seekrebse oder Kolben. Das heißt, es läßt sich nichts Festes oder Sicheres sagen. Ich dachte, daß die Frauen ihrer Substanz nach eine gänzlich unbestimmte Fauna seien, das heißt wie ein Galopp, der dir die Wirbelsäule hinaufläuft und in die Stirn hinein, ein Galopp von Sirenen, Schwertwalen, Thunfischen; und dann auch von Leoparden, Kamelen, Krähen, Füchsen, Stechmücken und Ameisen und so weiter bis ins Unendliche; denn wer kann wissen, wie viele

Wechselfälle es im Leben gibt und wie viele Verzauberungen?
Aber wenn man den Herrenfriseur hörte, dann sind die Frauen mit dem Dezimalsystem zu betrachten; mir ist, als hätte ich so verstanden, auch wenn ich es nur annähernd und unvollkommen verstanden haben werde, wegen des Durcheinanders, das dann auf einmal ausgebrochen ist.
Die Frauen sollen also komplexe Figuren sein; feste Körper, die im Raum sind, wenn ich recht verstanden habe; und sie drehen sich vor deinen Augen und führen dir ihren Umfang, ihre Kurven, ihre Ecken und ihre gewellten Flächen vor.
»Jede Frau ist ein Problem für sich«, hörte ich den Herrenfriseur sagen; »jede Frau muß man auf ihre Art zu nehmen verstehen.«
Und der Präfekt: »Die jungen Leute, die gehen nur nach dem Instinkt ...«
»Versteht sich«, sagte der Herrenfriseur, »versteht sich, die wissen noch nicht Bescheid.«
Inzwischen machte er sich eifrig am Gesicht des Präfekten zu schaffen, er hatte ihn nämlich beinahe flach hingelegt, den Kopf nach hinten, und trug ihm eine präparierende Creme auf, damit das Gesicht besser vorbereitet war. Und durch eine geschickte Massage ließ er dessen Wange und Doppelkinn wackeln, und infolgedessen sah der Präfekt selig und nachgiebig aus.
Und ich hörte, wie er dabei von den Frauen und ihrer verborgenen Geometrie sprach. Nach seinen Worten gab es gewisse Pyramiden- oder gewisse Kegelförmige auf dieser Welt, und das erstaunte mich sehr; außerdem auch gewisse Ellipsen, glaube ich, und Sinuskurven solcher Art ...
Und der Präfekt hatte seine Freude an diesen Reden und lachte mit Kennermiene, während er eingeseift wurde.
Ich hörte ihm also zum Teil ein wenig verwirrt zu, wobei ich mich aus meinem Wartesofa vorbeugte.
Die Katheten, so meinte er dann, seien von absoluter Bedeutung und hätten den Vorrang vor allem anderen; und das wiederholte er in allen Einzelheiten, belegte es durch Fälle, die er selbst gesehen und gemessen hatte, und mit weiteren,

noch mehr in die Augen springenden Fällen, mit denen sich seine Kunden hier im Laden auseinandergesetzt hatten.
»Stimmt doch, Herr Geheimrat?« hörte ich ihn ins Ohr des Präfekten flüstern. »Die Postulate … die Katheten …das gleichschenkelige Dreieck…«
Der Präfekt grinste mit dem größten Einverständnis wie einer, der sich mit Haut und Haar der Geometrie verschrieben hat.
»Ah«, sagte dieser Gaudenzi, »die Hypotenuse… Sie wissen doch, was ich meine, Herr Geheimrat, nicht wahr?«, und unter dem Rasierschaum, das sah ich, stimmte ihm der Präfekt zu und lachte, so selbstverständlich waren diese Dinge.
Und ich hätte diese Fragen auch verstehen können, denn den Lehrsatz des Pythagoras kannte ich auswendig: Die Katheten im Quadrat sind gleich dem Hypotenusenquadrat. Aber ich sagte mir: Wie soll man bei den Frauen die Hypotenuse zu sehen bekommen? Ist sie vielleicht ein Segment?
Und da fragte ich ein wenig verwundert nach. Ich fragte: »Aber wo haben denn die Frauen ihre Hypotenuse? Ist sie vielleicht unter der Haut?«
Der Präfekt und der Herrenfriseur amüsierten sich darüber, wie ich das Problem sah.
Und ich sagte auch noch: »Sieht man die Hypotenuse? Wo ist sie denn?«
Aber es ging wohl um etwas Komplizierteres, und man brauchte Geräte dafür: ein Lineal und einen Zirkel. Also fragte ich. Und sie sagten, ja, so sei es: ein Lineal und einen Zirkel! Das sei keine schlechte Idee. Und um zu zeigen, daß ich ein wenig Bescheid wußte, versuchte ich zu sagen, alles müsse im Quadrat sein, die Hypotenuse, die Katheten, alles müsse multipliziert werden, da gebe es ja die Formel, sagte ich; ob ich sie aufsagen solle?
Und ich sah, daß ich damit Eindruck machte, da machte ich weiter und sagte, die Eigenschaften des Dreiecks seien mir bekannt, auch die zusammengesetzten Figuren und die Integralrechnung würde ich beherrschen.
Der Herrenfriseur unterbrach seine Geschäftigkeit und sagte wohlgefällig:

»Na, dann ist der Junge doch nicht dumm.« Und bei diesen Worten hatte er dem Präfekten schon die Wangen rasiert, und während er ihm mit dem Rasiermesser die letzten Schläge auf die Oberlippe versetzte, sah ich, daß er ihn an der Nase gepackt hatte wie an einem Knopf und sie ihm nach oben, nach rechts und nach links herumdrehte, wie er es gerade brauchte. Und der Präfekt war gefügig und drehte seinen Kopf auf Befehl, außerdem noch entzückt von der Unterhaltung. Ab und zu ließ er die Nase aus, um das Rasiermesser zu putzen oder zu schleifen, und sie kehrte wieder an ihren angestammten Platz zurück, wie wenn sie aus Gummi wäre. »Hier bei mir«, sagte er, »kann jeder sein Diplom machen, Herr Geheimrat; wie wenn er an der Technischen Hochschule eingeschrieben wäre.«

Und dann erfrischte er ihm das Gesicht mit einer kleinen Spritzpumpe, die nach meiner Vorstellung dazu nütze ist, daß man sich wohlfühlt und denkt, man sei von balsamischen Aromen und den Düften des Waldes eingehüllt; und während er ihm diese Düfte ins Gesicht pumpt und der Kopf des Präfekten in einer Wolke verschwindet, singt er ihm weiter von den Wundern der festen Körper ins Ohr. Und der Präfekt schwebt wie in einem seligen, bewußtseinlosen Vergessen; und vor seinen halb geschlossenen Augen sieht er, glaube ich, Dodekaeder, Prismen und Umfänge vorbeiziehen, als wären es Wolken aus Fleisch und Blut.

Inzwischen hatte dieser Gaudenzi eine gezahnte Schere genommen und war dazu übergegangen, ihm den Kopf zurechtzustutzen. Mit einem Kämmchen kämmte er die Haare gegen den Strich, und dann begann er, zickzack wie der Blitz, die Spitzen abzuschneiden. Und während die Haarbüschel durch die Luft flogen, hörte ich Fetzen seiner Unterhaltung, das waren, glaube ich, private und persönliche Empfehlungen, wie die Regeln am besten anzuwenden waren.

»Den Frauen«, sagte er leise immer wieder, »den Frauen muß man die Quadratur des Kreises machen ... Für die Frauen braucht man das griechische Pi ..., verstehen Sie?«, und dabei stutzte er ihn zu, wie er nur konnte. »Die wollen doch nur Dreikommavierzehn, das können Sie mir glauben, Dreikommavierzehn und sonst nichts!«

Und dann sagte er auch noch Dinge solcher Art: es sei eine Frage des Geschmacks, dem einen gefallen die natürlichen Nummern und dem anderen die transfiniten.
Nach meiner Meinung war ihm schon jegliche Klarheit verlorengegangen, und man stelle sich vor, was ich noch verstehen konnte, von seinen transfiniten Nummern, wo ich außerdem noch dort hinten auf dem Wartesofa saß. Während er weiterschnippelte, wie ich glaube, völlig gedankenlos. Und der Präfekt, der so vollkommen in das Handtuch eingewickelt war, als läge er unter einer Bettdecke, stieß ein anhaltendes kleines Lachen aus, das man durch die Spalten zwischen seinen Zähnen herauszischeln hörte.
»Stellen Sie sich nur einmal vor, Sie wenden das griechische Pi an, Herr Geheimrat...«, sagte er als Ratschlag, »da gibt es gewisse Hexaeder...! gewisse Rauten...!«
Aber vielleicht, das gebe ich zu, sagte er nicht genau diese Worte, aber so ungefähr schon. Und ich strengte mich an, etwas zu verstehen. Und so versuchte ich mich zu informieren, was eigentlich dieses griechische Pi sei und wozu es nütze; und wenn sie mir bitte auch den Hexaeder genau erklären könnten und wie er sei, denn in der Schule hätten wir das offensichtlich übersprungen.
Aber nun hatten sie für meine Probleme kein Ohr mehr; und der Herrenfriseur setzte seine Vorlesung fort, und der Präfekt hing weiter seinen seligen Träumen nach, während der Niedermetzelung seiner Haare und der theoretischen Beweisführungen. »Bei ihrem Apothem müsse man die Frauen packen und unter sich legen...; das geht noch über die Winkelhalbierende«, so hörte ich ihn sagen, »über den Lehrsatz des Euklid, auf jeden Fall!«
Ich war verwundert und wurde nicht klug daraus, und wenn er nicht genau das gesagt hat, so waren es doch so ähnliche Sachen über Dreiecke, über Schenkel und über Kugeln. Aber nun war er nicht mehr aufzuhalten, denn er schnippelte weiter wie ein Besessener und führte dabei seine gelehrten Bemerkungen fort. Und von meinem Beobachtungspunkt aus sah ich die Schere und den Kamm in alle Richtungen fliegen und hörte sie in einem rasenden Rhythmus auf- und zuschnappen.

Und in meiner Vorstellung hatte dieser Herrenfriseur vollkommen den Kopf verloren und war nicht einmal mehr Herr über sich selbst. Und weil er an die Hubräume und die Zylinder seiner Frauen dachte, waren seine Finger frenetisch geworden und hatten eine Art Veitstanz begonnen. So daß ich mich fragte, ob er ihn kahl scheren und vielleicht sogar entfleischen wollte, nachdem er ihn mit der Narkose seiner Reden berückt und betäubt hatte. Und dann dachte ich, das ist doch gar keine Schere mehr, sondern ein Fleischwolf oder ein fliegender Bohrer, und ich versuchte zu sagen: »Aber entschuldigen Sie...«; dann stand ich auf und schaute aus der Nähe, und er hatte ihn über dem linken Ohr völlig kahl rasiert und durchlöchert, aber nur auf dieser Seite, wer weiß warum. Und als ich sah, daß er an manchen Stellen schon bei dem Weiß des Knochens angelangt war und nahe daran war, ihm auch den durchzusägen, erschrak ich dermaßen, daß ich unwillkürlich seine Hand ergriff, um sie aufzuhalten und wegzuziehen, und sagte:
»Aber nein, passen Sie doch auf; sonst blutet ihm noch das Hirn aus wegen ihrer Schere...!«
Und da, an der Stelle brach das ganze folgende Durcheinander los; denn der Herrenfriseur hörte mit einem Schlag wieder und sagte mit gereizter Stimme: »Waaas?«; und der Präfekt erwachte und erlangte unverzüglich sein Bewußtsein wieder: Er setzte sich auf und sah im Spiegel, daß er auf der einen Seite kahl geschoren war bis auf die Haut, ganz asymetrisch. Er betrachtete sich aus der Nähe, als würde er seinen Augen nicht trauen; dann wandte er sich starr dem Herrenfriseur zu, und er schien mit der Nase und den Augenbrauen zu wiehern; und er schien rundum Versengtes und Schwindeleien zu riechen.
Der Herrenfriseur war zurückgewichen, wobei er immer noch Kamm und Schere schwang, und er versuchte zu sagen, er brauche nur noch einen Augenblick, er solle sich noch einmal hinlegen, er müsse auf der anderen Seite die Façon noch vollenden.
Aber es war klar, daß der Präfekt nun Verdacht geschöpft hatte, er dachte wahrscheinlich an die Bande des Slawen Manoli.

›Du wirst sehen‹, wird er sich gedacht haben, ›das ist sein siamesischer Zwillingsbruder.‹
Er schaute auch um sich, und es leuchtete ohne weiteres ein, daß auch hier alles wohl vorbereitet worden war, Spiegel, Fläschchen, Pinsel, Sitze, Seifen; und daß es die alte Leier war und wir diesmal darauf hereingefallen waren.
Und da begann der Präfekt unter dem Handtuch mit Armen und Beinen herumzufuchteln.
›Hilfe!‹ dachte ich mir, ›hier ist ein Sturm im Anzug!›, aber ich wußte nicht, daß sogar die Abrechnung im Anzug war.

Und offenbar war der fatale Augenblick gekommen. Ich weiß nicht, was ich tun soll. Er war gekommen, und ich erzähle ihn mit allen seinen Wechselfällen.
Ich habe aber noch nicht gesagt, daß in der Zwischenzeit, während der Präfekt anfing zu wiehern, ein Männchen in der Tür erschienen, ja sogar schon hereingekommen war, das sich auf eine etwas eigentümliche Weise fortbewegte; das heißt, es wackelte, als hätte es einen Defekt an der Hüfte, und es wackelte so stark, daß es aussah wie eine Schaukel oder ein Schaukelstuhl.
Und sicher dachte der Präfekt, als er das Männchen sah, es würde sich verstellen, denn es war wie eine Erscheinung auf dem Theater im richtigen, genau ausgeklügelten Moment, wenn völlig unverhofft ein Hinkender auftritt und seinen Rundgang macht, so daß der Erfolg der Aufführung gerettet ist.
Für mich war es offensichtlich und selbstverständlich.
Diese Ankunft war aber in gewisser Hinsicht die Rettung für den Herrenfriseur, weil der Präfekt mit seinem sechsten Sinn sich unverzüglich auf den hinkenden Lahmen stürzte, der in der Rolle eines x-beliebigen Kunden hätte erscheinen mögen. Und er durchschaute ihn mit seinem klinischen Auge, das heißt mit einem Auge, das aus Empörung und Verachtung ein wenig kleiner war als das andere. Und ich hörte, daß er ihn einen stinkenden Schnüffler und ein lästiges altes Scheusal nannte, wobei seine Stimme immer lauter wurde wie bei einem, der die Grenze seiner Geduld erreicht hat.

Der Lahme wußte nicht, wie ihm geschah, als er so mit einem Schlag entlarvt wurde, und er hinkte mit einem gewissen Schrecken rückwärts, wobei er auch Worte sagte, die aber, glaube ich, improvisiert waren; wie zum Beispiel: »Um Gottes Willen!«, und das wiederholte er: »Um Gottes Willen!« Um so mehr, als der Präfekt schrecklich anzuschauen war mit dem flatternden Handtuch und der halb rasierten Kopfhälfte und mit einer grauenvollen Mähne auf der anderen Kopfhälfte.
Also schob er ihn zur Tür und dann auf die Straße hinaus, allein kraft seines schrecklichen Aussehens.
Draußen war in wenigen Metern Entfernung eine Kneipe voller Leute, die sich, als sie den Nahkampf zwischen dem Präfekten und dem kleinen Lahmen sahen, alle umdrehten. Und ich weiß nicht, ob er plötzlich ein verdächtiges Jucken verspürte, das ihn alarmierte, oder ob er nur zeigen wollte, wer er war, coram populo, das heißt vor dem versammelten Volk. Das könnte ich ehrlich nicht sagen. Tatsache ist jedoch, daß sich seine Hände einen Millimeter vor dem Gesicht des Männchens pfeilschnell bewegten, und ich schwöre euch, daß man es in der Luft pfeifen hörte.
Und angesichts dieser Entwicklung lief der alte Schurke schnurstracks auf und davon, so daß er beinahe vergessen hätte, daß er hinken sollte.
Der Herrenfriseur, der in die Tür getreten war, sagte: »Aber was machen Sie denn da? Sie vertreiben mir ja die Kunden!«
Doch nun hatte der höllische Kampf schon begonnen, und der Präfekt achtete auf nichts mehr, als läge er nachts in seinem Bett.
Er war also mitten auf dem Platz geblieben. Und man konnte denken, er kämpfe mit der Luft, denn er gab ihr Fußtritte und seine Arme wirbelten wild herum: Ich glaube, er war in das Spinnennetz der Alten gefallen und er spürte, wie ihn die Fäden juckten, und es waren offenbar viele.
Aber dort in der Nähe an den Tischen der Kneipe, in den Schaufenstern und in den Geschäften begriff, wie ich sah, niemand, was los war, und alle machten große Augen, während er allein gegen den Belagerungszustand aufbegehrte. Es wird nicht gerade glaubhaft klingen, was ich sage, doch

auch der Herrenfriseur, der neben mir stand, war ein Stück zurückgewichen und sagte besorgt:
»Aber der Herr Geheimrat...? Was ist denn mit ihm los...?«
Er vollführte inzwischen wie ein richtiges wild und scheu gewordenes Pferd schon seinen irren Galopp, als wollte er alle herausfordern; so daß alle verblüfft und bestürzt um ihn stehen, ein Zaun aus Menschen, der darauf wartet, wie es weitergehen wird. Und in der Kneipe sind viele von ihren Tischen aufgestanden und viele sind herausgekommen, und um herauszulaufen und zu schauen, haben sie ihre Gläser halbvoll stehen lassen, und auch, um seine Frisur zu sehen, denn so etwas hatten sie noch bei keinem Menschen gesehen.
Dann höre ich, daß er zu schreien anfängt: »Zickzack, zickzack«, wie eine sprechende Grille, die die Fassung verloren hat.
Das muß ein Kampfruf sein, sage ich mir, der aus dem Japanischen kommt.
Aber die Leute konnten ihn wegen ihrer völligen Unerfahrenheit nicht übersetzen, und sie wiederholten in fragendem Ton untereinander: »Zickzack?«, worauf Zeichen der Verwunderung und der Ungläubigkeit und auch das Gelächter der Dümmsten folgten.
Und als er sich ruckartig bückte und seine Hand wie eine Klinge losschnellen ließ, konnte ich zwar nicht sehen worauf, aber ich stellte mir ohne weiteres die Speichelfäden vor. Und ein Zuschauer, der verblüfft hinsah, aber weder die Bewegungen noch die Haartracht verstand, fragt mich, was los ist. Und ich antworte ihm, daß es hier Spinnweben gibt.
»Spinnweben?« wundert sich der andere.
»Ja, die Spinnweben der alten Männer, der alten Spione.«
Und er sagt: »Aber wieso ...?«
Und ich: »Hier ist doch alles Lug und Trug, verstehen Sie?«
Und ich erklärte ihm, daß der Präfekt ausgehängte Arme hat, und daß auch seine Beine alles von selbst machen und sie es somit sind, die sich um alles kümmern.
»Aha!« sagte der Zuschauer und war noch verwunderter, und dann schaute er wieder zu und wurde wieder nachdenklich.

Und da erhob sich ein Riesengeschrei aus der ganzen Menge und in den Hauseingängen und in den Fenstern erschienen Leute. Denn wenn auch um diese Zeit ziemlich wenig Verkehr war, so kam doch ab und zu ein Auto oder ein Motorrad vorbei. Und auf einmal macht der Präfekt einen Luftsprung, weil er ein Mofa surren hörte, und er bricht im Laufschritt wie eine Rakete zur Verfolgungsjagd auf. Doch genau in dem Moment, als das eine davonfährt, flitzt ein anderes aus der entgegengesetzten Richtung über den Platz.

Und da erhebt sich ein Lärm und aufmunternde Rufe aus der Menge; und auch ich schreie: »Los! Präfekt!« mit einem erstickten Schrei.

Er hatte es im Vorbeifahren am Gepäckträger gepackt und versuchte, das Rad vom Boden hochzuheben. Der andere aber, der das offenbar nicht gewöhnt war, tat alles, um zu entkommen, und ließ das Mofa anziehen, so gut es ging, machte unvorhergesehene Wenden in der einen wie in der anderen Richtung, er machte ein enges und vielfach gewundenes Gymkhana, in der Hoffnung, er würde über einen Gully oder den Randstein der Trottoirs stolpern.

Aber der Präfekt schrie: »Zickzack, zickzack«, so laut er konnte, und versuchte ihm einen Fausthieb in den Rücken zu geben, ich glaube, damit er ausspuckte, aber er verfehlte ihn zwei- oder dreimal; jedesmal brach ein Beifallsturm los. Es waren nämlich auch die Kellner, die Obsthändler, die Verkäufer aus allen Geschäften, in ihre Uniformen gekleidet wie die Besitzer, vor die Türen geeilt, um alles zu sehen.

Und der Zuschauer fragte mich: »Aber was ist denn hier los?«

Und ich antwortete, daß er es ihnen nun endlich heimzahlte.

»Aber was denn ...?«

Und ich sagte, eigentlich alles, und er müsse nun auch ausspucken, was er im Mund hätte.

Und der war entweder wirklich unerfahren oder stellte sich unerfahrener, als er war, und sagte: »Was im Mund ...?«

Und ich: »Den Spinnenspeichel, den er im Mund hat! Schauen Sie nur!« Und ich machte ihn aufmerksam auf das dicke Gesicht. »Schauen Sie nur den Mund an!« Den hatte er nämlich fest verschlossen und zusammengezogen, sein Gesicht war so verschreckt, weil er auf frischer Tat ertappt worden war, wahrscheinlich zum erstenmal, denn das Mofa war natürlich eine große Hilfe. Und das Gesicht, das er aufsetzte, war das des armen, ahnungslosen Opfers, das rücklings von einem riesigen Kerl überfallen worden war und daher Vollgas zu geben versucht; das heißt eigentlich ein wirklich unverschämtes Gesicht.

So daß auch ich rief: »Spuck doch aus!«

Und einer oder zwei aus der Runde wiederholten es; andere pfiffen oder klatschten zur Ermutigung. Aber der Dicke hatte offenbar seine Killer, die mit großer Geschwindigkeit auf einem Motorrad auftauchten, der eine vorne und der andere rittlings dahinter. Und als sie mit einem Schlag die Situation vor Ort sahen und um anzukündigen, daß sie nun kamen und schon da waren, taten sie so, als hätten sie eine Sirene in der Kehle und schrien und brüllten. Und dann bremsten sie sehr stark mit einem Kreischen und einer Art akrobatischen Drehung, und sie kamen somit fast mit dem Rad am Präfekten zu stehen, beinahe berührte es seine Hose, beinahe brüllten sie weiter wie rasend, sie wollten ihm wohl ziemlich Angst machen, damit er alles sein ließ und sich auf der Stelle ihnen und dem Fettwanst ergab.

Aber als Antwort ließ der Präfekt, immer noch eine Hand am Gepäckträger, einen Überraschungsschlag durch die Luft sausen, um ihnen augenblicklich die Lage klarzumachen.

Und da nahm das Handgemenge zu und wurde zur Entscheidungsschlacht, denn der Präfekt ließ das Mofa um keinen Preis los, sondern schüttelte es hin und her, um den Dicken abzuwerfen. Das heißt, er setzte seine ganze Kraft ein, um das Rad hochzuheben, während ihn die anderen zwei aus nächster Nähe bedrohten. Und mit dieser Zerreißprobe erreichten sie das Ende des Platzes, wo es in eine Straße hineinging. Es kommt so weit, daß dem Dicken sein ganzes Gewicht und seine Versuche, das Gleichgewicht zu halten, nicht mehr ausreichen und er mit einem Fuß auf den Boden springt und gleichzeitig die Lenkstange ausläßt, wodurch er sich offensichtlich geschlagen gibt. Und er bleibt nicht einmal stehen, um weiterzukämpfen, er sieht nicht einmal, daß der Präfekt auf dem Boden liegt; sondern er läuft davon und

läßt alles liegen, sogar zwei oder drei Päckchen und eine kleine Tasche.
Und ich habe nicht einmal soviel Zeit, daß ich sagen kann: ›Gut gemacht!‹, da erscheint man stelle sich vor wer.
Es jetzt zu sagen, ist nicht schwer; aber damals war ich wirklich verwundert und verblüfft über seinen rechtzeitigen Auftritt; denn es kam am Steuer seines Lieferwagens mit dem ganzen Bazar der Slawe Manoli höchstpersönlich angefahren. Ich brauche nicht zu sagen, daß seine Ankunft kein Zufall sein konnte.
Der Präfekt richtet sich nämlich auf, als er den Motor erkennt, und ich sehe sein befriedigtes Grinsen, das heißt: ›Ich habe dich aus der Höhle gelockt, Schurke; nun wird abgerechnet‹, und daß er bereit ist, keine Halbheiten durchgehen zu lassen.
Und alles, was von jetzt an geschieht, geschieht unter Zurufen und Jubel.
Und als er zehn Zentimeter vor ihm bremste, zog der Präfekt mit blitzartiger Gebärde aus dem Arsenal, das hinten war, einen Besen heraus, der aber so dick und so robust ist, daß der, der ihn gemacht hat, wohl eine Eisenkeule im Sinn hatte.
Aber Manoli schaute nicht zu: In wütender Eile stieg er aus und zückte eine Art Ruder oder Schaufel, die schon beim Anschauen Angst machte; ich weiß nicht, ob es auch eine Hellebarde sein konnte, oder ob sie scharf geschliffen war. Sicher aber hatte er sie geölt bereitgehalten für den Gegenschlag.
Und sie gaben sich schreckliche Schläge, so daß die Holzsplitter und -stämme durch die Luft flogen und einen solchen Krach machten, daß die Leute betroffen zurückwichen.
Und ich hörte sie in meinem Hirn widerhallen, so stark und so grauenhaft waren sie, und mir verschwamm alles vor den Augen wie mitten in Blitz und Donner. Auf jeden Fall war es ein Gemetzel, und die Schaufel stand dem Besen in nichts nach, und auch von den beiden hätte ich nicht sagen können, wer der Bessere war.
Bis Manoli mit einem Schlag, der den Asphalt aufgebrochen hätte, offenbar den Präfekten auf die Finger traf, so daß

leider der Besen davonflog. Und dermaßen in die Enge getrieben, sprang der Präfekt auf den Anhänger des Lieferwagens, mitten hinein in den Bazar. So daß Manoli einen Augenblick zögerte, mit dem Ruder zuzuschlagen, um eine Katastrophe zu vermeiden.
Und das nützte der Präfekt aus, um ihm wahnwitziges Zeug zu sagen, glaube ich; das heißt Dinge, die schlimmer sind als Ohrfeigen; und er hatte sich als Helm einen Trichter übergestülpt, und als Schild verwendete er einen durchsichtigen Glasteller.
In der Menge wurde ein derartiger Lärm zur Aufmunterung laut, weil wahrscheinlich Manoli der Chef war. Aber auch für den Präfekten schrien viele; das wurde mir dadurch klar, daß ein verstreuter Chor hin und wieder: »Zickzack!« rief. Und so schrie auch ich, um auf seiner Seite zu sein, »Zickzack!«, und um mich herum lassen sich viele davon überzeugen, daß es an der Zeit ist, mit der Liga der Alten und ihrer Mandanten Schluß zu machen. Und daher schreien viele »Zickzack!« und immer wieder »Zickzack!«. Und es wird gleichsam zu einer Jubelhymne für den Präfekten.
Da schlägt Manoli mit dem Ruder derart drein, daß er den Schild in dreitausend Stücke zersplittert; mit einem zweiten Schlag, der fast noch schlimmer ist als der erste, enthäutet er dem Präfekten die Stirn, und er hatte soviel überschüssige Kraft, daß er Porzellan und Gläser, ganze Speiseservice, Blumenvasen, Barometer und Suppenschüsseln zerschmetterte, und beinahe wäre der ganze Lieferwagen in die Luft gegangen. So grauenvoll und gefährlich war der Schlag.
Der Präfekt war schon auf den Boden gesprungen und weggerannt; er macht keine zehn Schritte, und da bekommt er die Hellebarde wie einen Wackerstein auf den Kopf. Zum Glück hatte er den Helm auf, und so zählte nicht der Lärm, sondern die List. In demselben Augenblick nämlich, in dem der Schlag trifft, bleibt Manoli mit den Füßen im Mofa des Dicken hängen: wohin ihn, glaube ich, der Präfekt gelockt hat.
Und er fällt vornüber auf die Erde, wobei er sich große Schäden zuzieht, denn die Lenkstange hing in seiner Jacke und seine Füße in den Radspeichen.

Ich sage euch nichts von den Zurufen und den Zickzack-Schreien. Ich selbst hatte angefangen zu schreien, und alle Leute schrien.
Der Präfekt stand aufrecht da, nur leicht zur Seite gebeugt; den zerdellten Helm auf dem Kopf, aber das Gesicht zu einer Grimasse gnadenloser Verachtung verzogen.

Also schien die Entscheidungsschlacht mit der Niederlage des Slawen Manoli abgeschlossen.
Aber da hört man im schönsten Moment, als es niemand erwartete, von rechts und links pfeifen, und pfeifend bahnen sich einen Weg zwischen den Leuten zwei von dem gewohnten Verein, als Verkehrsschutzleute maskiert.
Und hinter ihnen kommt der Dicke.
Die zwei haben nicht viel Worte gemacht, sondern sich sofort auf den Präfekten geworfen.
Die Menge aber, die nicht ganz einverstanden war, das heißt die, die inzwischen für das Zickzack waren und die ich herumgekriegt hatte, auch die mischen sich ein, und es entsteht ein höllisches Durcheinander, in dem man nichts mehr versteht, nur daß alle drängen und zerren und auf Manoli und ein Bett aus Glasscherben steigen.
Um den Präfekten ist das Getümmel am größten. Es sind die, die dafür, und die, die dagegen sind, die einander zu zerquetschen und auf den Boden zu werfen und sich wie Pfannkuchen plattzutreten suchen.
Auch ich war mitten drin und wurde in diese dicht gedrängte Belagerung hineingezogenen, die dichter war, als ich sie je erträumt hatte; und ich schwitzte heiß bis in die Füße hinein, um die Entwicklung der Tatsachen nicht aus dem Auge zu verlieren.
Aber die Verkehrsschutzleute lassen nicht mit sich reden und mit der Hilfe des schlimmsten Abschaums ihrer treuen Anhänger, darunter die zwei Motorradfahrer, schlagen sie auf den Präfekten ein, um ihn gefangenzunehmen und zu fesseln; und daher fliegen Schläge nach allen Seiten. Und der Präfekt schlägt wie ein Maschinengewehr mit seinen Füßen, so daß sie vergeblich zu zehnt auf ihn steigen, seinen

Hals packen und ihm auf die Rippen treten, und auch, wenn ihm einer das Schlüsselbein ausrenken oder die Milz zerquetschen will, indem er von oben mit den Füßen darauf springt.
Und einer von denen, die wie Verkehrsschutzleute beschuht und gekleidet waren, preßte ihm das Knie auf die Brust und versuchte seine Arme einzufangen; aber ein Kinnhaken ließ seine Mütze davonwehen. Das hat man genau gesehen.
Und darunter war er so glatt wie eine Tomate.
Und der Präfekt ließ weiter seine berüchtigten schrecklichen Fußtritte fahren, mit denen er Breschen schlug. Aber als auch der zweite Verkehrsschutzmann sich auf ihn setzte, gab er ein merkwürdiges Geräusch von sich, das kein Zickzack war, sondern ein Hauch oder ein Stöhnen, und in dem Moment, wer weiß, sagte ich mir, in welcher Sprache er wohl gesprochen hat.
Von dem Augenblick an aber hielten sich die Schutzleute und ihre Killer nicht mehr an die Regeln. Und ihre Herausforderung wurde immer abgefeimter, denn sie nahmen dem Präfekten auch noch die Luft und den Sauerstoff.
Und ohne sich der Gefahr auszusetzen, hetzte der Dicke von hinten feig die Rädelsführer auf, und das Speckgesicht gab ihnen unfaire Ratschläge und sagte ihnen alle Unverschämtheiten und Bosheiten, die sie tun sollten.
Aber in dem Moment klingelt ein Hahn in der Luft, woher weiß ich nicht, oder er klingelt in meinem Kopf, aber wie ein Dynamo für mein Nervensystem.
Da, genau an diesem Punkt, sagen wir, geriet ich außer mich. Und meinem augenblicklichen Antrieb folgend, mußte ich die Unternehmung Nestors wiederholen, mit der er das Dampfroß und die Stadt besiegt hat, indem er sie vom Fenster aus bombardierte.
Und ich rannte in den Herrenfriseursalon, um den Diwan, der dort stand, durch die Luft zu schwingen. Und ich holte ihn nicht ohne Mühe, wegen der Federung und des Gewichts der Polsterung.
Zunächst zog ich ihn bis zur Schwelle, und den Fußboden streifend, ließ er ein schreckliches trompetenartiges Gewieher ertönen, das in einem Kilometer Umkreis nichts Gutes

verhieß. Dann kroch ich in aller Eile darunter und lud ihn mir auf den Rücken, wobei ich mir fast die Seele aus dem Leib schwitzte, doch mit hundertfacher Kraft, die von meiner rasenden Empörung kam; obwohl das sonst nicht mein Charakter ist.

Und ich dachte, jetzt lasse ich ihn wie eine Bombarde auf den Dicken, auf die Schutzleute und auf alle lästigen Feinde fallen, und dann rette sich wer kann; denn nun verschone ich keinen mehr vom ersten bis zum letzten.

Und also laufe ich hin, während man in meinen Augen sicherlich den unaufschiebbaren und ehernen Beschluß lesen konnte; und daß es kein Hindernis mehr für mich gab, und wenn sich eins zeigt, schiebe ich es mit brutaler Gewalt beiseite. Ich hörte nämlich hinter mir den Herrenfriseur Gaudenzi schreien, denn ihm war dieser Diwan offenbar wichtig und er wollte ihn nicht ins Ungewisse, das heißt ins Gewühl werfen.

Aber ich fühlte mich nun schon schlimmer als Herkules und Samson, wenn sie den Felsblock hochheben, und schlimmer als Polyphem, wenn er blindlings alles zerschlägt, was ihm unterkommt, indem er die Gipfel der Berge hinunterwirft. Und der verfluchte Fettwanst mit seinem Jammergesicht war noch immer da und wiegelte seine würdigen Kumpel auf, indem er: »Los, macht!« sagte, sie sollten stärker zuschlagen; er blieb aber immer an einem geschützten Platz in der zweiten Reihe wegen seiner Feigheit, die von seinem Fett und seiner Schmierigkeit kam.

Und in dem Moment kam ich und hob den Diwan in die Höhe, so hoch ich konnte, insbesondere über den Dicken schwang ich ihn und schrie: »Du feiger Hund, du Schweinsblase!«

Und alle rundum waren bestürzt, als sie mich sahen und das schauerliche Geschrei des Herrenfriseurs Gaudenzi hörten; aber nun war nichts mehr zu machen, und aus der Luft kam die Zerstörung herunter mitten unter die Leute mit einem solchen Krachen und einem solchen Getöse, daß der ganze Platz bebte und die Häuser einen Moment, so sage ich, in Gefahr schwebten: durch die Windhose und die Luftverschiebung zu zerreißen oder hintüber zu fallen. Und wenn

sie stehengeblieben sind, dann nur wie durch ein Wunder, oder weil sie ziemlich fest angebunden waren.
Was geschehen ist, war nicht genau zu sehen, ob es Verletzte gab und wie viele es waren, ob der Dicke plattgedrückt wurde und mit ihm die ganze Bagage von Verkleideten und Sykophanten. Aber was für ein Staub aufgewirbelt wurde, ist unvorstellbar! Es war, als wäre man mitten in einer dichten Puderwolke! Das meine ich wörtlich, die Luft war gleichsam verdunkelt und nicht atembar. Der Herrenfriseur stammelte etwas. Und ich habe viele gesehen, die nach Luft japsten, um nicht zu ersticken, und die ganze Luft, die sie hatten, aus ihren Lungen heraushusteten. Die schlimmsten Hunde husteten auch den Gummispeichel heraus, unter Pfeifen und Beschimpfungen, und sie waren gezwungen, alles auszuspucken, bis auf den letzten Rest.
Und als sich der Puder ein wenig auf den Boden gelegt hatte, sah ich, daß sie den Präfekten losgelassen hatten, um besser zu niesen und sich zu räuspern und sich mit dem Taschentuch Luft zu machen.
Aber ich sah auch, als die Luft langsam wieder durchsichtiger wurde, da sah ich auch den Präfekten mitten in dem Gedränge: Und ich sah, daß er gleichsam verklärt war!
Seine Augen waren starr und wie fasziniert auf einen Punkt gerichtet, zu einem Speicherfenster oder zum Giebel eines Hauses: Er blickte reglosen Auges dorthin, und es war offensichtlich, daß er um sich herum niemanden mehr beachtete; er betrachtete sie nun alle als einen Haufen Nichts, was immer sie ihm auch antun wollten. Das las ich in seinen Augen, denn sie waren wie aus schillerndem Glas mit Regenbogenstreifen drin.
Da schauten alle nach oben. Und auch ich erhebe den Blick und bin sprachlos.
Auf der Dachrinne sitzt der Minister mit schütterem Gefieder und zusammengeschrumpft wie ein Truthahn, und er hatte so hängende und weiche Backen, daß einem ein wenig grauste, und auch seine Nase war hängend und nutzlos wie ein rosa Schnabel aus Fleisch, dem die Luft ausgegangen ist. Er schaute von dort verlegen herunter und wußte wohl nicht, was er tun sollte. Seine Pupille war rund vor Ratlosig-

keit und ein wenig vor Unwillen, und er stellte sich sogar desinteressiert; dann warf er einen Blick nach unten, jeweils mit einem Auge, und sein Ärger war offensichtlich, weil er nichts hatte machen können.
Der Präfekt blickte ihn, wie ich sah, unverrückt an, und eigentlich lachte er ihm mitten in die Schnauze.
Und dann sah ich ganz genau, daß der Minister sich mit einem Hüpfer umdrehte und aus seinem vorstehenden Hinterteil eine lächerliche kleine Bombe, wirklich lächerlich und belanglos, nach unten plumpsen ließ. Und der Präfekt folgte ihr mit dem Blick, wie sie senkrecht hinunterfiel und auf dem Trottoir kläglich zerschellte.
Da warf ich ihm einen Schuh nach. Und als der Schuh auf die Dachrinne fiel und sie erschütterte, flog der Minister auf leisen Flügeln davon.
Flop ... flop flop ..., flog er geräuschlos und ohne sich umzudrehen davon, als wäre für ihn das Kapitel und das Buch schon abgeschlossen.
Der Präfekt dagegen erstaunte mich, denn er sah nur noch aus wie ein Vogel aus den Rocky Mountains, so spitz war sein Kopf und so langgezogen sein Hals, und das Gefieder wie ein Fächer über dem einen Ohr. Er sah nicht mehr aus wie er selbst, kurz gesagt; und wenn ich nicht so sicher gewußt hätte, daß ich ihn gut kenne, hätte selbst ich Angst gehabt, er würde nach mir hacken.
Dann sprang er im Nu auf die Füße und war auf und davon hinter dem Minister, die Nase in der Luft.
Und die Verkehrsschutzleute, ihre Hilfskräfte und alle, die den Diwansturz überlebt hatten, auf und davon auch sie hinterher, obschon übel zugerichtet und staubbedeckt.
Und ich, hinterher auch ich, um nachzusehen und eventuell nachzuhelfen, auch wenn sich die Geschichte nun schon auf einer anderen Ebene abspielte.
Sie waren in eine Straße eingeschwenkt, weil der Minister um die Bäume herumgekurvt war; und dann lag vor ihnen schon das freie Feld. Aber der Präfekt war so leicht anzusehen, und er hatte einen solchen Vorsprung vor den anderen und lief mit solcher Leichtigkeit, daß ich da in dem Moment alles begriff; ich begriff so gut, so klar, was geschehen war!

Der Präfekt lief davon ganz genauso, als liefe er mit den Füßen auf dem Asphalt und auf dem Kies, genauso als würde er eilends über die Gräben und Meilensteine springen; und die anderen rannten hinter ihm her, und er ließ es ungefähr so aussehen. Das heißt, daß er, die Nase in der Luft, dem Premierminister nacheilte. Aber ich begriff alles sehr, sehr gut, so offensichtlich war es nun geworden.
Daß er dort oben, hoch in den Lüften und nicht mehr zu fangen war und sich einen Ast lachte wie ein Bussard. Er war in seiner Präfektur angekommen und sah nun alles von oben, und sicherlich sah er hinter den Pappkartons die steinige Wüste, die sich dort ausbreitete, mit den Gerüsten und den Drähten, und sah diese Menge, die ihm bellend nachlief.
Und ich glaube auch, daß er die Dinge sah, welche die Tricks der Welt enthüllen, das heißt alle Leute, die hinter den Häusern versteckt waren und sich im Schlafanzug oder im Bademantel und in Pantoffeln zwischen zwei Auftritten ausruhten und vielleicht auf ihren Feldbetten lagen oder schon beinahe fertig und geschminkt waren, um draußen zu erscheinen.
Ich weiß nicht, was man von oben an Einzelheiten sehen kann, aber sicherlich die Seile, die Triebstangen und die Flaschenzüge und die Eisenträger, auf die sich die Häuser der Stadt stützen. Und die Leute außer Dienst dürften kein erhebendes Schauspiel sein, wenn sie hinter den Pappkartons ärmlich am Boden sitzen oder auf einem wackeligen Stuhl mitten unter ihren Gestellen, den Kleiderständern, den Wäscheleinen, den Blechbüchsen und den Abfällen. Sie warten, glaube ich, nur, daß die Zeit vergeht, schlampig und halb ausgezogen und mit einem Mundgeruch, als wären sie gerade aus dem Bett gekrochen.
Und im wesentlichen halten sie sich im Freien auf, höchstens unter kleinen Wellblechdächern, die, recht und schlecht festgemacht, im Wind klappern.
Als sie den Präfekten über sich fliegen sahen, der sie in ihrer wahren Natur sehen konnte und dem ihre ganze Nichtigkeit als Nichtstuer, Tagediebe und Faulenzer offenbar wurde, werden sie daher höchst erstaunt und sogar bestürzt

gewesen sein und sich nicht mehr sicher gefühlt haben. Denn für sie war sein Erscheinen wie aus einer anderen Welt.

So wird es zumindest zu einer chaotischen Flucht in Richtung Wüste gekommen sein oder sie werden sich in die Ritzen gezwängt haben, zu Hunderten, zusammengedrängt und frech wie Insekten in ihren Nestern oder wie eine Echo-Kolonie.

Und da blieb ich stehen, um zu lachen und immer weiterzulachen, denn dieses Lachen kam aus meinem Inneren heraus wie das Wasser eines Flusses, so verzaubert und komisch erschien mir dieser Fall.

Denn der Präfekt schwebte durch die Luft und durchflog geradewegs die Seligkeit seiner Präfektur. Und er hatte offenbar den Durchgang gefunden, hatte offenbar die Grenzlinie gefunden und schon überflogen, ohne sich auch nur eine Sekunde zu bedenken. Und in solchen Fällen ist es so leicht, sich in die Luft zu erheben und sich wie Rauch zu fühlen. Wo er sich aber dann genau befand, ist nicht leicht zu sagen; ob in der Wüste Gobi oder ob er in höchsten Höhen bei tausend Meter mit den Westgoten mitflatterte oder mit den Azteken zwischen Topazen und Rubinen. Oder ob er der heilige Geist geworden war, der im Zickzack auf der Spur der Blitze läuft und den Leuten den Schwanz versengt.

Wer kann das jetzt noch sagen?

Ich lachte auf jeden Fall, weil ich nicht anders konnte; und die Nase vor lauter Lachen in der Luft, sah ich in der Höhe friedlich die Wolken dahinsegeln wie Archipele und Kontinente und das Himmelblau beben wie das salzige Meer.

Und der Präfekt, glaube ich, sah endlich alles von dort oben, wo er war; ich glaube, daß er nun auch allen in die Taschen und unter die Mützen sah. Und daß er ihren Premierminister nach und nach zum Spaß an Höhe verlieren ließ und ihn zu einem Abgrund schob, wo er sich in der Erde vergraben, in einem Bergwerk oder in einem trockenen Brunnen verschwinden kann.

Zum Schluß verschwinde ich in einem trockenen Brunnen

Als ich wieder auf dem Platz erschien, war einige Zeit vergangen, denn ich hatte mich in Gedanken verloren; und der Tag ging schon zu Ende.

Die Schutzleute waren verschwunden, Manoli war verschwunden, und der Herrenfriseur hatte seinen Laden dichtgemacht. Es war nur ein feuchter Fleck in der Mitte des Platzes auf dem Asphalt geblieben, und ich weiß nicht, was es war, aber es erschien mir beinahe der Abdruck des Dicken mit seinem Mofa.

Ich will nicht sagen, daß er es wirklich war, aber ich bin um den Fleck herumgegangen, und er hatte dieselbe tückische Hautfarbe und war nur ein wenig breiter.

Dann schaute ich um mich und sah, daß alles genauso war wie vorher: Die Häuser waren nicht verschwunden, noch hatten sie Knicke, und es hatten sich auch keine Spalten aufgetan. Das heißt, es war alles normal und in Ordnung, vielleicht ein klein wenig verblichen; zumindest hatte ich diesen Eindruck, war aber nicht ganz sicher.

Und da spürte ich, wie mir ein wenig Traurigkeit ins Gesicht stieg.

Und ich suchte, ob man irgendwelche Überreste sah: Perücken, falsche Nasen, falsche Ohren oder Puder und künstliche Gebisse; woran man hätte erkennen können, daß sie alle aus ihren Hinterräumen weggelaufen waren, als sie den Präfekten am Himmel vorbeifliegen sahen.

Und ich schaute auch nach, ob sie sich in den Ritzen eingenistet hatten, wie es hätte geschehen können, zum Beispiel zu Pusteln voller Mikroben geworden.

Aber man wußte wirklich nicht, wer gesiegt hatte und wer geschlagen worden war, und das fragte ich mich also. Aber mehr als alles andere herrschte Öde und Stille.

Nur vor dem geschlossenen Rolladen der Kneipe erkannte ich zwei aus dem Publikum, und die freuten sich, mich zu sehen. Ich glaube nämlich, die gehörten zur Partei des ›Zickzack‹, das heißt zu denen, die sich auf meine Seite geschlagen und dem Präfekten zugerufen und applaudiert hatten. Und sie machten mir Komplimente.

»Der arme Teufel«, sagte der eine, »der Arme, ich hab ihn gekannt. Er ist weggelaufen von seinem Platz, wo er zu essen und zu schlafen hatte, aus gesundheitlichen Gründen«; und er tippte sich an die Stirn, um zu sagen, daß er ein weng verrückt war, aber nichts dafür konnte.

Ich sagte sofort, essen könne schon sein, aber schlafen glaubte ich weniger, denn an dem Platz seien doch viele alte Männer, die einen die ganze Nacht belästigten, und man stelle sich auch noch vor, wenn es sehr viele seien. Tausende, sagte ich, dicht aufeinander wie die Heringe.

Und da sie sich angeschickt hatten, mir zuzuhören, sage ich auch im Vertrauen, daß dort einige seien, die ihn in der Nacht verprügelten und reizten. »Und schuld ist der Minister«, fügte ich am Schluß hinzu.

Da sprachen sie mir ihr Beileid aus: »Aber so was ...!« sagten sie. »Aber schau mal ...! Wer hätte das gedacht ...!«

Und ich erklärte ihnen, wenn man den Gipfel erreicht habe, gewöhne man sich daran, sich zu wehren. Oder die Beine und Arme würden es von selbst instinktiv übernehmen.

Und es kam mit der Zeit zu einer wechselseitigen Diskussion, in der auch ich etwas sagte, etwas Derartiges, daß der Präfekt sympathisch wäre und die anderen aber unsympathische Schufte.

»Und dann, unter ihren Mützen«, sagte ich, »habt ihr's gesehen? Das waren doch keine Schutzleute, sondern Kahlköpfe!«

Ich fing an zu lachen, denn das hatten sie auch bemerkt.

Und dann sage ich, daß vor allem der Dicke ausgespuckt hatte: Ja, er hatte den Präfekten angespuckt mit seinem Rotz, mit einem Faden Rotz; das machte er aus Gewohnheit.

Und der erste der beiden: »So etwas Widerliches, wirklich widerlich.«

Während der andere, der zweite, nur zuhörte und ja sagte.

Als ich von diesen Dingen sprach, war mir, als hätte ich die Haare umgekehrt im Kopf stecken, das heißt, sie drehten sich von unten nach oben, so aufgeregt wurde ich wieder.

Und ich erkläre ihnen also, wie die Häuser sind, wenn sie es nicht schon von selbst gemerkt hätten, ich erkläre ihnen, daß sie aus Papier sind, praktisch aus nichts, und daß sich die Leute drin verstecken und dann zum Theaterspielen herauskommen, Männer und Frauen: und jetzt wisse ich es ganz genau. Und es handle sich um lauter Kabarettisten wie im Varieté.
Auch der zweite, der einen Hut auf dem Kopf hatte und sich kratzte, war nun ganz Ohr.
Und ich sage: »Das sind Dinge, die man wissen muß, wenn man zur Zickzackpartei gehört!«
Da paßten sie auf, weil nun die Sache ernster wurde.
Und ich sagte, es gebe nur Lüge und Falschheit auf der Welt, und alles sei Betrug, überall, angefangen beim Premierminister. Und so weiter, wie ich es vom Präfekten gelernt hatte, daß man die Schwindeleien nun schon nicht mehr zählen könne.
»Kann man dann überhaupt noch jemandem trauen?« fragte ich. »Und wem? Nicht einmal den Alten!«
Diese Dinge sagte ich, weil ich mich nicht mehr so gut auskannte, nachdem ich jetzt allein geblieben war; und mit diesen Leuten vom ›Zickzack‹ konnte ich mich aussprechen und sie auch um Rat fragen, in dieser Art: »Aber was soll man denn tun? Wißt ihr das?«
Und der erste, der einen Lockenkopf hatte und dunkelhäutig war und dem beim Lachen die Zähne blitzten, der erste der beiden sagte, daß auf der Welt nach seiner Meinung die Schwindeleien von selbst kommen. Das heißt, daß es nach seiner Meinung die Schwindeleien immer gegeben hat, und daß sie nach seiner Ansicht noch geraume Zeit weiterbestehen werden. Aber daß man nicht allzusehr darauf achten soll.
Und da habe ich dann die sehr alte und berühmte Geschichte von Judas Ischarioth erfahren, die mich aber noch mehr verwirrt hat.

»Als ich in den Katechismusunterricht ging«, erzählte dieser Kerl mit leiser Stimme, »das heißt, als ich zur Schule ging, entdeckte ich die Geschichte von Judas Ischarioth.

Ich habe einige Bücher gelesen und dann noch andere. Und ich dachte sehr viel darüber nach, Tag und Nacht. Und auch wenn diese Geschichte tot und begraben ist, sagte ich mir: es ist doch eine merkwürdige Geschichte, die zeigt, daß man die Schwindeleien bevorzugen soll, weil sie die Wahrheit sind.«

Als ich diese Worte hörte, war ich im ersten Moment bestürzt; und ich schaute den anderen an, aber auch der nickte beinahe mit dem Kopf. Und da stellte ich mich wieder aufs Zuhören ein.

»Judas Ischarioth also«, sagte er, »begegnete eines schönen Tages Jesus. Und da er hört, daß dieser überall herumerzählt, er sei der Sohn seines Vaters und komme aus dem Jenseits, glaubt er ihm so sehr, daß er alles liegen und stehen läßt und mit ihm mitgehen will.

Also kommt er mit den zwölf Aposteln zusammen, und von Anfang an versteht er sich nicht gut mit ihnen. Unter anderem hat er eine etwas dunklere, olivenfarbene Haut, und man sieht sofort, daß er ein wenig anders ist.

Etwas Praktisches macht er dann kaum. Er sondert sich von den anderen ab und denkt nur an den Glauben, denkt nur an Jesus: Er folgt ihm in einer gewissen Entfernung, ohne viel zu reden, und er ist begeistert und voll Bewunderung, erfüllt von einem geheimen Eifer.

Die anderen dagegen schwärmen um ihn herum, schwätzen unentwegt von Dummheiten und Belanglosigkeiten; verhandeln über Mittagessen und Logis und streiten sich, wer das erste Stück Braten bekommt; und auf der Hochzeit von Kanaa essen sie soviel, daß sie am Ende ganz erbärmlich aussehen.

So gehen die Predigten weiter: Jesus wandelt auf dem Wasser, erweckt die Toten, vermehrt die Brote, vermehrt die Fische. Und Judas Ischarioth schaut schweigend zu und ist außer sich vor Staunen, während die anderen sagen, sie sind nun schon daran gewöhnt, und um sich irgendwie durchzuschlagen, muß man leider alles Mögliche tun.

So kommt das letzte Abendmahl, das sehr lustig ist, denn sie sind eingeladen und brauchen nichts zu bezahlen. Thomas erzählt Gleichnisse, und sie haben alle soviel getrunken, daß sie sich vor Lachen krümmen, wenn nur das Wort Spreu und Weizen fällt. Petrus erzählt seinerseits vom reichen Prasser, aber so, daß sie nicht mehr können vor Lachen. Und als er dann sagt, hier sei ein Kamel, das durch ein Nadelöhr gehen wolle, erhebt sich ein so lautes Freudengeschrei und ein solcher Höllenlärm, daß Johannes bittet: »Hört doch auf, sonst werden wir noch hinausgeworfen.«

Nur Judas Ischarioth sitzt ganz zerknirscht am Tischende, denn bei ihm wirkt der Wein so; aber sein Blick hängt anbetend an Jesus.

Und so essen und trinken sie, vielleicht auch ein wenig zuviel, und scherzen und witzeln miteinander. Und als Jesus auf einmal sagt, einer würde ihn verraten, nehmen sie es auf die lustige Tour und sagen noch eine Menge komisches Zeug.

Judas Ischarioth dagegen denkt nach, denn dazu neigt er nach seinem Temperament.

Da wiederholt Jesus: »Ich sage euch, einer unter euch wird mich verraten.« Und er schaut Judas fest in die Augen, der von allen allein wach ist, während die anderen schon zuviel getrunken haben, nichts mehr verstehen und einige schon vom Stuhl gefallen sind. Dann taucht er das Brot ein, als wäre dies das abgemachte Zeichen, streckt es ihm hin, damit er näherkomme, und sagt zu ihm: »Was du tust, das tue bald.«

Es ist erwiesen, daß er genauso zu ihm sagt.

Und Judas denkt, er wird auf die Probe gestellt, weil nun die Zeit bestimmt gekommen ist. Und weil er ein bedingungsloses Vertrauen hat und der einzige ist, der noch auf seinen Beinen stehen kann, steht er sofort auf, geht und verrät ihn. Aber als Tat äußerster Treue.

Daraus folgt, was folgen muß, und Judas Ischarioth erwartet mitten unter der Volksmenge den Triumph. Er wartet darauf, daß Jesus etwas tut, daß er alle befreit, den Hohen Rat in alle Winde zerstreut, das Kreuz zerbricht. Und ihn dann mitnimmt.

Und er steht da und schaut sich den Kreuzweg an, während sich die anderen alle dünngemacht haben; und als er ihn fallen sieht, sagt er bei sich: »Es ist soweit!« Und er ist schon

bereit, ihm nachzulaufen, denn er denkt, das sei nur ein Trick, um dann seine ungeheuren Fähigkeiten um so überraschender hervorzuziehen.
Und er wartet darauf, ihn auf einem Lichtstrahl durch die Luft fliegen zu sehen, und beinahe hört er ihn schon zu der Volksmenge sagen: »Kniet nieder, ihr Ungläubigen! Dieser ist Judas Ischarioth, alle zusammen seid ihr nur halb soviel wert wie er.«
Aber alles läuft ohne Überraschungen ab und wird schlimmer; und Judas ist zutiefst betroffen. Dann kommen ihm Zweifel. Und zuletzt muß er zugeben, daß er wahrscheinlich einen Fehler begangen hat. Er hat irgendeinen armen Teufel verraten, so einen wie ihn selbst, wie alle. Und da fallen ihm das armselige Leben, der Hunger, die Streitereien und die tägliche Ungewißheit ein; und es fällt ihm ein, daß sie immer in Gärten schliefen, miserabel, und praktisch von Almosen lebten.
Und da fängt er an zu weinen. Er sagt: »Ich Dummkopf! Dumm bin ich; die anderen elf Apostel hatten recht, man müßte versuchen zu lachen, Witze zu machen und sich zu begnügen. Und so hätte man weitermachen müssen. Denn im Grund hatte man ja kein schlechtes Leben: Man hatte Unterhaltung, kam herum, lernte Leute kennen, gab dann und wann ein hübsches Schauspiel, um etwas einzunehmen; und dem Jesus ließ man seine Phantasien.
Man kann sich also vorstellen, daß er grauenvolle Tage verbrachte und sehr bekümmert war; ohne zu schlafen, ohne zu essen, auf ein Bett geworfen wie auf einen Kalvarienberg, als wäre er der arme Christus. Und durch die Ritzen in den Fenstern hörte er den Lärm von der Straße kommen: Kinder, trinkende Kamele, Frauen, den leichten Frühlingswind, jemand, der leise vor sich hinsingt. Und das waren sehr schmerzhafte Dornen, die ihn stachen; aber er konnte sein Hirn nicht zum Schweigen bringen.
Bis er, wie man weiß, beim Morgengrauen des dritten Tages in den Olivenhain geht und sich aufhängt.
Und bis hierher erscheint es nur die Geschichte eines schlimmen Fehlers mit allen logischen Folgen, die sich daraus ergeben.

Es geschah aber, daß, während Judas leiden mußte, sich ausgerechnet der höchste Betrug vollzog. Von seinem Grab aus, in das man ihn eingeschlossen hatte, von dem toten Körper aus, in dem er wohnt, schaut sich Jesus schweigend und ohne ein Wort zu sagen, das ganze grauenhafte Nachspiel an. Er sieht genau, welche Geistesqualen Judas Ischarioth erleidet, er sieht den Ölbaum, an dem er sich aufgehängt hat, und er sieht seinen grauenvollen Todeskampf. Er könnte seine Stimme zu ihm dringen lassen, ihm etwas sagen; ihm sagen, alles sei eine Komödie, eine Finte gewesen, denn er sei ja unverwundbar.

Und im wesentlichen zeigt sich, daß er Judas Ischarioth betrogen und gequält hat, bis er tot war. Denn er war tatsächlich Sohn eines allmächtigen Gottvaters; oder auf jeden Fall war das zwischen ihnen in gewissem Sinn die Wahrheit gewesen.«

Hier hält er einen Moment inne.

Vielleicht weil das Licht schwächer wurde, vielleicht weil meine Augen Grillen bekamen, erschien mir dieser Typ grünhäutig, dunkelgrün wie eine Olive. Und da ich ihn schweigend anschaute, fügte er noch hinzu:

»Zum Abschluß«, und er hatte seine Stimme gesenkt, »zum Abschluß sage ich euch, daß er dann und wann aus dem Jenseits auf die Erde zurückkehrt, wobei er sich immer wieder anders verkleidet, je nach Kontinent und Zeitalter. Er sucht sich jemanden aus, der ihm als Opfer dient, und über den fällt er hartnäckig her: mit allen seinen Tricks, indem er sich zum Beispiel das blinde Vertrauen dieses Menschen erwirbt und ihn dann stehen läßt wie den Ochsen vorm Berg.«

Ich muß sagen, daß ich beinahe ein wenig erschrocken bin.

»Die einzige Erklärung«, sagte er, »ist die, daß es sich hier um nichts anderes handelt als um die berühmte Apokalypse. Und daß die Apokalypse in Wirklichkeit gar nicht soviel Lärm macht. Sondern sie hängt sich ganz zufällig an einen Menschen und ruiniert ihn schön langsam, ohne Eile, von innen her. Und so kann man sagen, daß sie seit eh und je begonnen hat und den Rest der Zeiten weitergehen wird. Nur

daß manchmal jemand ihr ganzes Gewicht auf sich lasten fühlt.«
»Ein schöner Streich!« sagte ich. »Ein schöner Streich!« konnte ich nur sagen.
Der Kerl aber, das sah ich, lachte in sich hinein, und daher habe ich den Verdacht, daß er diese Geschichte wahrscheinlich erfunden hat, von A bis Z. Und ich wußte nicht, was ich noch dazu sagen sollte.
Wir schickten uns alle zum Gehen an. Ich sagte: »Auf Wiedersehen, dann, guten Tag«, sodaß wir uns nun davonmachten.
Dann aber, und ich weiß nicht, wie ich es erklären soll; während dann der Kerl weggeht, ich weiß nicht, vielleicht durch den Echo-Effekt auf dem leeren Platz, oder weil auf meinem Trommelfell die Vorstellung der Apokalypse nachklang, aber ich könnte schwören, daß er Schuhe oder Füße hatte, die wie die Hufe einer Geiß oder eines Geißbocks waren. Nach dem Geräusch seiner Schritte, glaube ich.
Aber aus dem Augenwinkel meinte ich auch, sie seien ein wenig gespalten, in der Mitte.
Es war aber schon fast dunkel, und als ich besser schaute, war dieser Herr schon in einer Gasse verschwunden.
Und so befanden wir uns auf demselben Weg, ich und der zweite der beiden, der meine Richtung eingeschlagen hatte. Er schaute mich an und schüttelte den Kopf für sich, als wollte er sagen: ›Also, was der wohl will?‹
Er war auf keine besondere Weise gekleidet: Er trug eine solche Jacke, wie sie immer passen, und auch die Hose paßte für Winter und Sommer. So gingen wir langsam Seite an Seite, und er fing an zu brummen:
»Also! Hier geschieht nichts anderes, als daß alle was sagen und reden. Aber was war eigentlich zu sagen am Schluß? Was?«
Ich: »Aber dieser Judas Ischarioth ...«, und sage ihm durch ein Zeichen, es sei wohl besser, wenn man mit derlei Geschichten nichts zu tun hätte.
Er breitete seine Arme aus, wie einer, der ›Oremus‹ sagt.
Darnach wagte ich nicht zu sprechen, und außerdem war ich meinerseits auf dem Sektor Reden vollständig leerge-

brannt. Das heißt, es kam mir keine mehr auf die Lippen. Ich war, sagen wir, ein wenig trocken in meinem Gehirn, und es hatte keinen Sinn, noch einen Tropfen herauszudrücken.
Ich schaute um mich, das wohl.
Da standen die letzten Häuser, weder alt noch neu, sondern so, daß man sagen könnte ein Mittelding; und dann begann das freie Feld mit einem Gemisch aus Bäumen, Straßenschildern, Hecken, Feldern und Straßenlaternen. Und ein wenig weiter weg ging die erhöhte große Autobahn vorbei, mit der Auffahrt und den Schildern. An die konnte ich mich erinnern. Es war dieselbe wie die beim Gewitter.
Aber nach dem unbekannten Ende des Präfekten wußte ich ehrlich gesagt nicht mehr, was ich in dieser Gegend sollte. Ich war ziemlich übel zugerichtet. Und meine Haare, glaube ich, konnten die Leute erschrecken.
Auf dem Weg sagt mir also der Typ, daß er im letzten Haus wohnt, nach der Autobahnunterführung. Und die weite Sicht, die er früher hatte, ist ihm durch die Autobahn abgeschnitten. Aber er sagt, er wolle nicht klagen. Denn das Wesentliche sei immer noch dasselbe.
Und das Wesentliche, das verstand ich erst ein wenig später, ist für ihn nur eins: daß es im allgemeinen wenig zu sagen gibt.
»Was wollen Sie...!« murmelt er in seinen Bart. »Am ehesten wäre noch zu sagen, daß die Zeit vergeht. Und sonst nichts. Daß sie langsam geht, überall. Und man kann wohl auch sagen, daß es regnet oder daß die Sonne kommt, aber nur so, um etwas zu sagen. Die Zeit, sehen Sie?, das ist etwas, das andauernd vergeht. Das heißt, es gibt den Tag und die Nacht und so weiter. Na ja, so ungefähr... Also gibt es, im wesentlichen, wenig zu sagen.«
Ich gab ihm recht, das heißt, indem ich ein klein wenig mit dem Kopf nickte. Und er fuhr fort, als würde er bei sich überlegen:
»Ich sehe nämlich allerhand. Auch heute, was glauben Sie: Ich habe allerhand gesehen und auch allerhand gehört. Es gibt einen Haufen da und dort, überall. Aber dann weiß ich nicht, was für einen Reim man sich darauf machen soll. Nach

meiner Meinung tut einer nur gut daran, wenn er nichts sagt.«
Und er ließ Intervalle mit Redepausen vergehen.
»Ja, aber; nicht, wenn einer ein verdrießliches Gesicht macht. Es gibt zum Beispiel Leute, die mit der Frau, die sie vielleicht zu Hause haben, absichtlich nichts reden. Ich habe schon viele gesehen, die sitzen da und sagen kein Sterbenswörtchen. Aber wenn es nach ihnen ginge, hätten diese unendlich viel zu sagen, und sie würden weiterreden und immer wieder etwas sagen, bis sie es selbst nicht mehr hören können.
Aber ich sage, das ist kein schönes Leben, denn so schweigen ist eigentlich dasselbe wie reden; hartnäckig schweigen. Aber ich meine, man soll ruhig bleiben, dann besteht keine Gefahr, daß einer ein großer Sprecher wird.«
»Auf jeden Fall«, sagt er dann auf einmal, »daß es wenig zu sagen gibt, hab ich schon als Kind verstanden, später hab ich es dann noch besser verstanden.
Ich höre, daß es überall die Gewohnheit gibt, viele Worte zu machen; wie zum Beispiel zu sagen, daß es so ist oder daß es anders ist und so weiter. Ich weiß nicht, weil ich vorher geglaubt habe, ich bin einer, der dasteht und nicht weiß, was er sagen soll. Aber dann habe ich gesehen, daß es wirklich wenig zu sagen gibt.«
Und wir waren schon ein langes Stück gegangen, und mir kam alles, was er sagte, wahr vor, auch weil ich in dem Moment so aufgelegt war.
Dann bleibt er stehen, als wir in der Nähe der Unterführung sind, und vielleicht weil ich so aufmerksam gewesen war, erklärte er mir, er wisse auf jeden Fall, warum es so wenig zu sagen gebe.
»Also« sagt er, »meine Meinung ist das: Wenn die Zeit dauert und dauert, ohne Ende, und wenn sie immer weitergeht und weitergeht, ohne Ende, dann sagt man sich: ›Aber wozu rede ich eigentlich?‹ Das heißt, am Schluß sagt man nicht einmal mehr das; man hat schließlich einfach nichts mehr zu sagen, aber es ist so, weil einem wirklich nichts mehr in den Sinn kommt. Denn das, was da ist, bleibt da. Und man bleibt auch selbst da und verbringt seine Zeit mit

den Dingen ohne eine große Vorstellung, daß man etwas Besseres sei.
Wenn ich merke, daß überall die Zeit vergeht, und daß man nichts machen kann, dann verliere ich die Lust, den Mund aufzumachen; ich verliere sogar die Lust zu sagen, heute ist Freitag oder Montag.«
»Ja, und jetzt«, dann redet er mit leiserer Stimme weiter, »jetzt sage ich Ihnen ein Geheimnis, das am Ende alle wissen; aber sie merken es nicht.
Man hört die Zeit vergehen«, und nun bleibt er stehen und schaut mich an. »Ich sage, man hört die Zeit vergehen. Aber leise, sehr leise. Man hört es kaum. Wenn es sonst keine Geräusche gibt. Dann ist es, als würde die Zeit pfeifen; aber es ist ein Pfeifen, das überall ist. Zum Beispiel hört man es im Keller und würde es unter der Erde hören, wenn man dort wäre; oder in der Nacht, wenn es schon spät ist. Es ist ein Pfeifen, das von der Luft kommt, und man hört es nicht sofort, sondern nur wenn man stillsteht, nach einiger Zeit. Und ich glaube, es heißt, die Welt geht weiter, oder auch nur, die Welt ist da, schon im Gang, dreht sich.
Und wenn du dein Ohr in ein Glas hineinhältst, dann hörst du den Pfiff genau; aber konzentriert.
Das ist etwas, das sich nach meiner Ansicht die Vielredner anhören sollten, und solche, die zum Beispiel geschätzt werden, weil sie andauernd allseits ihre Gedanken verkünden. Denen würde ich sagen: ›Hörst du die Zeit pfeifen? Die weiß nicht einmal, daß es dich gibt!‹«
Ja, so redete er ungefähr.

Und dann gingen wir unter der Autobahnbrücke durch, und der Blick öffnete sich weit ins Land hinaus. Auf der Seite, wo gerade die Sonne untergegangen war.
Und was man sah, waren gold- und silberumrandete und rubinrote Wolken. Und ich weiß noch genau, daß der Himmel so blau war wie ein Aquamarinstein.
So redeten wir dort wirklich nichts. Ich zeigte mit dem Finger darauf, deutete eigentlich nur an. Und er sagte ein so leichtes »Ja«, daß man nur den Hut nicken sah.

Und ein leuchtender, funkelnder Planet stand am lichtgrünen Himmel. Einen Augenblick merkte ich, wie etwas wirklich Glückliches durch die Luft flog; und es war unnütz, auch nur darüber zu sprechen.
Und dieser Meinung waren wir beide, so daß wir uns kurz darauf mit einer leichten Verbeugung verabschiedeten. Und ich habe nicht erfahren, wer das war.
Dann kam der Abend mit seinem Sternengefolge. Und auf der einen Seite, ganz am Ende, war eine dicke schwarze Wolke, die hochzusteigen begann.

Bis zu diesem Punkt war ich gekommen, und das war vielleicht ein unvollendeter Punkt. Aber ich wußte nicht, was ich denken sollte.
›Und im Grund‹, habe ich mir wohl gesagt, ›weiß ich nicht einmal mehr genau, wer ich bin.‹ Das war nämlich eine solche Zeit damals, voll Inspirationen; seitdem mir der Verdacht gekommen war, daß auf dem Grund der Brunnen Flaschen liegen könnten, mit den Botschaften aller Schiffbrüchigen. Und da fragte ich die anderen, wer ich sei, als sie mich zurückkommen sahen. Ich saß auf einem gepolsterten Stuhl und sagte: »Wer bin ich?« Aber die anderen freute das nicht besonders.
Jetzt ruhe ich mich eine Zeitlang aus; und ich versuche klug zu werden aus den Abenteuern, die ich erlebt habe. Auch weil mich die anderen fragen: »Aber was meinst du, wo du die ganze Zeit gewesen bist?«
Und da ich offenbar vom Weg ein wenig erschöpft war, konnte ich mich im Augenblick nicht daran erinnern. Eigentlich erinnerte ich mich an nichts; mein Hirn war weiß und sauber, so kam es mir vor, wie wenn ich die ganze Zeit über geschlafen hätte.
Und so habe ich darüber nachgedacht, hier in diesem Zimmer, in das ich zum Ausruhen gelegt wurde, und schön langsam habe ich aufgeschrieben, wo ich gewesen bin.
Also muß ich im ganzen genau einen Monat weggewesen sein, denn ich weiß noch, daß der Mond am Ende genauso war wie am Anfang, als ich in den Brunnen suchte.

Ich sah ihn hinter der Autobahn aufgehen. Und ich hatte mich beinahe verlaufen, und ich hatte Angst, im Dunkeln das Pfeifen der Zeit zu hören.
Der Mond, das weiß ich noch, war schwerer denn je, uralt und voll Falten. Tief in der Nacht ging er auf, mißgestaltet. Und nur mit Mühe erhob er sich über den Horizont und kam aus den Nebelschwaden heraus.
Das weiß ich noch. Oder ich habe es auf jeden Fall klar im Kopf.
Er blieb trüb und wie verschimmelt. Und ich schaute ihm zu und mir schien, es war ein mühseliger Mond.

Ermanno Cavazzoni wurde 1947 in Reggio Emilia geboren und lebt in Bologna.

Lesen Sie weiter

ERMANNO CAVAZZONI
Kurze Lebensläufe der Idioten

Ein fabelhaftes Fabelbuch aus Italien: 31 Kalerndergeschichten über seltsame Heilige, über die Idioten in uns und unter uns.
»Ermanno Cavazzoni ist eine Entdeckung!«
Roland H. Wiegenstein, Frankfurter Rundschau

Broschur. 128 Seiten

MICHELANGELO ANTONIONI
Chronik einer Liebe, die es nie gab

34 Erzählungen des großen Filmregisseurs: Unmögliche Portraits von der Liebe, unordentliche Dreiecksgeschichten, erdachtes Glück und Unglück.

SVLTO. Rotes Leinen. 160 Seiten mit Fotos

Italienische Reise

»Ein intellektuelles und sensibles Potential an Italienerfahrung, wie es der Italienreisende nun einmal nicht zusammenschauen und -reisen kann, und drehte er jeden Stein in Italien um.« Karin Kersten, Sender Freies Berlin

Herausgegeben von Alice Vollenweider
Gebunden. 240 Seiten

GOFFREDO PARISE
Alphabet der Gefühle

Goffredo Parise, ein »Erzähler von weltliterarischer Statur« (W. Schütte, Frankfurter Rundschau), schreibt von den Menschen und ihren merkwürdigen Beziehungen, von befremdlichen Ereignissen, die sie anders zurücklassen als sie vorher waren: in 55 seltsamen Geschichten buchstabiert er uns das Alphabet der Gefühle von A bis S.
»Parises sprachlicher und gedanklicher Vollkommenheit hat die italienische Literatur unseres Jahrhunderts kaum Vergleichbares entgegenzusetzen.«
Ute Stempel, Süddeutsche Zeitung

Quart*buch*. Halbleinen. 336 Seiten

LEONARDO SCIASCIA
Der Ritter und der Tod / Ein einfacher Fall

Zwei Kriminalromane von höchster literarischer Qualität und Spannung. Mafia, Waffen, Drogen, Frauen: Wo der Staat endet.
»Wer könnte davon spannener und authentischer erzählen als der große sizilianische Schriftsteller Leonardo Sciascia?« buch aktuell

Wagenbachs Taschenbuch. 144 Seiten

LUIGI MALERBA

Die nackten Masken

Ein praller, spannender Roman über das Rom der Renaissance, seine Päpste und deren Kurtisanen, einsame Diakone, Mörder und Intrigen.
»Ein teuflisch gutes Buch.« Brigitte
Quart*buch*. Blaues Leinen. 304 Seiten

Die fliegenden Steine

Über die Suche nach dem Vater, das versteinerte Leben und die Magie der Zeit. – Ein Abenteuer- und Künstlerroman »... voll wunderbarer Erfindungen und Findungen« (Guido Almansi, La Repubblica).
Quart*buch*. Schwarzes Leinen. 240 Seiten

Das griechische Feuer

Ein historischer Kriminalroman über eine schöne, nymphomane Kaiserin, ihre Bürokraten, Kaiser und Liebhaber und eine Geheimwaffe, die über das Wasser laufen kann. »Eine locker und elegant geschriebene spannende Geschichte über die Verführung der Macht.« Alice Vollenweider
Quart*buch*. Schwarzes Leinen. 220 Seiten

Wahrhaftige Gespenster

Geschichten aus den eingebildeten Wissenschaften
Eine Sammlung unterhaltender, phantastischer Geschichten des großen und weisen Ironikers der italienischen Literatur: Eine Einführung in den Alltag unserer Besessenheiten und in die kunstvollen Hirngespinste Malerbas.
SVLTO. Rotes Leinen. 96 Seiten

Die nachdenklichen Hühner

Mit 15 neuen Eiern im Hühnerstall
»Der Autor zeigt uns mit dem Blick auf den Hühnerhof die menschliche Seele mit all ihren Unzulänglichkeiten, lachhaften, selten lächerlichen Seiten und die Bandbreite seines komischen Talents.«
Iris Denneler, Tagesspiegel
SVLTO. Rotes Leinen. 80 Seiten mit Zeichnungen von Matthias Koeppel

LUIGI MALERBA / TONINO GUERRA

Von dreien, die auszogen, sich den Bauch zu füllen

Roman aus dem Jahre 1000
Drei Gauner ziehen im Jahr 1000 durch Italien, treffen auf Mönche, Frauen und wilde Tiere, entkommen der Pest und dem Scheiterhaufen. Und haben dabei nur eins im Sinn: Hunger! Essen! Trinken!
SVLTO. Rotes Leinen. 192 Seiten

PIER PAOLO PASOLINI

Geschichten aus der Stadt Gottes

Neue, bisher unbekannte Erzählungen aus der frühen römischen Zeit Pier Paolo Pasolinis, der Zeit der *Ragazzi di vita:* Über die Stadt Gottes und den »grausamen Baedeker« ihrer Bewohner.

SVLTO. Rotes Leinen. 96 Seiten

Wer ich bin

Mit einer Erinnerung von Alberto Moravia

Zwei unbekannte Texte: Ein informatives autobiographisches Poem – eine Lebensauskunft. Und ein exzentrisches lyrisches Bekenntnis zu seiner »verzweifelten Vitalität«. Ergänzt werden die beiden Texte durch ein ebenfalls unveröffentlichtes, langes Gespräch mit Alberto Moravia über seinen Freund Pasolini.

SVLTO. Rotes Leinen. 80 Seiten

Petrolio

Der heftig umstrittene Roman Pasolinis aus dem Nachlaß: Das furiose Portrait einer obszönen, machtgierigen und ichbesessenen Gesellschaft.
»Ohne Zweifel steht der Roman sowohl im Gesamtwerk Pasolinis als auch in der italienischen Nachkriegsliteratur einzigartig da.«
Bernd Zanetti, Der Tagesspiegel

Quart*buch.* Schwarzes Leinen. 720 Seiten

Große Vögel, kleine Vögel

Wie Pasolini allen Dogmatikern den Vogel gezeigt hat, den kleinen und den großen. Oder: Über die Anarchie der Kunst und den Mangel an Heiterkeit in der Politik. Mit dem Drehbuch zum Film, einem Interview mit Totò, einem Aufsatz von P. P. P. und einem Dossier von Peter Kammerer.

Klappenbroschur. Großformat. 208 Seiten mit vielen Fotos

»Ich bin eine Kraft des Vergangenen …« *Briefe 1940–1975*

»Eine literarisch wie persönlich überzeugend balancierte Auswahl von Pasolinis Briefen, in denen alles, was seine Kunst ausmacht, nachvibriert.«
Karsten Witte, Frankfurter Rundschau

Quart*buch.* Blaues Leinen. 320 Seiten

Ragazzi di vita

Pasolinis frühes und vielfach geächtetes Meisterwerk.
»Was den Leser so in die Prosa hineinreißt, ist freilich nicht der Realismus, sondern die Kraft dahinter: Pasolinis Leidenschaft für seine Figuren, seine Liebe zu den kleinen Gaunern.« Peter Ruedi, Die Weltwoche

Quart*buch.* Schwarzes Leinen. 240 Seiten

Die Originalausgabe erschien unter dem Titel
Il poema dei lunatici
bei Bollati Boringhieri Editore in Turin.
Die vorliegende Fassung wurde vom Autor leicht überarbeitet.

 Einbandgestaltung von Rainer Groothuis unter Verwendung des Bildes *Figli del marinaio* von Sandro Chia (© VG Bild-Kunst, Bonn 1996). Gesetzt aus der Borgis Sabon von der Offizin Götz Gorissen, Berlin. Gedruckt und gebunden von Clausen & Bosse, Leck. Printed in Germany. ISBN 3 8031 3122 7